북한 과학환상문학과 유토피아

지은이

서동수(徐東秀, Seo Dong-soo)_ 건국대학교 국어국문학과를 졸업했으며, 같은 대학교 대학원에서 석사와 박사학위를 받았다. 건국대학교 교양학부 강의교수를 지낸 바 있으며 현재 상지대학교에 재직하고 있다.
주요 논문으로는 「망각의 번역과 자기구원의 서사—임철우의 『백년여관』을 중심으로」, 「스펙터클의 스토리텔링과 소비의 신화—어린이 직업체험 테마파크 〈키자니아〉를 중심으로」, 「김유정 문학의 유토피아 공동체와 크로포트킨의 상호부조론」, 「학교라는 시뮬라크르와 폭력의 시스템—영화 〈돼지의 왕〉을 중심으로」 등이 있으며, 단행본으로는 『한국전쟁기 문학담론과 반공프로젝트』, 『한국문학과 콘텐츠』(공저) 등이 있다.

북한 과학환상문학과 유토피아

초판인쇄 2018년 4월 15일 **초판발행** 2018년 4월 25일
지은이 서동수 **펴낸이** 박성모 **펴낸곳** 소명출판 **출판등록** 제13-522호
주소 06643 서울시 서초구 서초중앙로6길 15, 1층
전화 02-585-7840 **팩스** 02-585-7848 **전자우편** somyungbooks@daum.net **홈페이지** www.somyong.co.kr

값 29,000원 ⓒ 서동수, 2018
ISBN 979-11-5905-273-6 93810

이 저서는 2013년 정부(교육부)의 재원으로 한국연구재단의 지원을 받아 수행된 연구임(NRF-2013S1A6A4017761)

북한

과학환상문학과

유토피아

North Korean Science Fiction and Utopia

서동수 지음

소명출판

북한에도 SF가 있어?

주변에서 가장 먼저 보인 반응은 놀라움과 의아함이었다. 경직된 북한사회와 SF(과학소설)는 아무래도 어색한 조합처럼 느껴졌던 것이다. 나 역시도 다프나 주르Dafna Zur 선생님을 만나지 않았다면 그들과 다르지 않았을 것이다.

어느 날, 전화벨이 울렸다. 학술대회의 토론을 부탁하는 전화였다. 발표자는 브리티시 콜롬비아 대학의 다프나 주르 선생님이었고, 발표 주제는 "1960년대 북한 과학환상문학에 나타난 유토피아와 환경"이었다. 2009년 12월 4일, 그렇게 북한 과학환상문학과의 인연이 시작되었다. 당시 다프나 주르 선생님께서는 북한 과학환상문학 작품을 스캔하여 이메일로 보내주셨는데, 마치 고대 유물을 만난 것 마냥 신기하기만 했다. 이후 통일부 북한자료센터를 통해 자료를 수집하기 시작했고, 생각보다 많은 자료들에 또 한번 놀라야 했다. 북한문학의 또 다른 빈칸을 메우는 일이라 생각하고 달려들기 시작했다. 이 책은 이러한 여정을 담은 책이다.

북한문학 연구는 1987년 해금조치 이후 오늘까지 상당량의 연구들이 축적되어 왔다. 다양한 영역에서 방대한 양의 연구가 진행되어 왔으며, 질적인 면에서도 상당한 수준에 도달하고 있다. 이러한 상황에서 또 다시 '북한문학'을 연구대상으로 삼아야 했던 이유는 그동안 북한문학 연구가 '지금 여기'보다는 주로 '과거의 이해'라는 관점에서 이루어져 왔기 때문이다. 그동안 북한 문학 연구는 역사적 맥락 속에서 북한의 체제 형성과 문학의 상관성에 집중해 왔는데, 이는 북한의 특수성에 비추어 볼 때 매우 자연스럽고도 필요한 작업이었다. 그런데 한편으론 다음과 같은 생각도 들었다. 북한이 당면한 현재적 문제를 직시하면서 동시에 그들이 상상하는 미래를 예측하고 추론할 수 있는 영역도 있지 않을까? 이러한 문제의식에서 시작한 것이 바로 북한 '과학환상문학'이다.

북한은 과학환상문학을 "과학기술이 고도로 발전되고 현재에는 실현될 수 없는 최첨단 기술수단들이 련이어 개발될 미래의 생활을 묘사하는 특수한 문학"으로 규정하고 있다. 이른바 과학적 상상력과 허구적 상상력이 결합된 과학환상문학은 '미래의 생활'에 초점을 맞추고 있다. 여기서 추구하는 미래의 표상이란 판타지류의 요정이나 마법 등의 비현실적 세계가 아니라 첨단과학기술로 이루어진 테크놀로지의 세계이다. 북한 과학환상문학 역시 현실에 기반을 둔 채 미래를 지향하고 있다.

과학환상문학의 세계는 북한이 욕망하는 '미래의 표상'이라는 점에서 기존의 연구와는 다른 접근이 가능하다. 현실을 벗어나 새로운 세계를 상상하고 재현하는 지점에는 탈현실의 욕망과 함께 현실의 문제점도 함께 녹아있다. 그런 면에서 북한의 과학환상문학이 제시하는 '미래의 표상'은 북한이 욕망하는 유토피아의 문학적 재현이자 '지금 여기' 북한의 현재적 문제 상황 — 정치, 권력, 계급, 경제, 문화 등 — 에 대한 (무)의식적 반영이라는 점에서 미래학의 관점을 지니고 있다. 이런 맥락에서 과학환상문학에 나타나는 미래의 표상은 북한이 당면한 '지금 여기'의 양태를 반영하는 알레고리적 공간이라 말할 수 있다. 더불어 과학적 사실에 바탕을 둔 예언적 전망 내지 미래 예측은 북한과학환상문학을 중요한 미래학의 대상으로 볼 수 있는 근거가 된다. 이는 북한 과학환상문학을 '전망의 문학'이라고 호명하는 이유이기도 하다.

이 책은 크게 4부로 이루어져 있다. 1부에서는 북한 과학환상문학의 개념과 범주, 창작원리 그리고 이들 작품을 관통하는 내적 형식에 대해 살펴보았다. 북한에서는 과학환상소설을 비롯해 관련 장르들을 총칭해 '과학환상문학'이라 부르고 있다. 이 용어에는 북한 나름의 철학을 담고 있기 때문에, 존중하는 의미에서 그대로 사용했다.

2부에서는 북한 과학환상문학이 형성되기까지 소련의 영향을 소개했다. 북한에서 과학환상문학이 등장한 것은 1950년대 중반이었는데, 이 당시 소련의 영향은 절대적이었다. 북한 과학환상문학은 정치뿐만 아니라 과학정책이나 과학담론과도 결코 뗄 수 없는 밀접한 관계를 맺고 있다. 그런 면에서 일종의 아비였던 소련의 과학정책과 담론은 북한의 과학을 넘어 과학환상문학에도 많은 영향을 미쳐왔다. 여기서는 소련의 과학담론과 정책이 북한 과학원의 형성과 정책에 미친 영향뿐만 아니라 이러한 흐름이 과학환상문학에 어떻게 반영되고 있는지 살펴보았다. 이와 함께 소련의 우주과학과 우주과학소설이 북한에 미친 영향도 구체적인 근거에 입각해 살펴보았다.

3부는 테마연구로 주로 북한이 욕망하는 유토피아를 중심으로 연구하였다. 그들이 욕망하는 사회주의 유토피아의 양상을 텍스트 중심으로 살펴보았으며, 유토피아의 형상화가 갖는 정치적 의미도 살피고자 하였다. 이를 위해 실재와 가상이 중첩되는 파타포석 상상력이 동원되는 과정을 고찰하였다. 또 과학환상문학에서 가장 예민한 주제인 수령의 형상화 문제를 어떻게 해결하는지 밝히고자 하였다. 미래의 불특정한 시공간을 다루는 과학환상문학의 특성상 구체적인 생물학적 수령을 형상화할 수 없는 문제가 있다. 반면 과거든 미래든 수령의 영도를 제외하고는 상상할 수 없는 세계가 북한이다. 두 개의 특수성이 충돌하는 문제의 해결방안을 '복제'라는 관점에서 설명하고자 하였다. 특히 수령의 복제가 갖는 팬텀의 효과도 함께 다루었다.

4부에서는 과학환상문학에 등장하는 유사인류를 타자의 관점에서 살펴보았다. 북한에서 타자는 세계를 이해하는 중요한 대상이다. 타자는 피아彼我의 구분뿐만 아니라 북한 내부를 결집시키는 중요한 동력이기 때문이다. 그래서 과학환상문학에서도 타자는 언제나 중요하게 다뤄지고 있다. 일반적으로 과학소설이 즐겨하는 유사인류도 북한 과학환상문학에서는 타자를 이해하는 방식으로 다루고 있다. 본서에서는 특히 출현 빈도수가 높은 로봇과 외계인을 통해 이들이 표상하는 타자로서의 의미와 그것이 불러일으키는 '불안감'의 정체를 중심으로 살펴보았다.

마지막 보론에서는 과학환상문학의 유토피아에 내재된 분열과 파열의 가능성에 대해 언급하였다.

이 책은 학술지를 통해 발표한 글들을 수정·보완한 것과 새로 쓴 글을 엮은 것이다. 참고로 학술지에 발표한 글의 출처를 밝히면, 1부에서는 「북한 과학환상소설의 환상성과 인물의 형상화 방식」(『동화와번역』, 2014.6), 「북한 과학환상문학의 내적형식과 교육서사」(『한국문예비평연구』, 2016.3), 「북한과학소설에 나타난 무오류주의와 수령의 재현방식」(『동화와번역』, 2012.6)을 수정·보완하였다. 2부에서는 「북한 과학환상문학에 나타난 과학의 현장성과 소련의 영향─현장중심의 과학담론과 주제의식의 변화를 중심으로」(『우리어문연구』, 2015.1)와 「북한 과학환상문학의 형성과 소련의 역할─1950~60년대 우주여행 모티브를 중심으로」(『아동청소년문학연구』, 2013.12)를 수정·보완하였다. 3부에서는 「북한 과학환상소설에 나타난 사회주의 낙원과 역사적 조건들」(『동화와번역』, 2010.6), 「북한 과학환상문학에 나타난 파타포pataphor적 상상력과 향유 없는 유토피아」(『현대문학의 연구』, 2015.2), 「북한 과학환상문학에 나타난 '과잉열정'과 과학적 해결방식」(『한민족어문학』, 2016.8)을 수정·보완하였다. 4부에서는 「북한 과학환상문학에 나타난 로봇이라는 타자와 언캐니 그리고 신적폭력」(『한국문예비평연구』, 2017.6)과 「북한과학소설에 나타난 제국의 시선과 인종주의」(『한국문예비평연구』, 2012.12)를 수정·보완하였다.

이 책의 곳곳에는 고마운 분들의 도움이 녹아들어 있다. 다시 한번 다프나 주르 선생님께 진심을 담아 감사의 말씀을 드린다. 이번 연구로 새로 인연을 맺게 된 복도훈 선생님께 감사를 드린다. 선생님 덕분에 SF의 진지함과 무거움을 볼 수 있었다. 세심한 교정과 조언을 아끼지 않은 동지同志 여지선 선생님께도 감사드린다. 이 연구가 진행될 수 있도록 도와주신 한국연구재단과 심사위원들께도 감사의 인사를 드린다. 소명출판의 사장님과 편집을 맡아 주신 선생님께도 깊은 감사의 말씀을 드린다. 부족한 제자임에도 불구하고 격려와 사랑을 아끼지 않으시는 강인숙 선생님께 감사의 말씀을 드리고 싶다. 그리고 부모님과 가족에 대한 고마움은 그 무엇으로도 형용할 수가 없다. 고맙습니다.

2018년 1월

서동수

3부_
북한식 사회주의 유토피아와 팬텀

4부_
유토피아의 타자들, 유사인류

1부

북한 과학환상문학의
존재의미와 장르 인식

1장

북한 과학환상문학의
개념과 창작원리

1. 과학환상문학의 개념과 유형

　북한의 과학환상문학 규정은 과학소설의 일반적 정의와 겹치면서도 동시에 일정한 거리를 갖고 있다. 일반적으로 과학소설은 과학적 사실과 문학적 상상력이 결합된 장르로 이해하고 있다. 하인리히는 과학소설을 두고 "현실 세계, 과거와 미래에 대한 충분한 지식, 자연과학적 방법의 중요성에 대한 철저한 이해에 확고한 기반을 두고 있는, 가능한 미래의 사건에 대한 현실적 고찰"이라고 정의내린 바 있으며, 혹자는 "현실세계와 과학 그리고 인간에게 앞으로 다가올 변화를 처음부터 끝까지 상상케 해주고, 그러한 발전 양상을 위한 기틀을 마련하거나 발전을 미리 예고

해주는 가능성을 내포"한 문학으로 정의내리고 있다.[1] 사실 일반적인 과학소설의 경우 그 용어만큼이나 개념의 진폭도 넓은 것이 사실이다.

반면 북한은 자신들의 과학환상문학을 "과학기술이 고도로 발전되고 현재에는 실현될 수 없는 최첨단 기술수단들이 련이어 개발될 미래의 생활을 묘사하는 특수한 문학"[2]으로 규정하고 있다. 사실 이러한 정의는 서구의 과학소설과 동질성을 느끼기에 충분해 보인다. 그럼에도 불구하고 북한 과학환상문학이 서구의 과학소설과의 차별성을 강조하는 이유는 특수한 목적성 때문이다. 북한 과학환상문학이 명시하는 존재론적 목적은 미래를 "형상적 화폭으로 그려내며 환상적인 수법으로 일정한 사회적 문제를 제기하고 예술적으로 해명"(6면)하는 것이다. 북한 과학환상문학이 제시하고 동시에 해결해야 할 문제는 크게 3가지로 집약된다. 첫째는 "근로자들과 청소년들의 과학적 세계관 수립"(19면)이다. 김일성, 김정일에 이어 김정은도 사회주의 강성대국전략으로 과학기술을 강조하고 있다. 북한은 일찍이 "과학기술의 발전이 사회주의의 발전을 담보하는 결정적 조건이라는 인식"[3]을 갖고 있었다. 한국전쟁과 전후복구사업을 거치면서 과학의 중요성은 더욱 커져갔다. 과학은 군사력뿐만 아니라 경제, 외교, 문화 등 모든 문제와 직결되고 있었기 때문이다. 과학기술위성 '광명성-3호' 2호기 등의 논란도 북한에게 과학이 얼마나 절실한 문제인가를 보여주는 예이다.

---

1   보흐메이어·쯔메각, 「과학소설」, 대중문학연구회, 『과학소설이란 무엇인가』, 국학자료원, 2000, 27면.
2   황정상, 『과학환상문학창작』, 문학예술종합출판사, 1993, 7면. 이하 각주 생략하며, 면수만 표기함.
3   신형기, 『북한소설의 이해』, 실천문학사, 1996, 201면.

이처럼 북한은 경제, 국방 등 국가 발전을 위해 과학기술의 발전을 맨 앞에 세워야 했으며, 인민들에게도 과학의 중요성을 널리 알려야 했다. 김정일도 "일찌기 과학환상문학은 고도로 발전된 과학기술 시대에 살고 있는 우리들에게 있어서 절실히 필요한 문학"(7면)이라고 강조한 바 있다. 그런 면에서 과학환상문학은 대중뿐 아니라 미성년자들에게 과학적 지식과 흥미를 제공하는 중요한 기제였다. 그래서 과학지식을 전달하는 장면들은 필수적이었다. 이처럼 과학환상문학은 "근로자들, 특히 청소년들에게 생동한 형상을 통하여 과학지식"(18면)을 제공하며, 특히 자연과 사회에 대한 깊은 지식을 통해 세계에 대한 과학적이며 전일적인 견해를 부여한다. 게다가 작품 속의 지식은 대상의 본질과 합법칙성을 밝히는 기초를 제공하며, 세계와 인간의 관계를 연구하는 개별 과학지식을 보여줌으로써 올바른 철학적 이해를 제공한다. 이를 통해 독자들은 "힘 있는 존재인 사람을 중심으로 하여 물질세계의 전일적인 면모와 그 운동 발전의 합법칙성에 대한 세계관적 견해"(22면)를 지닐 수 있다는 것이다. 뿐만 아니라 과학환상문학 속의 과학지식을 세계 인식 및 개조변혁의 동력으로 인식하고 있다. 작품 속에 등장하는 자연의 정복과정과 새로운 과학기술을 탐구하는 인물을 통해 북한이 당면한 "인민경제의 주체화, 현대화, 과학화를 실현하며 나라의 과학기술을 한 계단 더 끌어올리는 사업에 이바지"(23면)할 수 있다고 믿고 있기 때문이다.[4]

이처럼 중요한 위상을 지니고 있던 과학환상문학의 출발은 대략 1950

---

4 "이렇듯 과학환상문학은 그 사상 예술적 특성으로 하여 인민경제의 주체화, 현대화, 과학화의 력사적 위업을 수행하는데서 당의 과학기술정책의 열렬한 옹호자, 적극적인 선전자로서의 교양적 역할을 수행하게 되며 근로자들과 청소년들의 과학기술적 안목과 지식을 넓혀나가는 데서 커다란 인식적 의의를 가진다." 황정상, 앞의 책, 24면.

년대 중후반으로 보고 있다. 그리고 소련의 과학담론과 과학소설의 영향 속에서 시작된 과학환상문학이 온전한 모습으로 등장하기까지는 1980 년대를 기다려야 했다. 일종의 전성기에 들어선 과학환상문학은 1990년 대 과학환상문학의 대표 작가인 황정상을 통해 총체적인 모습을 드러내 는데, 이른바 1993년에 발간된 『과학환상문학창작』(문학예술종합출판사. 이하 『창작』)이다. 이 책은 제목 그대로 과학환상문학의 개념에서부터 유 형별 창작원리를 소개하고 있다. 김일성과 김정일의 '목소리'와 결합하 고 있다는 점에서 현재까지도 유용한 지침서로 알려져 있다.[5]

북한 과학환상문학은 여러 목적과 유형에 따라 다양한 양상을 띠고 있다. 대표적인 장르인 과학환상소설을 비롯해 과학환상동화, 과학환 상이야기, 과학환상우화, 과학환상실화문학 등의 문학분과에서부터 과 학환상예술영화, 과학환상아동영화문학, 과학환상희곡, 과학환상가극 문학 등 과학환상적인 내용을 다룰 수 있는 장르 대부분을 과학환상문 학에 포함시키고 있다.

북한에서는 과학환상소설을 과학소설이나 지능소설과 다르게 보고 있다. 물론 과학소설과 지능소설 그리고 과학환상소설은 모두 과학기술 을 다룬다는 공통점을 지니고 있다. 하지만 각각의 장르들은 분명한 차 이들을 지니고 있는데, 우선 과학소설과 지능소설 간의 가장 큰 차이는 과학기술의 정도degree이다. 즉 최신의 과학기술이냐 아니면 일반적인 과학상식의 제공이냐에 따라 장르가 구분된다. 과학소설은 "최신과학기

---

5   황정상의 저서는 현재까지도 과학환상문학의 개념, 성격, 구조, 창작원리 등 과학환상 문학에 대해 가장 포괄적이며 심도 있는 단행본으로 보인다. 약 370여 쪽에 달하고 있는 이 책은 주로 김정일의 『주체문학론』(1992)의 관점을 바탕으로 과학환상문학의 위상과 역할, 창작방법론에 대해 기술하고 있다.

술의 연구성과를 인민경제 여러 부문과 인민들의 복리증진에 도입하여 실리를 얻기 위하여 투쟁하는 모습을 그린 문학작품"이다. 즉 "참신한 과학기술적지식"과 최신의 과학기술의 소개 등 인민경제에 도움이 되는 내용이 주를 이룬다. 반면 지능소설은 "부단히 머리를 쓸 수 있도록, 지능계발에 적극 이바지"하기 위한 문학이다.[6] 즉 "과학기술적 성과를 현실에 구현하기 위한 투쟁"[7]이 아니라 무지개가 생기는 원인처럼 청소년들에게 일반과학상식을 전달하기 위한 장르이다. 이처럼 과학소설과 지능소설은 작가가 전달하는 과학지식의 정도에 따라 구분가능하다.

과학소설과 과학환상소설의 구분점은 현재와 미래라는 시간성에 있다.

> 과학환상문학 작품들이 앞날에 가서 실현될 과학기술적내용들을 인간성격을 통하여 예술적 화폭으로 보여준다면 과학문학 작품들은 현시기 인민경제 여러 부문에서 리용되고 있거나 또 도입되고 있는 최신과학기술성과에 기초하여 그것을 직접 다루고 있는 인간의 성격들을 통하여 구체성을 가지고 생동하고 진실하게 그려내고 있다.(26면)

과학소설이 "과학적 가설을 정설로 선포한 것을 현실화폭으로 형상화하는 문학", 즉 지금 여기here and now의 기반 위에서 형상화하는 문학이라면, 과학환상소설은 과학기술에 '환상'을 결합하여 "과학기술이 고도로 발전된 미래를 앞당겨 보여주는 과학기술발전의 척후병"으로 정의하고 있다.[8]

---

6   리현순, 『문학형태론』, 문학예술출판사, 주체 96(2007), 97면.
7   리광근, 「과학소설·지능소설·과학환상소설에 대한 론의」, 『청년문학』, 2002.3, 63면.

과학환상문학의 유형		
산문문학		과학환상소설
		과학환상동화
		과학환상이야기
		과학환상우화
		과학실화문학
		과학동화
영화문학		과학환상예술영화
		과학환상아동영화문학
극문학		과학환상희곡
		과학환상가극문학
		과학환상동화극
기타		과학환상시
		과학환상무용
		과학환상만화

과학환상문학은 다시 독자 연령에 따라 크게 학령 전과 후 그리고 성인으로 나누어 작품을 유형화하고 있다.

독자구분	추천 유형
학령 전 아동, 인민학교 학생	과학환상동화극 과학환상만화 과학환상아동영화문학
고등중학교, 전문학교 학생	과학환상소설 과학환상희곡
대학생, 성인	장·중편 과학환상소설

학령 전부터 저학년 학생들에게는 주로 과학환상아동문학을 권장하고 있다. 아동 관련 잡지에 발표된 단편 작품들이나 단행본으로 나온

---

8   위의 글, 64면.

만화들이 여기에 속한다. 고등중학교 이상은 과학환상소설을 권하고 있다. 북한에서는 가장 완성도가 높으며 과학환상문학의 목적에 부합하는 장르로 과학환상소설을 꼽고 있다. 특히 중·장편 과학환상소설에서 과학지식과 사상성이 총체적으로 그려지고 있다.

2. 과학환상소설과 과학적 환상성

1) 과학적 환상성의 개념

북한 과학환상문학에서 환상성은 가장 핵심적인 요소이다. 과학소설(SF)의 일반적인 요소인 환상성이 북한 과학환상소설의 주된 특징으로 등장하는 것은 그것이 갖는 독특한 조건들 때문이다. 과학환상문학이 미래를 향한 변혁의 동력이라는 점에서 '환상'이 갖는 의미는 남다를 수밖에 없다. 북한에서 환상은 자주성과 창조성, 의식성을 지닌 사람이 가지고 있는 고유한 형식의 하나이다. 그래서 환상의 사유능력을 지닌 자를 "새것을 창조해내며 자연과 사회를 자기의 의사와 요구대로 개조변혁해 나가는 힘있는 사회적 존재"로 규정하고 있다. 따라서 변혁의 주체에게 환상의 능력은 필수이다. 문학 역시 변혁의 동력이라는 전에서 "예술적 환상의 사유능력"이 필수적이다. 왜냐하면 예술적 환상이야말로 "형상창조의 수단"이자 "환상세계"를 구축하는 동력이기 때문이다.

『창작』은 "근거있는 환상", 이른바 "과학적 환상"의 조건에 대해 세부 규정을 소개하고 있다. 과학적 환상의 첫 번째 조건은 '진실성'이다. 과학적 환상의 진실성이란 바로 "실현가능성"과 "선동효과"의 결합을 뜻한다. 환상은 무규정적이며 무조건적인 상상력을 뜻하지 않는다. 환상은 "생동한 형상을 창조하여 생활의 본질"을 밝혀야할 뿐만 아니라 이를 통해 "생활 속에서 축적된 지식, 과학적 가설과 세계 과학 발전 추세에 기초하여 생활론리에 맞게 인간의 성격과 생활화폭을 창조"(9면)해야 하는 만큼 진실해야 한다. 그래야만 인간의 자주적 요구에 맞게 자연을 개조, 변혁할 수 있는 창조적 힘을 발휘할 수 있다는 것이다. 그런데 북한 과학환상소설이 서구 과학소설과 선을 긋는 지점은 "근거있는 환상"의 유무이다.

　　사실주의적인 과학환상문학은 과학적인 환상에 의거하고 있다. 사실주의문학이 의거하고 있는 과학적인 환상은 허황한 망상과는 아무런 인연도 없다. 이 과학적인 환상은 현실에 발을 붙인 상상을 본질적 내용으로 기본특징으로 하고 있다. 이러한 의미에서 이 환상은 근거있는 과학적 환상이라고 말할 수 있다.
　　작가들이 작품에서 근거 있는 과학적 환상, 현실에 발붙인 상상을 펼쳐보임으로서만 근로자들과 청소년들을 과학탐구에로 적극 이끌어갈 수 있으며 그들로 하여금 나라의 과학발전에 기여하도록 적극 고무추동할 수 있다.(10면)

"근거있는 환상"이란 "과학적 환상"의 다른 이름으로, 실제 이 두 용어는 같은 의미로 쓰이고 있다. 북한의 과학환상소설이 "근거있는 환상"을 두드러지게 강조하는 이유는 서구 과학소설과의 차이를 분명하게 드러내기 위해서이다. 『창작』에는 "근거있는 환상"에 대해 장황한 설명과 함께 반복적으로 언급하고 있는데, 여기에는 '황당무계한' 상상력에 대한 강한 거부의 의미가 내포되어 있다. 그래서 이상한 약품 때문에 거대한 괴물이 된 킹콩이 인간을 살상한다는 『콩가』 같은 서구 과학소설은 '황당하고 허무맹랑한' 상상력일 뿐만 아니라 결국엔 인민의 영혼을 타락시킨다고 경고한다. 이러한 면이 "종래의 과학환상문학이나 부르조아적이며 수정주의적인 과학환상문학에서 취급하는 막연한 과학환상, 아무런 생활적 타당성도 없는 흥미본위의 과학환상과 구별되는 우리식 과학환상의 본질적 차이"(10면)라고 강조하고 있다. 실현 가능한 과학적 상상력에 대한 강조는 독서 대중의 과학적 흥미유발뿐만 아니라 과학발전에도 기여할 수 있다는 믿음의 산물이다. 따라서 "과학적 환상"이야말로 "과학환상문학의 성격과 그 가치를 규정하는 기본 요인"(10면)이 되는 것이다.

"근거 있는 환상"은 3가지 목적에 봉사한다. 과학적 환상과 과학탐구의 추동 그리고 앞의 두 가지를 사상성에 귀속시키는 일이다. 근거 있는 환상을 통해 과학적 환상과 탐구 의욕을 고취시킬 수 있으며, 이는 조국의 발전을 위한 것이라는 점에서 윤리성으로 확대된다. 이처럼 "우리식 환상"에 입각한 과학환상소설은 철저히 현실의 과학적 사실에 기반해 있기 때문에 인민대중들로 하여금 과학탐구의 정신뿐만 아니라 과학발전에도 기여할 수 있다는 논리이다. 결국 "우리식 환상"이란 "현실생활에 발붙인 근거가 있는 환상으로서 인민경제발전에서 절실히 필요한 과학기술적 문제이지만 아직 탐구되지 못하고 개발되지 못한 가설에 기초한 작가의 환상, 이른바 로동계급성과 혁명성을 띤 주체적 환상을 말한다."(88면) 반면에 부르죠아적 수정주의적 과학환상은 "아무런 인식교양적 의의도 없는 공허하고 막연한 환상, 미래에 대한 희망과 랑만을 줄 대신 인간이 만든 기계가 인간을 희롱하고 최신과학기술이 인간의 생명을 위협하는 등 비애와 탄식, 허무와 방종"(88면)으로 규정하고 있다.

이처럼 "우리 식의 과학환상문학"은 "허황한 공상이 아닌 력사와 과학발전의 합법칙성과 생활의 진실에 기초"한 환상이라는 점에서 '근거있는 과학적 환상'이 된다. "근거있는 환상"은 베링해협을 막아 기후를 변경시키고 경제를 발전시킬 수 있다거나, 정글을 개간하여 옥답을 만들고 북극의 얼음을 녹여 한랭전선을 막았다는 식의 추상적 환상이 아니다. 그것보다는 서해안 간석지 개발이나 지하자원의 채집 방안 등 구체적으로 "우리나라 인민경제의 주체화, 현대화, 과학화에 이바지할 수 있는 과학적 환상"을 말한다. 이를 가리켜 '우리식, 조선식 과학환상'이라고 부르고 있다. 이와 함께 제국주의와 그 침략을 반대하여 투쟁하는 공산주의자들의 환상은 '우리식, 혁명적 과학환상'으로 규정하고 있다.(95면) 이처럼 과학환상소설의 "혁명적 랑만성은 미래에 대한 허무와 절망보다는 자연과 사회를 인간의 자주적 요구에 맞게 대조 변혁할 수 있으며, 심지어 우주세계까지 인간의 창조적 힘으로 점령하여 참된 삶의 보금자리로 만들 수 있다는 확고한 믿음으로 사람들을 교양하고 추동하는 형상수법"(78면)으로 보고 있다.

두 번째 조건은 "과학기술적 내용"이다. 주체적인 과학환상문학이 "인민경제의 주체화, 현대화, 과학화에 이바지 할 수 있는 과학기술적 내용"(61면)을 담보했을 때 생명력을 지닐 수 있다는 점에서, 현대적 과학기술에 바탕을 둔 과학환상은 과학환상문학 장르의 존재론적 조건이기도 하다. 과학환상소설이 "세상에 아직 존재하지 않는 새것을 설계하며, 이미 알려져 있는 사물의 부분들로부터 출발하여 현실생활에 아직 없는 새로운 사물의 형상을 창조"(10면)해야 하기 때문에, 과학적인 환상은 과학적인 예견과 예측을 위한 필수불가결적인 구성요건이 된다. 따라서 과학적 환상의 기본내용을 이루는 "과학기술적 내용"은 과학환상문학을 구성하는 중요한 요소가 된다.

과학기술적 내용은 우선 일반 과학기술서적처럼 논리가 아닌 형상화를 통해 나타나야 하며, 또 작가 자신의 주관과 판단에 의해 재가공된 환상에 기초해야 한다. 더불어 "환상적인 가설의 실현가능성에 대한 론증으로서, 직관적인 증시로서 나타나며, 그 과학적 가설은 객관적인 자연법칙에 의거"(12면)해야 한다.

과학기술생활을 전면적으로 취급한 작품들이 많이 창작되는 것은 현시기 세계적 추세로 되고 있다. 적지 않은 나라들에서 과학기술생활을 전면적으로 다룬 작품을 과학작품, 과학소설 등으로 명명하고 있다. 이러한 작품들에서는 과학기술생활들이 현실적으로 실현되었거나 실현되어가고 있는 것으로 형상화되고 있다. 과학환상문학에서는 과학기술생활들이 현실적으로 실현되었거나 실현되어가고 있는 것으로 형상화되는 것이 아니라 앞날에 실현될 과학기술생활을 상상의 힘으로 설정하고 환상적 형식속에 예술적으로 그려진다. 다시 말하여 과학환상문학 작품들에서는 앞으로 실현될 과학기술세계, 현시기 인간들이 상상하고 념원하는 과학기술생활들이 제기되고 예술적으로 해명된다. 현실적으로 실현되였거나 실현되고 있는 과학기술생활이 아니라 미래에 가서 실현될 과학기술생활을 그려낸다는 데 과학환상문학의 중요한 특징이 있으며 이 점에서 과학기술생활을 취급한 다른 문학작품들과 뚜렷이 구별된다. 이러한 견지에서 볼 때 과학환상문학은 미래의 과학기술세계를 펼쳐보이는 문학이라고 말할 수 있다.(12면)

『창작』에서 정의하는 과학환상문학의 조건은 분명하다. 과학적인 가설과 객관적인 과학법칙에 의거해야 하며, 동시에 그것은 현재의 과학기술이 아닌 미래의 실현가능성을 담보한 과학적 환상이어야 한다는 것이다. 그래서 『창작』에서는 위와 같은 조건의 과학기술적 내용이 "홀시되거나 무시된다면 그 작품은 과학환상문학 작품이라고 말할 수 없다"(13면)고 단호히 말한다.

2) 과학적 환상의 내용들

『창작』에 따르면, 과학환상소설에서 과학적 환상의 내용들은 작품의 형상 체계 안에서 그 구성의 조화미를 깨뜨리지 않으며, 인간성격과의 통일 속에서 주인공들의 생활환경과 분위기를 조성하고 그들의 성격을 적극 부각하는 역할을 맡고 있다. 이를 위한 근본원칙은 "과학탐구자들의 생활과 활동을 그리면서 과학문제들을 생활 속에 용해시켜야하며 과학기술적 내용은 인간과 그 생활에 대한 형상적 화폭 속에 구현"(62면)하는 것이다. 특히 인민경제의 주체화, 현대화, 과학화를 위한 과학환상적 내용의 조건은 크게 4가지로 집약되고 있다.

첫째, 당의 노선과 정책의 반영이다.

> 우리의 과학환상문학 작품 창작에서 과학기술적 내용을 형상적으로 담는
> 것은 어디까지나 작품에 당의 로선과 정책을 정당하게 반영하고 근로자들과
> 청소년들의 인식교양에 커다란 사상정서적 영향력을 미치며 과학환상문학
> 자체의 건전하고 다양한 발전을 확고히 담보하는데 그 목적이 있다.(62면)

북한은 과학환상문학 역시 "다른 문학과 마찬가지로 당의 수중에 장
악된 위력한 사상적 무기의 하나로써 반드시 당의 지도 밑에 창작되어
야 하며 창작된 모든 작품은 개인의 작품인 동시에 당의 작품"(63면)임
을 강조한다. 북한문학의 특수성이기도 한 이러한 표현 안에는 현재 북
한이 당면한 과제가 무엇인지 짐작하게 해준다. 과학환상문학이 제시
한 과학기술적 내용의 첫 번째인 당의 노선과 정책의 반영이란 곧 인민
경제의 주체화이다. 『창작』에 기술되어 있듯이 과학환상이 추구해야
할 가장 시급한 주제는 "인민경제 여러 부분에서 해결을 기다리는 과학
기술적 문제"들, 그것도 "해결을 요하는 절실한 문제부터 풀어나가는
당의 요구"(63면)이다. 따라서 과학환상소설의 작가들은 "지혜와 창발
성을 최대한으로 발양"시켜 인민경제 해결에 대한 "실제적 가능성"을
형상화함으로써 "혁명적 무기"뿐만 아니라 "인민경제 여러분야에서 커
다란 성과를 내두록 이끌어주고 떠밀어줌으로써 사회주의 건설에 이바
지"(63면)할 수 있어야 한다.

둘째, 과학성의 보장 및 최신 성과의 기초이다. 이른바 근거있는 환

상이 되기 위해서는 과학성이 보장되는 내용이어야 하며, 현대적인 지식에 의거한 환상이어야 한다는 것이다. 이처럼 과학적 개연성과 최신의 과학기술의 도입한 환상을 "무장이 있는 환상"(64면)이라 부른다. "무장이 있는 환상"은 "생활에 발붙인 환상"으로 과학환상문학의 실현 가능성의 문제인 리얼리티와 연결되어 있다. 따라서 현대 과학 지식과 현실 생활에 대한 지식이 작가들에게 환상의 원천이 되는 만큼 작가들은 과학지식에 대한 해박함과 세계 과학 기술의 발전 추세에도 민감할 것을 요구하고 있다. 특히 과학성의 보장을 위해 정리와 숫자의 정확성을 강조하는데, 김정일이 직접 평가한 「별나라로 가자」, 「속도를 위한 투쟁」, 「네메지다의 운행」을 사례로 들고 있다. 「네메지다의 운행」은 달보다 몇 백배나 큰 유성 네메지다가 300km의 속도로 지구를 향해 날아오는 이야기로서, 지구와의 충돌을 피할 수 있는 여러 가지 가설을 제시하고 있다. 충돌을 피하는 방법 가운데 유성이 지구 옆을 3백만km 거리를 두고 지나가야 만조가 20% 내외로 높아져 지구의 침수를 막을 수 있다고 형상화하고 있는데, 이처럼 정확한 과학적 수치를 제시했다는 이유로 김정일에게 호평을 받았다고 강조하고 있다. 논리나 타당성이 결여된 숫자나 통계들은 과학적 환상이 아닌 "터무니 없는 공상"이라는 것이다. 이 외에도 "과학적 환상이 이루어지는 시기를 명백히 설정"(68면)함으로써 시공간에 대한 막연함을 해소시킬 것도 강조하고 있다.

셋째, 과학성의 보장을 위해 "리론실천적으로 의의가 있는 가설들"(69면)의 도입을 강조하고 있다. 『창작』은 부적절한 사례로 과학환상소설 「노래하는 등대」를 들고 있다. 이 작품은 물고기의 언어를 해독함으로써 수산자원을 증식한다는 내용인데, 주인공은 물고기의 언어를 번역하여 사전을 만들어서 물고기들과 자유자재로 의사소통하는데 성공한다. 결국에는 대화를 이용해 물고기들을 어선이 있는 쪽으로 유인하여 수산업에서 일대 혁신을 일으키며, 물고기 양식과 면역체계까지 밝혀낸다. 하지만『창작』은 이 작품이야말로 가장 비과학적이라고 비판한다. 주체언어학의 견지에서 볼 때 물고기들은 사유의 원천인 언어능력을 가질 수 없다는 것이다. 그렇다고 과학환상소설이 무조건적인 과학적 사실만을 요구하는 것은 아니다.

> 과학환상작품에서 과학적 내용의 정확성을 보장한다고 하여 모든 내용이 다 과학적으로 꼭 맞아야 하는 것은 아니다. 과학환상작품창작에서는 과학성을 소홀히 해도 안 되지만 지나치게 과학성을 요구해도 안 된다.(70면)

위의 내용은 조금 세심하게 바라볼 필요가 있는데, 마치 과학환상소설의 비과학성을 용인하는 것처럼 보이기 때문이다. 하지만 위에서 언급한 '지나친 과학성'에 대한 경계는 과학적 엄밀성, 혹은 정확성이 아니라 과학적 가설에 대한 유연성을 말하는 것이다. 하나의 현상에 대해 다양한 과학적 가설이 가능하며, 작가 역시 그 다양한 가설들 중 선택할 수 있는 권리가 있으며, 그 권리에 대해서는 인정을 하겠다는 입장이다. 「노래하는 등대」가 비판을 받은 이유는 환상의 비과학성 때문이 아니라 "리론실천적으로 의의기 있는 기설"의 영역이 아니였기 때문이다.

이 외에도 실현가능성뿐만 아니라 목적의 정당성으로 인해 비판받지 않을 권리도 제시하고 있다.『창작』은 우주여행을 예로 들고 있는

데, 로케트 원리를 발견한 과학자가 목적을 세우고 우주정복에 대한 수단을 찾았으나 실현시키지 못하고 사망하자, 작가는 과학자가 못 이룬 수단을 과학적 환상을 통해 형상화한다. 작품 속 "주인공은 남극을 잠수함으로 통과하며, 달나라를 대포알로 날아"가지만 이 작품은 비판 받지 않는다. 왜냐하면 "기술적 전망이 중심이 아니라 인간의 자연정복"이라는 "일정한 가치" 때문이다.(72면) 반면 실현가능한 과학을 선보였음에도 불구하고 「노래하는 등대」가 비판받는 이유는 "일정한 가치"를 도리어 훼손하고 있기 때문이다. 기계에 의존하는 인간형이란 결코 주체형의 공산주의자로 인정할 수 없기 때문이다. 이처럼 북한 과학환상문학은 "백 프로의 과학성을 요구할 수 없으며"(72면) 과학적 견해가 상이한 경우 작가는 어느 한 편의 가설을 수용해 과학적 환상을 펼칠 수 있음을 말하고 있다. 선택한 가설과 환상에 대해서는 다른 가설을 통해 "시비를 걸어서도 안 되며, 또한 걸 수도 없다"(71면)며 작가의 과학적 환상에 대해 일정한 권한을 인정해주고 있다.

넷째, 상식적인 과학적 환상의 요구이다. 과학환상의 세부적 진실은 곧 작품 전체의 진실성을 담보하며, 이는 인민대중의 교양에도 영향을 미친다. 그래서 "과학의 기초지식에 맞지 않은 자그마한 표현일지라도 절대로 허용되어서는 안 된다"(75면)고 명시하고 있다. 작품에서 북극성이 이리저리 움직인다거나, 망원경도 없이 천왕성을 관찰하는 "터무니없는 이야기"들은 용납되지 않는다.

그런데 여기서의 진실된 묘사는 근거 있는 환상과 같은 사실성이나 과학성보다는 오히려 사상적 측면에 가깝다. 『창작』은 작품 「탐구」를 통해 진실된 묘사의 사상성을 보여주고 있다. 성칠이는 물에서 수소를 분리하기 위한 대촉매 물질을 찾아 달의 빙하구역에 갔다가 죽게 된다. 죽은 성칠이를 살리기 위해서는 인공심장이 필요하다. 하지만 지구에서 달로 인공심장을 보내기 위해서는 레이저 광선을 이용해야 하는데, 인공위성이 그 길을 가로막고 있다. 사람들은 매초 100만 킬로와트의 전력을 생산해주는 인공위성과 지구를 위해 죽은 성칠이를 사이에 두고 고민한다. 그때 로학림 박사는 성칠이의 생명을 선택한다.

> 의사선생, 조절변을 잡으시오. 우리 시대는 한 인간의 생명을 위해 100만 킬로와트의 발전소를 폭파해버리는 그런 시대입니다. 그러기에 우리 나라는 이 땅 우에 아니 온 우주에 공산주의를 건설하는 그런 힘을 가지게 되는 것입니다.(74면)

주치의가 스위치를 돌리자 강력한 레이저광선이 인공위성을 폭파시키고 인공심장을 실은 방열함이 운반체에 실려 달에 도착해 성칠이를 소생시킨다. 이를 보고 성칠의 어머니는 "내 아들은 21세기의 발전된 의학기술이 살려낸 것이 아닙니다. 인간을 가장 귀중히 여기고 인간을 위해서라면 이 세상의 모든 걸 다하는 우리 시대의 참된 륜리와 도덕이 아들의 가슴속에 소생의 빛을 안겨"준 것이라 말한다.(75면) 이 장면을 통해 주체사상이야말로 휴머니즘의 극치이며, 이처럼 사상적 진실함으로 이루어진 세계가 곧 공산주의 사회임을 강조하고 있다. 그래서 로봇기술의 빌딜로 인해 자동로보트기 밥을 먹여주는 세계에 대해『창작』은 강하게 비판한다. 그것은 결코 "우리 당이 내세우고 있는 기계화, 자동화의 방향"이 아니며, "우리 당 정책에 대한 왜곡이자 우리 청소년들에 대한 모욕"임을 역설하고 있다.(76면) 이처럼 북한 과학환상문학의 진실된 묘사는 사상성을 수반할 뿐만 아니라 부정확한 과학지식을 거부하며 무기력한 인간 묘사를 배격한다. 과학환상에서 나타나는 "기적적 현상들은 우연과 안일의 산물이 아니라 로력과 투쟁, 혁명과 진보의 산물"(77면)임을 강조하는 이유도 여기에 있다. 이처럼 북한 과학환상문학의 진실성이란 "과학기술적인 내용에서 사상적인 대를 세우고 거기에 세부적인 형상의 옷을 입히는 과정"(75면)이다.

다섯째, 묘사의 흥미성과 정치성이다. 『창작』은 과학환상소설의 묘사의 범위를 미래의 과학기술생활과 관련된 것으로 한정하고 있다. 하지만 "인물들의 뒤생활[9]과 그들의 내면세계" 등을 "전면에 끌어내어 주인공의 성격의 전모를 리해"(100면)할 수 있어야 한다고 지적하고 있다. 특히 생활묘사의 자유로움을 강조하고 있는데, 일반소설이 "생활적 진실성" 문제로 인해 묘사의 영역이 한정되어 있다면, 과학환상소설은 과학환상에 기초하여 자유분방하게 그릴 수 있는 장점이 있다. 그리고 환상세계에 대한 묘사 중심을 지적하고 있다. 북한은 "묘사의 문학"을 "앞날의 생활, 환상적인 생활을 화폭적으로 펼쳐보이는 문학"(102면)이라 규정하면서 과학환상소설은 묘사의 폭과 깊이에 무제한적임을 강조한다. 특히 작품의 흥미성을 강조하는데, 복잡한 과학기술의 문제를 이해하기 쉽게 묘사하는 능력이야말로 "과학환상소설가의 임무이며 창작능력을 보여주는 가장 중요한 척도"(103면)로 보고 있다.

9 뒤생활이란 "표면화되지 않은 일체의 생활"을 의미한다. 뒤생활에 대한 묘사는 "사회계급적 본질과 생활경력, 개인적인 취미와 기호 등 성격적 특질을 밝히는 중요한 방도"이기에 "무한히 깨끗하고 고상하며 아름다운" 것으로 그릴 것을 강조하고 있다. 황정상, 앞의 책, 179면.

과학환상소설가가 해독하기 어려운 과학문제나 기계구조, 작용원리를 알기 쉽게 묘사하지 못하고 따분하게 써놓았다면 독자들은 그 책을 덮고 책장에 세워둘 권리가 있는 것이다. 과학환상소설작품은 다른 형태의 문학작품들과는 달리 더욱이나 따분하여서는 안 된다. 일부 작가들은 과학환상소설문학의 묘사대상이 따분하고 흥미 없는 것이기 때문에 작품이 딱딱해지지 않을 수 없다고 한다. 이것은 잘못된 생각이다.(103면)

『창작』에 따르면 "과학기술은 그 자체가 매혹적이며 더욱이 미래에 가서 실현될 과학환상은 그 자체가 흥미진진한 것"이기 때문에 "따분한 과학은 없다. 따분한 서술이 간혹 있군 할 뿐이다"라고 강하게 주장하고 있다.(103면) 그래서 과학환상소설가는 독자들이 "차창을 통해 단조로운 사막지대를 보고 있는 려객과도 같이 졸음이 긴 시선으로 작품의 글줄을 대강 훑어내려가게 해서는"(104면) 안 되며, 일반소설가보다도 "묘사의 능수, 언어의 능수"가 되어야 할 것을 강조한다. 특히 복잡한 기계구조도 "눈 앞에 보이듯이, 손으로 만져보는 듯이 그려 독자들을 납득시키고 흥분"시키는 "새로운 묘사의 개척자"가 될 것을 요구하고 있다.(104면)

흥미성에 대한 강조, 특히 독자의 작품 선택 권리를 드러내는 이러한 장면은 과학환상소설이 갖는 효용성에 대한 반증이다. 과학에 대한 흥미와 지식의 전달뿐만 아니라 북한이 지향해야 할 모습까지 제시해야 한다는 전에서 따분함은 결코 용납할 수 없는 것이다.

3. 인물의 형상화 방식

1) 긍정형의 주인공

북한문학의 일관된 특징인 성격창조에 대한 강조는 과학환상소설에서도 다르지 않다. 그래서 "인물성격을 잘 그리는 것은 과학환상소설의 기본 형상과업이며 작품의 사상예술성과 인식교양적 역할을 높이기 위한 기본담보"(149면)이다.

과학환상문학의 사상미학적 요구 가운데 핵심이 되는 부분은 자주성이다. 과학환상문학은 "근거있는 생활 속에서 자주성에 대한 문제를 근본문제로 내세워 거기에 정확한 예술적 해답을 주어야"(51면) 하기 때문이다. 이처럼 과학환상문학은 과학환상과 자주성의 결합을 예술적으로 해명해야 한다. 여기서 자주적인 인간의 문제는 과학환상문학의 근본문제이자 "창작의 가장 중요한 사상미학적 요구"(50면)가 된다. 자주적인 인간은 "남의 힘을 빌리지 않고 자연과 사회를 자기의 의사와 요구에 맞게 개조변혁하며 복잡한 과학기술적 내용들을 자신의 힘과 지혜로 풀어나가는 자주적 립장과 창조적 립장을 지닌 새형의 인간전형"(55면)으로, "생활과 투쟁에서 사람들의 본보기"가 될 뿐 아니라, "사회정치적생명을 위하여 육체적 생명을 기꺼이 바칠 줄 아는"(59면) 주체의 인간학이다. 따라서 과학환상문학에서 과학기술적 내용은 그 자체로 근본문제가될 수 없다. 오직 모든 인물과 사건은 "자주성과 창조성의 발현과정"(52면)을 지향해야 하는 것이다.

인물의 형상화와 관련해서 주목할 부분은 긍정형의 주인공과 부정형 인물이다. 먼저 주인공에 대해서는 성격의 이상화를 경계하고 있다.

과학환상소설이라고 하여 무턱대고 주인공의 성격을 리상화하여서는 안된다. 얼핏 생각하면 21세기에 가서 실현될 과학환상을 취급한 작품이라고 하면 21세기에 살게 될 인간성격을 창조하여야 하고 30세기에 실현가능한 과학환상문제를 그리기 위해서는 그 시대의 인간을 형상해야 할 것이다.

그러나 이것은 창작실천상 불가능한 일이며 또한 아무런 의의도 없다. 40세기, 50세기에 가서 실현될 과학기술적 가설은 내놓을 수 있어도 그 미래시대 인간들의 성격변화발전을 예상하고 예측하기는 어려울 뿐만 아니라 그렇게 할 필요도 없다. 과학환상소설은 우리 시대 사람들을 위하여 창작되는 것이지 먼 미래의 인간들을 위하여 창작되는 것이 아니다. 때문에 과학환상소설에서 현실에 발붙인 리상적인 인간을 그려야지 40세기, 50세기에 가서 실현될 과학환상적 내용을 취급한 작품이라고 하여 그 때의 인간형상을 창조하려고 해도 안 되며 그렇게 요구해도 안 된다.(164면)

위의 인용문은 사실 북한의 복잡한 문제들을 그대로 함축하고 있다. 주인공의 성격을 이상화하지 말라는 요지는 사실 주체형의 인간 형상화와 직접 연결되어 있기 때문이다. 신형기가 지적했듯이 북한 과학환상소설은 특수한 형태의 문학이다. 그 특수성이란 과학환상이 생활 현실에 발 디딘 것이어야 한다는 당위에도 불구하고 실제 작품 속에서 형상화되는 세계는 오늘의 세계와는 너무나 먼 미래이기 때문이다. 과학이 삶의 양식을 바꿔 놓을 미래에 사회주의적 제도가 어떤 형태를 취할지, 게다가 현재의 물리적 수령이 존재하지 않을 그 미래의 모습은 어떨지 상상하기는 쉽지 않은 문제이자, 매우 예민한 문제일 수밖에 없는 것이다.[10] 따라서 물리적 가늠이 어려운 막연한 미래의 인간을 규정하는 문제는 불가능할 뿐만 아니라 형상화의 필요성조차 없다고 결론짓는다. 과학환상문학이 철저히 현실적 문제들을 해결하기 위한 텍스트라는 점에서 "우리 시대 사람들을 위하여 창작"(163면)되어야 하며, 그 인물은 현실에 발붙인 이상적인 인간, 즉 주체형의 인간을 그려야 하는 것이다.

긍정적 주인공의 또 다른 조건으로는 완결된 인물의 지양이다. 『창작』은 "가장 높은 미학적 리상을 체현한 긍정적 주인공"은 반드시 "성장하는 인물"(164면)로 그릴 것을 주문하고 있다. 이는 작가들이 흔히 주인공의 초기 사상의식 수준을 높이 잡는 것에 대한 경계에서 나온 주문으로, 처음부터 완결된 인간으로 등장한다면 작품의 흥미뿐만 아니라 독자를 향한 "인식교양적 의의도 보장"(165면)할 수 없기 때문이다.

과학환상소설 속의 주인공은 투쟁하는 주인공이다. 투쟁성은 항상 새로움renewal을 향한 상향upward의 과정이다. 투쟁성은 현실에 만족하거나 안주하지 않는다. 끊임없이 새로움과 혁신을 향해 전진하는 과정만이 있을 뿐이다. 그래서 주인공은 "인간의 자주성, 창조성, 의식성이 최고도로 발현"하는 인물일 뿐만 아니라, "자주성을 구속하는 모든 사회적 및 자연적 질곡을 부셔버리기 위해서 투쟁하는 사람"(173면)이어야 한다. 이러한 장면은 스스로 완결된 사회라 칭하는 북한 사회의 불

---

10 신형기, 앞의 책, 205면.

완정성을 스스로 인정하는 것이자, 끊임없이 새로움을 추구하지 않으면 유지될 수 없는 사회임을 보여주는 것이다.

특별히 주의를 돌려야 할 문제는 주인공의 앞길에 굴곡과 난관이 겹쌓이게 함으로써 그것을 뚫고 나가는 과정에 주인공의 불굴의 의지와 간고분투의 혁명정신, 뜨거운 인간애를 지닌 그의 고결한 정신도덕적 풍모가 남김없이 발현되게 하는 것이다.(176면)

위 인용문은 과학적 환상을 통해 과학에 대한 흥미와 미래에 대한 판타지를 제공하는 것이 본질이라던 과학환상소설의 진짜 맨얼굴을 드러내고 있다. 주인공의 앞길에 놓인 굴곡과 난관 그리고 그것을 뚫고 가는 불굴의 의지야말로 북한사회에 대한 은유이기 때문이다. 즉 과학환상소설의 진정한 목적은 과학이 아니었다. 과학은 분명 이상적인 공산국가를 건설하는데 필수적인 영역이지만 그것은 결국 방법에 불과할 뿐이다. 과학환상문학의 진정한 목적이란 독자들로 하여금 고난에 맞서 투쟁하는 작품 속 주인공과 오늘날 북한이 처한 위기를 극복하는 인민들의 모습을 오버랩하게 함으로써 인민의 정체성을 형성시키는 것이다.

2) 부정형의 인물

과학환상소설에서 부정적 인물은 중요한 역할을 담당한다. 주인공이 반드시 고난의 과정을 겪어야 한다는 점에서 부정인물은 주인공의

안티테제로서의 존재론적 의미를 갖는다. 하지만 간혹 작가들 가운데
는 부정인물을 그릴 필요가 없다는 의견도 나온다. 미래의 사회란 긍정
이 결정적 우위를 점하고 있다는 이유 때문이다. 하지만『창작』에서는
부정인물의 필연성을 역설하고 있다. 미래사회 역시 새것과 낡은 것과
의 투쟁 속에서 형성, 발전하는 사회이며, 끊임없이 낡은 것을 청산하
고 극복하기 위한 투쟁과정이 필요하기 때문이다. 그런 면에서 부정인
물은 "생활의 진리와 혁명투쟁의 법칙을 정당하게 보여주는 커다란 의
의"(183면)를 지니고 있다는 것이다.

　부정인물의 유형은 크게 적대적 부정인물과 비적대적 부정인물로 대
별된다. 적대적 부정인물은 "민족적 및 계급적 원쑤들의 인물형상"(184
면)으로 주로 미국과 일본제국주의 국가로 나타난다.

> 　적대적 부정인물의 형상을 창조하는데 있어서 무엇보다 중요한 것은 우
> 리 인민의 피맺힌 원쑤인 미일제국주의자들을 비롯한 민족적 및 계급적 원
> 쑤들과는 한 하늘을 이고 살 수 없으며 놈들을 지구상에서는 물론 우주공간
> 에서조차 철저히 쓸어버려야 한다는 정신을 형상적으로 구현하는 것이
> 다.(185면)

"가장 포악하고 악랄한 침약자"인 미국과 일본에 대한 적나라한 폭
로와 명확한 인식이야말로 적대적 부정인물의 존재 이유이다. 「소년우
주탐험대」나『별은 돌아오리라』에서처럼 "제국주의자들의 반동적 본
질과 야수성을 생동하게" 그리기 위해서는 "만화적으로 그리거나 생활
적 타당성이 없이 되는대로 그려서는 안 된다"고 강조하고 있다.(185

면) 만화적인 묘사야말로 제국주의자의 이미지를 희화화시키고 적대감을 희석시킬 수 있기 때문이다. 이와 함께 자연주의 수법에 대한 경계를 강조한다. 자연주의적인 묘사는 증오심보다도 공포심을 불러일으킬 수 있기 때문이다. 따라서 "놈들의 야수적 본성을 날카롭게 폭로단죄"할 수 있는 "사실주의 전형화의 원칙"(185면)을 강조하면서, 특히 "어떤 잔인한 행위도 공산주의자들의 불굴의 의지와 불패의 신념, 그 위대한 정신력 앞에서는 무맥하다는 것을 보여"(186면)줄 것을 강조한다. 이는 북한의 우월성을 드러내는 것으로, 적대적 부정인물의 파멸을 통해 북한사회의 우월성과 공산주의의 필승불패를 보여주자는 의미이다.

비적대적 부정인물은 낡은 사상의 잔재를 가지고 있는 유형이다. 『창작』은 비적대적 부정인물들을 적대적 유형과 명확히 다르게 그릴 것을 요구한다. 특히 비적대적 부정인물을 "증오와 규탄의 대상으로 따돌리는 식으로 그려서는 안 된다"고 규정하고 있다.(187면) 이들은 조국과 인민을 위한 마음은 있으나 경험주의, 보수주의, 개인이기주의, 혹은 집단과 혁명동지에 대한 사랑이 부족한 자들이다. 다시 말해 낡은 사상의 잔재와 생활습성의 문제이지 존재 자체의 문제는 아니라는 것이다. 따라서 이들은 "사건의 발전 속에서 교양개조되는 것으로 해결하여야 하며, 개변 후 그의 생활에 앙양한 전망을 열어"(187면)주어야 할 것을 주문하고 있다.

정리하자면 근거있는 환상, 우리식 혹은 조선식 환상이라 불리는 과학적 환상은 북한의 과학환상소설이 서구의 과학소설과 대립각을 세울 때 항상 맨 앞에 제시되는 항목이다. 서구의 과학적 환상이 결국 인간에게 재앙과 파멸을 가져오는 불경한 것이라면, 북한의 과학적 환상은 인민경제의 주체화, 현대화, 과학화라는 현실적 문제를 해결해 줄 뿐 아니라 미래세대에게 과학적 세계관과 호기심을 갖게 해주는 '특수한 문학'의 요소라는 것이다. 이를 위해 묘사의 진실성과 흥미성, 첨단기술의 적용, 인물구도의 이원화 등 여러 가지 문학적 장치들이 동원된다.

결국 과학환상문학을 통해 얻고자 하는 바는 분명해진다. 과학환상문학의 도구성, 즉 인민경제의 주체화, 현대화, 과학화의 모멘텀을 형성하는 것이며, 이러한 이유로 과학환상소설의 창작은 문학의 심미성이나 창조적 상상력의 유희를 초월하는 "성스러운 과업"(23면)이 되는 것이다. 인민경제의 주체화, 현대화, 과학화라는 "력사적 위업"(24면)은 결코 목적점이 정해진 바 없다. 그것은 실체로서 존재하지 않는 추상적 무시간성의 '사회적 과제'이자 결코 만족할 줄을 모르며 끝을 알 수 없는 영원히 '현재화'된 목표를 향한 동원의 '과정'이다.

4. 과학환상동화와 과학환상영상문학의 제요소

1) 과학환상동화의 존재이유

과학환상동화는 "유치원 높은 반 어린이들과 인민학교 학생들, 중학교 낮은 반 학생들"(265면)을 주된 독자로 상정하고 있는 장르이다. 과학환상동화의 비중 역시 과학환상소설에 못지않다. 황정상은 과학환상동화를 "우리 시대 아동들에게 더없이 필요한 문학형태"(265면)로 보고 있는데, 여기에는 "학생들이 공부를 잘하여 앞으로 과학자가 되겠다고 하는 것이 좋습니다. 어릴 때부터 과학에 대한 환상을 가지게 하는 것이 좋습니다"(264면)라는 김일성 교시의 영향도 있지만, 무엇보다 과학환상동화가 아동들에게 미치는 영향 때문이다.

> 우리 시대의 벅찬 혁명적 현실은 과학기술발전을 떠나서 생각할 수 없다. 이와 함께 동화의 독자들인 우리 시대 아동들의 정신세계가 이미 동화적 환상에만 머물러 있을 수 없으리만큼 높아지고 있는 조건에서 과학환상에 기초한 동화창작이 필수적으로 제기된다.(265면)

과학환상동화가 요청되는 첫 번째 이유는 "현시대가 과학과 기술의 시대이고 과학기술의 발전을 떠나서는 인민경제를 한 걸음도 전진시킬 수 없다"[11]는 시대사적 관점과 아동의 지적 수준이 기존의 동화로는 만족시킬 수 없다는 한계에 도달했기 때문이다. 이미 현실은 동화적 환상에만 머물 수 없는 혁명적 현실이라는 점, 그리고 이 현실은 과학기술발전을 떠나서는 한 발자국도 나아갈 수 없다는 점, 따라서 "과학환상을 형상 창조의 기본수단으로 하며 그것을 인식문제의 추구에 리용하는 과학환상동화는 우리 시대 아동들에게 더없이 필요한 문학형태"(265면)라는 것이다.

두 번째는 동화에 대한 전근대적인 발상에 대한 반성이다. 북한은 일

---

11 「작가들은 문학작품에서 과학자·기술자들의 형상을 훌륭히 창조하자」, 『조선문학』 463호, 1986.5, 4면. 신형기, 앞의 책, 201면 재인용.

찍부터 아동문학의 중요성을 강조하면서 특히 개나 닭 등 동물들의 의인화와 환상수법을 강조해 왔다. 하지만 더 이상 이런 식의 동화만으로는 아이들의 흥미를 끌 수 없다는 것이 그들의 판단이다. 세상은 첨단과학을 보여주고 있는데 아직도 동화는 전근대적인 것만을 고집하고 있다는 위기의식의 발로이다. 그래서 과학환상동화 공모현상이나 과학환상문학 관련 행사를 진행하고 작가들에게도 새로움을 선사할 것을 종용하고 있다. 실제로 북한에서는 매년 설맞이행사 때마다 과학환상 예술작품을 공연하고 있으며, '위대한 수령'은 공연을 감상하고 과학의 중요성에 대해서도 강조한다. 또 김정일은 매년 전국과학환상창안품 및 과학환상문학 작품 현상모집 등 과학환상동화 관련 정책들을 지시했다. 그래서 "매해 수만 명의 청소년학생들이 참가하여 우수한 과학환상동화를 비롯한 여러 가지 형태의 과한환상문학 작품들과 신묘한 과학환상창안품들을 내놓"(264면)고 있다고 강조하고 있다.

2) 과학환상동화와 종자

황정상은 과학환상동화가 지녀야 할 종자의 첫 번째 특징을 명백한 이분법적 구분으로 시작한다. 즉 아름다움에 대한 윤리적 판단의 기준을 선악에서 찾고 있다.

어린이들의 기호와 수준에 맞게 로동계급관점에 튼튼히 서서 선한 것과 악한 것, 옳은 것과 그른 것, 고운 것과 미운 것 등을 내용으로 한 과학환상동화를 창작하여 보여주는 것은 그들에 대한 사상교양에서 아주 효과적이다.

과학환상동화문학이 대상하는 어린이들과 학생소년들은 생활체험이 부족하고 사고방식도 극히 단순한 것으로 하여 인식능력에서 제한성을 가지고 있다. 따라서 어린이들과 학생소년들에게 복잡한 과학기술현상과 자연변화를 그대로 보여준다면 그들은 그 내용을 정확히 리해하지 못하며 작품이 응당한 인식교양적 기능을 수행하지 못하게 된다.

그러므로 어린이들과 학생소년들에게는 그들의 심리적 특성에 맞는 생동한 형상을 통하여 무엇이 선한 것이고 무엇이 악한 것인가 하는 것 등을 알기 쉽게 보여줌으로써 선한 것을 지향하고 악한 것을 미워하는 정신으로 교양하는 것이 중요하다.(268면)

선악에 기초한 이분법적 종자론은 아이들의 미숙성을 이유로 내세우고 있지만, 보다 본질적인 측면은 사상교양 기능의 수행에 있다. 예술에 대한 윤리적인 개입은 북한문학이 추구하는 예술의 정치화의 가장 기본적인 모습이기도 하다. 과학환상동화 「이돌이형제와 기계사람」은 윤리적 개입의 단면을 보여주는 사례로 제시되고 있다. 이 작품은 '기계사람'의 능력과 인간의 지혜 간의 대결을 과학환상동화의 종자로 다루고 있다. 아버지가 개발 중인 기계사람의 능력에 놀란 삼돌이는 기계사람을 이용해 강철공장의 쇳물을 뽑는다. 하지만 수십 명의 용해공의 역할을 해내던 기계사람이 돌발 상황 앞에서 어찌할 바를 모르고 허둥대자, 결국에는 용해공 아저씨들의 '지혜'로 위기상황을 넌긴다. 즉 아무리 대단한 자동기계라 할지라도 인간의 지혜를 따를 수 없다는 생활적 진리를 보여주고 있는 것이다. 실제로 북한 과학환상문학에는 로봇을 소재로 한 작품들이 많이 나오는데, 다수의 작품에서 로봇에게 전적으로 의지하는 것에 대한 문제점과 그 어떤 기계도 인간을 넘어설 수 없다는 주제를 다루고 있다. 여기에는 서구SF에 대한 문제의식도 한 몫을 하는 것으로 보인다. 황정상도 지적하고 있듯이, 서구 과학소설이 보여주는 "인간무능, 사람이 발전된 자동기계인 지능로보트나 개발 중에 있는 지성로보트보다 못하다는 것은 매우 그릇된 일이며 제 아무리 발전된 자동기계라 해도 인간의 지능을 절대로 초월할 수 없다는 진리"(270면)를 강조하고 있다.

두 번째 종자의 특징은 의인화할 수 있는 요소와 동화적 환상과 과학적 환상을 다 같이 다룰 수 있는 것을 종자로 삼는 것이다. 의인화는 아동문학이 가져야 할 기본 조건처럼 강조하던 사항이다. 따라서 과학환상동화에서도 "반드시 의인화할 수 있는 요소"(271면)가 들어갈 것을 요구하고 있다. 과학동화 「탄소의 자랑」처럼 화학원소들을 의인화하거나 과학환상동화 「태양도시를 꾸리는 박사기계들」처럼 물리수학박사기계나 전기박사기계 등의 의인화를 통해 동화적 환상과 과학적 환상의 조화를 꾀할 것을 말하고 있다.

세 번째로는 수령의 교시와 당의 노선, 정책 연구의 필요성을 강조하고 있다. 이 역시 선악이라는 윤리적 판단의 근거로서 작동하며, 특히 개인이기주의에 대한 경계를 강조하고 있다. 황정상은 과학환상동화 「과학궁전을 찾아간 차돌이」의 작가를 예로 들면서, 작가는 수령의 교시를 연구하는 과정에서 "청소년교양에서 나서는 절실한 문제의 하나가 개인리기주의를 짓부시고 집단주의 정신을 키우는 것이라는 것을 똑바로 인식"(273면)할 것을 주지하고 있다. 그만큼 개인이기주의는 북한에서 주의하는 것이며 그래서 과학환상문학에서 가장 많이 나오는 교훈 중의 하나이다. 연령에 관계없이 개인이기주의는 북한 사회뿐만 아니라 과학환상문학에서도 가장 경계하는 요소이자 극복해야 할 것으로 보고 있다. 개인이기주의야말로 공동체를 분열시키며 결국에는 파국으로 몰아가는 가장 위험요소로 인식하고 있기 때문이다. 과학환상문학을 비롯해 북한 문학을 강한 계몽주의로 이끄는 원인도 여기에 있다.

네 번째로는 의인화의 문제이다. 아동문학에서 의인화는 항상 중요한 형상화 방식으로 등장한다. 과학환상동화 역시 예외는 아닌데, 차이가 있다면 의인화 대상의 유사성 극복과 영역의 확장을 강조하는 것이다.

> 의인화 대상의 폭을 넓히는 것은 과학환상동화창작에서 류사성을 극복하고 독창성과 비반복성의 원칙을 구현하기 위한 중요한 담보로 되며 아이들에게 미래의 세계에 대한 풍부하고도 다방면적인 지식을 주기 위해서도 반드시 필요하다.
>
> 의인화 대상을 넓힌다고 하여 다른 나라의 과학환상동화에서처럼 막연한 우주사람이나 우주동식물 등 현실생활과는 너무도 거리가 먼 것들을 아무런 타당성도 없이 흥미본위로 마구 선정하여서는 안 된다.
>
> 작가들은 현실에 발붙인 의인화 대상을 탐구선정하며 아이들의 년령심리적 특성에 맞는 것들을 리용하여 과학환상동화가 어린이들의 인식교양에 적극 이바지하도록 하여야 한다. 의인화 대상은 매 년령기별 어린이들의 생활에 가까운 것, 그들이 친숙하게 받아들이고 능히 리해할 수 있는 것으로부터 시작하여 점차 그 범위를 넓혀나가야 한다.(280면)

유사성의 극복이란 일반 환상동화와의 차이를 드러내기 위한 것이며, 영역의 확장이란 과학환상동화라는 장르적 특징을 유지하기 위한 방편이다. 의인화 대상을 선택할 때 가장 유의해야 할 점은 '흥미본위'이다. 앞에서 언급했듯이, 의인화 대상의 선택은 '종자'를 형상화하기 위한 방편이다. 따라서 우주인간이나 우주동식물이 중요한 것이 아니다. 현실생활과 너무 동떨어지거나 흥미본위로 떨어지지 않는다면 의인화의 대상은 거의 제한이 없는 셈이다. 실제로 배풍의 「땅나라 손님」에는 외계인과 우주동식물이 등장하고 있다. 또한 대부분의 경우 원자와 원자핵, 전자와 분자, 반도체 소자와 소립자들, 로봇, 자동기계 등이 주된 의인화의 대상으로 등장한다. 과학환상동화 「태양도시를 꾸리는 박사기계들」에는 태양열 이용을 위한 물리수학박사기계인 자동로보트와 가스 및 원유 등 지질학 조건을 위한 지질학박사기계 등이 등장하며, 과학동화 「치료부대의 뉘우침」에는 질병과 예방이라는 종자를 위해 위생 선전책, 삽, 먼지떨이 등을 의인화하여 주변 환경의 청결을 강조하고 있으며, 병을 치료하는 인물로 주사기와 감기약을, 병균을 찾아내는 '정찰병'으로 청진기를 의인화하고 있다. 이처럼 과학환상동화 속의 의인화는 과학적 지식을 알기 쉽게 전달하고 북한의 유토피아적인 전망을 제시하는 데 활용되고 있다.

　이 외에 어린이들이 과학에 흥미를 가질 수 있도록 어린이들의 다양한 생활을 탐구할 것과 생활체험을 기계나 기구, 자동화요소, 동식물 등으로 의인화할 수 있도록 관찰할 것 그리고 최신의 과학기술을 어떻게 동화적 환상으로 형상화할 수 있을지 고민할 것 등을 강조하고 있다.

3) 과학환상동화의 인물설정 조건과 서사전개 방식

과학환상소설과 마찬가지로 과학환상동화에서도 "살아움직이는 산 인간으로 개성화"(282면)할 것을 강조하고 있다. 인물의 개성화야말로 과학환상동화가 참다운 인간학이 되는 조건이기 때문이다. 그래서 성적 여부에 따라 좋은 학생과 나쁜 학생으로 구분하거나, 화학원소의 역할에 따라 마음씨 착한 산소와 흉악한 탄소로 나누는 것 또는 도구의 역할에 따라 우둔한 함마와 꾀 많은 전자수산기 등은 잘못된 개성화의 사례로 보고 있다. 황정상은 '산 인간의 인물설정'을 위해 크게 두 가지 방법을 제시하고 있다. 먼저 긍정인물을 친근하고 아름답게 그리는 것이다. 북한 인민들의 과학탐구에 대한 신념과 의지, 자주적이면서도 창조적인 생활, 재물이나 권력보다도 진리에 대한 탐구와 윤리도덕을 더 귀중히 여기는 심성, 모든 것을 스스로 해결하려는 자력갱생의 혁명정신 등을 지닌 인물을 통해 어린 독자들의 공감을 불러일으킬 것을 강조하고 있다.(282면)

다음으로는 "대조의 수법"의 강조이다. 대조의 수법은 "서로 상반되는 성격적 면모를 대조적으로 확대과장하면서 인물의 특징을 살리고 개성화를 실현하는 수법"(283면)으로, 이를 통해 인물의 특징이 선명해질 뿐만 아니라 이야기를 보다 명백하고 뚜렷하게 형상화할 수 있다는 것이다. 황정상은 실례로 화학기계박사에 비해 열등하다고 여겨지던 물리수학박사기계가 원자가마의 폭발사고를 과학적으로 막아내고, 허세만 부리던 화학기계박사는 반성하게 된다는 과학환상동화 「대양도시를 꾸린 박사기계들」을 통해 외모의 대조에서 행동과 성격의 대조로까지 확대되고 있음을 설명하고 있다.

과학환상동화에서 인물설정 다음으로 중요한 것은 인물 간의 "호상 관계"(285면)를 설정하는 것이다. 여기에는 3가지 정도를 언급하고 있다. 첫 번째는 호상관계를 종자의 실현에 가장 알맞게 맺는 것이다. 두 번째는 호상관계를 과학환상소설보다 아주 단순하게 설정하는 것이다. 이는 집중력이 길지 않은 아동의 특성을 반영한 것으로 "지루한 설명이나 장황한 이야기가 금물"(287면)임을 강조하고 있다. 세 번째는 "의인화된 기계, 기구 및 자동화 요소 등 사물현상의 자연생태적 특성에 맞게 인물들의 호상관계를 맺어주는 것"(288면)이다. 비록 환상이라 할지라도 개연성과 타당성 있는 관계를 말하는 것이므로, 「옹이와 기계사람」처럼 인간과 로봇의 대화는 가능하지만 "어떤 과학환상동화 초고에서처럼 주인공 소년이 잠수함과도 말하고 물고기들과도 롱을"(288면) 거는 것은 불가하다는 것이다.

황정상은 과학환상이야기를 동화적으로 잘 엮어가기 위해 여러 가지 방법을 제시한다. 본래의 특성에 맞춰 의인화된 대상의 이야기를 엮어갈 것, 과장의 수법을 이용하여 흥미성을 높일 것, 환상을 가장 효과적인 대목에서 펼쳐줄 것, 과학적 환상을 마련할 것 등이다. 특히 황정상은 많은 지면에 걸쳐 순차적 구성에 관해 설명하고 있다.

과학환상동화에서 이야기의 흐름은 원칙적으로 시간적 순차를 따르도록 해야 한다. 과학환상아동소설에서는 때로 이야기의 순서가 시간적으로 뒤바뀌기도 하고 이야기가 전개되여가는 도중에 회상이 끼여들기도 한다. 그러나 과학환상동화에서는 이야기를 전개시켜나가다가 도중에 회상을 끌어들이거나 사건을 전도시키지 않는 것이 좋다.(292면)

시간의 순차적 구성을 강조하는 가장 큰 이유는 과학환상동화의 독자가 '인민학교 학생'과 '유치원 높은 반 원아들'이기 때문이다. 즉 이야기 구성을 최대한 단순화하여 아이들로 하여금 손쉽게 받아들이게 하기 위해서이다. 이를 위해 주로 전반부에서 문제를 제시하고 후반부에 가서 문제를 해결하는 방식을 제시한다. 예를 들어 「이돌이 형제와 기계사람」의 전반부는 용해장에서 노동자들의 고된 노동을 보고 그들을 위한 자동기계를 만들겠다는 이야기와 공학연구소에서 자동기계를 만들었다는 말을 듣고 직접 만나보는 이야기, 또 용해작업도 할 수 있다는 '기계사람'의 말에 기뻐하며 기계사람을 강철직장으로 데려오는 이야기로 구성되어 있다. 후반부에서는 돌발적인 상황을 통해 기계의 힘이 아닌 인간 스스로 문제를 해결해야 한다는 교훈으로 끝을 맺고 있다.

과학환상동화 창작에서 주의해야 할 또 다른 조건으로는 언어의 구사이다. 황정상이 작가들에게 부가적으로 주문하고 있는 것은 언어의 회화성, 음악성, 고유의 조선말 사용, 입말체, 과장된 환상적인 말 그리고 간결하고 시적인 말이다. 황정상은 이러한 기준이 결코 절대적이지 않다는 것도 빼놓지 않고 있다. "그 어떤 격식화된 처방"(298면)이란 있을 수 없으며, 창작가의 개성과 창작과정과 각 작품의 구체적인 특성에 따라 달라질 수 있기 때문이다.

4) 과학적 환상과 동화적 환상

과학환상동화에서 환상은 두 가지를 만족시켜야 한다. 이는 과학적 환상과 동화적 환상이다. 황정상은 동화적 환상에 대해 다음과 같이 말하고 있다.

> 동화적 환상은 현실생활에서 사람들이 바라는 념원이나 소원, 욕망 등을 창작가의 상상력을 빌어 어린이들의 심리정서적 특성에 맞게 그려낸 비실제적인 형상세계이며 작가의 상상에 의하여 창조된 현실생활에서 볼 수 없는 가공된 형상세계이다. 이로부터 동화적 환상은 사물과 형상의 이러저러한 본질을 직접으로 그려보여주는 것이 아니라 그것을 상상에 굴절시켜 다양한 특질과 본질을 가진 신기한 형상으로 재창조하여 보여준다. 따라서 동화적 환상은 신기하고 매혹적인 것이 특징적이다.(299면)

동화적 환상의 속성이란 상상력에 의해 굴절된 비실제적인 형상이다. 사물의 구체성을 환상이라는 장치를 통해 신기한 영역으로 상승시키는 역할이다. 하지만 이럴 때 가장 문제가 되는 것은 바로 '공상'과의 차이이다. 북한에서 환상과 공상은 전혀 다른 위상을 지니고 있다. 환상이 말 그대로 신기하고 매혹적인 문학적 장치라면, 공상은 "생활의 진실을 떠난 왜곡된 환상"(301면)에 지나지 않는다. 그래서 동화적 환상은 현실에서 볼 수 없는 세계를 펼치지만 반드시 "생활의 본질과 합법칙성을 반영"(299면)해야 한다. 그것은 허황된 것이 아니라 인간의 창조적 투쟁에 의해 언젠가는 반드시 이루어질 수 있는 생활을 형상화하는 것이기에 반드시 "밑바탕에는 현실생활이 놓여있"(299면)어야 한다. 동화적 환상이 근거 있는 환상, 현실에 기반을 둔 과학적 환상과 양립할 수 있는 근거가 여기에 있다. 물론 "아직 탐구되지 못한 분야에 대한 외추이며 미래에 대한 과학적 예측인 과학적 환상은 환상에서의 과학성과 진실성을 담보한다는 측면에서 동화적 환상과 구별되는 특징"(300면)이 있다.

황정상은 동화적 환상과 과학적 환상 간의 잘못된 사례로 1960년 1월에 발표된 김도빈의 「바다 속의 장수풀」을 들고 있다. 황정상은 이 작품이 과학적 기초가 빈약할 뿐만 아니라 동화적 환상과 과학적 환상을 구별 없이 섞어 놓아 일반 동화인지 과학환상동화인지 분간할 수 없다고 혹평을 하고 있다. 특히 물속에서 목욕을 하거나 과학환상동화이면서도 옛이야기에나 나오는 '룡궁'을 찾아가는 것은 마치 "현대식 양복에 버선을 신은 것"(301면)처럼 어색하다는 것이다.

> 과학환상동화작가들은 인물성격과 생활에 근거해서가 아니라 그 어떤 현상을 의인화하는 수법으로 재생하는 식의 '환상'을 창조하려 해서는 절대로 안 될 것이다. 그런 '환상'은 높이 떠서 날지도 못하거니와 그나마 날다가 땅으로 돌아오지 못하는 '환상'들이다.
>
> 새는 하늘을 믿고 나는 것이 아니라 자기 생활이 들끓고 있는 땅을 위하여, 그 땅으로 돌아오기 위하여 날아다닌다. 마찬가지로 환상은 독자들을 데리고 의인화된 사물들과 현상들이 있는 동화세계를 날아다니기만 할 것이 아니라 자기를 낳아준 생활로 돌아와 거기 서 있는 어린 독자들에게 무엇을 속삭여주어야 하며, 그 어떤 선물을 안겨주어야 한다. 그것이 없는 과학적 환상은 앉을 곳 없는 새와 같아서 날개는 부러지며 마침내 땅바닥에 곤두박

히게 될 것이다. 다시 말하면 아무런 인식교양적 의의도 없는 무의미한 환상으로서 어린 독자들의 버림을 받게 될 것이다.(302~303면)

황정상이 비유적 표현을 들어가며 강조하는 지점은 환상의 '인식교양적' 역할이다. 「바다 속의 장수풀」뿐만 아니라 「세 요술쟁이는 어떻게 나타났나」[12]에 나오는 달님, 얼음산, 해님, 안개산 등의 자연물도 과학적 성질을 반영한 것인지 아니면 순허구적인 동화적 환상인지 구분이 가지 않는다는 것이다. 자본주의적 환상의 경계와 함께 계급적 입장을 견지해야 하는 북한에서 "리치에 맞지 않는 환상을 무질서하게 뒤섞어 놓는 것은 허용"할 수 없는 것이다. 선전과 동원의 문학을 표방하는 북한의 입장에서 "환상은 그 시작과 전개 및 결속에서 로동계급적 요구를 훌륭히 구현"(305면)해야 하며 이를 위해서는 환상의 출발점이 '생활적 타당성'에 기초해야 한다는 것이다. 황정상이 제시하고 있는 생활적 타당성은 다음과 같다.

우리의 과학환상동화작품들에서는 이 땅의 풍부한 자원의 합리적인 개발문제, 바다자원의 종합적 리용문제, 새로운 합성물질의 리용, 농업과학에서의 '록색혁명'과 식료품의 합성문제, 생물학과 의학에서의 최신성과와 전망, 태양에네르기를 비롯한 새로운 동력원천의 개발문제들을 과학적 환상으로 펼쳐 동화적 환상수법으로 어린독자들을 환상세계에로 이끌어 매혹시켜야 한다. 환상세계는 화성이나 금성, 토성 등 별나라에만 있는 것으로 여

---

12 1963년 1월호 『아동문학』에 수록된 남응손의 「세 요술쟁이는 어떻게 나타났나」는 '동화'로 명기되어 있으나, 황정상은 이를 과학환상문학으로 규정하고 있다.

기고 걸핏하면 우주세계를 그리려고 하지 말고 우리나라의 과거와 최근시기에 있었던 여러 가지 문제들에 대한 해명과 가설 등 허다한 소재들을 선택할 수 있다. 세상에 널리 알려진 고려자기의 비결을 해명하며 선조들의 훌륭한 제강법과 건축술을 해명하는 력사과학환상동화작품도, 휘황찬란한 앞날의 모습을 보여주는 사회환상동화작품도 어린 독자들의 교양에 훌륭히 이바지하게 될 것이다.(307면)

황정상이 제시하고 있는 과학적 환상의 소재는 꼭 어린 독자를 대상으로 한 작품에만 해당되는 것은 아니다. 그렇기 때문에 과학환상소설을 비롯한 여타의 과학환상문학이 다루고 있는 이야기도 이 범주를 넘지 않는다. 어쨌든 황정상이 걱정하고 있는 지점은 공상이 환상을 대체하는 경우이다. "어린 독자들을 주체형의 공산주의 혁명가로 키우며, 우리나라 과학기술발전에 적극 이바지할 수 있는 훌륭한 작품들을 창작"(307면)해야 하는 현 상황에서 과학환상동화가 다른 장르와 차이를 만들어내면서 자신의 존재를 증명하기 위해서는 바로 과학적 환상과 동화적 환상의 이상적인 결합이 필요하며, 그 토대가 생활의 타당성을 지닌 '근거 있는 환상'의 구현이라는 것이다.

5) 과학환상영화문학의 특징

북한에서 과학환상영화문학에 대한 기대는 역시 광학, 사진학 그리고 영화의 등장과 관계가 있다. 북한은 1967년 첫 과학환상영화문학이

「꼬마우주탐사대원」을 그림영화로 제작하였으며, 이어서 과학환상아동문학인 「꼬마박사」, 「춤추는 풍년벌」, 「하늘의 쇠돌」, 「곱등어를 길들이는 소년」, 「남수의 환상」 등을 영화로 제작하였다. 황정상은 과학환상영화문학에 대해 환상적이고 영화적인 특성을 살리는 방법, 과학지식탐구와 환상력을 키우는 문제, 사상미학적 요구와 방도라는 세 가지 차원에서 언급하고 있다.

과학환상영화문학은 "과학환상영화의 대본으로, 사상예술적 기초로 되는 과학환상문학의 한 형태인 것만큼 환상적이며 영화적인 특성을"(309면) 지닌 문학이다. 과학환상영화문학은 영화에서 배역인물들의 행동과제와 생활의 기초를 마련해주고, 영화의 내용을 형상적으로 보여주기 위한 영화연출가의 창조적 환상을 낳은 바탕으로 영화의 형식을 제공한다. 이처럼 과학환상영화문학에 반영된 구성이나 형상수법, 언어 등 형식적 요소들은 영화 구현에 필요한 형식을 제공한다. 따라서 과학환상영화예술의 발전을 위해서는 과학환상영화문학의 발전이 필수적이다.

황정상은 과학환상영화문학의 특성으로 먼저 "미래의 생활을 환상적 형식으로 보여주는 영화문학의 한 형태"(311면)임을 지적하고 있다. 일반 영화문학이 현실생활을 그대로 제시한다면 과학환상영화문학은 미래의 "사회적 관계들을 보다 첨예화하고 환경을 전형화함에 있어서도 보다 넓은 가능성"을 보여준다. 두 번째 특성으로는 "환상생활을 극적 형식으로 보여주는 영화문학의 한 형태"라는 것이다. 일반 영화문학과는 달리 새로운 과학기술을 향한 투쟁을 반영하기 때문에 "긴장한 생활 정황이나 생산문제가 인입되는 것은 필수적"(313면)으로 보고 있다. 세 번째 특성으로는 "생활의 본질을 조형적으로 세부화"(314면)한다는 점이다. 이른바 문자적 묘사가 아니라 영상을 통한 형상화라는 것인데, 황정상은 과학환상아동소설과 과학환상영화문학의 장면들을 비교해 가며 제시하고 있다. 마지막으로 언급한 특성으로는 "영화적 시공간을 리용하여 생활을 깊이 있고 풍부하게 일반화"(317면)한다는 점이다. 이는 영화의 시공간이 갖는 무제한성을 언급한 것으로, 영화장르가 가지고 있는 무한한 표현 가능성에 대한 언급이다.[13]

황징상은 과학환상영화문학의 역할이 과학지식탐구와 환상력을 키우는 데 있다면서, 그 근거를 김정일의 교시에서 찾고 있다. "아동영화는 인민학교 학생들을 대상으로 하므로 그들이 학교에서 배운 기초지식을 더욱 공고히 하는 데 기본을 두고 만들어야 합니다"(319면)라는 김정일의 언급은 과학환상영화의 독자와 내용을 규정하고 있다. 인민학교 학생들이란 "철이 들기 시작하며, 활동성이 강하고 장난이 심한 년령기적 특성으로 해서 아이들을 교양하는 데서 행동성이 강한 생생한 직관으로 체험"할 필요가 있기 때문이다. 따라서 "동경심과 모방심이 강하고 환상이 많으므로 아이들에 대한 교양에서 좋은 모범과 풍부한 환상, 특히 과학환상을 통하여 주위세계를 리해"시키기 위해서는 과학환상아동영화가 반드시 필요한 것이다. 그래서 과학환상영화문학을 "인민학교 년령기의 어린이들에게 가장 알맞은 수단"으로 여기고 있다.(319면)

내용면에서는 크게 사회주의 교육학의 원리에 입각한 지덕체 교육을

---

13 황정상이 언급한 특성들은 영화의 일반적 특징에 지나지 않는다. 실제로 이후의 언급들도 거의 일반론에 그치고 있으며 앞에서 다룬 과학환상소설이나 과학환상동화의 내용과 대동소이하다. 추측컨대 이는 과학환상영화문학에 대한 황정상의 이해가 깊지 않은 데서 기인하는 것으로 보인다. 과학환상영화문학 창작에 대한 분량이 상대적으로 짧은 것도 이 때문인 것 같다.

강조하고 있다. 아동영화는 "어린이들을 지덕체를 갖춘 전면적으로 발전된 공산주의적 혁명인재로 키우는 것을 사명"으로 하는 만큼, "혁명적인 사상과 깊은 지식, 건장한 체력"은 아동영화의 기본 내용이 되어야 한다.(321면) 그래서 과학환상영화문학의 기본주제 영역 중 하나인 지적교육으로는 학교에서 배우는 기초지식과 당정책 요구에 맞는 지식이며, 도덕으로는 고상한 공산주의 도덕품성의 구현이다. 특별히 강조하고 있는 것은 "개인리기주의를 없애고 '하나는 전체를 위하여, 전체는 하나를 위하여'라는 집단주의 정신"(327면)이다.

또 로동계급의 계급의식으로 무장시키는 계급교양에 관한 것이다. 아동들의 자연발생적인 사상감정을 목적지향적인 혁명의식으로 전환시키기 위해서는 이 시기부터 혁명적 세계관, 과학적 세계관의 무장이 필요하다는 입장이다. 『창작』에서는 토끼의 생명을 위협하는 세균들을 의인화한 과학환상아동영화문학 「소녀수의사를 도운 박사들」을 예로 들고 있다. 토끼에게 치명적인 세균인 리스테렐라 세균이 토끼의 생명을 위협하자 백혈구 부대가 방어에 나선다. 검은 부대로 등장하는 리스테렐라 세균들이 '토끼의 심장을 점령하자!', '토끼의 뇌수를 점령하자!'라는 플랜카드와 군기를 들고 전진하자 토끼는 점점 힘을 잃어간다. 그때 소녀 수의사를 비롯한 수학박사, 물리박사, 화학박사, 의학박사들이 제조한 데헥산을 주사하자 백혈구 병사들은 다시 완전무장을 한 채 세균부대를 몰아내고 토끼는 무사히 살아난다. 황정상은 이 과학환상아동영화가 미제국주의자들의 침략적이고 약탈적인 본성을 예리하게 폭로하고 있으며, 토끼의 백혈구의 힘이 약해지면 세균이 공격하듯, 우리도 긴장을 늦추면 미국의 침략에 당하고 만다는 경각심을 주고 있다고 말하고 있다.

세 번째로는 금기시 되는 내용에 관한 것이다. 이 부분은 다소 흥미로운데, 김정일의 교시를 통해 금기의 영역을 전하고 있다.

친애하는 지도자 김정일동지께서는 다음과 같이 지적하시였다.
'만화영화에서는 당의 유일사상체계와 관련된 직선적인 표현은 하지 말아야 하며 혁명전통과 관련된 것도 취급하지 말아야 합니다.'
친애하는 지도자동지께서는 또한 지난 조국해방전쟁시기의 투쟁을 취급한 심각한 작품들은 만화, 인형, 지형 영화로 만들지 말데 대하여서도 가르치시였다.
과학환상만화, 과학환상지형, 과학환상인형 영화들에서 혁명전통물은 물론 조국해방전쟁과 같이 심각한 문제들은 취급하지 말아야 한다.(331면)

유일사상이나 혁명전통을 금기시하는 이유는 비속화에 대한 우려 때문이다. 이는 과학환상그림, 인형, 지형 영화들이란 결국 가상이라는 점, 그리고 살아있는 인간이 아니라 인형이나 그림으로 표현되기 때문에 복잡한 감정과 심리적 현상을 정확하게 담아내기 어렵다는 점이다. 게다가 과학환상아동영화문학은 아동을 대상으로 환상과 과장으로 일관되어 있으며, 해학이나 풍자에 적합한 장르이기에 혁명적 전통이나 조국해방전쟁과 같은 진지한 내용을 담기에는 형식적으로 부적합하다는 입장이다. 이 외에도 여러 이유들을 들고 있지만 핵심은 아동을 대상으로 하는 단순, 과장된 형식에 이토록 중대하고 기대한 이야기를 담아낼 수 없으며, 따라서 무리하게 형상화할 경우 황정상의 지적처럼 "그것을 왜소화, 비속화"(332면)할 수 있다는 것이다.

북한 과학환상문학의 내적형식

1. 과학환상문학의 교육소설적 면모와 사제관계의 정치성

1) 위대한 소련과 사제관계의 정치성

1950년대에 처음 등장한 이래 지금까지도 왕성하게 창작, 발표되고 있는 과학환상문학에는 흥미로운 점이 있다. 그동안 다양한 종류와 많은 작품들이 발표되어 왔지만, 이들 작품들에 일관된 형식적 조건들이 내재하고 있다는 것이다. 이른바 북한 과학환상문학을 관통하는 내적 형식이 자리하고 있다. 이 형식은 과학환상문학을 다른 문학 장르와 구별하게 해줌과 동시에 자기존재의 의미를 부여하는 역할을 맡고 있다. 북한 과학환상문학의 내적형식은 여러 모습으로 존재하고 있는데, 특히 주목할 부분은 교육소설의 형식이다. 일반적으로 교육소설이라 함은 "주인공이 어린시절로부터의 여러 가지 체험을 통해서 — 대개의 경우 어떤 정신적 위기를 통해서 — 세계 내에서의 자신의 정체나 역할을 인식하는 성숙기에 달하기까지의 정신과 성격의 발전과정"[1]으로 정의하고 있다. 물론 북한의 과학환상문학을 서구적 교육소설의 전형으로 보기는 어렵다. 게다가 잘 알려진 것처럼 정치적 담론을 문학이라는 매체를 통해 인민의 기억과 몸에 이입시키는 북한 문학의 특수성을 생각한다면 서구적 개념과는 차이가 있을 수밖에 없다. 하지만 한편으론 작품의 대다수가 좌절의 시련을 겪다가 종국에는 새로운 과학적 발견과 함께 주체 과학자로서의 정체성을 깨닫는 성장 과정을 담고 있다는 점에서 교육소설의 한 측면을 지니고 있는 것도 사실이다. 이러한 다층적인 모습은 북한 과학환상문학이 갖고 있는 특수성이다.

이러한 면을 고려해볼 때 북한의 과학환상문학은 일반적인 교육소설의 성격을 '학습'과 '성숙'이라는 측면에서 전유하는 모습을 볼 수 있다. 학습이란 과학환상문학의 존재이유이자 중요한 목적 중의 하나로써 '과학지식의 전달'을 의미한다. 황정상도 『과학환상문학창작』에서 강조하고 있듯이, "독자들이 그 작품을 통하여 (…중략…) 과학지식과 미래의 과학발전 추세에 대해서도 알 수"[2] 있어야 하며, 이를 바탕으로 "청소년들과 근로자들에게 끝없는 탐구심과 상상력을 키워주어 그들로

1   M. H. 아브람스, 최상규 역, 『문학용어사전』, 보성출판사, 1997, 189면.
2   황정상, 『과학환상문학창작』, 문학예술종합출판사, 1993, 355면.

하여금 나라의 과학기술발전에 이바지"[3]할 수 있어야 하기 때문이다. '성숙'은 북한 과학환상문학을 "미래에 살게 될 자주적인 인간",[4] 즉 공산주의적 인간으로 성장시킬 수 있는 사상미학적 매체로 보는 것이다. 이렇게 본다면 과학환상문학의 교육 목적은 크게 미래사회가 요구하는 새 세대의 인간상과 과학지식의 전달로 집약할 수 있는데, 그런 측면에서 교육소설의 형식이야말로 북한이 강조하는 계몽의 파토스를 담아낼 수 있는 최적의 형식이다.

교육의 형식 가운데 먼저 주목해야 할 점은 '사제관계'이다. 스승과 제자라는 사제관계의 구조는 현재 통일부 북한자료센터를 통해 확인할 수 있는 거의 모든 작품이 취하고 있는 형식이다. 사제관계의 가장 기본적인 구조는 연구소를 중심으로 한 지위관계이다. 거의 모든 작품은 연구소(혹은 실험실)를 배경으로 하고 있으며, 연구책임자와 연구원이라는 인물구도를 통해 사제관계를 형성하고 있다. 이 방식은 과학환상문학 초기부터 지속되어 온 가장 기본적인 구도이다. 이러한 사제관계의 형식이 중요한 이유는 '가르치는 교사'와 '배우는 학생'의 관계를 통해 교육의 내용과 효과를 명확하게 드러내고 있기 때문이다.

교사와 학생이라는 사제관계의 구조는 장편과 단편에 따라 약간의 차이를 보이고 있다. 황정상의 『푸른 이삭』(1988), 김동섭의 『로보트 승리호』(1995), 박종렬의 『탄생』(2001), 리금철의 『유전의 검은 안개』(2007)처럼 청년이나 근로자를 독자로 삼는 장편의 경우에는 과학원의 연구책임자와 연구원의 관계가 중심으로 이루고 있다. 반면 아동을 대상으로 하는

3 위의 책, 349면.
4 위의 책, 365면.

거의 모든 작품은 과학 선생님과 학생 또는 과학자 부모와 자식(소조원), 과학자 형과 동생(소조원) 등의 관계로 이루어져 있다. 장편에서는 소조원이, 단편에서는 성인 연구자가 거의(등장하더라도 지극히 제한적인 역할로 등장한다) 등장하지 않는다. 이러한 차이는 독자를 염두에 둔 것으로 보인다.

중요한 점은 장·단편을 불문하고 반드시 사제관계의 구조를 취한다는 점이다. 예를 들어 과학원의 연구책임자나 과학 선생님이 등장하지 않을 경우에는 부모 중 한 명(대부분 아버지)이 과학자로 등장한다. 만약 부모가 과학자가 아니라면 형이나 누나가 과학자로 등장하여 조력자 역할을 한다. 그리고 부모가 과학자인 경우에는 자식도 부모처럼 훌륭한 과학자가 된다. 리금철의『유전의 검은 안개』에서 '원유연구사 류명진'이 목숨을 바쳐가며 원유실종의 범인을 찾으려고 한 것은 지질학자였던 아버지 류찬영을 본받기 위해서였다. 즉 "아버지처럼 과학을 위해 자기의 한 몸을 희생"[5]하려 한 것이다. 라경호의「지구밖으로」와 조희건의「번개잡이 비행선」도 이러한 면모를 잘 보여준다.

①
세철이는 아버지를 동무들에게 자랑하고 싶었다.

자기 고향, 자기 조국을 더 아름다운 락원으로 꾸리기 위하여 스스로 어려운 길을 걷는 아버지, 아버지의 그 숭고한 애국심은 그대로 세철의 가슴에 타번졌다.

세철이는 아버지처럼 조국강산을 꽃피우는 훌륭한 과학자가 될 결심을 새롭게 다지였다.[6]

5   리금철,『유전의 검은 안개』, 문학예술출판사, 2007, 177면.

②

　유치원때부터 고등중학교 3학년이 되는 오늘까지 학습에서는 그 누구에게도 뒤져본적이 없는 용이였다.

　특히 고등중학교에 올라오면서부터 물리학과 전자공학 등 최신과학기술에 대한 깊은 지식으로 해서 어린 수재로 이름을 날리고있는 터였다.

　용이가 이렇게 된데는 그럴 만한 사연이 있었다. 그의 아버지와 삼촌 그리고 맏형까지도 모두 과학원의 한다는 연구사들이다. 로케트공학의 권위자이며 박사 교수인 아버지는 막동이 용이를 끔찍이도 생각해주었다. 아버지는 쩜만 있으면 그를 연구소에 데리고나가 여러 가지 실험설비들을 다루는 법과 로케트조종법에 대해 가르쳐주군하였다.

　아버지를 몹시 따른 용이는 일요일이면 늘 아버지의 연구소로 달려가 하루해를 넘기군 하였다.

　이런 용이였기에 자기의 소론문에 기초하여 만드는 번개잡이비행선제작에 모든 것을 깡그리 바쳤다.[7]

　「지구밖으로」의 세철이는 우주에서 직접 금속물질을 얻을 수 있는 방법을 연구하는 소조원이다. 그러던 중 우주생활기지 야금공장을 건설하던 아버지가 3년 만에 돌아오시기로 한 날에 오시지 않자 실망한다. 세철이는 직접 아버지를 만나기 위해 우주생활기지를 찾아가는데, 거기서 놀라운 모습을 본다. 아직 준박사도 되지 못한 아버지를 부끄

6　라경호, 「지구밖으로」, 김재화 편, 『지구밖으로』(과학환상소설집), 평양 : 금성청년출판사, 1990, 58면.
7　조희건, 「번개잡이 비행선」, 김정희 편, 『번개잡이 비행선』(과학환상소설집), 금성청년출판사, 1988, 25~26면.

럽게 여겼던 세철이는 야금공장 건설의 주역이 아버지임을 알게 된 것이다. 게다가 모두들 "원사가 되고 노력영웅"이 된 아버지를 존경하고 있는 것이다. 영웅 대접을 받는 아버지의 모습을 본 세철이는 자신도 아버지처럼 위대한 야금박사가 되겠다고 다짐한다. 조희건의 「번개잡이 비행선」은 훌륭한 과학자가 탄생하는 계보를 잘 보여주고 있다. 소조원 용이는 학교의 창안품 및 소논문 발표회에서 '번개잡이비행선'에 관한 논문과 모형으로 "커다란 파문"을 일으켰지만 자만과 교민으로 어려움을 겪다가 결국에는 훌륭한 과학자의 길을 간다는 이야기다. 이 작품은 위대한 과학자는 위대한 과학자 집안에서 탄생한다는 것을 두드러지게 강조하고 있다. 이러한 서사는 종자론이나 '대를 이어 충성하자'는 맥락과 연결되고 있다.

사제관계의 양상은 정치적 변화에 따라 다른 모습을 보여주고 있는데, 북한 과학환상문학의 초창기인 1950년대부터 1960년대 초반까지는 정치적인 맥락에서 사제관계가 형성되었다. 당시 소련을 일종의 정치적 아비로서 인식했던 북한은 과학환상문학에서도 소련을 과학의 아비 혹은 스승(교사)의 모습으로 등장시켰다.

소련의 과학과 과학소설에 대한 지대한 영향은 작품 속 인물을 표상하는 방식에서도 잘 나타난다. 북한문학은 소련의 영향을 숨기지 않는다. 사회주의 국가의 맹주인 소련을 모방하는 것은 부끄러움이 아니라 자명한 것이었고, 자랑스러운 것이었다. 소련이야말로 "저 우주 비행의 첫 길을 열어 준"[8] 위대한 국가였기 때문이다. 과학환상문학도 예외는

---

8   강진, 「달나라를 찾아서 2회」, 『아동문학』, 1961.3, 90면.

아니었다. 실로 소련은 세계적인 과학소설의 나라였고, 북한은 이를 적극적으로 수용했다. 그 중에서도 소련의 우주과학과 우주과학소설의 영향은 압도적이었다. 소련이 과학과 문학에서 종주국이라는 인식은 북한의 과학환상소설에서 '사제관계'라는 독특한 형태로 재현된다.

사제관계는 기본적으로 두 가지를 전제하고 있다. 하나는 교육이다. 무지에서 앎으로의 방향성은 이른바 계몽의 기본구조이다. 다른 하나는 문명의 위계이다. 문명의 정도에 따른 위계구조는 주종관계에 대한 암묵적인 동의의 내면화이기도 하다. 특히 당시의 세계사적 관점에서 볼 때 소련과의 사제관계는 북한의 정치적 위치를 보여주는 것이기도 하다.

배풍의 「땅나라 손님」(1959)은 우주의 한 행성에 살고 있던 두 명의 지질학자가 여행 중 땅나라(소련)의 광양자 로케트를 보고 놀라 벌어진 사건을 다룬 이야기이다. 이 작품은 동화의 형태를 띠고 있다는 점에서 본격적인 우주과학소설은 아니지만 과학적 시선을 유지하면서 동시에 소련에 대한 인식을 잘 보여주고 있다.

> 이 나라 과학자인 삐삐와 떼떼는 '쏘련 로케트, 쏘련 로케트' 하고 벌써 단어를 외우면서 경탄과 존경의 빛을 감추지 못했습니다. 그리고 그들은 땅나라에서 쏘련이 제일 훌륭한 나라라고 엄지손'가락을 내흔들어 보였습니다. 그러면서 땅나라 손님 앞에서 손'짓과 몸'짓으로 별나라 사람들도 땅나라 쏘련의 과학기술을 본받아 훌륭한 로케트를 만들어 타고 땅나라에도 내려 가 보겠다는 의사를 표시했습니다.[9]

---

9   배풍, 「땅나라 손님」, 『아동문학』, 1959.3, 53면.

「땅나라 손님」은 철저하게 야만과 문명이라는 대립의 시선으로 이루어진 작품이다. "그저 무연한 벌판"만 펼쳐진 공간의 원시성과 "표주박을 거꾸로 세운 것처럼 머리는 크고 몸집은 작고 눈은 얻어다 붙인 것처럼 불거져" 나와 있으며, "팔은 길어지고, 다리는 짧아져서 길을 갈 때는 마치 네 다리로 걷는 것 같은" 별나라 외계인의 모습은 그대로 야만의 표상이다. 반면 소련인도 "긴 코 줄이 달린 둥근 모자를 쓴 거인들" 혹은 "외눈깔이 거물"처럼 '괴물'로 묘사되고는 있지만, 형태석 거대함은 야만이나 원시성이 아닌 문명의 거대함이다. 이러한 시선은 소련인(지구인)과의 이질성을 강조하는 것이자 소련인과 외계인의 관계를 위계 속에 위치시키는 것이다. 문명의 위계는 자연스럽게 주종主從의 관계로 전환된다. 소련의 본질은 정복자이지만 "경탄과 존경의 빛"을 받는 "땅나라에서 제일 훌륭한 나라"이자 문명국의 '스승'으로 나타난다. 반면 별나라 외계인들은 "쏘련의 과학기술을 본받아 훌륭한 로케트를 만들어"내겠다는 '학생'으로 묘사된다.[10]

「달나라를 찾아서」는 우주과학의 학습을 전면에 표방하고 있다.

문옥 : 우리들은 이 달나라를 저 지구와 꼭 같이 푸른 락원으로 만들려고 왔습니다.

기웅 : 나는 텔레비죤으로 달나라의 귀와 눈을 크게 열어 놓겠습니다.

완보 : 난 달나라의 땅 속에 많은 지하자원을……

---

10 초기 북한문단의 의도인지는 모르나 적어도 1960년대까지 『아동문학』지에 소개된 일련의 작품들 「우리들은 화성에 왔다」, 「땅나라 손님」, 「우주소년탐험대」, 「달나라를 찾아서」 등에서 소련인은 스승의 모습으로 등장한다.

(…중략…)

　책임자 : 고맙습니다. 여러분! 달나라는 여러 분의 과학 연구를 위하여 또
　　　　　달나라 자체의 발전을 위하여 그리고 인류의 평화와 행복을 위하
　　　　　여 두 손을 벌리고 있습니다. 마음껏 공부하고 많은 선물을 가지
　　　　　고 돌아가기를 바랍니다.[11]

　소년단원들에게 달나라 여행의 목적은 한결같이 '우주 텔레비전 방
송국', '태양 에네르기', '생물' 등을 "연구"하는 것이며, 이를 통해 "이
달나라를 저 지구와 꼭 같이 푸른 락원으로 만들"기 위해서이다. 그런
데 이 모든 중심에는 "우주 비행의 첫길을 열어 준"(90면) 스승 소련이
있다. 이 작품에서도 북한 소년단원의 모든 목표가 소련을 통해 이루어
짐을 숨기지 않는다. 소련은 한없는 자애와 성실로서 달나라에 관한 지
식을 북한의 소년단원들에게 아낌없이 전해주는 스승이기 때문이다.

　김동섭의 「소년우주탐험대」 역시 사제관계를 보여주는 대표적인 작
품이다. 작품의 표면에서도 "모두 다 소베트 과학의 덕분이야",[12] "참으
로 우리는 쏘련의 과학자 기술자들과 용감한 우주공간의 첫 비행사들
에게 충심으로부터 감사와 축하를 드린다"[13]처럼 소련에 대한 찬사를
잊지 않는다. 하지만 이러한 명시적인 방법 외에도 사제관계라는 위계
를 통해 소련의 위대성을 강조하고 있다. 사제관계의 모습은 인물구도
에서 명확하게 나타난다. 작품은 세계 각국의 화성탐사단 학생들과 그

11　강진, 앞의 글, 90면.
12　김동섭, 「소년우주탐험대 1회」, 『아동문학』, 1960.3, 42면.
13　김동섭, 「소년우주탐험대 2회」, 『아동문학』, 1960.4, 72면.

들을 인도하는 소련의 꾸르바또브라 박사로 구성되어 있다. 이러한 인물의 구도는 자연스럽게 묻고 대답하는 이른바 교육소설의 형식을 띨 수밖에 없는데, 작품에서도 우주여행 내내 탐사단 학생들은 소련인을 통해 우주와 화성에 관한 지식을 배운다.

> "어떻습니까? 화성 구경이?"
> "참 재미있습니다."
> "정말 많은 것을 배웠어요."
> "이제 돌아가면 동무들에게 이야기할 것이 아주 많아요."[14]

이러한 장면은 소련과 북한 간의 사제관계를 표나게 드러내는 것이자 동시에 초기 우주를 배경으로 한 작품에서 왜 그렇게 소조원과 박사의 등장이 빈번했는지를 보여주는 이유이기도 하다.[15] 우주에 무지했던 북한은 소련의 지도와 안내 하에 "정말 많은 것을" 배운다. 이른바 계몽의 본질인 '아이에서 어른으로'라는 성숙의 과정에 대한 재현인 것이다. 계몽은 일회적이어서는 안 된다. 계몽의 내용과 대상은 끊임없이 유통되고 재생산되어야 한다. 따라서 "이제 돌아가면 동무들에게 이야기 할 것이 아주 많"다는 언술은 친구 간에도 '묻고 대답하는' 사제관계와 계몽이 지속될 것임을 보여준다. 이유는 분명해 보인다. 사제관계야말로 "온 세계 사람들이 사랑하는 모스크바", "쏘베트 과학의 위대한 승리"[16]를 기어할 수 있기 때문이다.

---

14   김동섭, 「소년우주탐험대 3회」, 『아동문학』, 1960.5, 99면.
15   지금도 소조원(학생)과 박사(교사)는 주된 인물구도이다.

〈그림 1〉「소년우주탐험대」(2회, 73면)

〈그림 2〉「소년우주탐험대」(3회, 98면)

〈그림 3〉「소년우주탐험대」(2회, 67면)

교사의 설명에 집중하는 아이들. 초창기 북한 과학환상문학의 삽화는 교사를 중심에 배치함으로써 '가르치는 교사와 배우는 아이들'이라는 위계를 강조한다.

이는 우주과학의 지식이 오직 소련을 매개로 해서만 가능하다는 것을 강조하는 것으로, 소련은 사회주의의 아비이자 과학기술의 절대적 교사인 대주체로, 북한은 아비를 모방하려는 아들 혹은 학생으로 등장한다. 이는 스승인 소련의 과학기술에 찬사를 보내면서 성실히 배우는 학생의 모습으로, 소련의 호출 속에서만 주체로 호명되는 구조이다.[17]

16 　김동섭, 「소년우주탐험대 7회」, 『아동문학』, 1960.9, 88면.

이러한 배경에는 해방 이후부터 지속되어 온 소련의 정치 및 과학기술의 지원과 1950년대 소련의 우주로켓발사 사건이 자리하고 있다.

2) 스스로 아비되기와 사제관계

하지만 1960년대부터 이러한 상황에 변화가 찾아온다. 작품 속에서 대주체로 등장하던 소련은 점차 사라져가고 대신 조국과 당이 그 자리를 차지하기 시작한다. 강진의 「달나라를 찾아서」(1961)는 일종의 변화의 경계에 서 있는 작품이다. 인형극의 형태를 띠고 있는 이 작품은 남과 북이 통일되어 한라산으로 여행을 가고, 평양중학교와 부산중학교가 축구시합을 벌이기도 하는 "가까운 장래"를 배경으로 하고 있다. 작품의 기본 이야기는 소년단원 완보, 기웅, 송이 등이 우주행성을 거쳐 달나라를 여행하면서 벌어지는 사건들이다. 1957년 소련의 우주탐사 성공에 대한 흥분이 채 가시지 않은 상황에서 나온 이 작품은 교사의 역할이 소련에서 북한으로 넘어가는 모습을 보여주고 있다.

> 책임자 : 벌써가 뜁니까!? 우리는 도저히 조선의 어린이들을 따라 잡을
>
> 수가 없다구 야단들인데……
>
> 철호 : 뭘요……

---

17 김동섭의 작품에는 이러한 장면들이 자주 등장한다. "참 영철 동무 용해요. 동무가 아주
    세심하게 모든 것을 보았기 때문에 이것을 얻었군요"(3회, 96면)처럼 북한의 존재론적
    의미는 소련의 호명 속에서만 가능하다. 이 작품에서 북한 소조원의 우수성은 소련 과학
    자들의 의견에 근접해가는 혹은 그들의 생각을 이해하는 정도에 따라 결정되고 있다.

책임자 : 아닙니다, 아닙니다. 그래서 우리 달나라에서는 조선 인민들의
　　　　귀중한 전통을 연구하고 천리마 작업반 운동을 시작했습니다.
　　　　많이 가르쳐주십시오.[18]

　위의 장면은 소련과 북한의 관계가 역전되어 있음을 보여주고 있다.
더 이상 소련은 북한의 스승이 아니다. 도리어 소련이 북한에게 '많이
가르쳐달라'고 부탁을 한다.[19] 소련의 "나따샤 동무"의 등장도 과학지
식의 전달이 아닌 오랜 우주여행에 피곤한 북한 소년단원 "동무들을 잠
시나마 위로"(2회, 80면)하기 위해서이다. 그리고 문옥이가 소련의 친구
들을 향해 던지는 말―"우리는 앞으로 많은 연구를 해 가지고 우리의
지식을 넓히며 달나라도 개조하고 동무들의 연구 사업에도 많은 도움
을 드릴 것을 굳게 약속합니다"(2회, 81면) ― 은 이제부터는 북한이 '교
사'임을 선포하는 것과 같다. 그래서 이 작품은 처음부터 북한 과학기
술의 우수성을 강조하는 데 초점을 두고 있다. 달나라 여행을 위한 "우
주비행선"도 북한이 만든 것이며, 달나라에서 가장 중요한 "태양 에네
르기를 모아두는 반도체" 연구 역시 북한의 과학기술을 통해 이루어지
고 있다. 북한의 소년단원들은 온실장치를 통해 달나라에서 식물을 재
배하고 새로운 모니터 장치도 개발한다. 이제 우주과학의 모델은 더 이
상 소련이 아닌 북한이다. 달나라를 운행하는 '특수차'는 "조선의 유명

18　강진, 「달나라를 찾아서 1회」, 『아동문학』, 1961.3, 92면.
19　작품에서 "책임자"를 소련인으로 명시하고 있지는 않지만 "나따샤", "쏘련의 삐오넬
　　동무들", 우주 TV에 등장하는 "레닌 동상" 등을 떠올린다면 "달나라의 과학일군들과
　　비행장 책임"을 맡고 있는 "책임자"를 소련인으로 떠 올리는 것은 전혀 이상하지 않다.
　　그간의 작품들, 특히 우주여행을 다룬 작품을 읽은 독자라면 '책임자 = 소련인'이라는
　　연상은 자연스러워 보인다.

한 천리마를 본따서 만든 것"(2회, 88면)이며, "곳곳에서 조선식 건물이 유행"(2회, 91면)하며, "달나라 병원의 입원실 정면 벽에 공화국 기'발 속 수령의 초상화"(3회, 95면)도 걸려 있다. 물질뿐만이 아니다. 달나라 의 의사는 "조선의 어린이들에게서 천리마의 기상을 몸소"(3회, 98면) 배운다. 북한의 물질과 정신에 대한 모방이 전 세계적으로 이루어지고 있는 것이다. 이처럼 사제관계의 전도는 곧 북한의 자신감의 표출이며, 이러한 변화의 비탕에는 전쟁 이후 빠르게 복구되는 정지 경제적 상황 에 대한 자신감이 놓여 있다.

> 1950년대 말부터 북한 정책입안들은 조선민주주의인민공화국을 세계를 지배할 잠재력 있는 이데올로기를 갖춘 자족적인 국가로 자리매김하기 시 작했다. 거기에서 북한이 세계의 모든 진정한 진보세력의 유일하고 독립적 인 중심축이라는 이미지가 등장하는데, 이는 과거 쏘비에트 선전물에 등장 하던 소련의 이미지를 연상시킨다. 즉 모스끄바라는 우주의 중심을 평양이 대체한다는 의미이다.[20]

하지만 흥미로운 점은 소련과 달리 조국과 당이 전면에 등장하지 않 는다는 것이다. 「달나라를 찾아서」에서는 수령이 "김일성원수님이 보 고 계세요"라며 초상화의 형태로 등장하지만, 그것도 이후의 작품에서 는 거의 등장하지 않으며, 등장하더라도 '조국', '당'과 같은 기표나 관 념적 차원에서만 등장할 뿐이며 '수령'이니 직접적인 이름은 기의 거명

---

20 권헌익 · 정병호, 『극장국가 북한』, 창비, 2013, 116~117면.

되지 않는다.[21] 대신 조국과 당은 "뒤에서 항상 나를 지켜보고 있는 '신'이나, 내게 명령하며 내 인생을 바치도록 만드는 실제의 개인이나 대의 같은 것"[22]으로 존재한다.

　　7살 때부터 벌써 전자계산기를 다루기 시작한 그는 얼마 전에 '전자계산기비루스'를 완전히 박멸할 수 있는 지능프로그람인 '미래'를 개발해냈다. (…중략…) 탐구의 나날 애로와 난관이 앞을 가로막을 때마다 명진은 자기의 재능을 활짝 꽃피워준 조국의 사랑과 은덕을 생각하며 더욱 분발하군 했다. 그의 수학적 재능의 싹을 귀중히 여겨 유치원시절부터 개별지도선생님을 붙여 체계적으로 키움으로써 10대에는 당당한 전자계산기전문가의 수준을 소유하도록 따뜻이 보살펴준 조국의 품이 아니던가. 후대들을 위해서는 그 무엇도 아끼지 않는 고마운 조국에 기쁨을 드리고저 그는 불타는 정열과 지혜를 쏟아부어 마침내 프로그람 '미래'를 완성했다.[23]

　　이른바 스스로 아비되기를 시작하면서부터 조국이나 당은 일종의 대타자로서 존재하기 시작한다. 엄호삼의 「지능프로그람 '미래'」(1998)의 주인공 '리명진'이 7살 때부터 '전자계산기'를 다루고 인류의 과학발전을 위해 바이러스 백신을 만든 이유는 "고마운 조국에 기쁨을 드리"기

21　1950년대를 제외하고 '수령'이라는 단어가 등장하는 경우는 거의 없다. 단 김일성이 사망하던 1994년 7월 『아동문학』에 실린 「신비한 약」에는 "김일성대원수님과 친애하는 지도자선생님"이라는 호명이 등장한다. 이 작품 역시 "사람들이 죽지 않고 영원히 살게 하는 그런 신비한 약을 만들어 내는" 이야기다. 현재까지 확인한 바로는 이 이후로 수령의 이름을 직접 거명한 작품은 보지 못했다.
22　슬라보예 지젝, 박정수 역, 『How To Read 라캉』, 웅진지식하우스, 2012, 20면.
23　엄호삼, 「지능프로그람 '미래'」, 『아동문학』, 1998.4, 24면.

위해서였다. 즉 리명진을 '위대한 붉은과학자'로 존재하게 한 것은 "한 시도 떨어져 살 수 없는 조국의 품"[24]인 것이다. 하지만 그 조국과 당의 실체에 대한 언급은 등장하지 않는다. 조국과 당은 그저 '조국과 당'이라는 언어(관념)의 차원에서만 존재할 뿐이다. 이처럼 1960년 이후부터 조국과 당은 비록 전면에 등장하지는 않지만 인물들로 하여금 "참된 과학자가 되려면 먼저 제 나라를 심장으로 사랑하는 애국의 마음을 가져야 한다는 것을 느꼈습니다"[25]라고 선언히게 만드는, 즉 "개인들의 존재적 기반이며, 삶의 의미 전제를 제공하는 참조점"[26]이 된다.

대신 새 세대(소조원, 붉은 과학자)가 전면에 나선다. 실제로 1961년 「소년우주탐험대」를 제외하고는 1960년에 발표된 김도빈의 「바다 속의 장수풀」(1960), 김동섭의 「래일의 언덕」(1961), 김동섭의 「날아다니는 수레」(1962), 문희준의 「청생조」(1963)와 「룡마어를 찾아서」(1964), 김동섭의 「바다에서 솟아난 땅」(1964), 조동옥의 「탐구의 길에서」(1984) 등은 모두 소조원이나 청년연구원(붉은 과학자)이 주인공이다. 그들은 초기 작품처럼 교사의 지식을 절대적인 것으로 받아들이지 않는다.

소련의 그늘을 벗어난 이후 북한 과학환상문학은 교사가 전수해주는 과학기술에 만족하지 않고 오히려 교사를 넘어서는 모습을 보여주고 있다. 「지능프로그람 '미래'」(1998)의 '리명진'은 "세계의 한다 하는 과학자들도 어쩔 수 없"어하던 만능 바이러스 백신 '미래'를 개발한다. '미래'는 "모든 형태의 '전자계산기비루스'들을 찾아내어 삭제하고

24 위의 글, 30면.
25 조희건, 「인공뿌리선광」, 『지구밖으로』(과학환상소설집), 금성청년출판사, 1990, 17면.
26 슬라보예 지젝, 박정수 역, 앞의 책, 21면.

〈그림 4〉「인공선광뿌리」(1990, 9면)　　　　　　　〈그림 5〉「무중력비행선」(1990, 36면)

초창기와 달리 교사는 더 이상 중심에 위치하지 않는다. 교사와 학생은 1대1로 대등한 입장의 토론을 한다. 하지만 더욱 중요한 것은 삽화에서 교사의 비중이 점점 축소되고 있다는 점이다. 삽화의 대부분은 학생(소조원, 연구원)들로 채워져 있다.

정확한 프로그람들을 새로 보충해주는", "최첨단" 바이러스 백신이다. 리명진은 50만 톤 운석과의 충돌 위기에서 "우주야금공장 지구-3호"를 구해내고, 초창기와 달리 교사는 더 이상 중심에 위치하지 않는다. 교사와 학생은 1대1로 대등한 입장의 토론을 한다. 하지만 더욱 중요한 것은 삽화에서 교사의 비중이 점점 축소되고 있다는 점이다. 삽화의 대부분은 학생(소조원, 연구원)들로 채워져 있다. 이것이 미국의 공작이었음을 밝혀내는 결정적인 역할을 한다. 새로운 과학기술품을 발명하거나 과학적 문제 상황들을 해결하는 주체는 더 이상 교사가 아니다. 1960년대부터 교사는 소련처럼 절대적 지식의 전달자가 아닌 극복해야 할 기성의 표상으로 전환된다. 물론 기존 과학자는 존중받아야 하지만 "현실은 이에 머무르는 것을 허용하지"[27] 않기 때문에 학생들은 "오늘의 시대적 요구를 충족"[28]시키기 위해 더 이상 교사의 지식에 만족하지 않는다. 이것은 북한 과학환상문학에서 '새것 콤플렉스'가 등장하는 배경이자 '영구혁명'의 이유가 된다.[29]

이제 교사들은 조력자의 위치로 조정된다. 그들은 '새 세대'의 과학적 발견이나 구성원 간의 조화를 위한 조력자의 역할민을 팀딩하고 있다. 주로 과학적 영감을 주거나 기본적인 과학적 사실 또는 과학적 발견의 의의를 전달해준다.

> 최영호 선생님은 원자핵만으로 된 물질들이 우주공간에 있는데 그런 물질의 밀도가 매우 크다는 데 대하여, 운석이 떨어질 때 충격파 때문에 숲의 나무들이 넘어질 수 있다는 데 대하여, 그리고 학생들이 물어 본 여러 가지 물리적 현상에 대하여 알기 쉽게 설명하여 주고나서 천막을 나섰다.[30]

위의 장면은 『새별운석탐험대』(1979)의 한 장면이다. 이 장면에서 주목할 부분은 선생님의 퇴장 부분이다. 여기서 보듯이 교사는 사건의 주변에 배치되어 있다. 아이들이 벌이는 운석에 대한 논쟁에서도 교사의

---

27 오정애, 「현대과학기술의 급속한 발전과 과학환상소설」, 『조선문학』, 1989.8, 67면.
28 위의 글, 68면.
29 북한 과학환상문학의 특징 중의 하나는 '영구혁명'이다. 끊임없이 새것을 향한 강박은 곧 유토피아의 건설이 영구혁명의 작업임을 보여준다. 새것 콤플렉스는 결코 만족할 수 없는 세계를 향한 여정이자 동시에 이루어질 수 없는 세계를 향한 욕망이라는 점에서 철저히 환상에 기반하고 있다.
30 작자미상, 『새별운석탐사대』(과학환상이야기), 금성청년출판사, 1979, 69면.

위치는 주변이다. 각각의 과학적 이론으로 논쟁을 주도하던 아이들은 무엇인가 객관적인 확인이 필요한 경우에만 교사를 호출한다. 이때 교사는 객관화된 정보를 "알기 쉽게 설명하여주고 나서 천막"을 나간다. 이렇게 교사는 사건의 외부로 사라진다. 김동섭의 「날아다니는 수레」역시 같은 모습을 보여주고 있는데, 이 작품은 조선후기에 실존했던 이규형의 『오주연문장전사고』와 신경준의 『여암전서』에 나오는 비차飛車를 모티브로 임진왜란 당시 왜군을 물리쳤던 비행접시를 찾는 이야기이다.[31] 이규형의 문헌을 보면 "임진년에 왜군이 창궐했을 때 당시 영남의 고립된 성이 바야흐로 겹겹이 포위를 당하여 망하는 것이 조석지간에 달려 있었습니다. (…중략…) 이 때에 어떤 이가 비차飛車를 제작하여 성중城中으로 날아 들어가 그의 벗을 태워 30리쯤을 난 뒤에야 지상에 착륙하여 왜적의 칼날에서 피할 수 있었습니다"라는 대목이 나온다. 김동섭의 「날아다니는 수레」는 바로 이 대목에 착안한 작품이다. 여기서 선생님의 역할은 우연히 발견된 천 뭉치가 '비차의 설계도'임을 알려주고, 또한 이것의 역사적 유래를 설명해줌으로써 "소년들의 가슴마다 새 힘과 불길을 안겨주는"[32] 역할을 한다. 즉 기존의 지식을 확인

---

31 「날아다니는 수레」에 보면 "옛날에 리규경이라는 학자가 쓴 「오주연장전산고」('오주연문장전산고'의 오기로 보임 — 인용자)라는 책에는 당시 우리 나라에 알려져 있던 각종 기술에 대한 얘기가 많이 적혀 있는데 그 중의 책 2권에는 '비차변증설'(날아다니는 수레에 대한 리론)이 있었습니다. 비차는 가죽으로 만들어졌고 네 사람이 탈 수 있으며 따무기 모양으로 생겨 있다. 큰 가죽 주머니에서 바람을 뿜어내며 공중에 떠올라서 천척이나 날아갈 수 있다. 즉 가죽통의 공기를 내뿜을 때 그로부터 얻는 반작용력으로 날아다니는 것입니다. 말하자면 그 원리상으로 보아 지금의 로케트와 같은 것입니다"(김동섭, 「날아다니는 수레」, 『아동문학』, 1962.10, 89면)라며 리규경의 책 내용을 언급하고 있다. 이 외에도 신경준의 『여암전서』에 나오는 비차에 대해서도 언급하고 있다.
32 김동섭, 앞의 글, 91면.

해주는 역할에 머물 뿐 새로운 발상을 제공하지는 않는다.

리광근의 「지혜의 샘」(1999)에 오면 보다 명확한 학생 중심의 서사를 보여준다.

> ① 그렇게나 해가지고는 나올 것이 없지. 우리야 아직 과학에서는 유치원생인데 나다니며 머리 흰 로박사들한테 들러붙어 배워야 큰 발명을 할 수 있을게 아닌가, 이것이 지혜의 샘이고 발명의 열쇠야, 철이와 옥별이에게 이번에 이것만 느끼게 해도 큰 성과이지.[33]

> ② 난 삼촌의 힘을 빌어 동굴에서나 겨우 쓸 수 있는 전기옷을 만들어가지고 으시댔는데 저애들은 동굴뿐만 아니라 깊은 바다속이나 우주려행에서도 편리하게 쓸 수 있는 그야말로 만능전기옷을 만들어내고야 말았구나.[34]

리광근의 「지혜의 샘」의 주제란 ①에서 ②로 전환되는 여정이다. 과학원 소조원 명진이는 철이, 옥별이와 함께 발전장치가 내장된 전기옷을 개발하기로 한다. 자신들의 힘으로 개발하려는 철이, 옥별이와 달리 성격이 급한 명진이는 과학자인 삼촌의 도움을 받으려 한다. 명진이는 결국 삼촌의 도움으로 전기옷을 만들어 철수와 옥별이에게 자랑을 하러 왔다가 그들이 남겨놓은 녹화기록를 보면서 자신의 잘못을 반성하게 된다. 여기서의 반성이란 결국 구세대에 대한 의존성이다. 스스로를

---

33 리광근, 「지혜의 샘」, 『아동문학』, 1999.3, 9면.
34 위의 글, 10면.

'과학의 유치원생'이라고 비하하고 '로흐박사'에게 배우는 것이 '지혜의 샘'이요 '발명의 열쇠'라고 믿었던 신념이 깨지는 것, 그래서 "머리라는 건 제 힘을 믿으면 지혜가 샘솟듯하고 남의 힘을 믿고 넘겨다보면 녹쓴 치차처럼 떡 굳어져버리는 것"(11면)을 깨달아 가는 것이 이 작품의 참주제인 것이다. 그래서 명진이는 다음과 같이 말한다. "자, 이제 셋이 힘을 합쳐 마무리를 하자." 더 이상 구세대(교사)가 아닌 그들 스스로 모든 것을 할 수 있다는 선언적인 목소리는 "남의 힘을 빌려고 했으니까 굳어졌던 머리가 제 힘을 믿어야 한다고 생각하니 번개치듯 하는구나!"[35]라는 실천으로 전환된다.

문희준의 「청생조」(1963)는 사람의 수명을 두 배 세 배로 연장하는 해조를 찾는 이야기로, 서사의 주된 인물은 어린이(수산 학교 해양 크루쇼 크원)이다. 여러 흥미진진한 여정을 통해 결국은 해조를 발견하고 그 이름을 '청생조'라 짓는데, 여기서도 스승(탐사대장)은 사건에 개입하지 않는다. 그보다는 "어떠한 과학 탐구 사업도 영기 동무처럼 진지한 탐구력과 어떠한 난관도 끝까지 뚫고 나가는 불요불굴의 혁명 정신을 가지고 해 내야 하오. 모두 영기 동무의 모범에서 배워야겠소"[36]라며 소조원들이 이룬 과학적 성과의 의미나 과학자의 사명과 같은 관념(정신)적 측면을 강조한다.

림종철의 「태만이가 얻은 보물」(1991)에서는 보다 분명한 모습을 보여주고 있다. 늘 모든 것을 '푸른 할아버지'에게 의존하던 태만이가 종국에는 '푸른할아버지'의 제안("너한테 다시 보물을 줄테니 이리 오너라")에

---

35 위의 글, 11면.
36 문희준, 「청생조」, 『아동문학』, 1963.8, 79면.

대해 "할아버지, 일 없습니다. 다 내 머리로 보물을 만들어내겠어요"[37] 라고 거절하는 장면은 매우 인상적이다. 더 이상 구세대의 지도에 만족하지 않겠다는 것, 그리고 새로운 미래는 새로운 세대가 주체적으로 열어간다는 확고한 의지의 표명인 것이다.

그러나 '학생' 중심의 서사가 사제관계의 붕괴를 의미하지는 않는다. 오히려 보다 세분화, 내밀화된 사제관계로 형태만 바뀌었을 뿐이다. 더욱 내면화된 사제관계의 형식을 담고 있는 학생 중심의 서사는 1960년대부터 오늘에 이르기까지 과학환상문학을 이끄는 통일된 구조이다.

3) '학생 – 학생'의 사제관계의 구조

사제관계의 구조 중에서 흥미로운 모습은 '학생 간의 사제관계'이다. '학생 간의 사제관계'는 1960년대 이후 교사 중심에서 학생 중심으로 인물의 비중이 옮겨오면서 나타난 새로운 사제관계의 구조이다. 표면상으로는 크게 드러내놓고 있지는 않지만 이 관계야말로 작품의 사건을 발전시키고 해결하는 핵심이다. 학생 간의 사제관계를 명시적으로 드러내고 있지는 않지만 과학지식이나 리더십의 정도에 따라 사제관계를 짐작할 수 있다. 과학적 지식이 많은 소조원의 가르침에 순순히 배우고 따르는 다른 소조원의 모습을 보이고 있으며, 위급한 상황이나 구성원 간의 해결을 요하는 장면에서는 리더의 의견을 순순히 따르는 소조원의 모습 등을 통해 서로가 서로에게 교사이자 학생의 포즈를 취하

37 림종철, 「태만이가 얻은 보물」, 『아동문학』, 1991.9, 46면.

고 있다. 김동섭의 「래일의 언덕」은 학생 간의 사제관계를 보여주는 전형적인 작품이다.

"천일아 그럼 우리 그동안 복습이나 하자. 내가 물을 테니까 대답해 봐, 순수한 물을 얻으려면 어떻게 하지?" 윤성이가 올려다 보며 말하였다.

"수소에다가 산소를 섞으면 돼지 뭐" 천일이는 얼른 대답하였다.

"좀 틀렸어, 수소 원자 두 개에 산소 원자 한 개를 화합시켜야 돼" 윤성이는 제법 선생님의 흉내까지 내여가면서 열심히 가르쳐 주었다. (…중략…)

"점심에 먹은 돼지고기의 주성분이 무엇이였지?

"그건 지방인데 탄소와─ 산소와 수소로 이루어져 있어."

천일이는 씨무룩하게 대답했다.

"맞았어 그런데 복잡한 화합물이라고 대답해 돼. 같은 탄소와 산소, 수소를 가지고도 다르게 화합시키면 사탕도 되고 쌀도 되는 법이니까" 윤성이는 그것들을 온통 머리 속에 꿰고 있었다.

"그거 참 누가 이런 복잡한 법칙과 까다로운 화학 방정식들을 연구해냈담. 공연히 공부하기만 힘들게." 천일이는 혼자 말처럼 중얼거렸다.

이 말을 들은 윤성이는,

"애 공연히라니? 화학이 없이야 우리가 입은 비날론 옷이 있고 이 비닐 구두가 있을 수 있겠니? 그뿐인가, 지구상에는 저렇게 수 많은 물건들이 있지만 그것은 모두 일정한 수효의 원소가 이리저리하게 결합돼서 일우어진 게 아니야? 그렇다면 앞으로 우리가 탄소가 든 석탄과 공중의 산소와 물 속에 있는 수소를 잘 화합시켜서 쌀도 고기도 만들어 낼 수 있을 거야!" 하고 열심히 타이르는 것이였다.[38]

이 장면은 북한 과학환상문학이 사제관계라는 형식에 얼마나 집착하고 있는가를 보여주는 예이다. 「래일의 언덕」은 성장촉진제로 유토피아 사회를 꿈꾸는 작품인데, 지식을 표상하는 학습반장 윤성이가 육체를 표상하는 축구선수 천일이에게 지식을 전달하는 모습은 그대로 교사와 학생이라는 사제관계의 연속이다. 갑작스러운 폭우가 쏟아지자 "학습반장 윤성이"는 축구선수 천일이에게 "천일아 그럼 우리 그 동안 복습이나 하지. 내기 물을 대니까 대답해 봐. 순수한 물을 얻으려면 어떻게 하지"(84면)라며 질문을 한다. 이는 단순히 친구 간의 질문과 대답이 아니다. 학습반장이라는 위치와 함께 윤성이가 질문하는 방식은 친구가 아닌 교사의 위치이다. '윤성이'라는 대상을 '선생님'으로 대체하여도 전혀 문제가 발생하지 않는다. 게다가 윤성의 질문은 사제관계가 추구하는 지식의 정확성과도 일치한다. 질문의 내용은 학습의 범주이며, 천일이의 오답에 대해 정확한 정보까지 제공한다. 게다가 윤성이는 지식뿐만 아니라 과학이 갖는 의의까지 전달하는 강한 계몽주의자의 모습을 띠고 있다. 반면 천일이는 '아이에서 어른으로'라는 계몽주의의 명제를 윤성이의 가르침에 따라 실천하는 인물이다. 이러한 모습은 일회성이 아니라 이 작품을 끌고 가는 동력이다. 학생 간의 사제관계는 교사와 학생의 연속선으로 볼 수 있으며, 이는 북한 과학환상문학 전체가 강한 계몽의 파토스로 구성된 것임을 보여준다.

38 김동섭, 「래일의 언덕」, 『아동문학』, 1961.12, 85~86면.

2. 토론체의 서사적 기능과 자기반성의 플롯

북한 과학환상문학에서 또 하나의 두드러진 특징은 토론체이다. 이 토론체 역시 강도는 다르지만 전 작품에 걸쳐 내재하는 형식이다. 토론체는 인물들이 토론을 중심으로 사건을 발전시켜 가는 형식이다. 마치 개화기 토론체 소설처럼 과학환상문학 속 인물들의 토론은 소설의 주제를 향하고 있다. 북한 과학환상문학은 초창기부터 토론체를 고수하고 있는데, 「소년우주탐험대」(1960)는 초창기 토론체의 전형을 보여준다. 이 작품은 소설 전체가 '교사와 학생', '학생과 학생' 간의 토론으로 구성되어 있다고 해도 과언이 아닐 정도로 여러 형태의 토론이 등장하고 있다. 작품 속의 토론은 과학지식을 습득하고 이해하는 중요한 장치이다. 특히 학교에서 배웠던 과학적 지식을 확인하거나 새로운 과학기술의 원리를 이해하는데 토론을 활용하고 있다. 토론은 교사를 중심으로 이루어지지만 학생 간의 토론도 활발하다. 여기에는 미래 세대의 능동성과 아동독자에 대한 고려를 엿볼 수 있다.

하지만 1960년대 중반 이후부터는 사제관계의 변화와 맞물리면서 토론도 학생 중심으로 전환된다. 인물들은 문제가 발생하거나 지식의 결핍을 느낄 때면 여지없이 토론을 한다. 그런데 토론에 대한 태도는 거의 집착에 가깝다. 『새별운석탐험대』의 한 장면이다.

> 학생들은 침대와 의자들에 앉아 별찌 물질의 폭발에 대하여, 그것을 찾을 방도에 대하여 밤이 가는 줄도 모르고 이야기를 나누었다.(43면)

그들의 말은 끝이 없을 것 같았다. 한 동무가 문제를 제기하면 그 문제를 놓고 의견을 나누었고, 또 다른 동무가 문제를 꺼내면 거기에 달라붙었다. 순조롭게 해명될 때는 무난히 지나갔지만 그렇지 못할 때는 저마다 자기 의견을 내놓는 바람에 천막 안이 들썩하군 하였다.(66~67면)

"너희들은 뭘 또 토론하니?"(70면)

"그만하면 됐다. 같이 가는 문제는 학교 선생님들과도 의논하고 우리 연구사들과도 토론해보자."(75면)

남솔이와 한길이의 두 번째 토론은 계속되었다.(78면)

남솔이네는 급히 비행 목적지를 토의하지 않으면 안 되었다. 우주연구소 연구사선생님들과 같이 가게 될 것으로 생각했는데 이렇게 되고 보니 목표와 목적지는 이들끼리 정해야 하였다.(84면)

위에서 보듯 불과 얼마 안 되는 면수이지만 수차례의 토론을 벌이고 있다. 작품 속에서 토론은 문제 해결의 중요한 방법으로 등장한다. 새로운 과학기술의 적용과 그로 인한 새로운 발명의 과정 속에서 토론은 사건 전환의 중요한 매개로 작용한다.[39] 거의 전 작품에서 문제나 갈등

---

[39] 토론은 사건전환에 중요한 역할을 한다. 리광근의 「지혜의 샘」(『아동문학』, 1999.3)에서 철이와 옥별이는 문제해결방안으로 "문제는 토론을 진지하게 하는 거라고"(9면) 말한다. 그 이후 작품은 진지한 토론을 통해 사건이 해결되는 과정을 보여준다.

상황이 발생할 때마다 토론을 벌이는 모습이 나온다. 토론 장면의 빈번한 등장은 일정한 효과 때문이다. 즉 토론에 대한 강박적인 집착은 곧 과학지식에 대한 욕망과 전달이라는 교육적 기능 때문이다.

①

남솔이는 이렇게 말하고는 금돌이와 은별이, 주남이의 얼굴들을 바라보고는 종이우에 원주필을 굴리면서 설명을 하기 시작하였다.

빛의 전파속도는 그 빛을 내보내는 물체 즉 빛샘의 속도에 관계되지 않는다.

화물자동차를 타고 가는 사람이 달리는 방향으로 돌을 던지면 우리가 잘 아는 바와 같이 돌의 속도는 돌의 고유속도(화물차가 멎어있다고 생각할 때의 돌의 속도)에 화물차의 속도를 합한 것과 같다.

그런데 빛의 속도는 우에서 말한바와 같이 빛샘(빛을 내는 물체)의 속도에 전혀 무관계하다. 즉 날아가는 로케트에서 빛을 앞으로 내쏘면 빛의 속도는 로케트의 속도와는 전혀 관계되지 않는다. (…중략…)

여기서부터 다음과 같은 결론을 내릴 수 있다.

즉 거의 빛속도로 날아가는 로케트 안에서는 우주중간정류소에서보다 시간이 더디게 흐른다고. 이와 같은 사실은 남솔이네가 지구로 돌아가서 로케트의 시계를 과학원우주연구소의 시계(이 시계들은 300년에 오차가 1초미만이다.)와 대조해보면 알 것이다.

시간은 사람들의 생활과정과 떼여놓을 수 없다. 우리는 물질운동의 변화에 의하여 시간을 측정한다. 시간은 공간과 마찬가지로 물질존재의 형식이다. 그러니 물질이 없는 시간이란 있을 수 없는 것이다.[40]

②

남솔이는 전자계산기로 비행선 안에서 흐르는 시간을 계산한 다음 구체적인 실례를 들었다.

"만일 비행선이 빛의 속도의 5분의 4로 날아간다면 지구에서 하루가 지날 때 비행선 안에서는 14시간이 흐르고 10분의 9, 다시 말하여 초당 약 27만 키로메터로 날아가면 지구에서 1년이 비행선 안에서 5개월 7일밖에 안 돼."

뒤이어 흰길이가 또 전자계산기에 나타난 수자들을 보면서 입을 연다.

"우리 '번개-2'호가 지금 초당 299,989,808키로메터로 날고 있으니 지구에서 1년이 불과 3일에 해당해."

"지구에서 1년이 여기에서 3일!"

"그런데 왜 그것을 전혀 느끼지 못할가. 여기에서의 하루가 꼭 지구에서의 하루와 같이 느껴지니 말이다."

금돌이와 주남이 눈을 크게 뜨고 서로 바라본다.

"남솔동무, 그럼 지구의 시계와 여기 있는 우리들의 시계가 가리키는 시간이 다를가요?"

은별이가 남솔이에게 자기의 손목시계를 내보인다. 그러자 금돌이와 주잠이도 자기들의 손목시계를 바라보다가 남솔이에게 눈길을 보냈다. 남솔이도 자기의 손목시계를 들여다보다가 얼굴에 웃음을 띠운다.

"물론이지. 지구의 시계와 우리의 시계는 서로 다른 시간을 가리켜."[41]

①과 ②는 모두 『새별운석탐험대』의 한 장면으로, 지구의 시간과 우

---

40 작자미상, 앞의 책, 130~131면.
41 위의 책, 131~133면.

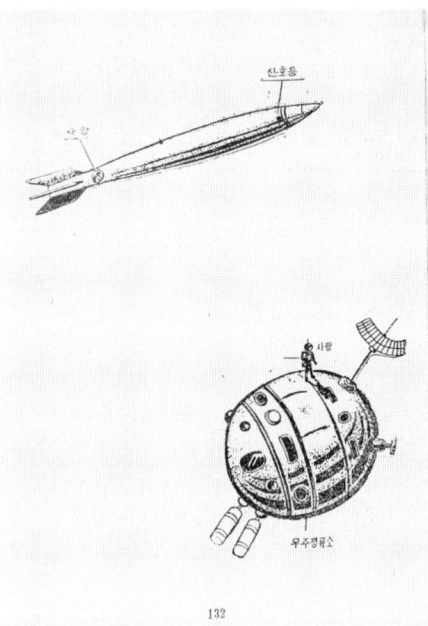

132

《…만일 비행선이 빛의 속도의 5분의 4로 날아간다면 지구에서 하루가 지날 때 비행선안에서는 14시간이 흐르고 10분의 9, 다시 말하여 초당 약 27만키로메터로 날아가면 지구에서 1년이 비행선안에서 5개월 7일밖에 안돼.》

뒤이어 한길이가 도 전자계산기에 나타난수자들을 보면서 입을 연다.

《우리 〈번개-2〉호가 지금 초당 299,989,808키로메터로 날고있으니 지구에서 1년이 불과 3일에 해당돼.》

《지구에서 1년이 여기에선 3일!》

《그런데 왜 그것을 전혀 느끼지 못할가. 여기에서의 하루가 꼭 지구에서의 하루와 같이 느껴지니 말이다.》

금돌이와 주남이 눈을 크게 뜨고 서로 바라본다.

《남술동무, 그럼 지구의 시계와 여기 있는 우리들의 시계가 가리키는 시간이 다를가요?》

은별이가 남술이에게 자기의 손목시계를 내보인다. 그러자 금돌이와 주남이도 자기의 손목시계를 바라보다가 남술이에게 눈길을 보냈다.

남술이도 자기의 손목시계를 들여다보다가 일에 웃음을 머문다.

《물론이지, 지구의 시계와 우리의 시계는 서로 다른 시간을 가리켜.》

《같은 공장에서 만든 시계인데 그 말은 믿어안져.》

금돌이가 손을 내흔든다.

《하긴 그래, 시계태엽이 치차를 돌리고 치차가 바늘을 돌리겠는데 그것들이 시간이 무엇인지 알게 뭐야.》

조용히 듣고만있던 주남이가 덩달아 이렇게 말신다.

은별이도 그래가 되지 않았다.

지구의 시계와 자기들의 시계가 같은 공장에서 만들어졌는데 지구에서와 비행선안에서 서로 다르게 움직인다는것은 금돌이나 주남이나 은별에게는 리해가 필수 없었다.

한길이는 동무들에게 이것을 리해시켜주지 못하는 자신을 원망하였다.(내가 좀 더 공부하였더라면 더 쉽게 리해시켜주지 않겠는가?)

133

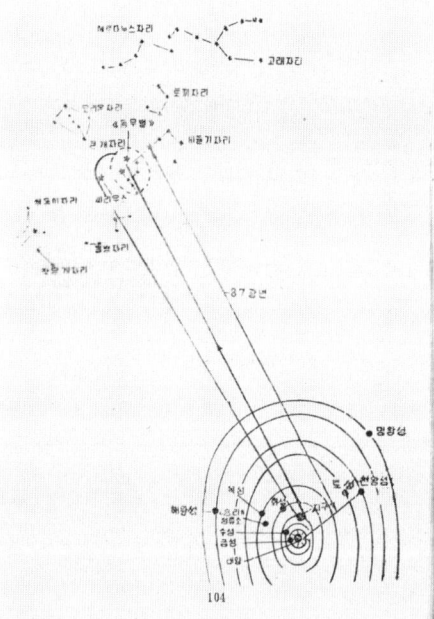

104

아침 사람들은 잘 모를것이다.

켄타우루스자리의 알파별로 가보자는 의견도 신통치 않아 부결되었다.

비둘기자리나 토끼자리로 가봐야 한다는 의견도 있었고 작은개자리와 물병자리도 허수이 대할수는 없다는 전해도 있었다.

그러나 천문학에 밝은 한길이의 과학적인 설명이 모두에게 납득되는바가 깊었다. 그래서 큰개자리의 씨리우스별방향으로 가게 된 《비밀문전—ㄹ》의 계획대로 우주비행을 계속하기로 일단 합의를 모았다.

한길이는 우주천체도알에서 큰개자리의 씨리우스별과 그로부터 약 30억키로메터 떨어진곳에 있는 《동무별》(마름별)에 대한 과학적인 자료를 모두설명한다.

《…이 별이 겨울하늘에 승냥이의 눈파도 같이 푸르게 반짝이는 유명한 씨리우스, 태양으로부터 일곱번째로 가까운 별이지.

그리고 이 별은 씨리우스의 《동무별》이야. 그 크기는 태양보다 훨씬 작은데 질량은 태양과 비슷해.》

《그러니 밀도가 엄청 크겠구나.》

금돌이가 묻는다.

《평균 밀도가 17만이야.》

《그럼 밀도가 17만짜리를 바라보고가잔말이지.》

《동무별이 혹할할 때 100만이 아니라 200만짜리도 떨어져나온다고 하지 않아. 17만은 평균값이라는데.》

주남이가 금돌에게 룡전에 말한 한길이의 말을 또다시 상기시켰다.

《천체망원경으로 관측한데 의하면 요사이 검은점이 발견되었어. …《동무별》은 우리의 태양으로부터 8.7광년의 거리에 있기때문에 거리도 알맞춤해.》

남술이 동무들을 정답게 바라보며 이렇게 말하였다.

《동무별》에 대한 한길이의 설명은 계속된다.

《동무별이 씨리우스의 주위를 도는데 그 주기는 약 50년이 된다는것.《동무별》과 씨리우스사이의 거리가 약 30키로메이이므로 그 사이로 날아가면 그 근방에 반드시 무거운 운석이 있을것이라는데 대하여 이야기하였다.

105

〈그림 6〉『새별운석탐험대』 삽화

주의 시간이 왜 다른가에 대해 논의를 하고 있다. 여기서 ①과 ②는 과학환상문학이 토론체를 선택하게 된 배경을 잘 보여준다. 주지한 바처럼 사제관계가 강력한 계몽의 파토스를 구현하기 위한 전제였다면, 토론체는 그 하부에서 독자들에게 과학지식과 앎에의 욕망을 불러일으키는 기능적인 역할을 담당하고 있다. 그런데 과학지식이란 합리적인 전제와 구체적인 데이터 그리고 실험과정의 증명을 통해 구축된 체계적인 논리의 영역으로써 교과서나 전문서적에서 다루는 것이 일반적이다. 따라서 이러한 과학을 어린 독자들에게 전달하기 위한 가장 기본적인 기술 방식은 '설명'이 될 것이고, 그런 면에서 제시문 ①은 여기에 가장 부합하는 모습이다. 왜냐하면 비록 남솔이라는 서술자를 내세우고는 있지만, 실은 '과학 전문서적'의 '중력과 시간'의 항목 중 어느 한 부분을 옮겨다 놓은 것과 다를 바가 없기 때문이다. 게다가 〈그림 6〉에서 볼 수 있듯이 삽화와 글을 동시에 배치함으로써 과학 이론(지식)을 이해(전달)시키겠다는 편집 의지를 분명하게 보여주고 있다.

하지만 과학환상문학 전체를 이렇게 설명으로 채울 수는 없다는 점에서 토론체는 필수적이다. 인용문 ②에서 보듯 ①과는 전혀 다른 방식으로 과학지식을 전달한다. 이른바 개념적 '설명'이 아닌 '대화'이다. 남솔이는 우주와 지구의 시간의 차이를 다른 인물들과의 토론을 통해 풀어간다. 적절한 예시와 독자들이 궁금해 할 수 있는 부분들을 내러티브 속에 포함시킨 후 개념적 설명이 아닌 묻고 답하는 과정을 통해 용해시킨다. 과학적 '지식'이 소설 속 '사건'의 영역으로 전환되고 있는 것이다. 과학환상문학에서 토론체가 빈번하게 등장하는 이유가 여기에 있다. 토론체의 비중이 커 간다는 것은 작품 속에서 직접적인 '설명'의 부분이 줄어든다는 것이다. 실제로『새별운석탐험대』을 포함해 초창기 작품들(『소년우주탐험대』, 『푸른공장의 비밀』, 「달나라를 찾아서」, 『큰사람이 살고 있다』, 『새 요술쟁이는 어떻게 나타났나』, 『먼먼나라 손님』 등)에 비해 1980년대 이후의 작품들에서는 직접적인 설명의 방식이 거의 사라지고 대화(토론)을 통해 지식의 전달을 시도하고 있다.

토론체는 작품 속 공간을 일종의 '현장수업의 장'으로 전환시킨다.

사라지는 별들을 주의깊게 관찰하는 남솔이의 두 눈은 예지로 빛난다.

"도플라효과 때문일거야."

"진동수증감효과란 말이지."

"그래."

남솔이와 한길이의 주고받는 말을 듣고 금돌이와 주남이, 은별이도 물리시간에 배운 도플라효과 생각이 났다.

"도플라효과는 소리에서 나타나는게 아니야? 물리시간에 '소리'편에서 배우지 않았니?"

금돌이가 동물들을 돌아보며 하는 말이다.

"도플라효과는 소리에서뿐만 아니라 빛에서도 나타나."

(…중략…)

"동무들, 우리가 학교로 돌아가면 동무들에게 빛에서 일어나는 도플라효과를 알려주자. 그러면 억세랑, 수성이랑, 꽃순이랑, 분이랑 얼마나 좋아하겠니."[42]

42 위의 책, 122면.

토론의 형식은 과학지식의 전달에 그치지 않고 과학적 이론을 실제 현장에서 적용하는 데까지 나아가는데, 작품의 공간이 이른바 '현장' 역할을 담당한다. 『새별운석탐험대』의 탐사대원들에게 '우주'는 그들이 학교에서 배운 이론을 확인하는 '현장학습의 장'이다. 별들이 사라지는 듯한 장면을 보며 소년들이 떠올린 것은 "물리시간에 배운 도플러효과"이다. 작품 속 우주는 "물리시간에 선생님이 생동한 실례를 들어주던 이야기"(122면)를 눈앞에서 보여주는 '학습의 장'이 된다. 새별운석탐사대원들은 "그처럼 어렵고 복잡한 우주비행의 나날 속에서 하루도 빠짐없이 학습"(123면), 즉 '현장학습'을 하고 있는 것이다. 게다가 현장학습의 교육효과는 "학교로 돌아가면 동무들에게 빛에서 일어나는 도플라효과를 알려주자"처럼 교육효과로 나타난다.

토론체 형식이 갖는 두 번째 효과는 '앎에 대한 의지'의 생성이다. 진정한 교육소설의 목적을 이루기 위해서는 과학지식의 전달과 함께 '배움에 대한 욕망'이 상호 작용해야 한다. 독자들은 과학환상문학을 통해 과학지식뿐 아니라 배움에 대한 욕망을 욕망해야 한다. 그래서 토론체는 과학 공부의 중요성을 인식하는 장면을 위해 반드시 '자기반성'을 등장시킨다.

> 완보 : 선생님 나는 공부도 안 하고 놀고 먹으려구 했어요. 정말 동무들
> 앞에 부끄럽습니다. (…중략…)
> 철호 : 안요, 동무들은 귀중한 수정산을 발견했을 뿐만 아니라 그보다도
> 더 큰 것을…… 즉 우리가 공산주의 사회에서 살자면 더욱더 열심
> 히 공부해야 된다는 걸 깨달았어요.[43]

「달나라를 찾아서」는 매우 노골적으로 공부(배움)의 중요성을 드러내는 작품이다. 서두부터 '공부'라는 단어가 자주 등장하며, 달나라 여행을 위해서는 "달나라에 대해서 배운 거 몽땅"(1회, 88면) 검열을 거쳐야 한다. 그래서 "달 관찰에 대한 숙제"(1회, 89면)도 해야 하고 때로는 할머니께 "에키 이녀석! 아이 놈이 그렇게 게을러선 못쓴다 못써!"(1회, 89면)라며 핀잔도 듣는다. 이 작품에서 무엇보다 중요한 것은 문제의 발생이 바로 배움의 부족에서 비롯되었다는 반성이다. 소년단원 '완보'는 화산폭발로 사고를 당하게 되는데, 사고가 커진 이유는 바로 무전기 공부를 게을리했기 때문이다. 완보 할머니의 목소리 ―"이 녀석아 그것 봐라 장난에만 정신이 팔려 게으름만 부리더니 공부를 안 하면 어떻게 되는가!?"(3회, 97면) ― 는 그대로 국가의 목소리며, 완보의 대답 ―"할머니! 돌아가선 정말 공부도 잘 하고 일도 잘 할테요"(3회, 97면) ― 은 국가가 기대하는 이상독자의 목소리이다.

이처럼 앎에 대한 의지가 작동하기 위해서는 반드시 자기반성이 전제되어야 한다. 「래일의 언덕」의 천일이도 조국의 위대한 내일에 대한 인식 부족을 지식의 부족에서 찾고는 "그래 정말 난 몰랐어. 공부를 잘 안 했으니 멋있는 환상이 떠오를 수가 없지. 래일이 그렇게도 좋은 줄은 정말 몰랐어. 난 공부할 테야. 밤새워가면서 공부하고 또 할 테야. 그처럼 훌륭한 과학의 요새를 꼭 점령하고야 말 테야"[44]라고 다짐한다. 『새별운석탐험대』의 남솔이도 자신의 부족을 깨닫고는 "알아야 앞이 훤하고 모르면 앞이 캄캄하다는 말이 무엇이였던가 하는 것을 엄혹한

---

43 강진, 「달나라를 찾아서 1회」, 『아동문학』, 1961.4, 97면.
44 김동섭, 앞의 글, 100면.

시련을 통하여 절통하게"[45] 느끼게 된다. 이러한 자기반성적 상황은 결국 「탐구의 길에서」처럼 "선생님의 설명을 들으면서 소년들은 수학, 물리, 화학 공부를 더 많이 할 것을 결심하였다"[46]로 귀결된다.

북한 과학환상문학이 지향하는 유토피아 세계는 '지금 여기'보다 발전된 세계를 전제하고 있다는 점에서 독자들에게 앎에 대한 욕망을 더욱 강조할 필요가 있었다. 앎은 혼자만의 학습이나 상상으로 해결되지 않는다. 개인적인 앎은 항상 결핍을 수반하기 때문에 도론은 필수직이다. 그래서 "혼자서 우물거리다가 놓쳐버릴 수 있는 것이다. 이럴 때일수록 동무들과 토론을 해야 한다"[47]라고 강조하는 것이다. 토론이 강박처럼 빈번하게 반복하여 등장하는 것도 이 때문이다.

이처럼 북한의 과학환상문학은 과학에 대한 욕망과 공산주의 인간의 형성이라는 계몽의 파토스를 목적으로 발생한 장르이다. 사제관계와 토론체라는 형식의 도입 역시 이러한 목적과 무관하지 않다. 사제관계는 북한 과학환상문학이 일관되게 유지하고 있는 형식이다. 초기에는 소련을 과학의 스승이자 교사로 삼았다. 그리고 북한은 주로 교사인 소련 과학자 밑에서 열심히 배우는 학생의 모습으로 형상화 되었다. 하지만 1960년대부터는 이 관계가 역전된다. 오히려 소련이 북한에게 과학지식을 배우는 작품들이 등장하며, 1960년대 중반부터는 아예 소련은 거의 등장하지 않는다. 오히려 북한 자체적으로 사제관계가 형성되어 유토피아 세계를 건설하는 모습을 그리고 있다. 북한의 정치적 상황

---

45   작자미상, 앞의 책, 175면.
46   조동옥, 「탐구의 길에서」, 『아동문학』, 1984.1, 24면.
47   작자미상, 앞의 책, 160면.

을 반영하는 이러한 흐름은 지금까지도 이어지고 있다.

북한이 스스로 교사되기를 선언한 1960년 이후에는 자체의 사제관계에서도 변화가 나타나기 시작했다. 세대론의 차원에서 볼 때 교사의 역할이 구세대에서 점차 신세대로 옮겨간 것이다. 구세대의 교사들은 더 이상 작품의 중심인물이 아니다. 그들은 어느새 주변인물이나 조력자로 물러나고 대신 가르침을 받던 학생들이 자체적으로 사제관계를 이루기 시작한 것이다. 학생(혹은 연구자)들은 과학의 문제들을 스스로 해결하고 새로운 과학적 발견을 이루어간다.

토론체도 사제관계의 목적이나 변화와 맞물려 존재한다. 우선 토론체는 크게 두 가지 목적에 봉사한다. 하나는 전문적인 과학지식을 사건이나 스토리로 전환하여 독자들에게 쉽게 전달하는 역할이다. 즉 어떻게 하면 어려운 과학지식을 쉽게 전달하며 동시에 앎에 대한 욕망을 불러일으킬 것인가에 대한 방법론적 측면에서 토론체가 등장한 것으로 보인다. 초창기의 작품들은 과학지식을 거의 교과서처럼 '설명' 위주로 표현했다. 토론체도 초기에는 과학적 설명을 하기 위한 방편으로 활용되었다. 하지만 점점 '설명' 위주의 표현은 줄어들고 대신 '사건'과 '스토리'를 활용해 과학지식을 풀어놓기 시작했다. 즉 토론체를 통해 과학 이론들이 '설명'에서 '문학적 형상화'의 대상으로 변하기 시작한 것이다. 또 하나 중요한 것은 토론체를 통해 '반성의 플롯'이 가능해진 것이다. 작품 속 인물들은 지속적인 토론을 통해 자신의 문제점을 깨닫는다. 즉 토론체는 과학에 대한 앎의 욕망과 공산주의 인간의 형성은 단지 새로운 과학기술의 발견과 지식의 양에 의해서가 아니라 끝없는 '자기반성' 속에서 이루어짐을 일깨워준다. 이처럼 북한 과학환상문학은 사제관계와 토론체의 형식을 통해 '학습'과 '성장'이라는 교육 목적을 이루고자 한다. 그리고 이러한 과정을 통해 독자들에게 미래에 대한 희망과 지켜야 할 정체성에 대한 해답을 제시하고 있는 것이다.

하지만 사제관계의 구조는 과학환상문학을 '계몽의 서사'로 강제하는 부작용을 낳기도 했다. 이제 막 과학적 우주에 눈 뜬 작가들이 독자들에게 우주를 이해시키기란 쉽지 않았을 것이고, 그러다 보니 배풍의 「땅나라 손님」처럼 다소 황당무계한 장면이 등장하기도 했다. 그런 면에서 사제관계는 매우 효율적인 장치였다. 소련을 강조할 수도 있으면서 동시에 우주에 대한 '교육'도 할 수 있었기 때문이다. 사제관계란 기본적으로 교사와 제자의 구조라는 점에서 가르치고 배우는 관계가 자연스럽게 성립된다. 새로운 우주 환경에 처할 때마다 교사의 인물들은 과학적 '설명'을 아끼지 않고, 학생 위치의 인물들은 배운 지식을 이해하기 위해 열심히 노력한다. 하지만 문제는 '과잉 설명'이었다. 우주를 이해시켜야 한다는 작가의 강박은 형상화보다 '설명 과다'로 채워진 작품을 만들었고, 대신 독자는 '감상'보다 '이해'의 부담이 더욱 커졌다. 이처럼 이해한 자와 이해하지 못한 자의 구조는 작품을 '문학'보다는 '교육'을 위한 계몽의 텍스트로 전환시킨다. 그리고 이러한 모습은 오늘까지도 지워지지 않는 흔적처럼 곳곳에 남아있다.

3. 무오류의 서사구조

북한 과학환상문학의 또 다른 내적형식으로는 무오류의 서사가 있다. 한마디로 북한 사회는 오류가 없는 완결성의 세계라는 것이다. 그래서 모든 작품에는 북한의 책임이 등장하지 않는다. 문제는 외부에서 오는 것이지 내부 자체는 전혀 문제가 없다는 것이다. 간혹 등장하는 협력자들, 즉 미국이나 일본의 유혹에 넘어가는 인민들이 나오기는 하지만 그런 기회주의적이고 이기적인 심성 역시 외부 요인에서 비롯된 것일 뿐 조선인민 자체의 심성에서 나오는 것이 아니라는 것이다. 물론 작품의 결말에 가면 협력자들도 자신의 과오를 반성하고 조국을 위해 온 몸을 던진다.

이는 무오류주의에 대한 강박이다. "사소한 사상독소도 우리 내부에 침습하지 못하게 하는 것"을 "주체적인 혁명적 원칙"[48]으로 인식하는 그들에게 무오류주의는 체제의 완결성이자 순결성이다. 북한은 수령이라는 완결된 존재에 의해 구성되는 사회이기 때문에 오류가 발생할 수 없다는 이른바 '무오류의 사회'이며, 이는 수령이 존재하지 않는 미래 사회에서도 여전히 유효한 관점이다.

2007년에 간행된 중편과학환상소설인 리금철의 『유전의 검은 안개』는 무오류주의의 문제를 전형적으로 보여주는 작품이다. 이 작품은 인공유전을 둘러싸고 벌어지는 제국의 음모와 내적 균열에 대한 경계를

48　황정상, 앞의 책, 32면.

다루고 있는 작품으로, 특히 에너지의 수급과 유전폭발을 둘러싼 범인 색출과정 등은 무오류의 강박과 수령의 재현 방식 그고 세대론에 이르기까지 현재 북한이 당면한 문제들을 '미래'라는 시간 속에서 재현하고 있다.

리금철의 『유전의 검은 안개』가 보여주는 중심구조는 한 마디로 '인공유전 폭발의 범인 찾기'이다. 갑작스런 폭발로 시작하는 서두는 이 사건의 모든 흐름이 범인 찾기로 귀결될 수밖에 없음을 시사한다.[49]

사고원인을 빨리 규명하고 해당한 대책을 세워야겠소. 우리의 인공유전형 성연구가 성공하자 지금 세계는 법석 끓고 있소. 어제 국제원유학회는 56호 유전에로 자기들의 참관단을 보내겠다고 우리에게 정식으로 요청해왔소. 이런 상황에서 유전의 사고는 정말 치명적이요. 그러니 시급히 시급히 사고원인을 찾고 조속히 유전을 복구해야 하니만큼 시간이 급하오. 시간이![50]

사업소 기사장의 말처럼 "이까짓 설비와 구조물들을 다시 복구하는 것쯤은 별문제"(14면)가 아니다. 그 정도는 "일주일이면 원상복구"(14면)할 수 있기 때문이다. 정말 중요한 것은 "우리 과학의 창조물"이자 "너무도 귀중한 조국의 재부"(15면)인 원유의 실종이다. 폭발과 함께 수십 만 톤의 원유가 갑자기 사라진 것이다. 세계의 시선이 쏠려있는 인공유전, 그리고 폭발과 사라진 원유, 이제 사건의 핵심은 왜 폭발이 일

---

49 이런 측면에서 이 소설은 추리소설의 장르적 특성을 모방하고 있다.
50 리금철, 『유전의 검은 안개』, 문학예술출판사, 주체 96(2007), 26면. 이하 각주 생략하며 면수만 표기함.

어났으며, 사라진 원유는 어디에 있는가로 집약된다. 하지만 작품 표면을 압도하고 있는 이러한 사건들은 사실 장식적인 것에 불과하다. 왜냐하면 북한문학의 특성상 폭발사건의 범인은 예정되어 있기 때문이다. 이른바 낙관론적 결말이 그것인데, 자본주의 과학소설이 미래에 대한 불안과 우울 등 디스토피아를 그리는 반면 북한의 과학소설은 긍정적, 낙관적인 유토피아를 지향한다. 즉 "긍정과 지지, 례찬으로 충만된 환상적 화폭을 훌륭히 펼쳐나갈 때 강렬한 미학적 공감"으로 "근로자들과 청소년들의 상상의 힘"[51]을 키울 수 있다는 계몽성은 북한 내부의 오류나 결함을 상상할 수 없는 것으로 규정했다. 따라서 유전폭발의 범인은 외부의 적(제국주의)으로 귀결될 수밖에 없으며 이는 작품의 서사구조가 폭발사건과 외부간의 인과관계를 밝히는 과정으로 수렴될 수밖에 없는 이유가 된다.

단순한 추리소설의 아류가 될 뻔했던 이 작품을 문제작의 반열로 올린 것은 범인 찾기 이면에 드리우고 있는 북한 체제의 '무오류주의'의 강박 때문이다. 북한에서의 '무오류주의'는 매우 특별한 위상을 가지고 있다. 수령의 완결성에서 비롯된 무오류주의는 '완결된 인간인 수령이 이끄는 세계란 결코 불완전할 수 없다'는 논리적 귀결이다. 이러한 무오류주의는 북한이 상상하는 유토피아의 완결성과도 연결된다. 북한 과학환상문학이 꿈꾸는 유토피아는 인간과 자연 그리고 세계가 공존하는 이상적인 코뮌이다. 사회정치적생명체의 중심이자 인민대중의 최고 뇌수인 수령의 영도에 의해 움직이는 세계는 "인민들의 자주적이며 창

---

51 황정상, 앞의 책, 83면.

조적인 삶이 활짝 꽃피는 행복의 락원"[52]이다. 따라서 북한의 유토피아에는 오류가 존재할 수 없으며, 이러한 완결된 자족적 세계를 건설하기 위해서는 내부의 오류들을 스스로 해결해나가는 '주체적 역량'이 존재해야 한다는 것이다.

실제로 이 작품의 내적 구조는 폭발원인에 대한 '내부적 혐의 없음', 즉 '무오류주의'의 증명에 집중되어 있다. 56호 유전 폭발사건에 대한 내부적 무오류를 증명하는 방식은 두 가지가 가능하다. 하나는 유전폭발과 과학기술 간의 무관함을 증명하는 일이며, 또 하나는 폭발의 원인이 외부에 있음을 증명하는 일이다. 이 둘은 서로의 전제이자 결론이라는 점에서 하나가 해결되면 나머지도 함께 해결되는 구조이다.

하지만 사건의 시작과 함께 결론(범인)이 이미 결정되어있기 때문에 내부의 무오류만 증명하면 된다. 그런데 문제는 내적 무오류에 균열을 일으키는 존재가 내부에 있다는 점이다. 여타의 북한문학에서 볼 수 있듯, 체제 결속의 가장 큰 위협은 내부의 적이다. 체제 무오류의 전제조건이 내적완결성이라는 점에서 외부의 적은 오히려 체제 결속력을 강화시켜 완결성의 밀도를 높여준다. 하지만 내부의 적은 다르다. 가시적인 외부의 적과 달리 내부의 적은 "공산주의 높은 단계"를 방해하는 "낡은 것"의 표상이자 내부의 균열을 일으키는 존재이다. 이제 남은 것은 내적 무오류에 균열을 일으키는 존재를 찾는 일이자 동시에 균열을 봉합하는 일이다. 『유전의 검은 안개』의 서사구조가 무오류에 강박적인 이유가 비로 이 때문이다.

---

52 김정일, 「조선민족제일주의정신을 높이 발양시키자」, 조선로동당출판사 편, 『친애하는 지도자 김정일동지의 문헌집』, 조선로동조선출판사, 1992, 256면.

갈수록 험산이라더니 이곳에서 옥임이 앞에 나서는 것들은 모두가 발목을 잡아당기는 것뿐이었다. 사고를 친 혐의자로 자기 앞에 나타난 명진이, 사업에 대한 긍지와 열정이 있어 믿음이 갔던 석호가 취하는 대립되는 립장, 과장의 사업에 대한 검열그루빠성원들의 반신반의 (…중략…)

오히려 56호 유전의 인공형성연구와 그 기술공정설계를 담당수행한 명진은 과학기술문제에 대한 검열그루빠의 참견을 달가와하지 않고 있는 형편이다. 자기의 가장 가까운 사람들의 이처럼 상반되는 대립은 옥임이에게 있어서 정말 큰 타격이 아닐 수 없었다. 자칫 잘못하면 오해로 서로의 관계가 나빠질 수 있었다. 옥임은 이것이 두려웠다. 그렇다고 눈앞에 나타난 현상들과 객관이 제출해주는 자료들이나 종합하고 분석하여 그에 해당한 처리만 하는 것으로 56호 유전사고의 진상을 정확하게 또 시급히 밝혀낼 수가 있겠는가…… (77면)

위의 예문은 선결해야 할 균열의 지점들을 잘 보여주고 있다. 가장 큰 균열의 지점은 폭발사건을 함께 풀어갈 동료들(특히 검사 최석호)과의 불화와 22년 만에 만난 가족 같은 명진과의 갈등이다. 특히 검열그루빠의 검사인 최석호가 문제시되는 것은 유전폭발에 대한 입장 때문이다. 56호 유전을 개발한 연구사 류명진은 "과학기술적 안정성"에 문제가 없음을 주장하는 반면, 최석호는 과학기술적 안정성에 의심을 품고 있다. 폭발 사건의 원인이 '내부 대 외부'의 대치구도로 이루어진 상황에서 류명진의 논리는 문제될 것이 없다. 과학기술적 안정성의 담보야말로 자연스럽게 내부의 무오류를 반증하기 때문이다. 게다가 과학기술적 안정성은 '무오류주의'를 지향하는 북한문학의 특징상 결말에서 자연스럽게 증명된다. 게다가 명진과의 감정적 오해도 작품 결말에서 쉽게 해결된다. 문제는 검사 최석호이다. 검사 최석호의 '내부오류설'은 그대로 북한의 사회주의 낙원의 완결성을 훼손할 수 있다는 점에서 가장 큰 균열의 요소이다. 옥임이 "이것이 두려웠다"라고 말한 것도 석호로 인한 내적 균열의 두려움 때문이었다.

이제 가장 중요한 것은 내부 균열의 요소를 찾아 봉합하는 작업으로, 내부오류설을 주장하는 검사 최석호의 논리를 무화시켜 무오류주의에 귀속시키는 일이다. 이를 위해 작품은 최석호를 결핍의 존재로 부각시킴으로써 그의 논리 자체가 불안전할 수밖에 없음을 암시한다.

> 석호는 대꾸 없이 심드렁해 앉아있었다. 도무지 뒤틀린 심사가 풀리지 않고 있었던 것이다. (…중략…) 옥임에 대한 석호의 이 불신의 감정은 여기에 와서 처음 느끼는 것이 아니라 이미 전부터 축적되여오던 것이었다.
>
> 코날 생김과 입언저리 지어는 눈매까지도 모가난 석호는 생김 그대로 성격도 모가 났다. 그만큼 그는 사업도 모가 나게 제끼였고 결패가 있는 검사라는 호평도 있었다.(40면)

석호는 모난 외모처럼 성격도 모난 인물로 그려진다. 이른바 품성이 결여된 존재이다. 석호는 애정 어린 충고도 받아들이지 못하는 "자살궂은 성미"이다. 남의 의견에 대해 "위세를 지켜 일축"하는 자만심의 소유자이자 "성급한 성미"외 "모난 성격으로 상대방을 여지없이 찔리"대어 애인과도 헤어지는 원인이 된다. 석호를 "성격이 모난 사람"(76면)으로 규정하는 것은 그의 논리적 결함에 대한 암시이다. 북한에서 품성론이란 공산주의적 인간형의 기본 덕목이자 출발점이다. 그런 면에서 주체적 인간이 갖춰야 할 "사상정신적으로 존엄있고 고상하고 높은 인간성"과 "륜리도덕적인 풍모"[53]의 결함은 곧 논리적 결함의 은유적 고리로 작용한다.

다른 하나는 과학적 인식의 결여이다. 작품은 석호를 본질에 이르지 못하는 현상론자로 고정시켜 그의 논리적 부정합성을 공격하고 있다. 석호는 유전폭발의 내부적 결함을 '현상' 속에서 찾고 있다. 최석호의 주장은 외부인사의 목격담과 지층 속 유전공간을 찍은 '로보트관측촬영필름' 등 현상적 결과물에 의존하고 있다. 그래서 원유의 중합이 맨틀 경계면의 탄화수소의 양을 견디지 못해 가스압력이 높아져 폭발했으며, 따라서 철저히 "유전의 인공형성공정에 관한 기술조작에 걸린 문제"라고 주장하는 것이다. 이 지점에서 옥임과 석호의 논리 대결은 이른바 '현상론 대 본질론'의 구도로 나아간다.

① 저는 나타난 현상이 결코 우리 검열그루빠의 사업방법을 달리 규정하게 한다고 생각지 않습니다. 이전에도 우리가 취급한 사건은 거의 대부분이 이런 생산기술적문제에 한한 것이였습니다.(75면)

② 우리는 지금 나타난 피상적인 현상에만 머무를 것이 아니라 현상의 본질을 파헤쳐 그 내용을 밝혀내야 한다고 생각합니다.(29면)

---

53 황정상, 앞의 책, 173면.

①과 ②란 현상론과 본질론이자 '과학'에 대한 인식론적 대결로써, 석호와 옥임은 각각 현상론자와 과학적 인식론자를 표상하면서 논리적 대결을 벌인다. 사실 북한의 '과학'이 "피상적인 현상에만 머물 것이 아니라 현상의 본질을 파헤쳐 그 내용을 밝혀"내는 것이란 점에서 이 둘의 논쟁은 이미 승패가 결정난 것이다. 현상적 인식이 본질적 인식을 이길 수 없기 때문이다. 그래서 작품은 석호를 통해 현상론의 한계를 지적하고 동시에 내적 완결성을 강화하는 방향으로 나아간다.

과학적 인식이 결여된 석호의 한계는 여러 장면을 통해 나타난다. 자신들을 감시하던 레이저 빛을 알아차린 옥임이 석호에게 "뭐가 감촉되는 것이 없어요?"라고 문자 석호는 "그것이 어쨌다는 겁니까?"라고 무시한다. 옥임이 "다시 한번 잘 보세요. 다른 것들과 구별되는 것이 있어요"라고 말하였을 때도 역시 "참, 과장동지두…… 우리가 언제 그런 물건이나 가려 볼 겨를이 있습니까?"(42면)라고 단정 짓는다. 또 석호는 현상적 추론만으로 자재부장 박기준을 의심하고, 외부적 요인에 대한 확신의 근거도 "그저 제 륙감입니다"(95면)라고 답한다. 이에 대한 옥임의 답변은 명확하다. "아직은 속단하지 맙시다. 우리 사업은 사색과 탐구가 필요해요. 그것이 없이는 현상의 본질이나 내용을 파악할 수가 없어요"(101~102면), 과학적 인식에 기반한 본질론의 승리다.

결국 석호가 과학기술적 결함으로 제시한 외부인의 목격담과 증언 그리고 지층촬영필름 등은 '현상적 사실'의 조합에 지나지 않았고, 그 현상적 사실마저두 일본 제국주이자들의 술책이었음이 밝혀진다. 이처럼 석호는 "눈앞에 나타난 현상들과 객관이 제출해주는 자료들이나 종합하고 분석하여 그에 해당한 처리만 하는 것으로 56호 유전사고의 진상을 정확하게 또 시급히 밝혀낼 수가 있겠는가"(65면)라는 현상론의 한계를 보여주는 인물이다. 결국 석호는 "외부적인 것에 대한 인식에 기초하여 내적인 것에로 침투하며 현상의 배후에 깔려 있는 본질을 인식"(20면)하는 옥임의 논리에 귀속된다.

작품은 옥임의 논리 외에도 '과학'에 대한 강조를 여러 곳에서 강조한다.[54] 여기서 '과학'은 과학기술보다는 "합법칙성에 입각해 세계를 인식하고 개조변혁"할 수 있는 이른바 '주체사상에 기초한 과학적 세계관'으로서의 과학이다. 과학적 세계관의 강조는 작품의 대결구도를 인식론으로 이끌어 본질론의 우월성을 강조하여 내부의 무오류를 증명하려는 서사전략의 바탕이 된다. 그래서 상대적으로 첨단과학기술은 삽화적 기능으로만 등장한다. 작품의 서사방향이 인공유전의 완성 과정이 아닌 이미 완성된 인공유전의 폭발과 범인 찾기로 진행되는 것도 이 때문이다. 인공유전의 완성과정은 오직 논리적 추론으로만 등장하며, 사건전개의 중요한 역할을 담당하는 첨단과학기술(자동초점안경 "락타표안경" 등)은 그 기술적 설명이 제거되어 있다. 오직 분위기 전환용으로만 등장하는 "예쁘게 생긴 로봇"(69면)처럼 첨단과학기술은 장식적 의미를 넘지 못하거나 극적전환을 위한 '신의 기계 장치deus ex machina'에

---

54 과학에 대한 강조는 거의 강박증에 가깝다. 몇 개를 소개하면 다음과 같다. "과학탐구의 력사는 진리에 이르는 곰삼어린 길입니다. 진리는 꼭 밝혀집니다."(50면) "동무들, 56호 유전의 사고는 많은 미해명을 안고 있습니다. 바로 이 미해명은 과학을 요구합니다. 모든 현상을 원리적으로 따져보고 관찰해야 사고의 본질을 명확히 그리고 신속히 밝혀낼 수 있는 거예요."(76면) "사고원인해명에서 보다 과학적인 탐구와 모색이 필요합니다."(86면) "근거는 오직 과학적이여야 명백한 법이예요."(89면) "과학은 신성한 것이예요. 그 앞에서는 어떤 불의도 숨길 수가 없어요. 이제 과학은 56호 유전의 사고진상을 꼭 밝혀내게 될 거예요."(92면)

그치고 있다. 결국 "현상은 본질을 낳기 마련"(156면)이며, "맞다뜨는 모든 문제는 역시 다 과학을 요구"(133면)한다는 인식론적 각성을 통해 과학이야말로 "우리의 행복, 조국의 창조물을 지키고 보호하는 불가항력의 힘있는 무기"(226면)임을 증명하고 있다.

무오류를 증명하기 위해 동원된 또 다른 내적 형식은 공간의 배치이다. 원유폭발로 인한 내부 균열은 석호 검사의 자발적 반성으로 봉합된다. 범인인 데꾸우치 원유회사의 기무라 일당 역시 리옥임과 검열그루빠 그리고 류명진 등이 합심하여 밝혀내고, 빼돌린 원유도 무사히 되찾는다. 이제 남은 것은 북한 내부의 무오류와 외부의 범인을 공표하는 작업이다.

세계의 주목을 받던 인공유전이 폭발을 일으킨 때는 국제원유학회에서 "원유의 무기성인설의 합법칙성"(6면)을 공인하여 세상에 공개하던 날이었다. "56호 유전 참관을 요망하는 각국의 사람들 수는 수천명"(6면)에 달했고, "세계의 원유학자들과 원유업체들이 이목"(6면)이 모인 날 사건이 터진 것이다. 게다가 폭발사건에 대한 과학적 기술의 안정성 논쟁 역시 세계 각국의 시선이 모인 '사건심의회'라는 공개적인 공간에서 이루어진다.

폭발사고가 공개된 자리에서 일어났다는 것은 무오류의 증명이 더 이상 내부의 문제로만 국한될 수 없음을 보여주는 것이다. 이제 북한 자체의 무오류는 자기 자신만으로는 만족할 수 없게 된 것이다. 체제의 무오류성, 즉 내적 순결성의 증명은 자기만족을 떠나 오직 외부의 시신 속에서만 가능하게 된 것이다. 검찰소 부소장이 이 사건을 "치명적"이라고 언급한 것도 서방의 세력들에게 북한의 결함이 노출되었기 때문이다. 옥임도 이 사건을 "대외적인 사업으로 정말 초미의 문제"라고 지적한 것도 내부의 오류가 공개될 수 있기 때문이다. 따라서 북한 내부의 무오류를 증명하는 방식 또한 공개적이어야 했다. 작품의 공간 역시 이러한 필연적 구조에 따라 배치된다.

　이는 왜 과학환상문학에 '국제회의'가 자주 등장하는지 알려준다. 미국, 일본 등 제국주의와의 갈등이 있을 때는 예외 없이 국제회의를 여는 장면이 등장한다. 여기에는 크게 두 가지 목적이 있어 보인다. 하나는 '글로벌 조선'에 대한 관념, "세계 속의 조선, 조선 속의 세계"[55]이다. 전세계의 대표적인 과학자들의 이목이 모인 공간에서 북한의 과학자들이 모든 문제를 해결하고 인류가 나아갈 길을 제시하는 장면은 스펙터클과 환상적 방식을 동원하여 국가권력을 과시하는 극장국가의 모습과 닮아 있다. 즉 북한이 세계의 중심임을 과시하기 위한 장치인 것이다.

　또 하나는 완결성, 순수성의 강조이다. 오류가 없다는 것은 곧 완전함과 순수성을 말한다. 북한의 순수에 대한 집착은 여러 곳에서 볼 수 있다. B. R. 마이어스에 따르면 김정일은 "나는 우리 민족이 세상에서 제일…… 순박하고 깨끗한 민족이라고 생각합니다"라고 말한다. 또 평양은 민족의 기념성지자 인종적 순수성의 지리적 상징이며 거기에 맞게 흰색이 지배적인 공간이다.[56] 무엇보다 북한은 김일성과 항일혁명대원들의 순수한 피와 정신으로 만들어진 국가이며, 영원한 진리인 주체사상으로 구현된 세계이다. 이러한 세계에서 '오류'란 존재할 수 없

55　권헌익 · 정병호, 『극장국가 북한』, 창비, 2013, 197면.
56　B. R. 마이어스, 고명희 · 권오열 역, 『왜 북한은 극우의 나라인가』, 시그마북스, 2011, 76~77면.

으며, 오직 '오해'만이 존재할 뿐이다. 제국주의자들의 농간에 의한 '국제적인 오해'는 반드시 '국제적인 공간'에서 풀어야 한다. 전세계가 보는 앞에서 제국의 음험함을 드러내고 북한이 오해받았던 부분을 '과학적'으로 세밀하게 증명해 보임으로써 자신들의 순수성과 무오류를 확인시킨 장소가 바로 국제회의장인 것이다.

그런 측면에서『유전의 검은안개』의 공간이 국가심의회의장(場, 공개성) → 각 단위의 방(폐쇄성) → 국가심의회의장(場, 공개성)으로 배치된 것은 내부의 무오류를 외부에 공개하기 위한 의도이다. 혐의를 벗기 위한 일련의 사건들은 은밀해질 수밖에 없다. 외부의 적들이 항상 그들을 감시하고 있기 때문이다. 그래서 이후 인물들의 주된 행동 공간은 자연스럽게 폐쇄된 공간 속에서 이루어진다. 리옥임과 석호의 주된 공간이 사무실(방)이었으며 과학적 안정성을 증명하려는 류명진의 공간 역시 실험실(방)이었다. 기무라 일당을 속이기 위해 심금주가 찾아간 곳도 "수중궁전"의 어느 '방'이었다. 공간의 폐쇄성은 해결의 과정이 은밀했음을 보여주는 동시에 추리소설적인 면을 보여주는 것이기도 하다. 결국 폐쇄된 공간에서 확보된 무오류의 증거들은 다시 "전번보다 더 많은 사람들이 참가"한 공개된 장소(국가심의회장)에서 공표된다. 류명진은 과학기술적 안정성에 대한 증거들을 제시하고, 보안사 심금주는 비밀녹화장치를 공개함으로써 데꾸우치회사의 술책을 폭로한다. 공개적으로 제기된 문제가 다시 공개적인 공간을 통해 해결되고 있는 것이다.

결론적으로 리금철의 작품에는 유전폭발이라는 외적 사건을 전면에 드러내고 있지만 궁극적으로는 폭발사건이 내부의 오류가 아님을 증명하는 데 전력을 다하고 있다. 무오류의 증명은 폭발의 원인이 과학기술의 문제와 무관하다는 것과 폭발의 범인이 일본의 원유회사임을 밝히는 과정을 통해 이루어진다. 이러한 장면들은 북한사회가 처한 당시의 불편한 상황을 그대로 노출시키는 것으로 원유수급과 일본과의 문제 등 대내외적 문제 상황에 대한 (무)의식적 표현과 관련 있다. 무오류에 대한 강박은 삼각관계의 연애를 숭고한 사랑으로 승화시키는 방식을 통해서도 드러나고 있다. 작품 초반에 '류명진-황혜련-심금주'로 이어지는 애정의 삼각구도는 북한 사회의 윤리적 오류를 보여주는 것으로 비칠 수 있었으나, 황혜련이 심금주, 요시꼬와 동일 인물임이 밝혀지면서 삼각구도가 조국을 위한 계획의 일환이자 숭고한 연애로 승화되는 계기가 된다. 불륜의 모티프가 윤리적 무오류로 전환되고 있는 것이다.

2부

북한 과학환상문학의 형성과 소련

1장

소련 과학담론과
정책의 영향

북한 과학환상문학은 일반적으로 장르문학이 가지고 있는 특이성이나 소수성과는 달리 당국으로부터 적극적인 지원을 받고 있다. 북한문학이 국가(당)의 문학임은 이미 잘 알려진 사실이다. 북한도 과학환상문학의 목적이 아동을 비롯해 청소년들의 과학적 지식과 세계관을 위한 것임을 분명히 하고 있다. 아울러 과학적 세계관 속에 체제지향적인 인간이 가져야 할 집단기억도 역시 빠뜨리지 않고 있다. 이토록 중요한 과학환상 장르는 사실 많은 부분 소련을 향한 모방과 재현에서 시작되었다. 소련이 보여준 과학의 중요성과 위력은 이제 막 국가의 모습을 갖춘 북한으로서는 당연히 모방해야 할 아비의 모습이었다.

소련의 영향은 광범위하게 진행되고 있었고 과학기술은 중심의 하나였다. 소련의 과학담론과 정책들은 북한사회뿐만 아니라 북한 과학환상문학의 형성에도 지대한 영향을 미치고 있었다. 특히 소련의 과학 담론과 정책들은 북한의 과학뿐만 아니라 과학환상문학의 소재, 주제, 과학의 존재론 등에도 깊숙이 영향을 미쳤다. 오늘까지도 흔들리지 않는 '과학의 현장성'도 소련의 영향이다. 이처럼 소련의 과학담론과 문학은 북한의 과학환상문학을 형성하는 데 중요한 역할을 담당하고 있었다.

하지만 북한 과학환상문학은 이러한 부분들을 인정하지 않고 있다. 특히 북한의 과학사에 의하면 1956년을 거의 전 분야에서 독자노선을 취하는 해로 규정하고 있다. 과학기술도 이 시점을 기준으로 '현지연구사업', 이른바 과학의 현장성에 이르게 된다. 그래서 북한은 이후의 작품, 특히 1960년대 이후의 작품을 소련과의 단절 및 북한의 내재적 동인에 의해 창작된 것으로 보고 있다. 북한 과학환상문학 창작의 바이블에 해당하는 황정상의 『과학환상문학창작』(1993)에도 과학환상문학이 소련과의 단절 속에서 형성되었음을 강조하고 있다. 그러나 1960년 이후의 작품들은 북한의 주장처럼 독창적인 상상력의 산물이 아니다. 오히려 해방 이후, 특히 1950년대 초반부터 광범위하게 소개되고 강조되어 왔던 소련의 과학기술과의 교섭의 결과로 봐야한다. 실제 소재나 모티브 등 많은 부분에서 창작의 영감을 빌어오고 있었기 때문이다.

1. 초기 북한과학원의 연구중심 과학담론과 과학환상문학

　북한에서 과학은 사상전 못지않게 중요한 영역이다. 해방 이후 북한이 상상하는 이상적인 국가의 모습이란 많은 부분이 과학기술에 의존해야 했기 때문이다. 특히 북한은 "사회주의적 생산관계와 수준 높은 생산력을 이룩해야 하는 과제를 안고 있었기 때문에 이념과 함께 과학기술은 그만큼 중요할 수밖에 없었다".[1] 국가적 과업을 위해 사상혁명과 기술혁명을 전면에 내세웠다는 것은 과학기술이 갖는 위상을 보여주는 것이다.

　북한의 과학은 시작부터 소련의 자장권 내에 있었다. 사회주의 국가의 아비인 소련은 곧 "공산주의의 위대한 건설"[2]의 모델로서, "세계에서 처음으로 튼튼한 과학적 기초들 위에 건설되었으며 또 발전되고 있는 나라"[3]였다. 뿐만 아니라 소련은 공산주의 건설의 위대한 예비인력인 어린이들을 위해 과학실, 무용실, 아동극장, 최신 의료설비 등을 갖춘 삐오네르 궁전과 직장 여성들을 위한 지역별 탁아소를 운영하는 지상낙원으로 보았다.[4] 따라서 북한이 소련의 과학기술을 모방하는 것은 전혀 이상한 일이 아니었다.

1　김근배, 「과학기술의 역사적 전개」, 북한연구학회 편, 『북한의 교육과 과학기술』, 경인문화사, 2006, 376면.
2　브. 꼬브다, 「공산주의의 위대한 건설」, 『조쏘친선』, 1951.6.
3　아까데미크 아. 브. 똡치예프, 「과학과 실천의 통일에 관한 위대한 쓰딸린의 사상은 실현되고 있다」, 『조쏘친선』, 1953.7, 58면.
4　김귀선, 「어린이의 행복과 아름다운 미래를 위하여」, 『조쏘친선』, 1953.6, 14면.

사회주의사회에서는 과학과 기술은 새로운 사회적 의의와 새로운 발전력을 가지게 된다. 자연의 비밀을 포착해서 그 무한대의 부(富)를 인민을 위하여 리용할 것, 과학과 기술의 전취물을 가지고 사회주의사회의 생산력과 그 물질적 부와 정신적 문화의 부단한 장성을 보장할 것, 끊임없는 과학-기술 발전으로써 공산주의 건설의 실현을 촉진시킬 것 — 이런 것들이 쏘베트학자들과 기술혁신자들의 고귀하고 고상한 목표이다. (…중략…)

우리 조선인민은 바로 민주주의와 결합된 과학을 위하여 싸우고 있다. 민주주의는 지식이 없이 과학이 없이는 생각할 수 없다. 오직 선진적 과학과 기술의 성과에 의거하여서만 우리는 전진할 수 있고 산업을 발전시킬 수 있고 전야(田野)의 수확률을 높일 수 있으며 민주주의조선의 새롭고 행복스러운 생활을 건설할 수 있는 것이다.[5]

소련은 해방 직후 약 10억 루블 정도의 원조를 단행했다.[6] 물질적인 지원 외에도 과학기술자의 파견 및 북한의 유학생, 실습생을 받아들여 전문인력 양성에 큰 역할을 했다. 북한도 각종 시찰단과 연수단을 소련으로 파견하여 새로운 제도를 유입하는 데 적극 나섰다. 과학기술관을 새롭게 설치할 경우에는 예외 없이 소련으로 대표단을 보내 관련 시설을 둘러보게 한 후 그 경험을 반영하도록 하였다.[7] 특히 고등교육기관

---

5   북조선로동당중앙본부, 『쏘련의 과학과 기술발전』, 로동당출판사, 1948, 68~69면.
6   김철제철소, 성진제강소, 흥남비료공장(10만 톤/년), 남포제련소, 승호리세멘트공장, 평양방직공장 및 농기계와 부품, 학교, 병원 등 전방위적인 지원을 단행하였다.
7   1946년 후반부터 추진된 소련사절단들, 의사단, 교원단 등은 과학기술을 포함한 각계 인사들이 망라된 가운데 여러 대학과 연구기관을 둘러보았고, 북한으로 돌아온 후 자신들의 시찰과 연수 경험을 바탕으로 각 분야를 소련식으로 바꾸는 데 앞장섰다. 김근배, 「김일성종합대학의 창립과 분화」, 『한국과학사학회지』 제22권 2호, 2000, 202면.

의 설치와 대규모 공장 시스템 구축에 영향을 미쳤는데, 김일성종합대학과 과학원이 대표적인 사례이다.

1946년 설립된 김일성종합대학은 소련의 대학체제를 모방한 것이었다. 대학 행정체계는 물론 전공조직, 교육내용, 학내활동 등에 이르기까지 전반적인 면에서 소련과 동일한 모습을 갖추려고 노력했다. 사용된 명칭도 아스삐란트라(연구원), 까페드라(강좌) 등 소련의 용어들을 그내로 사용했다. 또 1948년에는 소련 학자들과의 교류가 활발해지면서 소련의 학제를 받아들이기 시작했다. 과학기술에 역점을 둔 소련의 대학체제를 모방해 종합대학과 전문화된 여러 단과대학들을 창설, 확충하는 조치도 취했다.[8] 1952년에 설립된 북한의 과학원도 소련의 과학아카데미를 모방해서 만든 국가적인 종합기구였다. 1952년 4월 27일 평양의 모란봉 지하극장에서 두 번째 전국 규모의 과학기술자 대회를 여는데, 여기서 김일성은 "우수한 과학자들을 모아 과학연구사업을 집체적으로 진행하기 위하여" 과학원 설립을 제안한다.[9] 그렇게 설립된 과학원의 명칭이 바로 소련식의 과학아카데미였고, 그 포괄범위도 과학기술과 인문학, 사회과학까지 망라했다. 조직체계와 임원구성, 사업계획, 활동방향 등도 소련의 경우를 그대로 따랐다.[10]

8   평양공업대학, 평양의학대학, 원산농업대학은 각각 김일성종합대학의 공학부, 의학부, 농학부를 분리해서 만든 대학들이었다. 그 결과 북한에서는 처음 단계부터 과학기술계의 비중이 전체 고등교육의 70%를 넘어설 만큼 매우 높게 나타났다. 김근배, 「과학기술의 역사적 전개」, 앞의 글, 380면.
9   유명수 『조선 과학기술 발전사』 1, 50면; 김일성, 「우리나라 과학을 발전시키기 위하여(과학자대회에서 한 연설, 1952.4.27)」, 『김일성저작집』 7, 182~204면. 강호제, 『북한과학기술형성사』 1, 선인, 2008, 107면 재인용.
10   이처럼 소련 의존성은 "국내의 자연부원 및 생산력과 쏘베트 동맹의 과학을 위시한 인류의 과학적 성과를 연구"해야 한다는 '과학원 조직에 대한 규정'에도 그대로 나타나고 있다.

문제는 북한과학원이 지향하는 과학담론의 방향이다. 원래 사회주의 국가의 과학기술은 생산력 발전을 주도하고 촉진시키는 하부구조의 주된 요소이다. 따라서 과학은 그 자체로서의 존재의미와 함께 경제발전의 중심역할을 담당해야 하는 것이다. 소련의 과학도 순수과학과 함께 생산현장을 위한 응용과학이 한 축을 이루고 있었다.

하지만 북한과학원은 시작부터 외국의 원조를 전제로 전문 과학연구기관으로 설립되었다. 소련, 중국 등 사회주의 국가들이 과학원 활동에 필요한 다양한 지원을 해주었기 때문에, 과학자들에 대한 우대는 자연스럽게 엘리트의식을 낳았다. 과학원은 전후 복구사업 등 현장 기술지원을 전문 과학 연구의 방해로 인식하고 있었다. 현장지원을 요구받았을 때도 생산성 산하 연구소가 담당하고 있다는 이유로 거부하고 있었다. 그런데 과학원의 이러한 생각은 소련 과학에 대한 몰이해이거나 과학엘리트주의 산물로 보인다.[11] 어쨌든 생산현장의 기술지원활동을 경시하는 경향은 당시 학생들의 진학에도 영향을 미쳤다. 학생들은 일반계열을 선호하는 반면 기술계열이나 실업계열은 꺼려했으며, 일부 고등중학생들은 기술, 기능학교에 다니는 학생들을 깔보고 놀리기도 하였다. 또한 기술계 진학을 권유하는 교사들에게 학부모들의 반발도

11 북한은 해방 직후 산업기술 연구를 위해 북조선중앙연구소를 설립했으나 심각한 인력난 때문에 제대로 운영할 수 없었다. 당시 대학을 졸업한 과학자가 20명 정도였고, 과학원 창립대회에 참가했던 과학자도 97명 정도였다. 그래서 대대적인 유학생 파견과 함께 남한 과학자들을 대상으로 '월북공작'을 벌였고 또 남한의 '국대안 파동' 등으로 인해 남한의 많은 과학기술자들이 월북하는 계기가 되었다. 북한은 출신보다는 과학적 능력을 우선시 하는 '인테리 정책'으로 과학자들을 우대했으며, 이들에 대한 사상검사도 다소 느슨하였다. 이러한 대우는 자연스럽게 엘리트의식을 갖게 했던 것으로 보인다. 이에 대해서는 김근배, 「월북 과학기술자와 흥남공업대학의 설립」, 『아세아연구』 제98호, 1997 참조함.

거셌다.[12] 순수 연구중심의 과학담론은 과학원 제1기 상무위원회 기간인 1952년 12월부터 1956년 1월까지 이어졌다.

순수과학 혹은 전문연구활동 중심의 과학은 과학환상문학의 주제에도 영향을 미쳤다. 과학환상문학은 "근거있는 과학적 환상"을 다룬다는 점에서 과학에 대한 관점은 곧 과학환상문학의 전체적인 방향을 결정짓는 조건이기도 했다. 실제 이 시기 작품에서 과학은 현장성보다는 과학 그 자체의 경이로움과 위대함에 초점을 맞춰 그리고 있었다. 1955년과 1956년에 북한에 번역 소개된 두 편의 소련 과학소설은 당시 북한 과학환상문학이 지향하는 바를 잘 보여준다.

소련의 우주과학소설인 「혹성간 비행선 달-1호」는 우주과학이 생산경제에 미칠 영향에 대해서는 주목하지 않는다.[13] 대신 우주탐사를 가능케 한 소련 과학의 위대성을 강조하는 데 초점을 맞추고 있다. 우주라는 마술적 세계를 과학적 현실로 전환시켜준 우주과학의 위상과 조건들을 세밀한 과학적 설명을 통해 보여주고 있다. 우주발사체를 위한 설계에서부터 재질, 이륙과 착륙, 연료와 속도 문제, 무중력상태의 신체변화뿐만 아니라 천문학 등 각 분야의 과학적 지식이 총 결합하여 만든 성과물임을 강조하고 있다. 작품의 구조 역시 달 탐사의 성공과정을 과학의 시선 속에서 다큐 형식으로 그리고 있는데, 이 모든 이야기의 주제는 "달에 대하여 상상의 시기를 끝내고 정확한 과학의 시기를 시작

---

12 강호제, 앞의 책, 153~155면.
13 물론 「우리는 무엇을 위하여 달로 비행하는가」라는 제목의 인터뷰를 통해 달 탐사의 유용성을 밝히고는 있지만 작품 전체에서 볼 때 이 부분은 매우 소략하게 다뤄지고 있다. 즉 우주로켓의 제작과 탐사에 대한 구체적이며 사실적인 과학적 설명에 비해 유용성의 부분은 추상적이거나 포부를 나타내는 정도에 그치고 있다.

한다"(73면)라는 선언처럼 순수과학의 위대함이다.

1956년 북한에 소개된 소련 작품 「우리들은 화성에 왔다」(『아동문학』, 1956.4) 역시 과학적 탐색과 탐구의 대상으로 화성을 바라보고 있다.[14] 한때는 존재했으나 지금은 멸망하여 사라진 화성인과 주인 없는 땅이 된 화성을 바라보는 우주비행사의 시선은 낯설음과 이질성으로 가득차 있지만, 이는 과학적 태도와 만나면서 탐구와 연구대상으로 전환된다. 1959년 작품 배풍의 「땅나라 손님」(『아동문학』, 1959.3)에서도 외계인의 시선을 통해 소련 과학의 우수성을 강조하고 있다. 소련의 우주비행선이 어느 별나라에 도착하였는데, 그곳에 살고 있는 지질학 박사 삐삐와 떼떼라는 소련의 거대한 문명에 압도당한다. 그래서 외계인들이 "쏘련이 제일 훌륭한 나라라고 엄지손가락을 내흔들어" 보이고, "별나라 사람들도 땅나라 쏘련의 과학기술을 본받아"[15]야 한다고 말한다. 외계인들을 압도시킨 것은 바로 "쏘련로케트"로 표상되는 과학의 우수성이었고, 그것은 현실의 문제해결과는 무관한 과학적 성과에 대한 감격이었다.

---

14 이 작품은 '과학환상오체르크'로 명기되어 있다. 대부분의 작품에는 장르명이 기입되어 있는데, 과학환상문학의 장르범주와 그다지 달라보이지는 않는다. 심지어는 '동화'라고 명시된 작품이 오히려 과학환상동화로 명기된 것보다 더 과학환상문학에 적합해 보이는 경우도 많다. 여기에서도 「땅나라 손님」, 「푸른공장의 비밀」, 「똘똘이 박사의 희망과 사업」은 동화임을 밝힌다. 하지만 여타의 과학환상문학과 구조, 인물, 배경, 과학, 모티브 등 여러 면에서 차이를 보이지 않기에 연구대상으로 삼았다.
15 배풍, 「땅나라 손님」, 『아동문학』, 1959.3, 53면.

2. 1956년 이후 현장중심의 과학담론과
주제의식의 변모

북한은 해방 이후부터 '오랜 인텔리 정책'을 통해 과학기술자와 과학기술 관련 기관을 확보하였으며, 1952년에는 소련과학원을 모델로한 북한과학원을 설립했다. 특히 휴전과 함께 북한의 과학은 전후복구와 경제, 국방 등을 위해 그 중요성이 더욱 강조되기 시작했다. 1956년 4월 23일에 열린 '3차 당대회'는 다음 시기 경제발전에서 과학기술이 가지는 의미를 강조하면서 과학원으로 하여금 장기적인 과학발전계획을 수립할 것을 결정하였다. 1957년 7월 30일에 이른바 '과학발전 10개년 전망계획'이 작성되기 시작하는데, 첫째는 북한의 과학기술 수준을 최대한 빨리 선진국 수준으로 끌어올리는 것이고, 둘째는 과학기술활동을 생산현장과 긴밀하게 연계시키는 것이며, 셋째는 부족한 과학기술 인력을 최대한 빨리 양성하는 것이었다. 또한 과학기술자들의 '사상성'을 높여야 한다는 네 번째 정책과 과학기술활동에 대한 과학원 상문위원회의 지도력을 높여야 한다는 다섯 번째 정책도 제기되었다.[16]

여기서 주목할 점은 과학기술활동과 생산현장의 연계이다. 당초 북한과학원의 설립목표는 '소련과학원'과 같은 최고의 전문 과학연구기관을 만드는 것이었다. 하지만 북한의 사정상 생산현장의 기술지원활동을 하지 않을 수 없는 복잡한 상황들이 겹쳐 있는데, 현장성 강조 뒤

---

16 강호제, 앞의 책, 151면. 이하 북한과학계의 동향에 대해서는 이 책을 주로 참고하며 특별한 경우가 아니면 따로 각주 표기를 하지 않는다.

에는 자립노선이라는 정치적 배경이 놓여있었다. 북한은 1958년을 기점으로 소련으로부터 자주노선을 취하게 되는데, 여기에는 1956년 '8월종파사건'이 핵심적 역할을 했다. '경공업우선 발전론'과 '중공업우선 발전론'이 대립하고 있던 북한의 경제발전 노선은 8월종파사건을 기점으로 경공업우선론자들이 정치적으로 숙청되면서 중공업으로 확정되었다.[17] 게다가 8월종파사건을 계기로 소련과 중국 등 해외 원조국가들이 국내정치에 깊이 관여하기 시작하자, 정권의 위협을 느낀 북한지도부는 자립경제노선을 강화하기 시작했다. 이는 전후 복구사업 이후 해외원조가 급감한 상황에 대처하기 위한 불가피한 조치였다. 결국 북한은 기존의 중공업우선정책을 바탕으로 '자립적 민족경제건설노선'이라는 종합적인 경제정책을 수립하였다. 중공업분야가 기계, 화학, 금속공업, 연료, 동력공업을 포함하는 것이므로 고도로 발달한 과학기술력을 이용한 대규모 설비가 필요한 것이었고, 이를 자립노선 속에서 자체 충당하기 위해서는 과학기술을 최대한 빨리 발전시켜야 했던 것이다. 즉 과학기술활동에서 경제활동지원이라는 현실적인 필요성이 갑자기 증가한 것이다.[18]

그런데 문제는 당의 절박함을 과학원이 쫓아오지 못하는 데 있었다.

17　중공업우선정책 역시 소련 닮기의 과정이다. "쏘련 공산당은 쏘련의 전체인민경제부분을 성공적으로 발전시키기 위한 필수조건으로 중공업을 백방으로 발전시키는 로선을 시종일관 실시하여 왔으며 이 로상에서 커다란 성과들을 달성하였다." 박경선, 「쏘련 농업의 가일층의 발전」, 『조쏘친선』, 1953.12, 20면.
18　김연철, 「북한의 농업협동화와 중공업 우선 노선을 둘러싼 논쟁」, 역사비평편집위원회, 『논쟁으로 본 한국사회 100년』, 역사비평사, 2000; 백준기, 「정전 후 1950년대 북한의 정치 변동과 권력 재편」, 『현대북한연구』 2권 2호, 1999. 이하 강호제, 「현지연구사업과 북한식 과학기술의 형성」, 『현대북한연구』 6권 1호, 2003, 208면에서 재인용.

주지한 것처럼 과학원 구성원들은 현장의 기술지원활동을 연구의 방해로 인식하고 있었다. 이 때문에 이들을 향한 북한 지도부의 불만은 상당했다. 특히 1차 5개년 계획을 성장시키기 위해 매진하고 있던 상황에서 연구소 내 연구활동에만 전념하려는 과학원의 모습은 비판의 대상이 되기에 충분했다. 북한지도부는 현장활동을 꺼리는 일부 과학자들을 향해 "그들은 과학과 기술의 신비성만을 부르짖으며 이른바 상아탑 속에 틀어박혀서 순수리론만을 추구하기를 즐겼다. 그들은 현실에 귀를 귀울이고 생활이 요구하는 문제를 해결한다면 과학자로서의 위신이 훼손이나 되는 듯이 생각하고 또 그렇게 행동하였다"[19]라고 비판의 날을 세웠다.[20]

분위기가 이렇게 되자 북한과학원도 지난 방식만을 고수할 수만은 없었다. 당의 비판과 함께 '사상검열사업'과 '사상교육사업'은 현장활동을 꺼리는 과학원 구성원들에게 심한 압박으로 다가왔다. 게다가 "과학기술자의 역할은 경제건설에서 제기되는 문제들을 제때에 푸는 데 있다", "과학자들은 현지에 나가서 연구하라"라는 김일성의 훈시가 잇따르자 북한과학원도 "생산과 직접적으로 연관되지 않고 과학 자체만의 발전을 위한 연구들은 금지하겠다"는 성명들을 내보내면서 과학기술의 현장성을 강조하게 되었다.[21] 과학의 현장활동이 국가의 사활

---

19 「조선로동당 제3차 대회가 과학자들 앞에 제기한 과업 실천 정형과 앞으로의 과업」, 『과학원통보』, 1959.3, 1~8면. 강호제, 앞의 책, 154면 재인용.

20 김일성도 일찍이 1946년 '과학자 기술자 대회'(1946.10.17~18) 당시부터 "과학자, 기술자의 역할은 경제 건설과정에서 발생하는 문제를 제때 푸는 데 있다"고 강조할 정도로 과학기술의 가치가 '직접적 생산력'으로 전환할 때 가장 크다는 인식을 강하게 갖고 있었다. 강호제, 앞의 책, 152면.

21 백남운, 「과학원 창립 5주년 기념보고」, 『과학원통보』, 1958.1, 3~17면. 강호제, 앞의 책, 152면 재인용.

이 걸린 문제로 부각되자 과학원도 변화를 준비하지 않을 수 없었던 것이다. 1956년 초 새롭게 2기 상무위원회가 구성되면서 1기 위원장이었던 문인 홍명희 대신에 경제학자이자 경제학 원사 칭호를 받은 백남운으로 교체되었다. 과학원의 임무가 이론적인 것보다는 실질적인 경제발전에 맞추어졌다. 1958년에는 과학기술정책의 핵심으로 현지연구사업을 공식확정했으며 하반기부터 나타난 긍정적인 평가를 "우리당 과학정책의 빛나는 승리"로 규정하였다.[22]

과학환상문학 역시 이러한 분위기와 무관할 수 없었는데 1960년에 발표된 석윤기의 「똘똘이 박사의 희망과 사업」은 이러한 변화의 흐름들을 읽을 수 있는 여러 장면들을 제공하고 있다. 특히 이 작품은 과학의 현장성이 무엇이며 왜 필요한지를 보여줌으로써 기존의 주제와 결별하는 분기점에 해당한다. 표면상 질병치료를 위한 인조의사의 개발과 활약이라는 단순한 스토리이지만 이면에는 당시 북한 과학담론의 복잡한 심경이 모두 담겨 있다. 우선 주인공 꼬마공화국 과학원 원사 똘똘이박사와 "벌써 여섯 권의 시집과 두 권의 문학 리론 저서를 출판한" "녀류시인 이쁜이"[23]와의 대립과 화해는 자연과학과 인문학 간의 편치 않은 관계를 암시한다. 뿐만 아니라 당시 '저투자 고효율'이라는 천리마운동의 목표는 '인조의사' 하나로 꼬마공화국 전체의 질병을 관리한다는 사건 속에 그대로 녹아있다. 이 외에도 안드로이드의 윤리성, 붉은 과학자의 위상, 집단 대 개인 등의 문제 등이 포함되어 있다. 이와 함께 주목해야 할 지점은 과학기술의 현장성이다. 이 주제는 순수과학

---

22 강호제, 「현지연구사업과 북한식 과학기술의 형성」, 앞의 책, 218면.
23 석윤기, 「똘똘이 박사의 희망과 사업」, 『아동문학』, 1960.5, 29면.

만을 고집하는 과학자에 대한 비판과 함께 짝을 이루고 있다.

①

사람이 손수 치료 사업을 한다면 (…중략…) 기계처럼 그렇게 빨리 그렇게 쉼 없이 일할 수도 없으며 또 사람인 것만큼 의사 자신의 정신 상태에 따라 실수할 때도 없질 않는 것이었다.

인류가 캐낸 온갖 지식의 보물들을 하나의 자동화 체계에 종합해서 몰아넣으면 그다음에는 기계적인 적확성을 가지고 또 기계인 만큼 한시의 휴식도 없이 그리고 급한 환자가 생길 때 기차를 타거나 비행기를 타거나 하는 따위 번잡한 일도 없이 아주 성과적으로 일하게 할 수 있으리라는 것이 똘똘이 박사가 '인조의사'를 연구하기 시작한 동기였다.[24]

②

"아마 박사는 모를 거야" 하고 말을 이었다. "그것은 사람을 귀중하게 생각할 줄 모르는 자연과학자들이 많기 때문이야." (…중략…) "그들은 아마도 자신이 인간이라는 것을 잊어버렸나봐. 그래서 기계를 만들어 놓고 그것이 마치 사람보다 더욱 귀중하고 더욱 많은 일을 할 수 있는 것처럼 생각하고 있어. 이것은 참을 수 없는 일이야."[25]

똘똘이 박사의 '인조의사' 연구 동기는 바로 과학기술과 현실생활의 연관성이다. 그에게 과학이란 "사람들을 위하여 조금이라도 더 많이 일

24 위의 글, 26면.
25 위의 글, 31~32면.

하고 싶은 욕망으로 끓어 번지"(47면)는 의지의 표상이며, 구체적으로는 "사람들이 아무도 병 때문에 고생하지 않도록 그리고 영원히 늙지 말고 죽지 말고 오래도록 잘 살도록 해야겠다는 똘똘이 박사의 가장 큰 희망"(25~26면)을 현실화할 가능성이다. 과학기술을 통해 국가와 인민의 행복에 기여하겠다는 이러한 장면이야말로 현장중심 과학의 문학적 재현인 것이다.

그런데 문제는 과학신비주의와 엘리트주의가 새로운 과학담론에 장애가 되고 있다는 것이다. 장난감 공장에 문제가 발생했을 때, 과학자들과 기술자들은 자동화 체계의 정상화만 걱정할 뿐 기계를 고치다가 머리를 다친 "꺽다리 아버지"에 대해서는 전혀 관심을 갖지 않는다. 이쁜이는 과학자들이 "확실히 사람보다 기계를 더 중하게 생각"(32면)한다며 화를 낸다. 이러한 장면은 당시 과학자, 기술자들에게 팽배해 있던 '엘리트주의'와 '기술신비주의'에 대한 강한 비판이다. 표면상 과학자의 비윤리성에 대한 비난으로 보이지만 모든 과학적 지식을 인간의 실제적 행복을 위해 사용하는 똘똘이 박사와 인간보다 과학 자체(기계)를 중시하는 기술신비주의와 엘리트의식이 대비되고 있다. 특히 기술신비주의는 "사람의 모든 것은 자기 개인의 것이 아니라 전 사회의 전인류의 것"(46면)이라는 똘똘이박사의 말을 통해 더욱 강하게 비판의 대상이 된다. 왜냐하면, 기술신비주의는 "대중의 창조적 힘과 지혜를 믿지 않고 과학과 기술을 특정한 사람들만이 발전시킬 수 있다"는 생각이자 "과학자, 기술자들과 생산대중이 서로 단합하고 협력할 수 없게" 하는 "낡은 사상의 잔재"이기 때문이다.[26]

실제로 1960년 이후의 과학환상문학이 다루는 과학담론은 모두 현실의 문제를 해결하는 과학기술을 그리고 있다. 인민들을 위해 산호성에서 본 장수풀의 비밀을 풀려는 김도빈의 「바다 속의 장수풀」(1960), 엽록소를 이용해 전분을 만들려는 차용구의 「푸른 공장의 비밀」(1960), 화약약품으로 농작물의 성장을 촉진시키고 만능수확기를 통해 농사를 짓는 김동섭의 「래일의 언덕」(1961), 과학기술을 통해 유토피아를 꿈꾸는 황민의 「큰 사람이 살고 있다」(1962), 생명연장의 효능이 있는 해조를 찾아 떠나는 문희준의 「청생조」(1963)처럼 과학은 인민의 생활, 경제 등과 밀접한 관계를 맺는 것으로 등장한다. 과학환상문학의 존재이유를 "인민경제의 주체화, 현대화, 과학화"[27]로 규정하는 이유가 여기에 있다.

3. 북한 과학환상문학의 현장성과 소련의 과학담론

1956년은 북한 과학사에서 중요한 시점에 해당한다. 일반적으로 1956년 이후에 시작한 현장중심의 과학기술정책을 북한의 독자적인 결정으로 알고 있다. 즉 해방 이후 소련을 비롯한 우방국들의 지원을 받아오던 북한이 정치적 사건을 계기로 독자적으로 결정하고 진행한 정책으로 이해하고 있는 것이다. 이러한 장면은 마치 북한이 1956년을 기점으로 소련과 단절한 것처럼 보이지만 조금만 자세히 들여다보면

---

26 기술신비주의에 대해서는 이춘근, 앞의 책, 33면.
27 황정상, 『과학환상문학창작』, 문학예술종합출판사, 1993, 23면.

현장중심의 과학이란 사실 소련 과학정책의 북한식 버전임을 알 수 있다. 이는 1956년을 전후한 상황에서도 드러나는데, 특히 "조쏘문화의 교류와 쏘련문화의 과학적 섭취로써 조선 민족문화를 건설하는 동시에 하루바삐 국제적 수준으로 향상"[28]시키기 위해 설립된 '조쏘문화협회'의 활동을 보면 알 수 있다.

1955년 8월 1일부터 31일까지 북한은 해방 10주년을 맞아 '조쏘친선 월간月間' 행사를 진행한다. 이 행사는 소련의 과학기술을 '나의 것', '북한의 것'으로 만들도록 하는 것이 목표였다. 엄청난 물량과 대대적인 선전으로 북한주민은 소련문화에 완전히 압도당했으며, 소련의 과학기술과 문화예술을 수용해야 한다는 집단기억이 형성되었다. 이는 북한이 1955년 단계에 들어서면서 소련문화의 전면적인 수용에 성공하고 있음을 보여주는 한편, 일정하게 소련 경험을 자기화하고 있음을 반증하는 것이다. '조쏘친선과 쏘베트문화 순간'[29]과 '조쏘친선 월간'을 거치면서 소련을 배우자는 운동은 사회의 전 분야로 확산되었다.[30]

---

28 리기영, 「지상지업의 사명」, 『朝蘇文化』, 1946.9, 6면.

29 1949년 10월 11일부터 20일까지 진행된 행사다. 이 행사를 통해 소련사회의 우월성과 소련인민들의 생활을 소개하였다. 이 기간 동안 협회 각급 단체에서 진행된 강연, 강좌, 좌담회는 60,798회, 참가한 군중은 832만 명이 넘었다. 소련인민의 생활을 담은 영화는 5,560회에 500만 명이 관람했으며, 사진전람회는 38,678회, 1,920만 명이 관람하는 대대적인 행사였다. 북한주민은 소련문화에 압도되었고, 민족경제와 민족문화 발전을 위해서는 소련의 과학기술과 문화예술을 연구, 섭취해야 한다는 사실을 집단적으로 공감하였다. 정진아, 「북한이 수용한 '사회주의 쏘련'의 이미지」, 『통일문제연구』 통권 제54호, 2010.하반기, 153~154면.

30 행사에 참여하는 북한주민은 단순한 구경꾼이 아니라 낡은 문화를 버리고 소련문화를 적극 수용하여 증산의 주체로 세우기 위한 것이었다. 행사를 전후하여 인민경제복구발전 3개년 계획의 완수 및 초과완수를 위한 8·15경축 증산경쟁운동이 확대 강화되었고, 경제 각 분야에서는 소련의 기술을 도입한 생산 혁신자들의 작업방법과 경험들을 연구하는 사업이 진행되었다. 그리고 전국 각지에서 개최된 강연, 담화, 보고, 연구회는 소련인민들의 성과를 체계적으로 소개함과 동시에 그 경험을 어떻게 북한에 적용할

1956년 북한 과학계의 변화는 독자적인 것이 아니라 이러한 흐름의 연속이었다. 게다가 1956년 4월 '3차 당대회'에서 지시한 '과학발전 10개년 전망계획'의 초안작성 작업이 1956년 11월 2일부터 12월 27일까지 북한을 방문한 소련전문가들에 의해 본격적으로 진행되었으며, 과학원 지도부는 마무리된 전망계획 초안을 검토받기 위해 1957년 9월 13일부터 10월 25일까지 소련을 직접 방문하였다.[31] 이러한 사실들은 1958년 북한과학의 현장성과 자립노선 역시 소련관의 연관 속에서 바라봐야 하는 이유가 된다.

특히 조쏘문화협회의 정기간행물들은 북한과학이 추구해야 할 현장성의 모습을 선취하고 있다.[32] 1951년 6월호 『조쏘친선』은 과학의 중요성과 현장성을 표나게 강조하고 있다. 소련 과학 아카데미 부총장이자 사회주의 노동영웅인 이. 뻬. 바르진을 소개하는 「쏘베트 과학의 창조적 위력」에서 공산주의 사회라는 "이 위대한 건설을 전진시키는 제 과업들이 무엇보다도 먼저 과학의 도움으로 해결"되고 있으며, "과학 아까데미야는 모든 지식분야에 걸쳐 장대하고 심오한 사업을 진행하면서 우리산업과 농촌경리에 직접적이며 실질적인 원조를 줌에 특별한 배려를 돌리고 있다"며 과학기술의 현장성을 강조하고 있다. 뿐만 아니라 소련의 과학은 물리학, 음향학, 우주 전자핵 및 전자폭탄과정, 우주 방사선, 수력발전소, 하천기술공학, 자동차이론 등 "선진적 쏘베트 과

것인가에 집중했다. 정진아, 위의 글, 157면.

31 강호제, 앞의 글, 207면

32 이 잡지의 중요성은 소련과 북한의 영향관계뿐만 아니라 과학과 문학의 연관성을 짙게 보여주는 데 있다. 소련과의 친선을 앞세운 『조쏘친선』의 체제는 크게 3개의 지층으로 구성되어 있다. 첫째는 조·쏘친선의 당위성, 둘째는 위대한 공산주의 사회의 건설, 셋째는 공산주의 건설의 수단인 과학과 문학의 강조이다.

학의 최근의 모든 성과들을 쏘베트공업에 실지로 적용하는 것을 도와 주고 있"으며 "농작수학을 일층 높이기 위하여 농업을 실지 지도하는 일군들의 실천에서 표현되고 있다"고 선전하고 있다.[33]

이 외에도 1,300여 개의 강들의 화학적 구성과 성격을 해명하는 유기화학, 해양과 대양지리에 관한 지질지리학, 소련의 어산물 발전에 커다란 역할을 담당할 담수어 저장, 사회주의 농업의 발전을 가져 올 농업과학, 인민들의 건강을 책임질 의학 등 "쏘베트 과학은 무엇보다도 먼저 인민의 리익에 복무하는 선진적 과학이며, 생활과 실천과 또한 생산과 튼튼하고 불가분리의 련결을 가진 과학"이며, 이것이 "선진적 쏘베트 과학의 주요한 특수성과 중대한 특징"임을 강조하고 있다.[34]

이 간행물에는 소련의 과학기술이 실제로 북한 생산현장에서 적용되고 있는 모습도 지속적으로 소개하고 있다. 우랄공과대학 전기학부 졸업생 김응욱의 「쏘련에서 습득한 나의 과학기술을 전후 인민경제 복구 건설에 바치겠다」(『조쏘친선』, 1953.11), 모범농민 김지칠의 「나는 선진적 쏘련 농업기술을 이렇게 도입하고 있다」(『조쏘친선』, 1953.8), 윤상철의 「쏘베트 농업은 어떻게 기계화되고 있는가」(『조쏘친선』, 1953.7)처럼

---

33 「쏘베트 과학의 새로운 성과 — 쏘련 과학 아카데미야 위원장이며 쓰딸린상 수여위원회 위원장인 아. 네스메야노브와의 대담」, 『조쏘친선』, 1951.6, 36~38면.
34 아까데미크 아. 브. 똡치예프, 「과학과 실천의 통일에 관한 위대한 쓰딸린의 사상은 실현되고 있다」, 『조쏘친선』, 1953.7, 59면. 매 호마다 『조쏘친선』에서 소개되고 있는 과학 관련 글은 대부분이 과학기술의 현장성을 강조하는 글이다. 「소베트 과학의 창조적 위력」, 「쏘베트 과학의 새로운 성과」, 「과학과 실천의 통일에 관한 위대한 쓰딸린의 사상은 실현되고 있다」, 「쏘베트 기계 제작업의 발전」, 「쏘련의 농업은 어떻게 기계화되고 있는가」, 「나는 선진적 쏘련 농업기술을 이렇게 도입하고 있다」, 「쏘련의 위대한 공산주의 건설」, 「과학 일군과 생산 일군의 창조적 협조」, 「쏘련 농업의 가일층의 발전」, 「리듭바의 어업 꼴호즈에서」, 「잊을 수 없는 벗들」, 「친선과 배움의 길에서」 등이 그것이다.

유학생과 현장의 근로대중들의 육성을 통해 선전하고 있다. 이러한 모습은 북한과학이 내세운 현장성 강조가 얼마나 소련과 닮아있는가를 보여주고 있는 것이다. 단적인 예로 1958년 과학자들의 기술교육 전수로 근로자들의 기술을 향상시키는 '대중적 과학기술운동', '대중적 기술혁신운동'은 『조쏘친선』에 소개된 소련의 '기계간부'[35]를 모델로 한 것이며, 생산대중이 능력을 인정받아 과학연구사업에까지 참여하는 '통신연구생' 제도도 소련의 근로대중과 대학의 과학일꾼들 간의 연구사업인 '생산-기술협의회'[36]와 유사하다. 이처럼 "과학과 생산의 련결을 강화할 것은 요구한다"[37]라는 소련의 과학원칙이 보여준 "협력의 성과"는 북한과학자들로 하여금 "현장에 튼튼히 발을 붙이고 생산에서 제기되는 문제들을 연구대상으로 삼아 연구성과를 실제 생산에 도입하는 문제까지도 책임지도록"[38] 만들었다.

앞서 언급한 것처럼 과학과 생산현장 간의 협력이 강조되면서 북한의 과학환상문학의 주제도 현실생활에 기여하는 과학의 역할에 초점을 맞추어갔다. 문제는 '당시 이러한 흐름에 동참하던 과학환상문학의 상

---

35 기계간부는 말 그대로 기계에 능숙한 근로대중을 칭하는 말이다. "새로운 기계기술과 함께 엠 떼 에쓰(농기계 트랙터 지정소 — 인용자)에는 뜨락또르 운전수, 꼼바인 운전수, 뜨락또르 작업 반장, 기계기사, 수리 로동자 및 기타 수다한 기계간부들이 양성되었으며 되고 있다. 이 간부들은 기계 사용에 능수일 뿐 아니라 그들은 기계를 분해할 줄 알며 설계할 줄 안다. 또 엠 떼 에쓰 기계 기술간부들은 생산 분야에 있어서만이 아니라 농촌의 사회적-정치적 생활에 있어서도 거대한 역할을 담당하고 있는 기술적 인텔리들인 것이다."(윤상철, 「쏘련의 농업은 어떻게 기계화되고 있는가」, 『조쏘친선』, 1953.7, 79~80면)
36 이. 아르쩨멘꼬, 「과학일꾼과 생산일꾼의 창조적 협조」, 『조쏘친선』, 1953.12, 16면.
37 아까데미크 아. 브. 똡치예프, 「과학과 실천의 통일에 관한 쓰딸린의 사상은 실현되고 있다」, 『조쏘친선』, 1953.7, 61면.
38 이춘근, 『북한의 과학기술』, 한울아카데미, 2005, 34면.

상력이 어디에서 비롯되었는가'이다. 물론 이러한 상상력은 북한이 당면한 현실적 과제에서 비롯된 것이기도 하다.

하지만 또 하나 분명한 것은 북한의 독자적 산물만은 아니라는 사실이다. 북한의 주장처럼 1956년 과학의 독자노선이 시작됐으며, 과학환상문학 역시 독자적인 과학기술에 기반한 독자적인 상상력의 산물이라는 주장을 그대로 받아들이기는 어렵다. 그것보다는 북한에 소개된 소련의 다양한 과학기술 사례들과 북한의 현실상황이 결합한 결과로 보아야 한다. 즉 북한의 작가들이 국내에 소개된 소련 과학기술의 현실적 성과에서 영감을 받았으며, 이를 북한사회 문제를 해결하는 방향으로 형상화한 것이다. 이러한 추정이 가능한 것은 북한 과학환상문학의 과학기술과 소련 과학기술과의 유사성 때문이다. 특히 북한 과학환상문학이 추구했던 유토피아 지향성은 소련이라는 모델이 없이는 불가능했다. 북한에게 소련은 그야말로 완결된 세계로 보였기 때문에, 여기에 다다르기 위해서는 "쏘련의 사회주의 공업과 농업의 앞으로의 번영을 보장"[39]할 과학기술의 모방은 필수였던 것이다. 그래서 과학환상문학은 소련이 이룩한 과학적 사례를 상상력으로 옮기는 작업을 했으며, 그것이 바로 인민에 봉사하는 과학, 유토피아 건설에 봉사하는 과학의 모습인 것이다.

소련의 영향을 엿볼 수 있는 구체적인 유사성 중의 하나는 자동화와 기계화이다. 자동화와 기계화는 "인민경제부분의 혁신을 도와"[40]준다는 측면에서 소련 과학기술이 지속적으로 강조해왔던 것이다. 농업, 어업,

39 「쏘베트 과학의 새로운 성과ー쏘련 과학 아가데미야 위원장이며 쓰딸린상 수여위원회 위원장인 아. 네스메야노브와의 대담」, 앞의 글, 36면.
40 이. 아르또블레브스끼, 「쏘베트 기계 제작업의 발전」, 『조쏘친선』, 1953.7, 73면.

공업 등의 현대화란 곧 최첨단 기술이 투입된 자동화와 기계화였기 때문이다. 기계화는 "노동자들의 노동을 최대한으로 가볍게" 할 뿐만 아니라 "대량생산에 직접 적용"[41]하는 것으로 보았다. 자동화 역시 생산현장의 관리를 체계화해줄 뿐 아니라 "생산의 기술적 수준의 가일층의 제고를 위하여 큰 의의"[42]를 주는 것으로, 트랙터, 기중기 등 생산현장의 기계들과 공장 등의 자동화 시스템들을 구체적으로 소개하고 있다. 이러한 기계화, 자동화는 북한 과학환상문학이 그리는 가장 기본적인 모습이다.

> 그런데 참 놀라운 일입니다. 글쎄 그 관은 농촌에로 가는 기계, 자동차, 뜨락또르, 비료와 옷감들, 식료품들, 재봉침이나 라지오, 시계 같은 것이 빼곡 차서 넘실넘실 흘러가고 있었습니다. (…중략…) 학교 운동장만큼 넓은 탈곡장도 건조장도 있고, 씨 뿌리고 김 매는 기계, 밭 갈고 걷어 들이는 기계들이 가는 곳마다에서 눈에 띄였습니다.[43]

차용구의 「먼먼 나라 손님」의 '해님네 나라'는 일종의 유토피아 사회이다. 물질적으로 풍요할 뿐만 아니라 "의학도 대단히 발전해서 못 고치는 병이 없고, 병으로 죽는 일도 없"(57면)는 "무병장수하는 해님네 나라"(57면)로 불린다. 특히 기계화, 자동화된 생산방식은 물질적 풍요뿐만 아니라 인민들이 무병장수하는 이유를 제공한다. 왜냐하면 "오래 사

---

41 아까데미크 아. 브. 똡치예프, 앞의 글, 65면.
42 이. 아르또블레브스끼, 앞의 글, 72면.
43 차용구, 「먼먼 나라 손님」, 『아동문학』, 1965.10, 63~64면.

는 데 방해가 되는 것을 적지 않게 없애"(58면)버릴 수 있기 때문이다. 즉 "굶주린다든가, 억압받는다든가, 고되게 일한다든가 하는 것들이 없어졌"(58면)기 때문이다. 그런데 이러한 발상은 이미 소련이 기계화의 목적으로 제시했던, "힘든 육체적 노동을 면"하게 하고 "생산을 현저히 증가"시켜 "가장 중요한 인민경제 부분들의 혁신을 도와"[44]준다는 인식에서 보았던 것이다. 황민의 「큰 사람이 살고 있다」(1962)도 "물이 깊은 데서도 옅은 데서도 마음대로 고기 냄새를 따라 다니면서 쉴새없이 퍼" 올릴 수 있는 물레방아식 기계와, "갈아번질 데를 저 혼자 알아맞히고 해 치우는" '뜨락또르'로 노동의 감소와 생산량 증대를 보여주고 있다.[45]

또 다른 영향 관계는 소련 과학기술에 대한 모티프의 차용이다. 앞서 언급한 것처럼 소련의 과학기술이 농업에 미친 성과는 1960년대 북한 과학환상문학에서 빈번히 등장한다. 이는 풍요에 대한 결핍과 이를 메우려는 욕망과도 연결되는데, 화학과 유전학을 통해 욕망을 형상화하고 있다.

"여기는 아무 것도 신비로울 것이 없는 농업 화학 연구소라는 곳이란다." 최박사는 천천히 말을 하였다. "동무들이 직접 본 바와 같이 이 곳에선 '쌀나무'가 자라고 코끼리만 한 돼지가 살고 있지. 그러나 거기에는 아무런 요술도 없다. 화학적 방법으로 화학 약품들을 리용해서 모두 그렇게 만들 수 있는 것이란다." (…중략…) "지금은 아직 성장촉진제의 종류가 수십 종밖에는 발명되지 못하였지만 앞으로는 수백 수천 종이 나타나게 될 게다."[46]

44 이. 아르또블레브스끼, 앞의 글, 72~73면.
45 황민, 「큰 사람이 살고 있다」, 『아동문학』, 1962.4, 90~93면.
46 김동섭, 「래일의 언덕」, 『아동문학』, 1961.12, 95~96면.

김동섭의 「래일의 언덕」에서는 두 소년이 길을 잃고 헤매다가 거대 동식물이 살고 있는 곳에 도착한다. 그곳에는 "한아름도 넘어 보였고, 꼭지는 사람의 팔목만큼이나"(87면) 굵은 사과와 "사람 몸뚱이만" 하고 "말아놓은 멍석만큼이나 큰 옥수수", "닭알만큼씩이나 되는 벼알이 매달린 벼포기가 빽빽이 깔려" 있다.(88~90면) 이 모든 것은 '조선과학자의 실험소'의 산물이었으며, 특히 '농업화학연구소'가 개발한 성장촉진제의 성과였다는 이야기다. 차용구의 「민민 나라 손님」에도 "눈 앞에서 옥수수가 음씰음씰" 크고 있는데, "방금 빨리 자라는 약을 뿌렸"기 때문이다.(64면) 1960년대 이후 자주 그리고 지속적으로 등장하는 이러한 상상력은 소련의 과학기술 사례와 북한이 직면한 식량문제의 산물이다. 왜냐하면 1950년대 초반부터 이와 유사한 내용들이 『조쏘친선』 등에서 빈번히 소개되고 있었기 때문이다. 예를 들어 소련의 '식물생리학연구소'의 활동, 즉 "화학적인 발육자극제의 도움으로써 교목 종류와 과목 종류의 접 부친 묘목이 빨리 뿌리를 박게 하는 방법"[47]을 읽은 사람에게 위 소설의 장면은 결코 낯설지 않을 것이다.

이 외에도 바다를 육지로 만드는 김동섭의 「바다에서 솟아난 땅」과 황정상의 『푸른이삭』은 운하나 개간을 통해 황폐한 땅을 옥토로 만들거나 지질학 등을 통해 영토를 확장했다는 소련의 사례와 유사하며,[48] "보통나무에 호박만 한 소고기덩이들이 주렁주렁" 달리는 "소고기나무의 육종과 재배방법"을 다룬 조희건의 「밝혀진 유전의 비밀」(『번개잡이

---

47 아까데미크 아. 브. 똡치예프, 앞의 글, 67면.
48 이러한 소재는 브. 즈이빈 · 이. 드쥬벤꼬의 「추이스까야 분지의 새로운 생활」(『조쏘친선』, 1953.11)과 관련이 있어 보인다.

비행선』(과학환상소설집), 금성청년출판사, 1988)은 소련의 유전학과 닮아있다. 또 소련의 과학기술이 소개한 발전소, 전자공학, 유기화학 등에서부터 석유가공업, 통신체계, 광물탐색, 극미분자 합성 등은 북한 과학환상문학을 이루는 요소들로 등장한다.

북한 과학환상문학에는 대부분 어린 과학소조원(또는 학생)들이 주인공이다. 이 또한 "믿음직한 새 세대이며 공산주의 건설의 위대한 예비력인 어린이들을 양육하고 교육하는데 모든 힘을 아끼지 않고" 있는 소련 아동교육과 밀접한 연관이 있다. 특히 "과학기술에 관한 소양을 배양함에 도움을 줌으로써 장래에 자기 직업 선택에 커다란 방조를" 주고자 노력하는 소련의 아동교육을 적용한 것이다.[49]

잘 알려진 것처럼 북한에서 아동은 특별한 위상을 가지고 있다. 그들은 미성숙이나 '작은 어른'이 아니라 새로운 미래를 담보하는 주인공들이다. 그래서 작품 속에서도 아이들은 '새것', 기성세대는 '옛것'으로 대비된다. 작품 속 아이들은 과학을 둘러싼 사건들을 통해 미래의 주인공이자 사회주의 체제의 안정적 유지와 지속을 담보할 주체로 성장한다. 이런 상황은 왜 북한 과학환상문학의 주인공들이 소조원(또는 학생)인지를 설명해준다. 모스크바 삐오네르 궁전에는 "아이들에게 과학지식을 보급시키기 위한 시설들이 완비되어 있어 어른들도 풀기 어려운 문제들도 능히 아동들이 풀어내"[50]는 교육을 이미 시작하고 있었고, 북한은 이러한 자극들을 과학환상문학이라는 계몽서사를 통해 재현하고자 했다. 그래서 아동을 혁명적 세계관뿐만 아니라 과학기술의 주체(주인공)로 호

49 김귀선, 「쏘련 아동들의 행복한 생활」, 『조쏘친선』, 1953.6, 14~16면.
50 위의 글, 15면.

출하고 있다. 이는 북한 과학환상문학의 목적 —"혁명적 세계관으로 무장시키고 최첨단기술개발과 과학탐구에 매진하도록 교양"[51] —과도 부합하는 것이다. 그래서 작품 속 아동(학생)들은 모두 과학탐구에 빠져있다. 소련의 아동들이 삐오네르 궁전에서 과학 활동을 하고 있다면, 조선의 아이들은 과학소조원이 되어 북한 전역에서 활약하는 모습으로 등장한다. 그런 면에서 북한의 아이들이 소련 아이들보다 성숙하다. 그들은 '어린이다움' 따위에는 관심이 없다. 북한의 과학소조원들은 인민과 국가를 걱정하며, 오직 그들을 위해 실험실에서 밤을 새운다. 이렇게 소련의 아이들을 뛰어넘는다. 이처럼 1956년 이후 북한이 강조한 과학의 현장성은 북한만의 독자적인 자립노선으로 보기 어렵다. 북한 과학환상문학의 많은 부분 역시 북한의 현실적 상황과 소련 과학기술에서 영감을 받아 창작되었던 것이다.

이상의 내용을 정리해보자. 첫째, 제1기 북한과학원의 과학담론은 소련의 모방이었으며, 당시 과학환상문학 역시 이러한 흐름 속에서 창작되었다. 1기 과학원이 표방한 연구중심의 과학은 우주여행을 모티브로 한 작품에서 찾아볼 수 있다. 실용성보다는 우주를 정복할 수 있다는 과학의 위대성에 초점을 맞춘 작품들이 연이어 소개되었다.

둘째, 2기 과학원은 연구중심의 과학에 대한 반성과 함께 현장중심의 과학을 강조하기 시작했으며, 과학환상문학의 주제 역시 현장성을 강조하는 방향으로 전환되었다. 전쟁을 치룬 북한에게 전후복구사업은 국가를 재건하는 중요한 사업이었고, 그만큼 과학기술이 절실하였다.

51 황정상, 앞의 책, 13면.

1956년 8월종파사건으로 인한 국내외 정치 환경의 변화는 과학원을 연구중심에서 현장중심으로 시급히 개편해야 하는 중요한 이유가 되었다. 과학환상문학의 주제도 과학의 현장성을 강조하는 데 집중하였다. 실제로 1960년 이후의 작품에는 실생활과 무관한 과학발명이 등장하지 않는다. 식량, 질병, 에너지, 영토의 확장 등 생활 속에 깊숙이 연결된 과학만을 그리고 있다. 「똘똘이 박사의 희망과 사업」 같은 작품들은 연구중심의 '엘리트주의'나 '기술신비주의' 등을 비판하면서 왜 과학이 현장성을 중시해야 하는지 선명하게 보여주고 있다.

셋째, 북한 과학의 현장성과 작품이 북한의 주장처럼 독자적인 결과물이 아닌 소련 과학(담론) 영향의 결과이다. 1956년은 북한 과학사에서 중요한 해로 기록되고 있다. 이른바 소련의 지원 없이 독자적으로 과학기술정책을 시행한 해이기 때문이다. 과학환상문학도 이러한 흐름에 편승해 북한의 독자적인 과학기술을 토대로 생활의 유토피아를 건설하는 내용으로 가득 차 있다. 하지만 북한 과학기술이나 작품의 많은 부분은 이미 1950년대 초반부터 소개된 소련 과학과 닮아있었다. 북한이 독자노선을 주장하기 한 해 전부터 '소련의 과학기술을 나의 것'으로 만들자는 '조쏘문화협회'의 활동과 이를 통해 소개된 소련 과학기술은 1956년 독자노선을 주장한 북한 과학의 모태가 되고 있다. 실제로 북한 과학의 현장성은 소련 과학과 동일하며, 작품에서 형상화하는 소재나 주제, 인물들도 이 자장 내에 있다.

결과적으로 소련은 북한 과학에게 아비 같은 존재였다. 이러한 경향은 해방 직후부터 이루어진 소련의 물적 지원과 특히 1947년 이후 소련이 표방한 자국 중심의 프롤레타리아 국제주의를 북한이 1949년부터 수용하면서 소련에 대한 의존도가 더욱 심해졌다. 소련에 대한 경도는 문학에서도 예외가 아니었다. 한식은 「조선문학에 나타난 국제주의 사상」(1950)이라는 글에서 조선문학의 특징을 "사회주의 조국인 소련을 선두로 하는 제인민민주주의의 국가와 전세계 근로자, 인민과의 굳은 단결과 친선과 화목을 표시하는 국제주의 사상을 기본으로 하는 문학"이라고 선언하면서, 작가들에게 "전세계 근로 인민의 영명한 스승이며 평화와 사회주의 위업에 대한 전세계 인류의 영도자이신 스달린 대원수에게 대한 경애심을 더욱 발휘"할 것을 강조한다. 이처럼 미·소 간의 냉전 체제는 자연스럽게 "소련을 절대시하고 나아가 물신화하는 단계"에 이르게 된다.[52]

실제로 해방 이후부터 소련의 과학지원은 절대적이었다. 특히 현장중심의 과학담론은 북한 과학담론의 체질을 바꾸어 놓았으며, 과학환상문학이 지향해야 할 과학의 역할까지도 규정하는 계기가 되었다. 현장중심의 과학담론은 천리마운동과 함께 국가적 차원으로 확대되었으며, 문학도 새로운 과학담론의 생산, 유통에 동원되어야 했다. 게다가 1957년 과학환상문학 창작을 독려하는 김일성의 교시까지 등장하게 되자[53] 과학환상문학은 청소년과 근로자들에게 과학적 세계관과 사회주의 유토피아를 제시하는 막중한 임무를 부여받게 된다.

---

52 김재용, 『북한문학의 역사적 이해』, 문학과지성사, 2000, 110면. 한식의 글도 여기서 재인용함.
53 "이 땅에 전후복구건설의 힘찬 마치소리가 한창 울리던 주체 45(1957)년 3월 어느 날 경애하는 장군님께서는 평양 제1중학교(당시) 문학 소조원들에게 지금 소설이라고 하면 문학소설만 생각하는데 앞으로는 사람들이 과학의 세계에로 불러일으키는 과학소설이나 과학환상소설 같은 것도 많이 써야 한다는 귀중한 가르침을 주시였습니다." 리광근, 「과학소설, 지능소설, 과학환상소설에 대한 론의」, 『청년문학』, 2002.3, 62면.

문제는 북한 문인들에게 '과학환상'이라는 장르가 낯선 영역이라는 점이다. 근대문학의 경험이란 것이 일제식민지라는 역사적 토대 위에서 축적된 것이었기에 과학소설과 같은 장르문학은 아무래도 익숙지 않은 영역이었다. 하지만 소련의 과학소설은 북한의 낯선 빈칸을 메우기에 충분했다. 1950년 중엽부터 소련의 과학소설이 번역, 소개되기 시작했고, 작가들은 여기서 영감을 받기 시작했다. 북한 과학환상문학의 형성 초기에 소련의 영향은 거의 절대적이었다. 현장중심의 과학담론은 북한 과학환상문학의 일반적 주제가 되었으며, 초기 작품의 소재, 모티프, 플롯 등도 소련 작품의 자장 속에서 크게 벗어나지 않았다.

소련 우주과학의 영향

1. 소련 우주과학과 과학적 우주의 발견

소련의 또 다른 영향 중 흥미로운 영역은 우주과학이다. 1957년 10월 4일 소련은 세계 최초의 인공위성 스푸트니크 1호 발사에 성공하면서 우주시대의 막을 연다. 당시 모스크바 방송은 스푸트니크 1호의 성공이 세계의 과학뿐 아니라 우주여행의 관문을 활짝 열었다며 흥분하고 있었고, 이 흥분은 전세계로 확산되었다.[1] 이후 소련은 1957년 11월 스푸트

---

1   우리두 예외는 아니었다. 소련의 로켓발사에 대한 위기의식은 1957년 「소련의 과학공세와 자유진용의 결속」(『새가정사』, 1957.12)을 통해 나타나고 있다. 소련의 과학기술에 대한 불안감은 서방국가들의 결속─"특히 소련이 과학공세로 나와 자유세계의 일대 조전을 하여 위협을 끼치고 있는 이때인 만치 자유세계 각국은 서로 하나가 되어

니크 2호 발사에 성공하며, 1959년 1월 2일에는 루우니크 1호가, 그 해 9월 12일 루우니크 2호가 월면 중심에서 800km 떨어진 고요의 바다에 명중한다. 또 1961년에는 사상 최초의 인간우주비행에 성공한다. 미국도 우주계획에 참가하면서 이른바 우주전쟁시대가 시작되었다.

소련의 우주탐사에 대한 북한의 반응은 한마디로 흥분의 도가니였다. 그것은 "위대한, 실로 위대한 사변"[2]이자 "그 어떤 놀라운 감정과 위대한 말로도, 형용할 수 없"[3]는 사건이었다. 1959년 『조선문학』 2월호와 10월호는 루우니크 1호와 2호의 연이은 성공에 대한 특집 편성을 통해 북한의 반응을 그대로 보여주고 있다.[4] 우선은 서방국가에 대한 사회주의 체제의 우월성이다. 송고천은 "신년 벽두부터 쏘련에서 발사한 우주 로케트는 첫 인공행성" 루우니크 1호 성공이야말로 "자본주의에 대한 사회주의의 결정적 우월성을 시위하는 것이며 전세계 진보적 인류에게 공산주의 미래에 대한 확신을 더욱 굳게"하는 사건으로 보고 있다.[5] 한설야도 "쏘련 인민의 재능과 전투력의 무한한 전개에 대한 신념"이 "공산주의의 도래와 함께 인간의 우주시대를 개척하는 데까지 발전"한 것이라 극찬하고 있다.[6] 이러한 극찬은 소련의 과학이 세계평

적극적인 정책수립과 군사력의 우위를 확보하여야 될 처지에 도달하고 있다"(81면) ― 을 강조하는 것으로 이어진다. 과학논쟁이 이념논쟁으로 확장되는 전형적인 모습이다. 1966년 9월에는 「소련의 과학기술」(『새가정사』)을 통해 서방국가의 과학기술이 결코 소련에 뒤처지지 않고 있음을 강박적으로 증명하고 있다.
2 강형구, 「달빛 더욱 밝아지다」, 『조선문학』, 1959.10, 13면.
3 정문향, 「나는 웨치노라」, 『조선문학』, 1959.10, 18면.
4 1959년 10월은 루우니크 2호 발사성공을 특집으로 다루고 있다. 목차는 크게 두 파트로 구성되어 있는데, "영원히 쏘련 인민과 함께"라는 제목 속에 권두사에 해당하는 「공산주의 만세! 세계 평화 만세!」(한설야 / 수필), 「우주에 휘날리는 공산주의 붉은 기발」(신구현 / 정론), 「달빛 더욱 밝아지다」(강형구 / 수필), 「영광을 드리자 쏘련 공산당에」(김북원 / 시), 「나는 웨치노라」(정문향 / 시)가 실려 있다.
5 송고천, 「우주정복의 서곡」, 『조선문학』, 1959.2, 102면.

화를 지향한다는 주장을 통해 극대화하고 있다. 즉 자본주의의 과학이 "전쟁의 광신자"들을 위한 것이라면, 사회주의의 과학은 "제국주의 호전 분자들에게 치명적 타격을 주면서 쏘련을 선두로 한 평화와 사회주의 력량을 호상 신뢰와 친선의 정으로 더욱 단합"[7]하는 것으로 규정한 것이다. 북한은 이러한 분위기를 천리마운동의 동력 ─"천리마에 박차를 가하고 있는 우리들은 자기도 모르게 팔뚝에 새로운 힘이 치솟는"[8] ─으로 활용한다.

소련의 우주과학이 북한의 사회와 문화에 끼친 결정적인 영향은 바로 '우주에 대한 과학적 욕망'이다. 북한에게 '과학적' 우주는 낯선 것이었다. 해방 이후부터 시작된 치열한 이념투쟁에서부터 한국전쟁, 반종파투쟁 등 현실적인 문제들은 우주를 과학적으로 인식할 만한 여유를 주지 않았다. 하지만, 소련의 우주탐사는 계수나무와 옥토끼의 달나라가 전부였던 북한에게 우주에 대한 매우 진지하고도 사실적인 욕망을 품는 계기를 마련해 주었다. 우주에 대한 인식이 새로운 방식으로 재편되고 있었고, 그것은 추상적, 주술적 우주관에서 과학적 우주관으로의 전환이었다.

송고천의 「우주 정복의 서곡」에는 금융조합 빚으로 억울한 죽음을 당한 자신의 외조모와 중일전쟁 중 일본군에 쫓기다가 자살한 처녀 왕청이가 달나라를 동경하는 에피소드가 등장한다. 여기서 달나라는 "이 눔의 세상처럼 그렇게 혐악스럽구 곤고하지 않을 테지", "거기야 침략도 없구, 억압두 착취두 없을 테지"[9]처럼 추상적, 이상적인 세계로 등장

---

6   한설야, 「공산주의 만세! 세계 평화 만세!」, 『조선문학』, 1959.10, 8면.
7   신구현, 「우주에 휘날리는 공산주의 붉은 기'발」, 『조선문학』, 1959.10, 11면.
8   송고천, 앞의 글, 105면.

한다. 이처럼 북한에게 달은 "우리에게 있어 친근한 꿈나라"[10]와 같은 낭만적 대상이었다. 달은 기복신앙의 대상이기도 했으며, 고난한 민중들에게는 "계수나무를 옥도끼로 찍어다가 금도끼로 다듬어서 초가 삼간 집을 짓고 부모 형제 모셔다가 천년만년 살고 지고"할 수 있는 유토피아의 표상이기도 했다. 그런데 "1959년 9월 14일 0시 2분 24초, 평양 시간으로 9월 14일 6시 2분 24초에 위대한 소련의 우주 로케트"로 인해 인식의 대회전을 겪는다. 그것은 전근대적인 우주관의 종식이자, 과학적 우주관으로 전환되는 시점이었다. 이제 우주는 "동화나 노래의 세계가 아니며 환상이나 꿈의 령역이" 아니라 과학을 통해 "달로 날아가고 싶은 욕망", "우주를 마음대로 날아다니고 싶은 오랜 념원"이 실제로 실현될 수 있음을 선포하는 것이다. 물론 여기에도 "인류의 기적과 찬란한 력사 창조의 담당자"[11]인 소련의 존재를 잊지 않고 있다.

그러나 오늘 내가 너를 전보다 몇 백 배 더 좋아하게 되는 까닭은 너 어찌 무심하여 모르겠느냐. 네 표면에 다름 아닌, 인류의 첫선물인 위대한 쏘련의 국장과 '소베트 사회주의 공화국 련맹, 1959년 9월'이라 새겨져 있는 명필이 나란이 있구나!

달아, 이제부터 내 아이들에게 너에 대한 동화를 들려 줄 때에는 계수나무 아래에서 약방아를 찧는 옥토끼보다 먼저 쏘련의 국장을 이야기하리라. 그것이 너로서도 더 영광스러운 것이며, 그것으로 하여 너에 대한 전설은 더욱 빛날 것이다.[12]

---

9   위의 글, 104면.
10   강형구, 앞의 글, 13면.
11   위의 글, 13~15면

여기서 소련의 국장國章은 단순한 문양을 넘어 과학적 우주관을 표상한다. 옥토끼가 약방아를 찧고 있을 거라던 공간에 사회주의의 상징인 '소련의 국장'이 찍힌다는 것, 특히 분초라는 과학적 세계관으로 계산된 시계의 시간이자 퇴행할 수 없는 직선의 시간인 "소베트 사회주의 공화국 련맹, 1959년 9월"이라는 표식은 '지금 여기here and now'라는 탈주술적 우주관의 시작을 의미한다. 이제 우주로켓과 달과의 랑데부는 '마법의 우주'에서 '과학의 우주'로의 인식론적 전환을 요구하기에 이른 것이다.[13]

완보 : 할머니! 정말 저 달 속에 계수나무가 있었나요?

---

12 위의 글, 15면.

13 물론 그렇다고 우주에 관한 인식이 전면적으로 바뀌었다고는 할 수 없다. 소련의 우주탐사가 인식전환의 모멘텀은 되었을지라도 여전히 북한의 지배적인 우주관은 전통적이었기 때문이다. 북한의 필자들은 과학적 인식을 촉구하고 있지만, 흥미로운 점은 그들 역시 여전히 주술적 관점에서 과학적 우주관을 설명하고 있다는 것이다. 강형구는 "달은 제 궤도를 따라 선보름에는 월가 은행가들의 그 흉한 꼴을 비웃어 가며 의젓하게 워싱턴과 뉴욕 상공에 둥실 떠서 밝은 빛을 뿌릴 것이다"나 "달아 너 장하구나!"처럼 의인화라는 전통적인 방식의 비유 속에서 우주과학을 설명하였다. 정문향의 시 「나는 웨치노라」에서도 이러한 모습이 보인다. 시적화자는 소련의 우주로켓 발사를 축복하고 있는데, 거기에는 감탄과 환희만 존재한다. 소련의 과학을 신처럼 찬미하는 모습은 마치 옛 조상들이 달을 종교적으로 바라보는 방식과 동일하다. 달에 대한 신성성은 결코 인간은 건널 수 없는 심연 때문이었다. 그 심연이 인간으로 하여금 달에 대한 경외감을 갖게 했다. 그런데 시적 화자의 위치도 이와 유사하다. 시의 세계는 방의 안과 밖으로 명확히 이분화되어 있다. 창문을 통해 바라본 방 밖의 세계는 소련의 우주로켓이 달을 정복하는 과학의 세계이다. 반면 방안에서는 '창문'을 통해 어딘가 날아가고 있을 우주선을 상상하며 환희의 감정을 쏟아내고 있다. 시적 화자가 할 수 있는 행위는 '웨치는' 것밖에 없다. 방안의 그는 무기력하다. 그도 역시 달 사이의 심연을 건널 수 없으며, 심연의 감정이 고조될수록, 마치 조상들이 그러했듯이, 달이라는 존재를 주술적으로 인식하게 된다. 그 고조된 주술적 감정이 그대로 우주로켓(과학)에 드러난 것이 "그 어떤 놀라운 감정과 위대한 밀토노, 형봉할 수 없으리라!"인 것이다. 실상 북한이 소련의 우주과학에 느끼는 감정은 주술적이고 마법적인 감정과 크게 다르지 않다. 물론 이러한 감정적 반응이나 인식은 매우 자연스러운 것이다. 근대의 경험도 이러한 자장 속에서 이루어지고 있었던 것처럼.

할머니 : 있지 않으면…….

완보 : 거짓말이예요.

할머니 : 그 계수나무엔 복이 주렁주렁 달렸었단다. 그걸 찍어다가 집을

　　　　짓고 살면 억 년 만 년 복 받고…….

완보 : 우리 선생님은 그런 말씀 안 하시던데 뭐…….[14]

　　새로운 우주관의 수용은 필연적으로 기존 인식과의 갈등을 수반하
는데, 작품에서도 우주관을 두고 미묘한 긴장 관계가 나타난다. 위 장
면은 우주관을 두고 손자와 할머니 간의 미묘한 대립을 보여준다. 할머
니의 구세대적 우주관에 대해 손자는 "거짓말"이라고 단호히 부정한다.
손자의 부정적 포즈는 '선생님의 말씀'으로 표상된 근대적이고 과학적
인 교육에 근거한다. 그리고 우주관의 대립은 다시 세대 간의 대립으로
확장되는데, 이른바 '새것과 낡은 것과의 투쟁'이 우주관을 넘어 세대
론까지 표면화되고 있다. 하지만 이러한 대립의 승자는 이미 결정된 것
이었고, 문제는 과학적 욕망의 실현이다.

　　우리도 쏘련 인민들과 함께 우주려행을 할 수 있으며 저 달나라로 가 볼
　수 있잖은가![15]

　　이제는 〈달아 달아 밝은 달아〉나 〈정읍사〉와 같은 낭만적 상상의 시대
가 아니라 "달에 대하여 상상의 시기를 끝내고 정확한 과학의 시기를 시

14　강진, 「달나라를 찾아서 1회」, 『아동문학』, 1961.2, 90면.
15　신구현, 앞의 글, 10면.

작"[16]하고, "짐작으로만 알고 있던 지식이 정확한 지식한데 자리를 내 주지 않으면 안되"[17]는 시기이다. 게다가 "바로 며칠 전인 9월 7일, 모쓰크바에서 조쏘 두 나라, 정부 사이에 원자력을 평화적 목적에 리용함에 있어서 쏘련이 우리 나라에 기술적 원조를 제공할 데 관한 협정이 체결"[18]되었다. 인식의 전환과 물적 변화는 우주에 대한 욕망도 새롭게 재편시켰다. 새로운 욕망이란 곧 소련의 모방이다. 소련의 우주과학을 모방해서 "우리도 쏘련 인민들과 함께 우주려행"[19]을 하고 싶다는 욕망은 더 이상 환상이 아니다. 이제 "우주를 정복하는 일이 현실적 과제"[20]가 된 것이다. 원자력 "협정 소식을 듣자 나의 머리는 번개처럼"[21] 소련 인민들과 함께 하는 우주여행을 상상하는데, 이러한 변화야말로 북한에서도 우주과학소설이 가능해졌음을 의미한다. 북한 과학환상문학의 정의가 "미래의 과학기술적 세계를 펼쳐 보이는 문학"[22]이듯이, 우주에 대한 과학적 인식의 수반은 북한에서도 '스페이스 오디세이'의 탄생 준비가 끝났음을 보여준 것이다. 이러한 기대를 보여주는 것이 1959년 『아동문학』 3월호이다. 1957년 과학소설창작을 장려하는 김일성의 교시 이후 『아동문학』 1959년 3월호에는 우주탐사에 나선 소련인과 외계인의 만남을 그린 배풍의 「땅나라 손님」이 발표된다. 그리고 같은 해 12월호 「독자의 목소리」란에 "과학환상소설을 써 주십시오"라는 독자의 글이 실린다.

16 「혹성간 비행선 달-1호」, 『과학소설 2집-혹성간 비행선 달-1호』, 국립출판사, 1955, 73면.
17 보리쓰 랴뿌노브, 송동규 역, 「우리들은 화성에 왔다」, 『아동문학』, 1956.4, 70면.
18 신구현, 앞의 글, 10면.
19 위의 글, 10면.
20 강형구, 앞의 글, 15면.
21 신구현, 앞의 글, 10면.
22 황정상, 『과학환상문학창작』, 문학예술종합출판사, 1993, 12면.

『아동문학』을 펼칠 때마다 우리들은 서운한 감을 금치 못하고 있습니다. 우리는 쏘련에서 달을 향하여 우주 로케트를 쏘아 올렸다는 소식을 듣고 선생님이 달나라로 가는 과학환상작품을 쓰실 것이라고 기다리였습니다.

선생님. 로케트를 타고 달나라, 별나라로 가는 과학환상소설을 써 주십시오. 그러면 매우 기쁘겠습니다. 이것은 나의 간절한 부탁입니다.[23]

주된 내용은 배풍 선생님의 작품을 재미있게 읽고 있다는 점, 특히 3월호에 실린 「땅나라 손님」을 통해 "과학환상의 머리"를 넓힐 수 있었다는 점이다. 그런데 3월호 이후 과학환상 작품이 보이지 않자 "왜 과학환상 작품을 쓰지 않습니까"라며 애교 섞인 원망을 하고 있다. "로케트를 타고 달나라, 별나라로 가는 과학환상소설"에 대한 욕망은 사실 "달을 향하여 우주 로케트를 쏘아" 올리는 소련을 향한 모방의 욕망이며, 이에 대한 상상적 동일시가 "달나라, 별나라로 가는 과학환상소설"인 것이다.

이러한 편집이 정상적인 과정이었는지 아니면 김일성의 교시에 따른 편집부 차원의 아이디어인지는 확인할 수 없으나, 시기적으로 볼 때 의도성을 완전히 배제할 수는 없어 보인다. 어쨌든 독자가 "평남 개천군 개천 고급 중학교 2학년 1반 리정웅"임을 명시함으로써 정보의 사실성을 높이고 있다. 비록 독자는 '리정웅' 개인으로 명시하고 있지만 "우리들"이라는 언표를 사용함으로써 잡지를 읽는 독자들에게 보편적인 정서로 보일 수 있다. 그래서일까? 「독자의 목소리」 이후 『아동문학』에서 과학환상문학의 비중이 크게 증가한다. 「별나라로 가자」, 「속도를 위한

23 「독자의 목소리-과학환상소설을 써 주십시오」, 『아동문학』, 1959.12, 72면.

투쟁」, 「네메지다의 운행」, 「땅나라 손님」, 「소년우주탐험대」, 「달나라
를 찾아서」 등 우주를 배경으로 한 작품들도 본격적으로 소개되기 시작
했으며, 소련을 비롯한 동구권의 과학소설도 함께 소개되고 있었다.
1970년대부터는 『새별운석탐험대』, 『남색하늘의 나라』 등 본격적으로
우주를 소재로 한 과학환상소설이 등장한다.

2. 소련식 우주탐사의 모델 『혹성 간 비행선 달-1호』

1) 『혹성 간 비행선 달-1호』와 우주여행의 지식

북한이 과학적 우주를 상상할 수 있었던 또 다른 요인은 소련의 과학
소설이다. 소련은 이미 과학적 상상력과 함께 세계 최초의 로켓 발명가
이자 우주항공학의 아버지로 불리는 치올콥스키의 이론을 통해 과학소
설의 전성기를 맞이하고 있었다. 1950년대 중엽부터는 「상전의 추방」,
아. 가잔쩨브의 「북방의 방파제」, 아. 앤. 똘스또이의 「아엘리따」, 「가린
기사의 쌍곡선체」, 에프 깐듸바의 「불타는 대지」, 아. 벨라예브의 「게쯔
성」, 「무속의로의 조약」, 「양서인간」, 게오르기 마르띄노브의 「깔리스
또의 딸」와 「깔리스또」,[24] 웨. 블라드꼬의 「우주선 이르고호」 등 다양한

---

24 이 작품은 북한에서 「별나라에서 온 손님」으로 번역 출간됨.

작품들이 소개되고 있었다.[25]

이 가운데 주목해야 할 작품은 1955년 북한에서 번역한 소련 우주과학소설집『혹성간 비행선 달-1호』이다.[26] 이 작품은 소련이 "1950년대 중반까지 끌어 모은 우주과학 전반에 대한 지식의 집대성이라 해도 과언이"[27] 아니라는 평을 받았을 뿐 아니라 북한의 우주과학소설 등장에 일정한 역할을 담당하고 있었기 때문이다. 특히 우주를 과학적으로 형상화할 수 있는 정보를 제공하고 있다. 실제로 우주를 모티프로 하는 북한의 초기 작품들은 「혹성간 비행선 달-1호」가 제공하는 우주과학의 정보들을 거의 그대로 차용하고 있다.

「혹성간 비행선 달-1호」는 르포르타주와 과학환상 오체르크가 결합된 형식이다. 그만큼 과학성과 사실성을 강조하고 있다. 이 작품의 내용은 1974년 11월 25일 혹성간 비행선 '달-1호'의 발사에 대한 '쏘련 과학 아까데미야의 보도'와 잡지『아는 것이 힘이다』의 편집부가 발사 직전 '달-1호'의 승무원 및 준비 일꾼들과 인터뷰한 내용으로 구성되어 있다. 이 작품은 마치 현재의 상황을 중계하듯 형상화하고 있지만 작품 마지막에서 이 모든 내용이 현재(1954), 잡지『아는 것이 힘이다』의 편

---

25 작품명은 황정상의 책『과학환상문학창작』에서 인용했다. 황정상은 많은 소련 과학소설들을 소개하고 있는데, 이는 그만큼 소련의 작품이 북한에 유통되어 있었음을 반증하는 것이다. 곧 북한의 과학환상문학 작가들이 읽고 영향을 받았음을 짐작할 수 있는 대목이다. 황정상은 소련의 작품 제목만을 나열하는 것이 아니라 작품에 대한 평가와 북한 과학환상문학 정립의 잣대로서 비교·평가하고 있으며 번역 소개 과정도 함께 기술하고 있다.

26 『과학소설 2집-혹성간 비행선 달-1호』, 국립출판사, 1955. 이 작품집에는 동제목의「혹성간 비행선 '달-1호'」외에「새형의 날개」,「금강석」,「벼락(구뢰)」가 실려 있다. 그리고 작품집 표지에 '과학소설 2집'이라고 표기된 것으로 보아 이보다 앞서 번역된 과학소설집이 있음을 짐작할 수 있다. 통일부 북한자료센터를 통해 찾아보았지만 현재까지는 소장하고 있지 않은 것으로 보인다.

27 고장원,『세계과학소설사』, 채륜, 2008, 357면.

집부가 만든 허구적 구성물임을 밝히고 있다. 이 작품은 대중적인 스페이스 오페라(우주활극)보다는 우주탐사의 준비과정과 이에 대한 정확한 과학적 지식을 전달하는 데 목적을 두고 있다.[28]

인터뷰이는 이륙장 책임자, '달-1호' 선장, 조종사, 의학박사, 설계책임자, 재료실험소 소장, 무선조종장치 설계자이자 '달-1호'의 지상조종기사, 설계기사, 비행기 공장 선반공, 혹성간비행협회 회장, 천문대 대장 등 11명이며, 마지막에는 잡지 인쇄 전 '달-1호'의 의학박사가 보내온 소식'이 첨가된다. 인터뷰 대상자들의 구성원들로만 보더라도 우주비행의 준비과정이 매우 과학적이며 현실적임을 강조하고 있다. 인터뷰의 내용은 대개 우주비행을 위한 각 구성원들의 역할과 주요 과학적 지식에 대한 소개로 이루어져 있다.

「혹성간 비행선 달-1호」가 보여준 과학적 정보는 북한 과학환상문학에도 빈번하게 적용되고 있다. 1960년대 대표적인 우주과학소설인 김동섭의 「소년우주탐험대-화성려행편」[29]과 1961년 2월부터 4월까지 연재된 강진의 인형극 「달나라를 찾아서」에서 확인할 수 있다.

---

28 이러한 의도는 쉽게 확인할 수 있다. 먼저 이 작품은 소설보다는 르포르타주에 가깝다. 실제로 르포르타주나 오체르크의 형식을 취함으로써 소설이 갖는 이야기나 흥미성을 약화시키고 대신 사실성의 강도를 더욱 높이고 있다. 예를 들어, 이야기의 시작을 '혹성간 비행선 달 1호의 출발에 관하여'라는 제하의 '쏘련 과학 아까데미야의 보도'를 먼저 선보인 후 '달-1호'의 선장이 우주 공간에서 보낸 무선 전보 내용을 소개한다. 그 다음에는 잡지사의 편집부가 미리 인터뷰한 내용임을 밝히면서 탐사원들과 일꾼들의 인터뷰 내용을 소개하고 있다. 또 하나는 작품 속 인터뷰이들의 사실성이다. 인터뷰 내용 전에 이름과 지위(소속), 간단한 약력을 소개하고 있다. 모스크바 대학 수학부를 졸업했다. 심지어는 1934년생이며 빨치산이었던 아버지가 파시스트들에게 학살당했다는 에피소드를 소개할 정도로 인물의 사실성에 강조를 두고 있다. 이러한 사실성의 강조는 "공상적으로만 수행"하던 우주비행이 "바로 현실이 되었다"(6면)에 대한 다른 표현이다.
29 1960년 3월부터 9월까지 『아동문학』에 7회 연재되었다.

인터뷰이 소속과 이력(이름생략)	인터뷰 제목	인터뷰 내용
이륙장 책임자	혹성간 비행장	—우주발사체의 최소 연료 소비 대비 최대 속도 확보 문제
'달-1호' 선장 / 모스크바대 역학, 수학부 졸업	우리는 달로 날아간다	—달탐사 위한 과학적 준비 소개 (4번의 무인로케트 발사 내용) —승무원이 4명인 이유와 역할 및 비행 일정
'달-1호' 최연소 조종사 모스크바~북극~남극~모스크바 무착륙 비행	지구-달 간의 왕복	—이륙과 착륙, 귀국까지 비행에 대한 과학적 소개
'달-1호' 의학박사 / 이온층 항공로의 상급 의사	우주비행에 있어서 인간	—우주비행시 신체의 변화와 안전 —과부하와 신경계통의 문제 —무중력 상태와 근육의 평형문제 —무중력 속의 식사, 목욕, 호흡 등
'달-1호' 설계책임자, 동승기사 / 항공기설계사, 우주로케트 4대 제작참여	난관을 뚫고서	—최초 액체연료 우주여행 이론 창시한 치올콥스키 통해 소련 과학의 우수성 강조 —연료와 무게의 함수관계 해명
재료실험소 소장	가볍게 그러나 든든하게	—새로운 합금 활용해 우주선을 가볍고 튼튼하게 만드는 과정
무선조종장치 설계자, '달-1호' 지상조종기사	라디오 -방조자	—우주선의 무선조종, 무선통신, 우주인의 건강 검토
설계기사	원자 발동기	—원자발동기의 위력 —우라늄 작동시 필요한 물의 무게와 문제점 —우주선 방향전환의 방법
비행기 공장 선반공	우리 손으로 만든 제품	—우주로케트 제작에 참여한 노동자의 자부심 —연소실용 금속도자성 판재 설치 과정 —내열성 외피, 내열성 도자기 가공 등
혹성간비행협회 회장	우리는 무엇을 위하여 달로 비행하는가	—달 탐사로 인한 기대 —유용광물, 희귀광물 발견 기대 —천문학 발전기대 —천문대 설치로 기상정보 수집 용이 —TV보급률 증가 기대 —물리학의 발전 —화학 생물학 발전 및 심장병 정양소 설치
천문대 대장	대기 외 천문대	—천문학의 적인 대기 없는 달에서 연구 —광선연구, 성운, 혹성 연구 가능 —달에 천문대 설치 필요성
-	달 참고 자료	—거리, 직경, 용적, 질량, 달의 얼굴, 주야, 표면, 달의 하늘 등 소개
'달-1호' 의학박사	달에서의 첫 시간	—착륙 후 달에 대한 간단한 스케치

1-1) 빠른 속도로 리류할 때 역시 불쾌한 과부하가 일어납니다. (…중략…) 로켓트에서 과부하는 무한히 큰 것입니다. 발동기가 작용하고 있는 수분 동안은 우리는 3배의 중력을 느끼게 될 것입니다. 이 수분 동안은 지구 표면에서 75킬로그람의 체중을 가지는 사람이 로켓트 내에서는 225킬로그람의 중량으로 끌리우게 될 것입니다.(「혹성간 비행선 달-1호」, 30~31면)

1-2) 삐오네르들은 먼 우주 비행에서 첫 시련을 겪었던 것이다. 우주 로켓트의 굉장한 속도 때문에 사람들의 몸은 몇 갑절이나 더 무거워졌다. 만일 이 큰 힘을 덜어 주는 수압 의자가 없었더라면 우주 비행에 단련되지 못한 사람들은 그 순간을 견디여 내지 못하였을 것이다.(「소년우주탐험대」 1회, 40면)

2-1) 중력이 없어졌기 때문에 (…중략…) 우리가 아무리 주전자를 세차게 흔들어도 찻잔에 물을 채울 수는 없을 것입니다. 주전자의 입으로부터 쏟아져 나온 크고 둥근 물방울이 공중에 매달릴 것입니다. 이 물방울이 어떤 물건이건 접근만 하면 거기에 들어붙어 전체 표면에 흘러 번질 것입니다. (「혹성간 비행선 달-1호」, 33면)

2-2) 중력이 없는 상태가 시작된 것이다. (…중략…) 영철이는 목이 말라서 왼손에 힘을 주어 손잡이에 매달리면서 오른손으로 허리에 찬 물통을 들어 간신히 마개를 뽑고 마시려 하였다. 그런데 웬일인가? 물은 방울이 되어 비누풍선처럼 흩어져 한 방울도 입으로 내려가지 않고 날아 가버리지 않는가……(「소년우주탐험대」 1회, 44~45면)

우주여행 작품의 신기성과 흥미성은 우주라는 경험 이전 세계와의 접촉 그리고 그 속에서의 벌어지는 낯선 생활이 주를 이룬다. 그런데 문제는 우주가 더 이상 "하늘의 별따기"(1회, 42면) 같은 우화의 세계가 아니라는 점 그리고 과학환상문학이 되기 위해서는 '근거 있는 환상'이어야 한다는 점이다. 그런 면에서 「혹성간 비행선 달-1호」는 작가들에게 좋은 참고자료였다. 소련의 우주탐사선 발사 사건도 중요하지만 그것만으로는 창작의 충분조건을 채울 수 없기 때문이다. 작품에 활용할 유익한 정보가 필요했고, 그런 면에서 "우리는 달에 대하여 상상의 시기를 끝내고 정확한 과학의 시기를 시작한다"(73면)는 「혹성간 비행선 달-1호」는 매우 유용한 자료였다. 실제 사건과 우주탐사의 과학적 정보를 체계적으로 잘 정리한 텍스트는 각기 용도가 다르다.

그런 면에서 위의 인용문은 북한의 작가들이 소련의 텍스트들을 어떠한 방식으로 활용해 왔는지를 보여준다. 북한의 작가들은 「혹성간 비행선 달-1호」 등의 작품을 통해 우주선의 재질과 제작과정, 발사 과정과 대기권 통과 문제, 우주 공간의 실태와 비행문제 등 창작에 필요한 과학적 정보들을 참고한 것으로 보인다. 특히 흥미성을 유발할 수 있는 인기 있는 정보들은 자주 활용되었다. 그러다보니 무중력 상태에서 물을 마시거나 음식을 먹다 벌어지는 에피소드들이 작품에 자주 등장한다. 특히 무중력 상태에서 물방울이 떠다니는 모습과 우주선 안에서 공중을 날아다니는 장면들이 자주 노출되고 있다. 「달나라를 찾아서」에서도 이와 동일한 장면이 등장한다. 물을 나눠마시려고 물병을 들고 들어오다가 "공기가 좀 적기 때문에 병 속의 물이 그냥 튀어 나올 수 있습니다"라는 책임자의 설명을 듣는다. 이 외에도 중간역을 경유하는 장면이나 연료문제, 우주복 등도 소련 작품에서 참고하여 형상화하고 있다.[30] 이러한 유사성들은 흔하게 접할 수 있을 뿐만 아니라 이후 등장하는 우주과학소설에도 거의 모범답안처럼 규범화되어 나타난다.

2) 삽화의 유사성

소련 과학소설의 영향은 삽화에서도 확인할 수 있다. 여타의 과학소설처럼 북한의 과학환상문학에도 삽화나 그림 등을 통해 상상의 구체성과 흥미성을 더해주고 있다. 그런데 우주여행을 모티프로 한 작품의 삽화 중에는 소련의 것을 그대로 모방하거나 유사한 방식으로 차용하는 경우를 자주 볼 수 있다.

〈그림 1〉은 1955년에 번역된 소련 과학소설집 『혹성간 비행선 달-1호』에 실린 삽화이며, 〈그림 2〉는 1960년 3월부터 연재된 「소년우주탐험대」에 실린 삽화이다. 그림에서 확인되듯, 우주탐사선의 모습이 유사하다. 소련 작품 「혹성간 비행선 달-1호」 속의 우주탐사선은 실제 우주로켓트가 발사되기 전이라 일반 비행기의 형태를 답습하고 있는데, 북한의 「소년우주탐험대」 역시 같은 형태의 모습을 하고 있다. 세부적으로는 조금씩 차이는 있지만 형태면에서는 거의 동일하다. 우주

---

30 연료문제의 경우 「혹성간 비행선 달-1호」에서 치올콥스키의 이론을 통해 "지구의 인공위성을 우주 공간의 연료 공급소로 리용하는"(42면) 방식으로 나오며, 연료문제도 이미 달-1호의 설계책임자이자 동승기사의 인터뷰에서 자세히 설명한 바 있다. 무중력 속에서의 생활 방식과 온도의 변화를 막아주는 우주복 "스카판드르를 입고 서로 라지오로 말"하는 장면도 의학박사의 인터뷰 「우주비행에 있어서 인간」과 지상조종기사의 「라디오-방조자」 등에서 언급된 것이다.

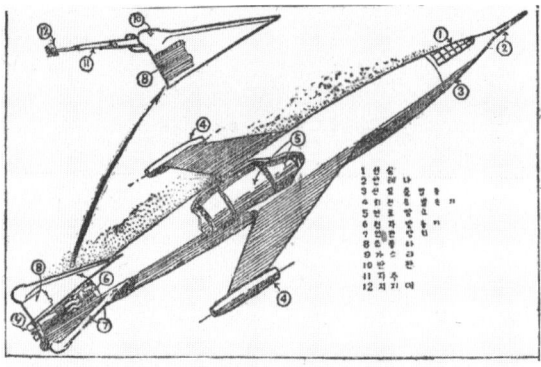

〈그림 1〉『혹성간 비행선 달-1호』(61면)

〈그림 3〉 러시아 SF잡지 *Teknika Molodezhi*, 1954년 2월호[31]

〈그림 2〉「소년우주탐험대」(1회, 41면)

31 이 사진은 고장원의 블로그(http://sfblog.tistory.com/1461)에서 빌려왔다.

우리들은 화성에 왔다

(쏘련) 보리쓰 라뿌노브

〈그림 4〉 보리쓰 라뿌노브, 「우리들은 화성에 왔다」,
『아동문학』, 1956.4, 69면.

땅나라 손님

배 풍

독자 여러분! 어러분은 표
주박을 거꾸로 세운 것처럼 머
리는 크고, 몸'집은 작고, 눈은
걸어다 붙인 것처럼 붉겨져 나
와서 마치 겹생이처럼 보이는
사람들이 사는 나라의 이야기
를 들은 일이 있습니까. 그것
은 멀고도 먼 어느 한 빌나라
가 그렇답니다. 하지만 이 빌
나라에도 과학을 연구하는 사
람들이 있답니다. 그러나 그들
은 아직도 우리 지구 우의 사
람들처럼 자동차도 비행기도
만들어 내지 못했답니다. 그래
서 어디를 가나 걸어 다닐 수
밖에 없답니다.

48

〈그림 5〉 배풍, 「땅나라 손님」,
『아동문학』, 1959.3, 48면.

〈그림 6〉 러시아 SF잡지 *Teknika Molodezhi*, 1953년 8월호[32]

탐사선의 유사성은 다른 작품에서도 볼 수 있다. 〈그림 3〉은 〈그림 1〉보다 1년 정도 앞선 것이다. 역시 형태의 유사성을 확인할 수 있다.

〈그림 4〉는 1956년 소련의 과학환상오체르크를 번역한 것이며, 〈그림 5〉는 1959년 3월에 발표된 배풍의 작품이다. 언뜻 보면 다른 그림 같지만 사실 이 두 그림은 완벽하게 동일한 그림이다. 〈그림 4〉의 가운데를 중심으로 좌우의 크기만 달리하면 그대로 〈그림 5〉의 모습이 되기 때문이다. 특히 우주탐사선의 모습은 형태면에서 앞의 탐사선들과 크게 다르지 않다. 〈그림 4〉는 어순우가 그린 것으로 되어 있지만, 그림들 간의 유사성을 볼 때 창작이라기보다는 북한에 소개된 소련 과학소설을 포함한 여타의 그림을 참조했을 가능성이 커 보인다. 〈그림 6〉은 〈그림 4〉와 정확히 일치하는 것은 아니지만 분위기나 배경의 유사성이 보인다. 〈그림 6〉과 〈그림 4〉와의 관계도 살펴볼 필요가 있어 보인다.

우주복의 계보를 보여주는 것 같은 그림들은 우주과학소설에 대한 소련의 영향력을 그대로 보여주고 있다. 우주복의 원형에 해당하는 〈그림 6〉의 모습은 1954년작 「혹성간 비행선 달-1호」에 이어 1959년 배풍의 「땅나라 손님」의 작품 마지막 페이지 하단으로 이어진다.(그림 8) 그 이후로도 우주복의 모습은 큰 변화 없이 1960년 「소년우주탐험대」(그림 9)와 1961년 인형극 「달나라를 찾아서」 등으로 이어지다가 이후 작품부터는 우주복의 전형으로 굳어져 버린다.

주지했듯이 북한에게 소련은 아비 같은 존재였다. 체제 면에서 소련은 사회주의 국가들의 아비였고, 정치 면에서도 스승 같은 존재였다.

---

32 이 사진은 고장원의 블로그(http://sfblog.tistory.com/1461)에서 빌려왔다.

〈그림 8〉 배풍, 「땅나라 손님」(1959)

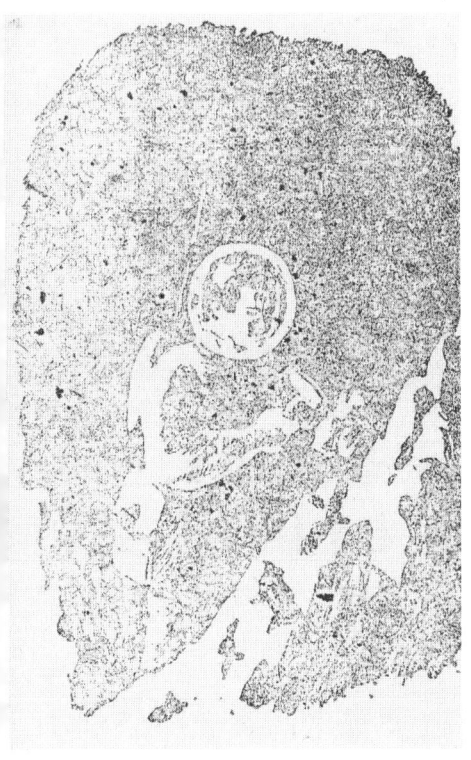

〈그림 7〉 「혹성간 비행선 달-1호」(1954, 70면)

〈그림 9〉 「우주소년탐험대」 1회(1960, 48면)

그러한 소련이 북한의 자립을 위해 다양한 과학기술과 정책을 소개하였고, 북한은 모범생처럼 성실히 받아들였다. 소련이 보여준 현장중심의 과학정책은 북한 과학의 모범 답안이 되었고, 이것은 북한 과학환상문학이 탄생하는 물적 토대가 되었다.

　당시 북한에는 우주과학이라는 또 다른 영역의 소련 과학이 소개되고 있었다. 소련의 우주탐사선 발사는 전근대적 우주관에 갇혀있었던 북한에게 새로운 욕망을 불러일으켰다. 그리고 그 욕망은 곧 우주를 배경으로 하는 과학환상소설을 탄생시켰다. 우주에 관한 과학적 지식이 부족했던 북한 작가들은 과학소설의 아비인 소련의 작품을 활용하기 시작했고, 이로써 과학적 지식과 형상화가 뒤섞인 우주 과학환상소설이 등장하게 되었다. 소련의 과학담론이 북한 과학환상문학의 주제를 매우 현실적인 영역으로 제한했다면, 소련의 우주과학은 현실적 주제의 압박에서 조금은 숨 쉴 수 있는 공간을 제공했다. 우주라는 공간은 현실의 지배로부터 어느 정도 거리를 가질 수 있었으며, 특히 새로이 구성해야 할 세계이기에 그만큼 상상력이 차지할 수 있는 공간적 여유가 존재했기 때문이다.

3장

북한의 과학담론과
과학환상문학의 전개양상

1. 1960년대 과학담론과 과학환상문학

1) 과학환상문학의 양적 증가

1960년대에 이르면 그 이전에 비해 과학환상문학의 창작이 눈에 띄게 증가했다. 1950년대 『아동문학』에 발표된 작품만 보더라도 두 작품에 그쳤다. 하지만 1959년 『아동문학』 12월호 독자란에 「과학환상소설을 써 수십시오」라는 글이 소개되자, 미처 이에 부응이라도 하듯 1960년 1월 김도빈의 「바다 속의 장수풀」을 시작으로 15편 이상의 과학환상문학이 『아동문학』에 발표되었다. 이러한 추세를 볼 때—비록 현재 확인은 안 되지만—다른 잡지나 단행본 등의 형태로 출간되었을 가능성을 고려해본다면 실제 1960년대에 출간된 과학환상문학은 더 많았을 것으로 추정된다. 이러한 갑작스런 양적 증가의 원인은 여러 측면에서 고찰할 수 있겠지만 우선은 북한의 자립노선과 과학기술에서 찾을 수 있다.

잘 알려진 것처럼 후루시쵸프의 등장으로 시작된 1950년대 중반의 탈스탈린화는 북한이 독자노선을 걷게 되는 계기가 되었다. 당시 탈스탈린화의 수용은 소비에트 중심의 발전전략을 포기하는 것이자 권력의 독점을 포기하는 것이었다. 게다가 중국과 소련의 분쟁은 사회주의 국가들의 결속력을 시험하는 사건이었다. 소련의 원조감소와 동유럽 국가를 향한 지원의 손길이 큰 성과 없이 끝나자 북한은 자립노선을 선택하게 되었고, 이는 북한의 정치와 경제 등에 새로운 변화의 계기가 되었다.[1]

새로운 변화의 중심에는 과학기술교육이 있었다. "자립경제와 자주국방노선은 북한 산업구조에 변화를 가져와 군수산업 발전을 주요 목적으로 한 중공업 중심의 산업이 필연적이었으며, 이는 기술 수준을 높이는 것이 경제성장의 원동력이라는 인식"[2] 때문이었다. 문제는 기술인력의 양성이었다. 김옥자의 연구에 따르면, 해방 후인 1946년 북한은 남한에 비해 상대적으로 공업시설이 많았지만 이를 운영할 인력이나 기술력이 턱없이 부족했다. 따라서 해방 후 북한의 시급한 해결 과제 중의 하나가 기술인력 양성이었다. 1946년 7월 8일 '북조선 임시인민위원회'의 19개의 기술전문학교 개교 결정을 시작으로 1948년

---

1 박종철, 「남북한의 산업화전략—냉전과 체제경쟁의 정치체제, 1950년대~1960년대」, 『한국정치학회보』 29집 3호, 한국정치학회, 1996.1, 238~239면.
2 김옥자, 「북한 교육 패러다임의 전환」, 『현대북한연구』 18권 3호, 북한대학원대학교 북한미시연구소, 2015, 76면.

에는 12개의 기술전문학교를 신·증축했으며, 초급기술학교 17개, 기술전문학교 51개를 수리했다. 또 각 분야의 기술자들을 선발해 소련에 보내기도 했는데, 1949년에만 500명이 넘는 기술자들이 소련으로 유학을 갔다.

하지만 한국전쟁으로 인해 기능공의 절대 다수가 희생당하자 대체 인력양성이 시급한 문제로 떠올랐다. 북한은 1953년 내각회의에서 '경제복구에 필요한 과학기술간부들을 양성하기 위해 더 많은 기술전문학교 및 고등교육기관을 신설'하기로 했다. 그 결과 1953~1954년 두 해 동안 9개의 기술전문학교와 33개의 야간 전문학교가 문을 열었다. 1954년에는 광산, 금속, 전기, 기계, 화학 등 각종 기술전문학교가 57개로, 1955년에는 직공학교가 18개, 노동자학교가 63개로 증가했다. 이들 교육기관들은 중공업성, 화학 건재공업성, 경공업성, 체신성, 전기성 등 14개 성의 관리를 받았다.

과학기술에 대한 강조는 학교의 신설뿐만 아니라 교육과정안, 교수요강, 교과서 개편 등으로 이어졌다. 1954년 기술전문학교 교육과정을 보면 3년 6개월간의 수업시수 4,106시간 가운데 일반과목이 48.3%, 기술 관련 과목은 51.7%였다. 1958년에는 중등의무교육의 실시와 함께 기술의무교육제로 개편됐다. 1959년 10월 최고인민회의 제2기 6차 회의에서는 '인민교육체계의 개편에 대하여'의 법력에 따라 초급중학교 졸업생이 입학하는 2년제 기술학교와 2년제 고등기술학교를 개설한 단신제 기술교육체계기 시작되었고, 1961년에는 7년제 기술의무교육제가 완성되었다. '일하면서 배우고 배우면서 일하자'라는 7년제 기술의무교육제는 기술교과 중 실습에 편성된 수업시수 비율을 53.6%로써 1953년의 7.1% 보다 8배가량 높아졌다. 1961년에는 각급 기술학교의 수가 1,069개로 증가하여 기술의무교육이 시행되기 전인 1957년 117개에 비해 약 9배가 증가했다. 이후 계속 증가하여 1967년에는 기술학교의 수가 1957년의 약 15배까지 증가했다. 기술전문가도 단선제 기술교육체계 3년 차인 1964년에는 29만 3,506명으로 1953년 2만 1,872명보다 약 20배나 증가했다.[3] 이러한 분위기는 과학환상문학이 양적으로 증가할 수 있는 조건이 되었다.

2) 사회주의 건설과 유토피아주의

1960년대 과학환상문학의 한 특징은 사회주의 건설과 유토피아주의가 하나의 모습으로 등장하는 것이다. 『아동문학』 1960년 4월호에 실린 김룡익의 「소년궁전」은 이러한 모습을 단적으로 보여주고 있다.

동무들! 우리는 지금 1961년도에 살고 있습니다. 참으로 평양은 지난해에 얼마나 아름답고 웅장해졌습니까?
중구역의 언덕진 장대재 우에는 우리가 그처럼 고대하던 화려한 소년 궁전이 일어섰고, 그 맞은편 아래에는 28.5메터의 폭을 가진 제2대동교가 신기루처럼 뻗어 나갔습니다. 그리고 쓰딸린 거리로부터 인민군 거리로 꺽어 돌면 금방 하늘을 찌를 듯한 예술의 전당이 앞을 가로막는데 우리는 이것을 오뻬라 대극장이라고 부르지요.

3   위의 글, 64~75면.

<그림 1> 건축의 규모로 표상되는 체제에 대한 자신감

뭐 그뿐이겠습니까? 1960년도 한 해 동안에는 평양 호텔, 해방 투쟁 박물관, 옥류정, 4만 석의 관람석을 가진 모란봉 경기장, 쏘련 전람관, 아동 백화점 그리고 곡예극장 등의 건설 완공으로 하여 평양은 참으로 몰라볼 만큼 달라졌습니다.

어느 일요일이었습니다. 나는 큰 아버지를 따라 먼 촌에서 평양에 놀러 온 철이와 함께 처음으로 소년 궁전을 찾아 간 일이 있었습니다. 그런데 소년 궁전은 내가 미리 생각했던 것보다 몇 갑절 더 아름답고 웅장했지요.

글쎄 철이는 소년 궁전 앞에 다달으자 그만 눈이 휘둥그래지며 이렇게 소리치는군요.

"형! 이것이 옛날 바나 속에만 있다는 궁전이 아니야?"

아니 이것은 시골에서만 살아 온 철이만의 놀라움이 아니었지요.

좀 생각해 봐요. 연건평이 2만 5천 평방이 넘는 소년 궁전은 ㄷ자 모양으로 4층에서 11층의 건물로 형성되어 있는데 그 높이는 실로 50메터라고 하는군요. 게다가 소년 궁전의 외벽들은 울긋불긋한 각종 아름다운 부각들로 장식되어 있으니 제 아무리 옛날 바다 속의 궁전이 아름답다손 치더라도 어디 여기에야 비길 수 있겠어요![4]

환상 오체르크인 이 작품은 실제 공사 중인 소년궁전을 1년 후의 완공된 시점에서 그리고 있다. 길 잃은 사촌 철이를 찾아다니면서 소년궁전의 내부를 묘사하는 방식을 택한 이 작품은 소년궁전의 웅장함과 사회주의 국가를 향한 북한의 모습을 오버랩시키고 있다. 이 건물의 규모는 곧 사회주의 국가의 자신감과 힘을 표상하고 있다. 50미터에 다다르는 11층 높이와 2만 5천 평이 넘는 규모, 연분홍색 대리석으로 바닥처리를 한 대홀, 11층까지 단번에 올라가는 엘리베이터, 아이들이 모든 분야의 연구와 실험을 할 수 있는 90여 개의 크루쇼크, 2천 명을 넘게 수용할 수 있는 대홀은 그대로 자신감의 표현이다. 문제는 이것이 단지 작품 속의 판타지에 그치지 않는다는 것이다. 작품 속 화자인 '나' 역시 "동무들! 이것은 나의 터무니없는 환상으로 생각하십니까? 아닙니다. 그것은 절대로 환상이 아닙니다"(98~99면)라고 강조한다. 실제로 당시 북한은 체제에 대한 자신감을 도시 건설을 통해 드러내고 있었다.

북한에서 도시건설의 핵심은 무엇보다도 "사회주의 도시의 경치"가 잘 나타나도록 계획하는 것이다.(백과사전출판사, 1998, 266면) 이를 위해 가장 심혈을 기울여 건설해야 하는 공간은 바로 도시 중심부이다. 도시 중심부는

4   김룡익, 「소년궁전」, 『아동문학』, 1960.4, 92~93면.

공간 구조상 중심에 위치할 뿐 아니라, 체제 유지 및 강화를 위한 강력한 이념적 기능을 수행하기 때문이다. 북한의 도심부는 김일성 동상을 중심으로 주변부에 박물관, 문화회관, 극장 등 공공문화시설들을 밀집시킨다. 이는 인민들의 사회정치생활과 문화생활이 집중되도록 하여, 인민들이 수령의 위대성과 업적을 체득하고 사상과 정서 교양을 하도록 고안된 것이다. (…중략…)

1950년대 후반부터 북한은 민족적 형식에 민족전통양식과 사회주의 신념과 의지를 표현한 건축을 평양 곳곳에 실현한다. 1960년 완공된 평양 대극장은 이 시기를 대표하는 극장건물로, 첫 현대 조선식 건물의 하나이며, 옥류관도 건설하였다. 절벽에 축대를 높이 쌓고 그 위에 2층으로 크고 작은 합각지붕을 엇물리게 하고 벽면은 골조를 돌출시킴으로써, 대동강의 풍치와 조선식 건축이 입체적으로 조화를 이루고 있다.[5]

북한은 도시 건설을 통해 자신들이 구축하고자 하는 도시 공간의 상징성을 유지, 강화하는 동시에 새로운 변화를 도시를 통해 구축하고자 했다.[6] 전후복구와 함께 시작된 도시건설은 단지 기능적인 측면에만 머물지 않고 상징적인 기능까지 포함하고 있었는데, 이른바 극장국가의 개념이 그것이다. 기어츠의 이론인 극장국가는 국가운영의 기본 원리를 연극으로 보고 있다. 마치 전통국가의 권력이 제도보다는 장엄한 종교의례 같은 공연을 토대로 했던 것처럼, 현대국가도 군사력의 화려한 스펙터클이나 종교적 모습의 대중연설 같은 의례화된 상징에 토대를 두는

---

5   전상인·조은희·김미영, 「북한의 수도계획」, 『환경논총』 52, 서울대 환경대학원, 2013.9, 60~61면.
6   임동우, 「평양건축의 미래」, 『건축』 58-8, 대한건축학회, 2014.7, 45면.

방식이다. 극장국가의 핵심은 과시의 정치politics of display이다. 매년 10만 명 이상이 참여하는 거대한 아리랑축전과 그 속에서 전달되는 메시지들, 그리고 화려하고 거대한 군대의 행진은 과시와 주시 그리고 드라마를 통해 권력을 유지시키는 극장국가의 모습을 그대로 보여주고 있다.[7]

이러한 가운데 도시와 건축은 극장국가의 중심무대이다. 일본은 메이지유신 이후 도쿄를 국가의 상징적 지형으로 부상시켰다. 도쿄가 '눈부시게 새롭게 구성된 황실 패전트의 중심적인 노천무대'로 등장하면서 과거 행재소行在所에서 제국의 수도로 급변했다. 독일의 히틀러도 베를린을 '세계의 수도'로 건설하고자 했다. 국가는 국민에게 거대하게 보여야 했으며, 도시와 건축이 그 역할을 했다.[8] 북한도 이와 같은 방식으로 도시를 재건하고 있었다. 북한은 거대한 건축물과 기념물 등의 건설을 단순한 돈 낭비보다는 "미국인들이 링컨 기념관을 보고 느끼는 것만큼이나 힘과 조화를 표현하는 이런 영구적인 기념물을 보고 많은 자부심"[9]으로 받아들였다.

이러한 과시의 정치학은 아동문학에도 영향을 미쳐 규모를 앞세우는 국가를 그리게 했다. 림금단의 「세상이 다 있는 집」에서처럼 "그 집 속엔 푸른 하늘 / 백두산도 높이 솟고 / 금강산도 다 있어요 // (…중략…) // 그 집 속엔 넓은 들 / 뜨락또로 논밭 갈고 / 공장 기계 돌고 돌아 / 기중기도 만들어요 // (…중략…) // 원수님의 사랑 속에 / 한 층 두 층 솟아

---

7 권헌익·정병호, 『극장국가 북한』, 창비, 2013.
8 극장국가의 도시사례는 전상인·조은희·김미영, 「국가권력과 공간—북한의 수도계획」, 『국토계획』 50-1, 대한국토도시계획학회, 2015.1 참조함.
9 B. R. 마이어스, 고명희·권오열 역, 『왜 북한은 극우의 나라인가』, 시그마북스, 2011, 75~76면.

<그림 2> 항상 하늘에 닿을 정도로 높게 묘사되는 건축물들

난 집 / 세상 애들 다 부러울 / 우리 궁전 큰 집이지"[10]로 묘사되고 있다. 여기에는 거대한 건축물로 구성된 도시가 모여 세상을 모두 포함하는 거대한 궁전을 이루고, 이것이 곧 사회주의 국가임을 힘주어 말하고 있다.

"세상이 다 있는 집"이라는 유토피아적 상상력은 반드시 지도자를 통해서만 이루어진다. 이 위대하고도 황홀한 세상은 "아버지에게 어머니에게 오빠에게 나에게 / 가득히 안겨 주신 은혜로운 손길 / 김일성 원수님의 손길" 덕분이다. 그래서 완전한 유토피아의 건설은 "원수님의 손 꼭 잡고", "언제나 언제나 행복에서 더 큰 행복에로 / 우리를 부르시

---

10   림금단, 「세상이 다 있는 집」, 『아동문학』, 1965.8, 4면.
    / : 행 구분, // : 연 구분 ― 인용자, 이하 생략.

며 우리를 이끄시는 원수님 / 그 손을 꼭 잡고 // (…중략…) // 공산주의 넓은 길로 / 그 손 꼭 잡고"[11] 가야 하는 것이다. 그랬을 때만이 우리의 꼬마 과학자들은 앞으로 나아갈 수 있는 것이다.

1.
우리는 꿈 많은 꼬마 과학자
양양한 희망 안고 배워 나가요
세상에 알고 싶은 모든 것들을
기어코 제 힘으로 알아 내리라

후렴
과학은 언제나 탐구자들에게만
비밀의 열쇠를 내여 준대요

2.
원수님은 찬란한 빛을 주시고
어디나 궁전들을 세워 주셨네
과학의 봉우리는 높고 높아도
지치지 않고서 달려 가리라

후렴

11 전관진, 「원수님의 손 꼭 잡고」, 『아동문학』, 1963.8, 20~21면.

3.

조국은 그 어디나 우리의 실습지
광활한 미래에고 우릴 불러요
과학과 기술로 준비되리라
무엇이든 제 손으로 만들어 내리라

후렴

— 「꼬마과학자」 전문[12]

　1960년대 과학환상문학은 이러한 사회적 분위기의 연장선상에 있었고, 잡지 『아동문학』 역시 과학환상문학의 주제들을 펼쳐질 수 있는 장이었다. 원수님의 손을 잡고 갈 때만이 사회주의 국가라는 유토피아도 건설할 수 있고, 꼬마 과학자들도, "저기 제초기 밀던 누나들"도, "용접 불꽃 날리는 아저씨들"도 "가도 가도 한없이 좋"[13]은 세계를 만들 수 있다는 것이다.

　옛날에 뭐 우나라 임금이란 이가 동둑을 하나 쌓고 '태평세월'이라 했지만 아침 나라하군 비길 건덕지도 없단 말이거든, 우리 할아버지가 옛이야기처럼 말하던 7년 대한에도 가물을 모르고 3년 장마에도 홍수가 안 나는 지상천국이 바로 아침 나라더란 말입니다.[14]

12　오영환, 「꼬마 과학자」, 『아동문학』, 1964.3, 36면.
13　차명문, 「가도 가도 한없이 좋네」, 『아동문학』, 1963.9, 4면.
14　차용구, 「물나라의 꼬마들」, 『아동문학』, 1962.5, 64면.

〈그림 3〉『아동문학』. 1963.8　　　　　〈그림 4〉『아동문학』. 1963.10

　'지상천국인 아침의 나라'는 1960년대뿐만 아니라 이후의 과학환상 문학에서도 이어지는 중요한 주제이다. 과학환상문학은 이러한 지상천 국이 '근거있는 과학적 환상'을 통해 도래할 수 있음을 말하고 있었다. 차용구의 「물나라의 꼬마들」(『아동문학』, 1962.5)은 물을 의인화한 탕탕 이, 첨벙이 등을 통해 수력의 과학적 이용이 지상천국을 만드는 지름길 임을 말하고 있다. 남응손의 「새 요술쟁이는 어떻게 나타났나?」(『아동문 학』, 1963.1)는 해가 바뀔수록 과학기술, 특히 화학공업이 발전한다는 이 야기를 우화의 형식을 통해 보여주고 있다. '1963년 아저씨'는 1962년 아저씨가 준 기술을 발전시켜서 1964, 1965, 1966, 1967년 아저씨에게 넘겨준다. '1963년 아저씨'는 1964년 아저씨들에게 "아이들에게 니트 론 옷"을 입혀주라고 부탁한다. 부탁을 받은 1964년 아저씨들은 전기를 불러 니트론 옷을 만들려고 하지만 '전기'는 자신을 도와줄 동생을 구해 달라고 한다. 그러자 아저씨는 '화세(화학의 세상)'를 불러 전기의 동생을 찾아올 것을 명하였다. 화세는 달과 태양에게 부탁하지만 아직은 때가 아니라는 말을 듣고 실망하지만 바람이 도와줘 결국 니트론 옷을 만드는 데 성공한다. 각 시대의 과학을 표상하는 '아저씨'들은 시간의 경과와 과학기술의 발전에 비례해 점점 더 거대해져 간다. 육체의 거대함을 통해 규모와 과시의 정치학이 문학적 상상력 속에서 재현되고 있는 것이다.

이러한 유토피아주의는 필연적으로 환상성을 띨 수밖에 없는데, 이는 구체적인 토대를 바탕으로 한 상상력이 아니라 희망을 바탕으로 한 '플랜'이었기 때문이다. 과시의 정치를 중심으로 하는 극장국가의 모습은 1960년대 과학환상문학의 공간을 주로 바다나 우주에 집착하게 만드는 원인이다. 김도빈의 「바다 속의 장수풀」(『아동문학』, 1960.1), 차용구의 「물나라의 꼬마들」(『아동문학』, 1962.5), 문희준의 「청생조」(『아동문학』, 1963.7)와 「룡마어를 찾아서」(『아동문학』, 1964.1), 김동섭의 「바다에서 솟아난 땅」(『아동문학』, 1964.4~1965.4) 등이 바다를 배경으로 하는 주된 작품들이다. 바다는 사회주의 유토피아 건설을 위한 다양한 용도로 등장한다. 바닷속의 땅을 육지로 솟아오르게 하여 국토의 확장과 자원을 활용한다는, 이른바 국토개조로 기능하거나(김동섭의 「바다에서 솟아난 땅」), 또는 바다가 지니고 있는 다양한 자원을 활용해 유토피아 사회를 건설할 수 있다는 자원의 보고로서의 바다(김도빈의 「바다 속의 장수풀」, 문희준의 「청생조」·「룡마어를 찾아서」 등)가 그것이다. 이들에게 바다는 신비하면서도 동시에 무한한 자원의 보고이다. 예를 들어 김도빈의 「바다 속의 장수풀」에서는 인체에 강한 에너지를 주는 '바다풀'이, 문희준의 「청생조」의 바다는 다시 젊어지게 만드는 '청생조'가 있는 곳이다. 이처럼 바다는 "우리들이 서로 협동하여 우리의 바다를 샅샅이 탐사해 내고 개척하여 우리나라의 공산주의 건설에 적극 리용하자!"[15]라고 선언하게 만들 뿐만 아니라 유토피아로 한 발 더 다가서게 하는 중요한 동인으로 그려진다.

우주를 배경으로 하는 작품으로는 김동섭의 「소년우주탐험대-화성려행편」(『아동문학』, 1960.3, 7회 연재)과 강진의 「달나라를 찾아서」(『아동문학』, 1961.2, 3회 연재) 등이 있다. 이들 작품은 소련의 우주과학과 SF문학의 영향을 보여주고 있지만 1960년대 이후부터는 북한 우주과학기술의 가능성과 자주노선을 드러내기 시작한다. 작품 속 우주는 다소 추상적이지만 사회주의 영토의 확장 및 체제에 대한 자신감의 표출을 드러내고 있다.

2. 1970년대 과학환상문학 『새별운석탐사대』

현재 통일부 북한자료센터에서 찾을 수 있는 자료의 한계로 인해 1970년대 북한 과학환상문학의 면모는 거의 확인할 길이 없다. 지금까지 확인된 자료로는 과학환상이야기 『새별운석탐사대』(1979)가 유일하다. 작자 미상인 이 작품은 192면의 분량과 여러 삽화들을 지닌 우주

---

15 문희준, 「청생조」, 『아동문학』, 1963.7, 61면.

<그림 5> 과학환상이야기 『새별운석탐사대』(1979) 표지

여행 작품으로 1979년 금성청년출판사에서 출간했다.

이 한 작품만으로는 1970년대 과학환상문학의 특징을 살펴볼 수는 없지만, 그래도 현재 확인할 수 있는 유일한 1970년대 작품이라는 점에서 간단히 살펴보고자 한다. 이 작품은 류미산 야영지에서 발견된 운석을 계기로 우주여행을 하고 돌아온다는 이야기이다. 일종의 해프닝 같은 사건으로 시작하는 이야기이지만, 1950년대부터 이어져오는 그리고 이후의 과학환상문학에서 보이는 특징들을 여전히 지니고 있다는 점에서 의미 있는 작품이다. 게다가 대중적 인기도 대단했던 것으로 보이는데, 1985년에 나온 중편과학환상소설 조천종의 『남색하늘의 나라』의 서두에는 이 작품이 "이미 독자들에게 알려진 과학환상이야기 『새별운석탐사대』의 속편"임을 밝히고 있을 정도이기 때문이다.

어느 미래, 류미산에 야영을 온 고등학생 남솔이 일행은 별에 대해 토론과 조사를 하던 중 이상한 '별찌물질', 즉 운석을 발견한다. 기자들이 플래시를 터트리는 동안 아이들은 조그마한 운석을 들고 가려 하지만 꼼짝도 하지 않는다. 조그마한 운석의 무게가 무려 만 톤이나 나갔던 것이다. 결국 만 톤급 권양직승기가 와서야 겨우 운송할 수 있었다. 우주연구소는 운석연구를 위해 우주여행을 결정하고 남솔이 일행도 우주여행에 참가하게 된다. 우주여행 준비를 마친 아이들은 출발 당일 우주선에 탑승하다가 그만 실수로 발사버튼을 누르는 바람에 아이들만의 우주여행이 시작된다. 해프닝처럼 시작된 여행이지만 특정한 별에 착륙해서 벌어지는 사건은 등장하지 않으며, '과학환상이야기' 장르에 걸맞게 적대적 인물과의 갈등도 나타나지 않는다. 대신 끝없는 우주를 떠돌아다니면서 밀도 100만의 운석을 찾아 귀환하는 여정이 중심을 이루고 있다. 이들에게 우주여행은 '정복'의 일환이며, 동시에 이미 완결된 세계인 조국의 보다 나은 발전을 위한 숭고한 작업이다.

끝없는 우리의 희망이런가
우주의 세계는 넓고넓다네
아 가리라 저하늘 끝까지
나어린 가슴에도 용맹은 넘치네

갈길은 멀고 준엄하여도
불타는 우리의 마음 꺾을 수 없네
아 가리라 저 하늘 끝까지
나어린 가슴에도 용맹은 넘치네
아……[16]

이들에게 우주는 "에이 참, 한번 올라가 모든 비밀을 속씨원히 다 알아봤으면 좋겠구나"(29면)처럼 앎의 대상이자 "우주정복"을 위한 "전투"의 장이기도 하다. 이 모든 사건이 북한을 중심으로 이루어진다. 따라서 세계의 시선은 언제나 "륨미산 바로 여기에 집중"(55면)되어 있으며, "텔레비죤을 통하여 온 지구에 실황중계되였고, 각 신문사에서 발간된 특간호"(191면)도 북한을 향해 있다. 소련의 그늘에서 벗어나 세계 중심에 서 있어야 한다는 강박이 본격적으로 등장하고 있는 것이다. 이 외에도 인민으로서 가져야 할 심성, 우주과학에 대한 교과서적인 정보제공, 생태주의, 전근대적인 여성관 등이 포함되어 있다.

3. 1980~1990년대 강성대국건설과 과학환상문학

1980년대부터 1990년대의 작품들은 몇 가지 특징들을 보이고 있다. 1980년대부터 1990년대까지를 묶어서 설명할 수 있는 것은 북한 과학환상문학은 일반 문학장르와는 달리 당에서 요구하는 문학의 규범으로부터 비교적 자유롭기 때문이다. 잘 알려져 있듯이, 북한은 주변의 환경이나 내부적 사정에 따라 문학의 방향을 지도해 왔다. 사회주의적 사실주의, 고상한 리얼리즘, 혁명문학전통의 규정 등등 미학의 범주, 정

16 작자미상, 『새별운석탐험대』(과학환상이야기), 금성청년출판사, 1979, 101면.

책 등이 현실의 상황 속에서 변화해 왔다. 하지만 과학환상문학은 이러한 흐름에서 다소 한 발 빗겨 있는 모습이다. 과학환상문학 초기부터 그랬듯이, 당과 수령이 작품에 보이지 않는다. 게다가 시기를 특정하기 어려운 '미래'를 다루고 있다는 점에서 당의 정책이나 수령의 교시는 작품에 직접적인 영향을 줄 수가 없다. 실제로 작품의 내용이나 주제는 당대의 요구사항들에 예민하게 반응하는 모습을 찾기가 거의 어렵다. 물론 그렇다고 당대의 상황이나 정책들과 완전히 무관한 것은 아니다. 문예정책의 큰 흐름들은 이어가면서 동시에 과학환상문학만의 흐름들을 이어가고 있다. 이는 북한사회가 꿈꾸는 미래상이 추상적이나마 동의가 되고 있기 때문으로 보인다. 실제로 과학환상문학이 그리고 있는 미래상은 보편적인 유토피아와 유사한 모습을 띠고 있다. 그럼에도 이전 시대와 다른 1980~1990년대 과학환상문학의 특징들을 언급하면 다음과 같다.

1) 과학환상문학의 다양성

1980년대부터 과학환상문학은 전성기를 맞이한다. 작품의 양적 증가는 말할 것도 없거니와 아동에서부터 청년 그리고 성인에 이르기까지 다양한 독자층을 겨냥한 작품들이 등장하기 시작했다. 그리고 현재까지 확인한 바에 따르면 1980년대 이후 여러 편의 과학환상단편소설집도 발간되었다. 현재 통일부 북한자료센터에 소장된 자료에 의하면, 과학환상소설집인 『번개잡이 비행선』(1988), 『지구밖으로』(1990), 『열을 내는

꽃』(1991) 등이 있으며, 단행본으로 조천종의 『남색하늘의 나라』(1985), 황정상의 『푸른이삭』(1988), 박종렬의 『별은 돌아오리라』(1993)와 『두 개의 화살』(1989), 김동섭의 『로보트 승리호』(1995) 등이 있으며, 일본작가인 미찌세류의 『그 렬차를 멈우라』(1994)도 발간되었다. 이 외에도 작자미상의 과학환상만화 『꼬마 과학자들의 만능탐험선』(1980)과 황정상이 글을 쓰고 김만섭이 그림을 그린 과학환상그림이야기 『별나라에서의 축구경기』(1983) 등이 있다. 작품 외에도 과학환상문학의 창작방법과 존재론적 위상을 집대성한 황정상의 『과학환상문학창작』(1993)이 등장했다. 일종의 황금시대를 맞이하게 된 데에는 김정일의 지원[17]과 과학기술에 대한 중요성이 강조되면서이다. 이를 계기로 과학환상문학은 북한문학에서 중요한 장르로 자리매김하게 된다.

1980년대 이후 과학환상문학의 가장 큰 변화는 과학기술의 세분화이다. 앞서 언급한 것처럼 1960년대 작품의 주된 공간은 우주와 바다였지만, 아직 우주나 바다에 대한 깊은 이해가 부족한 상태였기에 그 내용 또한 조악했으며, 소련의 우주과학기술에 거의 의존하는 형국이었다. 바다의 경우에는 '룡궁'이 등장하거나 생명을 연장하는 '장수풀'이 존재하는 등 여전히 전근대적인 상상력이 드러나고 있었으며, 이는

17　김정일은 『주체문학론』에서 "환상소설을 써야 한다"라고 강조한 바 있다. 물론 이 때의 환상소설은 과학환상소설만을 특정한 것은 아니다. 김정일은 "조국통일의 대사변을 맞이한 그날의 감격적인 모습을 환상적으로 형상한 소설"이라고 언급한 것을 본다면 여기서는 포괄적인 측면에서의 환상소설을 의미하는 것으로 보인다. 하지만 황정상은 김정일의 교시를 인용하면서 과학환상문학의 중요성을 강조하고 있다. 황정상은 『과학환상문학창작』의 머리말에서 "김정일동지께서는 일찍이 과학환상문학은 고도로 발전된 과학기술시대에 살고 있는 우리들에게 있어서 절실히 필요한 문학의 한 형태이라고 하시면서 과학환상문학 발전에 깊은 관심을" 보였다고 언급하고 있다.

과학적 환상과 동화적 환상이 미분화된 상태임을 보여주는 것이다. 그래서 과학환상문학 가운데는 환상동화나 과학동화와 큰 변별점이 없는 경우가 많았다.

하지만 이러한 사정은 1980년대에 들어와 완전히 달라진다. 작품에서 다루고 있는 과학분야만해도 '유전공학, 생물학, 전기공학, 전자공학, 화학, 로봇과학, 초고압물리학, 세포공학, 선광기술 등' 다양한 과학분야가 등장한다. 우선 이렇게 다양한 학문분야가 작품 속으로 등장할 수 있었던 이유는 크게 두 가지 측면에서 찾을 수 있다. 첫째는 1980년대 이후 과학기술의 중요성을 강조하는 당의 입장이다. 잘 알려진 것처럼 1980년대에 들어서면서 과학기술에 대한 강조는 이전과 강도가 달라졌다. 1980년대 중반부터 북한은 과학과 기술의 시대에 맞게 과학기술 발전을 위한 노력의 필요성을 강하게 인식하기 시작했다.[18]

두 번째는 1982년 인민경제의 주체화, 현대화, 과학화가 강조되면서 북한은 과학원을 국가과학기술위원회 산하에서 분리해 정무원 직속부서로 격상시켰기 때문이다. 첨단기술과 현장지원연구에 대한 과학원의 주도적 역할이 강화되고, 국가과학기술위원회는 원래의 기능인 과학기술행정과 연구계획 수립, 기술지도 등의 업무로 복귀한 것이다. 동구 순방에서 돌아온 김정일은 침체되었던 해외유학을 크게 늘리면서, "그동안은 과학연구사업에 큰 힘을 기울이지 않았다", "일꾼들이 과학자들에게 사죄하여야 한다"고 강하게 질책하면서 "앞으로 과학기술 관련 책임자들은 과학을 잘 아는 사람들로 꾸려야 한다"고 강조하였다. 게다

18　김근배, 「북한 과학기술정책의 변천」, 『과학기술정책』 134, 과학기술정책연구원, 2002.4, 106면.

가 1990년대부터는 '과학기술중시정치'와 '강성대국' 전략에서의 과학기술 강조, '과학의 해' 지정, 인민경제의 기술적 개건과 정보화, 2차례의 '과학기술발전 5개년 계획', '연료, 동력 문제 해결을 위한 3개년 계획' 등 지속적으로 과학의 중요성이 배가되고 있었다.[19]

이런 현실적인 문제들은 비교적 발 빠르게 작품으로 형상화되고 있었다. 1980년대의 경제적 위기는 원료, 연료문제 등의 에너지 문제와도 직결되고 있었다. 특히 전력난 해소가 핵심적인 위치를 차지하고 있었는데, 바로 이 분야가 북한경제의 병목이었기 때문이다.[20] 그런 면에서 번개를 통해 대량의 전기를 모은다는 조희건의 「번개잡이 비행선」이나 다른 동력없이 비행선을 띄울 수 있는 무중력 비행기를 발명한 신승구의 「무중력비행선」은 이러한 상황을 반영한 작품으로 보인다. 이 외에도 종자개량과 각종 부산물 생산확대를 통해 농업생산 제고에 전력을 기울이고 있었는데,[21] 과학환상문학이 보인 유전공학과 거대작물 소재 역시 이러한 상황을 반영한 것으로 보인다. 이렇게 조직의 개편과 과학에 대한 집중적인 지원은 과학환상문학의 위상을 높이고 다양한 작품이 등장할 수 있는 계기가 되었다.

하지만 과학의 중요성을 강조한다고 해서 작품이 저절로 출간되는 것은 아니다. 앞에서 지적한 것처럼 많은 과학환상문학이 등장할 수 있는 문단적인 분위기도 조성되고 있었다. 그리고 특히 작가들의 노력도 함께 뒤따랐던 것으로 보인다. 계속해서 새로운 과학적 지식들이 쏟아

---

19 1980년대 이후 과학기술에 대한 논의는 이춘근, 「북한의 과학기술체제 개혁과 시사점」, 『과학기술정책』 148, 과학기술정책연구원, 2004.8 참조함.
20 위의 글, 129면.
21 위의 글, 129~130면.

지던 때 과학환상문학을 창작하는 작가들 역시 부지런히 새로운 과학 정보를 습득하지 않으면 안 되었다.

과학환상문학 작가들은 특히 자연과학기술 지식으로 튼튼히 무장하여야 한다. 일반문학 작품을 쓰는 작가들도 경우에 따라 과학자의 생활을 직접적으로나 간접적으로 취급하고 있으므로 과학기술지식을 소유하여야 하지만 과학환상문학 작가인 경우에는 그것이 필수적 조건으로 되고 있다. 과학환상문학 작가들은 과학자나 기술자들 못지않게 풍부한 자연과학 지식을 소유하여야 품위있는 과학환상문학 작품들을 많이 창작할 수 있다.

친애하는 지도자 김정일동지께서는 다음과 같이 지적하였다.

"……지금 우리 작가들은 과학지식이 넓지 못하다보니 청소년들의 흥미를 끄는 좋은 과학환상소설들을 써내지 못하고 있습니다.

우리나라에서도 다른 나라 것만 번역출판하지 말고 우리나라의 실정에 맞는 과학환상소설을 출판하여야 합니다. 그러자면 우리 작가들이 현대 과학과 기술에 대한 공부를 많이 하여야 하며 출판사의 편집일군들도 그에 대한 풍부한 지식을 소유하여야 합니다."[22]

황정상이 강조하는 것처럼 작품에 과학기술적 내용을 형상적으로 구현하기 위해서는 작가들이 "과학지식에 대한 해박한 지식을 소유해야 하는 것과 함께 세계과학기술발전추세에 대해서도 밝아야"(66면) 했다. 그래야 "자신이 체험하고 느낀 것을 세상 사람들에게 알려주지

---

22   황정상, 『과학환상문학창작』, 문학예술종합출판사, 1993, 357면.

않고서는 견딜 수 없는 불타는 열정과 충동으로 붓을"(356면) 들게 되며, 그래야 "과학자, 기술자들과 근로자들, 특히 청소년들의 과학탐구 의욕을 북돋아주고 그들로 하여금 과학발전에 이바지할 수 있게 하는 훌륭한 과학환상문학 작품을 창작할 수"(356면) 있기 때문이다. 또한 과학지식의 소유는 창작의 동기부여에 그치는 것이 아니라 평가의 기준도 된다. 황정상은 『별나라로 가자』, 『속도를 위한 투쟁』, 『네메시다의 운행』 등에 대한 김정일의 평가를 언급하면서 과학기술 정보 습득의 중요성을 강조하고 있다.[23] 단지 작품의 창작에 그치는 것이 아니라 엄격한 평가의 잣대로 과학지식을 바라본다는 점에서 작가들의 부담감과 수고를 추측할 수 있을 것이다. 작가들은 기초과학에서부터 최신의 과학기술정보까지 습득하고 있었으며, 이는 그대로 작품 속에서 만날 수 있다.

2) 공간의 협소화와 연구중심의 과학기술

이전의 작품들과 구별되는 또 하나는 공간의 협소화이다. 우주나 바다가 중심이었던 1960년대의 작품들과 달리 1980~1990년대는 '연구실(실험실)'이 주된 공간으로 등장한다. 1988년에 발간된 과학환상소설집 『번개잡이 비행선』의 6편의 작품 중 5편이 학교 내의 실험실에서 이야기가 전개되고 있다. 리광근의 「로케트를 부르는 전파」, 조희건의

---

23 위의 책, 67면.

「번개잡이 비행선」, 라정호의 「사시절 입는 옷」, 리광근의 「과수원을 가꾸는 나비」, 조희건의 「밝혀진 유전의 비밀」은 모두 학교 내의 실험실이 주된 배경이다. 조동옥의 「로보트의 나라」만이 우주의 다른 행성을 다루고 있을 뿐이다.

역시 1990년에 발간된 과학환상소설집 『지구밖으로』에도 6편의 작품이 실려 있는데, 그 중 3편인 조희건의 「인공선광뿌리」, 신승구의 「무중력비행선」, 리광근의 「만능보약풀은 설레인다」기 실험실을 중심으로 사건이 전개되고 있다. 1991년 간행된 과학환상단편소설집인 『열을 내는 꽃』도 5편의 작품이 실려 있는데, 리광근의 「열을 내는 꽃」, 리금철의 「무지개 비낀 도시」, 조희건의 「예순일곱살난 소년」, 신승구의 「101번째 과학소조원」, 라경호의 「고래만한 사슴」 등 모두 실험실을 주된 공간으로 하고 있다. 이 외에도 중편과학환상소설인 『푸른이삭』, 박종력의 『두개의 화살』, 김동섭의 『로보트 승리호』 등도 모두 연구실 혹은 실험실이 중심 배경이다.

이들 작품의 인물들은 모두 연구에 몰두하는 모습으로 등장한다. 리광근의 「로케트를 부르는 전파」에서는 "로케트모양의 낙지"(오징어)를 불러 모을 수 있는 신호를 발명하고, 조희건의 「번개잡이 비행선」은 전기를 모을 수 있는 발명품을, 라정호의 「사시절 입는 옷」은 언제 어디서나 계절과 온도에 관계없이 입을 수 있는 옷을, 리광근의 「과수원을 가꾸는 나비」는 식물학과 전자공학의 융합을 통해 자동화된 농법 등을 모두 실험실에서 발명하는 이야기이다. 이처럼 그들의 존재 이유는 곧 새로운 과학기술을 발견하거나 아니면 새로운 발명품을 개발하는 것이다. 새로운 성과를 내기 위해 매진하는 과정에서 갈등과 주제가 드러나는 구조이다. 북한 과학환상문학의 대표작으로 알려진 황정상의 『푸른 이삭』도 항암성 바다식물 재배를 둘러싸고 벌어지는 사건들이 주로 연구실을 중심으로 그려지고 있다. 이러한 변화는 1980년대 후반 작품부터 본격적으로 일어나고 있는데, 이는 당시 과학에 대한 인식의 변화와 관련이 있어 보인다.

1950년대 중반부터 북한의 과학은 현장성을 중요시하는 '현지연구사업'을 대대적으로 벌여나갔다. 게다가 과학의 방향도 기초과학보다는 응용과학과 산업기술을 중시하는 방향으로 전환되었으며, 낙후된 과학기술을 빠른 시간 내에 전면적으로 발달시키기 위해서 과학기술자는 물론 모든 인민이 참여하는 방식(천리마작업반)으로 진행되었다. 리승기의 비날론 연구의 성과로 의복문제가 해결되자 이는 곧바로 현지연구사업의 정당성을 확보하는 근거가 되었다. 하지만 1960년대부터 과학자들에게 사상성을 강조하고 정치 및 노력동원이 강요되었다. 게다가 생산현장의 과학기술 문제를 해결하기 위해 전문가를 파견하는 '과학기술자돌격대' 제도가 시행되자 과학기술자는 과다한 강의, 대중교양, 정책토론회, 현자일습, 학술강연, 외국어서적 번역 등에 동원되어야 했다. 무엇보다 외국 과학기술의 성과는 철저히 무시되었다. 외국 과학기술을 쫓는 것은 사대주의, 교조주의로 인식했기 때문에 해외유학이나 연수도 거의 중단되었다. 과학 관련 외국서적이나 잡지도 번역을 통해서만 제한적으로 접할 수 있었다. 그러다 보니 과학기술은 점점 뒤떨어지고 있었다.

이에 대한 자각이 일어난 것이 1980년대 중반부터이다. 경제적 어려움이 과학기술의 낙후성에서 비롯되었다는 것을 자각한 북한은 과학기술의 제고 없이는 현 경제문제를 해결할 수 없다고 판단했다. 이후 과학기술자는 생산현장의 문제점을 해결해주는 '기술자'가 아니라 과학기술의 핵심 혹은 직접적 담당자로 재인식되기 시작했다. 그래서 사회적 동원이 자제되었고 대신 연구활동이 주된 업무로 여겨지게 되었다. 이후 과학기술자의 지위 향상을 위해 실력과 성과 위주의 평가, 학습제 일주의, 연구 및 생활여건의 향상, 사회적 홀대 분위기의 개선 등의 일들이 추진되었다.[24]

이러한 분위기는 실제 많은 작품들에서 경쟁적으로 연구하고 공부의 중요성을 일깨우는 장면들로 이어진다. 뿐만 아니라 영재 및 수재교육의 중요성을 일깨워서 영재 중등학교를 졸업한 학생들에게는 대학에 곧바로 들어갈 수 있는 특혜를 주었는데, 이는 작품 속 소조원들에게 '준박사'의 칭호를 주거나 박사학위 논문을 쓰는 모습으로 나타난다.

> 회의집행석에 앉았던 마르쉐도 속으로 부르짖었다.
>
> (이제 겨우 열일곱 살, 한갓 고등중학교 소조원에 불과한 저 어린 학생에 의해 종래의 선광기술에 종지부가 찍혀지다니…믿을 수가 없구나, 믿을 수가…… 열일곱 살…… 아니 여기에 나이가 무슨 상관이란 말인가. 어리다고 하여 결코 세계적 발명을 못한다는 법은 없다.)
>
> 선광부문에서는 아직 자기와 견줄 만한 사람을 찾지 못했다고 장담하던 관록있는 선광학자 마르쉐조차도 강혁에게 찬탄의 박수를 아낌없이 보내였다.
>
> 연단을 내리는 강혁에게 마르쉐는 론문을 요구했다.

---

24 김근배, 앞의 글, 102~106면 참조함.

"강혁학생, '인공뿌리선광'은 우리『세계소년과학』잡지에 대서특필로 발표될 것이요. 나는 학생의 토론이 박사학위론문으로 될 수 있다고 생각하오. 위대한 발명이요. 그렇게 할 수 있겠지?"[25]

국제선광협회 이사장이자『세계소년과학잡지』명예주필인 마르쉐는 유럽에서 열렸던 국제소년과학토론회에서 미생물이 아니라 식물의 뿌리를 모방한 '인공뿌리선광법'을 발표했던 '평양ㅅ고등중학교 강혁'에 대한 충격으로 직접 평양에 왔다. 이유는 단 하나이다. 강혁으로 하여금 박사논문을 쓰게 할 작정이었다. 강혁도 자신의 이론을 논문으로 쓰려 했지만 친구 윤아의 조언을 통해 문제점을 발견한다. 마르쉐는 지금도 충분하며 논문만 쓴다면 명예와 부를 얻을 수 있을 것이라고 말한다. 하지만 강혁과 조윤아는 진정한 과학자, 조국을 위한 과학자가 되기 위해 논문보다 연구에 매진한 후 박사논문을 쓴다.

이 작품은 과학영재의 한 모습을 보여줌과 동시에 주체과학, 자력갱생을 외치면서 배격해 온 서구 과학기술에 대한 배타성이 점차 누그러지고 있음을 보여주고 있다. 한태수의「푸른 사슴이 가지고 온 편지」(『아동문학』, 1989.8)에서는 박사원장의 딸 파울의 도움을 받으며, 조동옥의「로보트의 나라」(『번개잡이 비행선』, 1988)에서는 서구의 로봇과학자들과의 교류가 나온다. 또 리금철의「사랑-1호」(『아동문학』, 1998.3)에는 아프리카와의 교류가 나오며, 과학환상중편소설인『두개의 화살』은 제3세계와의 교류를 그리고 있다. 물론 여전히 한쪽에서는 자립

25   조희건,「인공뿌리선광」,『지구 밖으로』(과학환상소설집), 금성청년출판사, 1990, 4~5면.

노선에 따라 외부의 도움없이 자력으로 연구하는 모습도 존재하지만 한편에서는 이처럼 변화의 모습이 하나 둘 등장하고 있었다.

3) '숨은 영웅' 되기와 모기장이론

이 당시 북한 과학환상문학의 중요한 특징 중의 하나는 역시 '숨은 영웅'의 발견이었다. 숨은 영웅은 1980년대 북한문학 전반에서 강조하던 것으로 1980년 10월 6차 당 대회에서 공산주의적 인간의 전형을 '숨은 영웅'으로 규정하면서 본격화되었다. 신형기와 오성호가 지적했듯이 숨은 영웅은 특별한 영웅만이 아니라 사회각층에서 일하는 평범한 인민들도 수령의 지도와 배려 속에서 혁명투사가 될 수 있다는 이야기이다. "수령과 조국에 끝없이 충실하면서도 명예와 보수를 바라지 않으며 묵묵히 일하는" 숨은 영웅의 가장 기본적인 존재 방식은 끊임없이 자신의 삶에 대해 반성하고 새로운 각오를 다지는 것이었다.[26]

북한 과학환상문학이 궁극적으로 강조하고 있는 모습 또한 숨은 영웅 찾기라고 할 수 있을 정도로 여기에 많은 비중을 두고 있다. 소조원이든 성인 과학자든 이들이 궁극적으로 도달해야 할 고지는 공산주의 인간형이었으며, 그것은 바로 조국과 인민을 위해 희생하는 과학자, 이른바 주체과학자가 되는 것이었다.

---

26   신형기·오성호, 『북한문학사』, 평민사, 2001, 319면.

"좋소, 자신보다 조국을 먼저 생각하는 그 마음을 귀중히 간직하기 바라오."[27]

"스티븐슨, 과학은 어느 한 개인의 명예나 출세의 돛폭에 불어주는 순풍이 아니요. 그것이 누구의 것이든 나라와 인민의 생활에 더욱 더 보탬이 되고 귀중한 것으로 된다면 무엇이든 다 바칠 줄 아는 것이 과학자의 량심이고 도리가 아니겠소."(18면)

광원이는 진오석이가 어째서 손쉽게 연구할 수 있는 것은 사실에 있어서 탐구하고 할 수 없으며 그 무슨 생활상요구를 해결하기 위한 연구과제에 달라붙는다면 그것은 타락이며 시정인으로 굴러 떨어진다는 것을 리해못하는지 모를 일이였다.

"이보라구 친구, 오늘 생활이 풍족하고 모든 것이 넉넉하다고 해서 흥청거리며 사는게 과학도의 자세이고 량심이겠나? 아닐세, 학자는 자기희생적인 높은 목표를 내세우고 불철주야 투쟁하는데서 행복을 찾아야 하고 삶의 참된 가치를 느껴야 한다고 생각되네."(57~58면)

황정상의 『푸른이삭』에는 반복적으로 주체과학자의 전형에 대해서 언급한다. "자그마한 성공이라도 얻어 뭇사람들 앞에 얼굴을 떳떳이 들고 다니고 싶은 것"이 "누구나 다 향유하고 싶은 본성적 요구"(19면), 즉 "나의 잘못된 타산과 욕망으로 인해 많은 국가자금과 자재가 헛되이 량비"될 수 있으며 이로 인해 조국과 당에 회복할 수 없는 피해를 입힐

---

27 황정상, 『푸른이삭』, 금성청년출판사, 1988, 13면. 이하 각주 생략하며 면수만 표기함.

수 있다. 따라서 "우리나라의 과학자들은 누구의 뒤소리나 법적인 제재보다도 조국과 인민 앞에 손실을 준 것으로 해서 받는 량심상 가책을 제일 무섭게" 받아들여야 한다.(38면) 이처럼 "사심"(14면)을 억압하고 조국과 인민을 위해 희생하는 경지에 도달하는 것이야말로 숨은 영웅의 전형임을 강조하고 있다.

다른 작품들도 이와 대동소이한 자세를 견지하고 있다. 그런데 한 가지 흥미로운 점은 숨은 영웅의 조건 중의 하나가 '량심'이다. '량심'이라는 단어는 과학환상문학에서 진정한 과학자의 모습을 다룰 때 빠지지 않고 등장하는 단어다. 즉 과학자는 쉼 없이 연구에 매진해야 하며 그것이 곧 조국을 위해 봉사하는 진정한 과학자가 가져야 하는 '량심'이라는 것이다. 작품에서 연구와 실험에 대한 욕망의 시작은 개인적인 것에서 출발한다. 일종의 개인적 과시가 동기로 제시되는데, 작품의 결말에서는 이것이 집단적 동기로 전환되면서 끝을 맺는다. 이른바 숨은 영웅으로 거듭나는 것이다. 다시 말해 실험과 연구에 대한 욕망 자체는 변하지 않은 채 동기만 전환되는 것이다. '량심'의 발견 혹은 회복을 통해 작품 속 인물들은 타락한 개인에서 주체의 집단으로 전환되는 것이다.

공산주의 인간의 조건인 '량심' 강조는 '전면적 호혜성generalized reciprocity'에서 찾을 수 있다.

전면적 호혜성은 경제적 합리성이 내재된 계산을 하지 않는 것이 특징이다. 이런 순환구조에서 행위자들은 가치있는 물건을 내놓을 때, 다른 가치있는 물건을 획득하려는 목적을 갖거나 또는 동일하거나 더 나은 보상을 기대해서가 아니라 바로 도덕적 이유에서 내놓는다. 가족 안에서나 다른 가까운 사람들 사이에서 음식을 나누거나 서로 보살펴주는 것은 전면적 호혜성의 가장 좋은 예다. 이런 형태의 호혜성에 반드시 이타적인 태도가 필요한 것은 아니다. 그러나 세부 내용은 사회마다 다를지라도, 여기에는 일정한 형태의 '나눔'이라는 도덕적 원칙이 전제되어야만 한다.[28]

북한의 시민권은 나라를 창건한 지도자가 주는 진정한 정치적 생명이라는 선물을 누릴 수 있는 권리뿐 아니라 이 생명이라는 선물에 대한 개인적 부채를 깊이 인식해야 할 의무와 더불어 그것을 준 사람과 그가 통치하는 가정에 대한 구체적인 충성행위를 보여줘야 한다. 이처럼 지도자와 인민의 호혜적 관계는 정치적 의무일 뿐 아니라 또한 윤리적 원칙이기도 하다. 특히 북한은 1970년대 이후부터는 특수하게 정치화된 형태의 인간적 호혜관계를 바탕으로 한 가족주의적이고 가부장적인 구성체를 형성했다.[29]

수령에 대한 도덕화된 충실성은 수령을 친어버이로 숭배하며 수령에게 충성과 효성을 다하는 것을 마땅한 도리로 여길 때 가장 고결한 것으로 된다.[30]

이렇게 본다면, 과학환상문학에서의 '량심'이란 결국 조국과 인민이라는 추상적 대상이라기보다는 자신의 존재를 가능케 한 아비, 곧 수령의 은혜를 갚기 위한 윤리적 장치에 가깝다. 따라서 '량심'의 회복은 북

---

28 권헌익 · 정병호, 앞의 책, 229면.
29 위의 책, 227~228면.
30 김정일, 『주체문학론』, 조선로동당출판사, 1992, 164면.

한이라는 사회구성체가 유지 및 존속할 수 있는 근원적인 동력이라는 점에서 강조되고 있는 것이다.

북한 과학환상문학은 제국주의 세력에 대한 강한 배타적, 적대적 태도를 유지하고 있다. 과학환상문학 중에서도 단편보다는 중편 작품에서 이러한 태도가 두드러지고 있다. 황정상의 『푸른이삭』(1988), 김동섭의 『로보트 승리호』(1995), 박종렬의 『두개의 화살』(1989)과 『별은 돌아오리라』(1993), 그리고 2000년대 작품인 박종렬의 『탄생』(2001), 리금철의 『유전의 검은 안개』(2007)에도 이어지고 있다. 주로 일본과 미국을 위시한 서구의 자본주의 국가들이 주된 타깃으로 설정되어 있다. 그들은 언제나 간교하며 교활하며 잔인하게 형상화되고 있다. 가장 아름답고 행복한 국가의 건설을 방해하는 주된 사건은 언제나 외부에서 시작된다. 내부의 균열 요소도 있지만 그것은 하찮은 것이다. '조용한 아침의 지상낙원'을 흔드는 결정적이며 치명적인 요인은 바로 일본과 미국을 위시한 자본주의 국가이다. 그래서 작품들은 이들을 철저히 배격한다. 사실 이러한 태도는 새삼스러운 것은 아니다. 하지만 이 시기에 들어 보다 과격한 태도를 보이고 있는데, 이 역시 당시의 상황과 무관해 보이지 않는다.

1970년대 북한은 자체 기술, 설비나 구 소련 및 중국에서 수입되는 기술, 설비만으로는 국내의 요구를 충당할 수 없게 되자 서구의 나라들과 대외무역을 시작하게 되었다. 하지만 석유파동과 부등가교환으로 대외채무액이 증가하자 결국 채무불이행국이라는 오명을 쓴 채 개방정책은 실패로 돌아간다. 1980년대 들어 북한은 구소련의 페레스트로이카와 중국의 개혁개방정책에 대해 부정적인 인식을 보이면서 내부적으로 자본주의적인 문화나 제도가 자라는 것을 철저히 막아내겠다는 이른바 '모기장이론'을 채택하는데, 이러한 경향이 작품에도 반영된 것으로 보인다. 황정상이 『과학환상문학창작』에서 서구 SF의 해악성을 강조하면서 '우리식 과학환상문학'의 자주성을 강하게 강조하고 있는 것도 '모기장이론'의 연장선상으로 볼 수 있다.

4. 2000년 이후의 과학환상문학

2000년대에 들어오면 과학환상문학은 보다 본격적인 모습을 띤다. 우선 발표지면이 보다 확대된다. 그동안은 거의 잡지 『아동문학』을 통해서 발표되었지만 2000년대에 들어서게 되면 『청년문학』과 『조선문학』에도 많은 작품들이 실리기 시작했다. 임인화의 연구와 조사에 따르면 2000년부터 2015년까지 『조선문학』에 13편의 소설과 평론 1편이, 『청년문학』에는 7편의 소설과 1편의 평론이 실린다. 『아동문학』에는 12편의 작품이 실린다.[31] 필자의 조사에 의하면 『청년문학』에는 임인화의 조사 외에 2001년 1월과 8월에 각각 리금철의 과학환상소설 「운석의 비밀」과 유준의 「미지의 탐구」가 더 있다.

숫자상으로는 크게 두드러지는 것 같지 않지만, 장르문학이란 점을 비

---

31 임인화, 「교양교육 제재로서 북한 과학환상소설 역할 연구-『조선문학』, 『청년문학』, 『아동문학 수록본을 중심으로』」, 『문학교육학』 제49호, 2015, 253면.

저자	작품명	연도	잡지
리금철	651호 항로	2000	조선문학
엄호삼	출로	2001	
리금철	붉은 섬광	2002	
리금철	항로를 바꿔라	2004	
한성호	억센 날개	2005	
리금철	좌표를 밝혀라	2006	
한성호	3차원상의 폭발	2006	
리철만	폭탄기사	2007	
리금철	뢰성이 울린 후	2009	
엄호삼	평범한 날에	2009	
신승구	무지개를 타고 온 청년	2011	
리창유	과학환상문학에서의 과학적 환상	2012	
엄호삼	밝은 앞날	2013	
신승구	새날이 밝는다	2014	
리금철	운석의 비밀	2001	청년문학
유준	미지의 탐구	2001	
리광근	과학소설, 지능소설, 과학환상소설에 대한 론의	2002	
리철만	박사의 희망	2002	
오수남	불타는 바다	2003	
김순희	신비한 물 '피터신'	2005	
림희철	다시 만난 두사람	2014	
리금철	두 극의 방정식	2014	
리금철	50년 후에 푼 수수께끼	2000	아동문학
김순희	검은 바위의 비밀	2002	
김삼열	우주에서 보내온 소식	2002	
리광근	마지막 4분전	2002	
리금철	풀색트렁크의 수수께끼	2003	
박종렬	더운물모루의 이상한 개	2005	
최종하	신기한 공장	2005	
김순희	춤추는 번개	2006	
김삼열	평화로운 섬	2007	
리금철	푸른초원의 새주인	2009	
라경호	거부기의 눈물	2010	
림희철	동굴섬의 새 건설	2014	

췌본다면 의미 있는 변화의 시작이라고 할 수 있다. 이렇게 2000년대에 들어 발표 매체의 확장과 함께 단행본도 지속적으로 간행되고 있었다. 현재까지 확인할 수 있는 단행본으로는 박종렬의 『탄생』(주체 90, 2001), 리금철의 『유전의 검은안개』(주체 96, 2007), 그리고 한광남이 글을 쓰고 진영훈이 그림을 그린 과학환상그림책 『최첨단 1번수들』 등이 있다.

2000년대 들어와 과학기술의 중요성은 더욱 강조되는 분위기이다. 1999년부터 강조하기 시작한 경제강국 건설과 기술개건, 관리개선은 '주체의 강성대국 건설'이라는 주제 속에서 시작되었다. 1999년 신년사에서 "과학기술은 강성대국건설의 힘있는 추동력"이라고 선언하였다. 2003년 신년사에서는 국방공업과 기술개건, 관리개선을 동시에 강조하면서 사회주의 강성대국의 건설을 위해 과학기술을 빨리 발전시켜야 할 것을 다시 강조하였으며, 2004년 신년사에는 과학기술이라는 용어를 무려 12회(2003년은 2회이며 2000년은 11회)나 반복하면서 과

---

32 이 목록은 임인화의 조사 목록을 재구성하였음.

학기술의 중요성을 재확인하였다.[33] 이러한 선언들은 '새로운 과학기술발전 5개년 계획'(2003~2007)과 연료, 동력문제 해결을 위한 3개년 계획(2003~2005) 등의 정책으로 이어졌다.

몇 편의 작품으로 2000년대의 과학환상문학의 특징을 언급하는 것은 무리가 있다. 그래도 몇몇 작품을 통해 감지되는 변화의 정도를 소개하면 다음과 같다. 먼저 당시의 분위기를 반영하듯 최첨단 과학기술이 작품 속에 등장하기 시작한다. 리철만의 「박사의 희망」은 인공지능의 위험성을 다루고 있다. "전국군중문학현상응모 1등 작품"이라고 명시되어 있는 이 작품은 마치 영화 〈007〉이나 〈미션임파서블〉처럼 일종의 첩보영화를 방불케 한다.

영화 〈인셉션〉이 기억을 주입하는 내용이라면 리철만의 「박사의 희망」은 머릿속의 지식을 빼내는 첨단기술을 다루고 있다. 오스트리아의 수도를 배경으로 두뇌사냥꾼 존 슈믹쯔가 북한의 세계적인 인공지능 로봇과학자 김대혁을 납치하려 한다. 연인이자 중앙프로그램개발센터 연구사인 한송미의 도움으로 선과 악을 판단할 수 있는 인공지능 프로그램을 개발하고 있던 김대혁이 어느 날 사라지자 세계로보트 축전은 발칵 뒤집혔다. 존 슈믹쯔는 로봇 '원숭이 1호'를 통해 김대혁을 납치한 후 그의 두뇌에서 지식을 빼내려했으나 갑자기 로봇들이 자신을 향해 공격하기 시작한다. 당황한 존 슈믹쯔는 김대혁을 향해 총을 쏘지만 김대혁은 웃기만 한다. 알고 보니 그는 김대혁이 아니라 정의 프로그램을 장착한 인공지능 로봇 '희망'인 것이다. "분자변경까지 하여 임의의

---

33 박순성, 「김정일 시대(1994~2004) 북한 경제정책의 변화와 전망」, 『북한연구학회보』 제8권 제1호, 2004, 69~72면.

모습으로 바꿀 수 있는"[34] 최첨단의 기술을 가지고 있는 로봇 '희망'은 이미 존 슈믹쯔 몰래 "구락부의 모든 로보트들과 전자뇌수들에 정의의 프로그람을 주입"(27면)하였던 것이다. 이 작품은 인공지능의 안드로이드뿐만 아니라 모습을 자유자재로 바꿀 수 있는 '분자화학', "인간의 뇌수에서 발산되는 열파를 원자 단위로 쪼개서 수천억 개에 달하는 신호, 물질에 사물과 비교할 수 있는 이름을 규정해 인간의 두뇌 속에 있는 지식을 뽑아"(24면) 내는 기술 등의 최첨단 과학기술이 등장하고 있다. 더불어 "지금은 에네르기나 자원의 역할보다도 지식능력의 가치가 더 요구"(25면)된다는 '지식자본'의 중요성도 함께 언급하고 있다.

유준의 「미지의 탐구」는 가상현실을 다루고 있다.

> 연구사업에서 성공은 하였으나 초림계수기술은 '미래의 기술', '자원기술의 꿈'으로 남겨졌다. 그 연구사업이 절정에 이르고 정리사업이 본격적으로 진행되어 가던 때 전도유망한 콤퓨터전문가로 연구조에 찾아 온 명희는 발상지원체계(현대적콤퓨터의 신속편리한 자료의 정리, 련결, 검색기능들과 발전된 대화성을 적극 리용하여 인간의 창조적인 구상, 착성 당을 지원하도록 개발된 체계)와 자료의 수집으로부터 시작하여 가상현실기술(콤퓨터기술로 만들어 내는 비물리적 공간을 인간의 시각, 청각, 촉각 등의 효과적인 표현으로 변환시켜 실감 있는 현실을 모형화나 모의에 도입한 정보처리기술)의 도입에 이르기까지 연구봉사활동으로 눈부시게 사업하였다.(50면)

---

34 리철만, 「박사의 희망」, 『청년문학』, 2002.8, 27면.

당시 북한으로서는 가상현실에 대한 이해가 적었는지 용어에 대한 설명을 덧붙임으로써 독자의 이해를 돕고 있다. 가상현실의 구동 모습도 매우 구체적으로 그려지고 있다. 작중인물인 '층우'는 단독 탐험을 하기 위해 가상현실 프로그램을 작동시키는데, "마술의 안경이 달린 모자를 쓰고 자기의 콤퓨터대리인들인 '거부기'와 '게'를 데리고 모의 탐험"(52면)을 시작한다.

또 다른 특징으로 볼 수 있는 것은 한동안 등장하지 않았던 우주 공간이 다시 나타나기 시작했다. 사실 우주라는 공간은 1990년대 말부터 자주 등장하기 시작했다. 1999년에는 리금철의 「은하기지로 가는 길」, 엄호삼의 「P소행성을 찾아」, 리광근의 「백년만에 만난 손님」처럼 우주를 배경으로 하는 작품들이 연이어 등장한다. 2000년에는 리금철의 「50년 후에 푼 수수께끼」를 시작으로 2001년대에는 리금철의 「운석의 비밀」, 2002년에는 리광근의 「마지막 4분전」, 2005년에는 김순희의 「신비한 물 피터신」 등이 발표되었다. 2001년에는 중편소설 『탄생』이 출판되었다. 이러한 배경에는 우주과학에 대한 호기심 유발도 있겠지만 북한의 국방산업과 미사일 개발의 분위기도 반영된 것으로 보인다.

또 한 특징으로는 핵과 석유와 같은 에너지에 대한 강조이다. 과학환상그림책인 『최첨단1번수들』은 핵융합발전연구소의 연구사로 배정된 어린 연구사들이 제국주의에 맞서 북한의 실정에 맞는 새로운 핵융합발전소를 건설하여 전력을 생산하는 데 성공한다는 이야기를 다루고 있다. 리금철의 『유전의 검은안개』는 바다의 유전소 개발과 이를 방해하려는 일본 기업의 야심을 고발하고 있는 작품이다. 이 외에도 사건이 보다 복잡해지고 정교해지는 경향과 함께 배경도 보다 국제적으로 확장되고 있으며 인물 간의 관계도 보다 세련된 모습을 볼 수 있다. 이는 『청년문학』이나 『조선문학』의 독자를 염두에 둔 것으로 보인다. 2000년대의 과학환상문학은 자료조사의 보강과 면밀한 연구를 통해 다시 살펴야 할 영역이다.

북한식 사회주의 유토피아와 팬텀

1장

사회주의 낙원의
역사적 조건들

1. 미래기획의 정치성과 사회주의 낙원

북한 과학환상문학은 현실적 조건과 매우 밀접한 관계임을 표나게 드러내고 있는 장르이다. "현시대는 과학기술의 시대이며 과학기술을 급속히 발전시키지 않고서는 사회주의, 공산주의를 건설할 수 없다"[1]는 절박함이 과학환상문학을 "우리들에게 있어서 절실히 필요한 문학의 한 형태"[2]로 바라보게 한 것이다. 그들은 '절실한 필요성'의 내용을 과학환상문학의 '문학적 특성'과 '사상미학저 요구' 속에 나타내고자 했다. 문

1 황정상, 『과학환상문학창작』, 문학예술종합출판사, 1993, 11면.
2 위의 글, 3면.

학적 특성은 환상성과 흥미로운 과학적 기술의 결합을 요구하고 있었고, 사상미학적 요구는 "인민경제의 주체화, 현대화, 과학화"와 "주체의 인간학"을 향하고 있었다.[3] 이른바 문학의 교양성으로, 과학환상문학이 그려야 할 미래는 밝고 긍정적이어야 한다는 것이다. 무엇보다 과학은 "대를 물려 내려오던 어렵고 힘든 노동으로부터 사람들을 해방시켜 줄 것이며",[4] 첨단기술에 의해 온갖 자원이 개발되고 놀라운 이기利器들이 생산될 미래에는 누구든 유족하고 안락한 생활을 누릴 것이라는 믿음이다. 따라서 이러한 미래를 여행하고 과학적 모험을 꿈꿔보는 것은 흥미로운 일이다. 과학이 열어줄 휘황한 미래의 꿈은 대중의 꿈이 투사된 것이거나 대중의 자신감을 반영하는 것일 수 있다. 과학기술의 발전이 현실의 문제를 해결해 주리라는 대중적 기대는 과학환상소설을 유행하게 한 실재적 근거였다.[5] 이처럼 과학이 미래에 대한 희망적(환상적) 전망을 추론 가능한 가설을 넘어 재현가능성의 조건으로 만든다는 점에서, 과학환상문학은 여타의 환상문학과는 질적 차이를 갖는다.

이렇게 볼 때 북한과학소설은 여러 측면에서 주목할 필요가 있는데, 무엇보다도 북한의 현재적 결핍과 욕망에 초점을 맞출 필요가 있다. "현재에는 실현될 수 없는 최첨단 기술수단들이 련이어 개발될 미래의 생활을 묘사하는"[6] 북한 과학환상소설은 현실 가능한 미래, 낙관적 유

---

3 "과학환상문학은 미래에 대한 공상과 념원에서의 과학성을 보장하여 래일에 살며 일하게 될 새 세대들 앞에 우리가 지향하는 공산주의는 어떤 사회이며 그를 위하여 어떻게 살며 준비해야 하는가 하는 문제를 제기하고 구체적이고도 생동한 환상적 수법을 통하여 대답을 주어야 할 것이다." 위의 책, 87면.
4 오정애, 「현대과학의 급속한 발전과 과학환상소설」, 『조선문학』 502호, 1989.8, 68면. 신형기, 『북한소설의 이해』, 실천출판사, 1996, 210면 재인용.
5 신형기, 위의 책, 206면.
6 황정상, 앞의 책, 7면.

토피아의 세계를 추구한다는 점에서 '전망의 문학'[7]으로 평가되고 있다. 특히 그들이 상상하는 유토피아의 모습이란 결국 현재적 결핍의 반영이며, 동시에 그들이 추구하는 미래상을 제공한다는 점에서 일종의 미래학의 성격을 띠고 있다.

북한의 입장에서 미래를 기획한다는 것은 무엇보다 중요한 일이다. 북한사회는 늘 위기와 불안의 연속이었다. 밖으로는 승냥이로 표상되는 제국주의의 물리적 위협과 맞서야 했으며, 안으로는 식량난과 전후 세대의 정신적 해이와 싸워야 했다. 그래서 북한은 국내외의 위기를 부각함으로써 체제의 결속을 유지해왔다. 하지만 끝없이 지속되는 위기와 불안이 허무주의나 종말론 같은 극단적인 형태를 유발시킬 수 있다는 점에서 또 다른 출구전략이 필요했다. 그런 차원에서 미래를 기획하고 제시한다는 것은 중요한 정치적인 행위에 해당한다.

잘 알려진 것처럼 북한에서 예술과 문학은 오랫동안 중요한 정치적 영역의 행위였다. 북한 사회에서 문학은 정치와 함께 "사회의 구성원들을 전체로서의 한 정치체계로 연결시키고 묶는 가장 중요한 동원의 메커니즘"[8] 중의 하나이다. 정치적 영역으로서 과학환상문학의 역할은 북한사회의 미래를 유토피아로 제시하는 것이다. 낙관적 유토피아야말로 오늘의 고난을 견디게 해줄 뿐 아니라 체제의 안정을 유지하는 동력이 될 수 있기 때문이다. 그래서 과학환상문학은 "미래에 대한 허무와 절망이 아니라 자연과 사회를 인간의 자주적 요구에 맞게 개조 변혁할 수 있다는 것, 심지어 우주세계까지 인간이 창조적 힘으로 점령하여 참

---

7 신형기, 앞의 책, 204면.
8 권현익·정병호, 『극장국가 북한』, 창비, 2013, 22면.

된 삶의 보금자리로 만들 수 있다는 확고한 믿음"[9]을 강조한다.

　과학환상문학은 황당한 사건이 아닌 "근거있는 과학적 환상"[10]을 강조한다. 이를 통해 '존재하지 않는 곳au+topos'의 유토피아를 '최선의 장소eu+topos'라는 의미로 전유한다. 그러나 도달할 수 없음에도 불구하고 그곳으로 달려가게 만든다는 점에서 과학환상문학의 유토피아는 어네스트 베커가 『죽음의 부정』에서 말한 '불멸 프로젝트'[11]라 할 수 있다. 인간은 죽음과 무의미의 두려움으로부터 도피하기 위해 국가로부터 불멸 프로젝트를 기대하는데, 북한 과학환상문학은 '과학'을 통해 불멸의 프로젝트를 실체화하려 한다. 이런 면에서 과학환상문학의 유토피아는 매우 정치적이다.

2. 기계화 · 자동화를 통한 자립경제

　김동섭의 「바다에서 솟아난 땅」은 북한식 사회주의 유토피아를 건설하기 위한 필요한 조건들을 말하고 있는 대표작이다. 이 작품은 1964년 『아동문학』 6월호를 시작으로 1965년 4월호까지 '과학환상중편소설'

9　황정상, 앞의 책, 78~79면.
10　위의 책, 10면.
11　이 프로젝트는 인간이 우주에서 아주 중요하고 어떤 식으로라도 불멸하는 존재라고 느끼게 해주는 신화다. 모든 국민이 순수한 민족을 재통일하고 세계무대의 중심에 서게 할 신성한 사명감을 지니고 있다는 개념이다. B. R. 마이어스, 고명희 · 권오열 역, 『왜 북한은 극우의 나라인가』, 시그마북스, 2011, 73면.

이라는 장르명으로 총 11회 연재되었다. 서해바다 밑의 땅을 인공적으로 솟아나게 하여 8만 평방킬로미터의 광활한 새 땅을 얻기까지의 과정을 그린 이 작품은 당시 천리마운동의 기술혁명·사상혁명 등 현실적 상황과 함께 사회주의 낙원에 대한 욕망을 밀도 있게 그리고 있다.

「바다에서 솟아난 땅」의 내용은 다음과 같다. 자연연구소조원인 철수와 숙희가 서해바다를 바라보고 있다. 철수와 숙희는 저 바다를 육지로 만들 공상을 한다. 지구의 전반을 차지하는 저 바다를 육지로 만들어 마음대로 이용하는 장면을 상상하다가 낯선 아저씨를 만난다. 아저씨는 그들에게 신기한 장치인 '력사의 거울'을 통해 이 땅의 역사와 현재의 과학기술 수준을 보여 준다. 시간이 흐르고 어느덧 대학을 졸업한 철수는 지구공학기사, 숙희는 지질학자가 되어 '지구공학연구소'에서 어린 시절의 꿈을 위해 그때의 낯선 아저씨였던 '한박사'와 함께 일을 하게 되었다. 어느 날 서해바다를 탐사하던 도중 이상한 광선으로 인해 철수가 눈에 부상을 당한다. 한편 철수의 계획을 시기하던 방사연구실장 달호는 한박사와 최소장에게 서해바다의 육지화 계획에 대해 반대 입장을 표명하지만 도리어 면박을 당한다. 이때 광물탐사연구원이자 미국의 스파이인 석호가 달호를 부추겨 철수의 사업을 조직적으로 방해하려 한다. 하지만 과학평의회에서 철수의 사업이 지지를 얻어 '서해개조' 사업을 시작하게 된다. 이를 우려한 미국은 몰래 잠수함을 통해 이 사업을 방해하기 시작한다. 철수와 숙희는 '희망호'를 타고 서해바다를 탐사하다 다시 이상한 빛줄기에 공격을 받아 실패한다. 이를 이상히 여긴 한박사와 최교수는 비밀리에 '돌격호'를 제작하여 다시 탐사를 맡긴다. 바다를 육지로 만들 수 있는 '반응물질'을 발견했을 때 해리맨이 타고 있는 잠수정의 방해로 위기를 맞게 된다. 하지만 미리 대기하고 있던 경비대의 공격으로 미잠수정은 침몰한다. 달호는 자신의 과오를 반성하고, 철수와 숙희는 드디어 서해바다를 육지로 만드는 데 성공한다.

북한 과학환상소설에서 자주 접할 수 있는 소재 중의 하나가 '사회주의 낙원'의 건설이다. 사회주의적 낙원의 형상은 매우 다양한 형태로 나타난다. 지능로보트를 만들어 육체노동에서 해방시키거나(「총명한 사람들」), 고갈되어 가는 자원문제를 해결하기 위해 강물을 '수소 에네르기'로 만들려 한다(「탐구」). 또 초당 300km 속도로 지구로 돌진하는 유성 네메지다를 막아 낙원을 유지하며(「네메지다의 운행」), 물고기들의 언어를 해석해 다량의 수산물을 획득하거나(「노래하는 등대」), 대기의 수중기 속에 있는 수소분자와 소립자를 결합시켜 '인공태양'을 띄우기도 한다(「무지개 비낀 도시」). 이러한 낙원의 공간은 크게 '우주'(「소년우주탐험대」, 「은하수를 지나서」, 「번개잡이 비행선」, 「우주탐험가들」 등)와 '바다, 땅 속'(「바다속의 궁전」, 「바다우에 떠다니는 발전소」, 「바다밑 20만 리」, 러시아 소설이지만 많이 읽힌 「깊은 곳으로 가는 길」, 「땅 속 깊은 곳으로」 등)으로 대별되기도 한다.

이들의 공통점은 자립경제이다. 북한의 유토피아 지향성의 첫 번째 충족조건은 바로 물질적 풍요를 바탕으로 한 자립경제의 수립이다. 리금철의 『유전의 검은 안개』는 '유전'이라는 현실적인 문제를 통해 자립경제의 필요성을 역설하고 있다. 특히 '인공유전'이라는 소재를 통해 미래 에너지 왕국을 구현하고 있다.

온 나라 방방곡곡에 보다 더 현대적이고 능률적인 인공유전들이 수많이 일떠서게 되면 우리 조국은 얼마나 더 부강해지랴.

지금 명진의 눈앞에는 땅과 바다우에 수많이 들어앉은 인공유전들이 선히 안겨 들었다.

인공유전들에서 생산된 무진장한 원유를 원료로 해서 폭포처럼 쏟아지는 다양다종의 화학제품들, 의약품들, 단백질식료품들……

'원유왕국'으로 된 우리나라에서 원유를 실어가려고 외국의 수많은 유조선들이 모여와 항구를 가득 메운 광경도 떠오른다.

어찌 그뿐이랴. 온 나라에 거미줄처럼 형성되어 이웃 나라들에로까지 뻗어나간 송유관과 가스관들……

보다 부흥해질 조국의 래일을 그려보며 황홀경에 잠겨 있던 명진은……[12]

아버지의 유지를 받들어 원유연구사가 된 류명진은 자신이 완성한 인공유전을 보며 앞으로 펼쳐질 사회를 상상한다. 과학기술로 원유를 생산할 수 있게 된 "원유왕국" 북한은 원유를 원료로 무수한 제품들을 생산할 수 있으며, 외국의 많은 나라들이 북한의 원유를 공급받기 위해 항구를 가득 매우는 "보다 부흥해질 조국의 래일"인 "황홀경"의 세계이다.

북한 과학환상문학의 유토피아 지향성은 현재적 결핍과 미래적 욕망의 교착점에서 시작한다. 그런 면에서 작품의 중심 소재가 '인공유전'이라는 점, 그리고 적대적 대상이 일본이라는 점은 '지금 여기'의 상황과 결코 무관하지 않다. 먼저 '인공유전'이 소재로 선택된 배경에는 당시 북한의 에너지 수급 문제와 밀접한 관련이 있다. 북한의 에너지 부족, 특히 원유 수입의 감소는 식량난과 함께 북한 경제를 악화시키는

12   리금철, 『유전의 검은안개』, 문학예술출판사, 2007, 10면.

직접적인 원인이었다. '주탄종유主炭從油' 정책에 바탕을 둔 북한에게 석탄 생산량과 원유 도입량의 급격한 감소는 북한경제에 치명적이었다. 1990년도에 1,847만 2천 배럴에 이르렀던 원유도입량은 1992년 이후부터 급격하게 하락하기 시작해서 1990년 도입량의 2000년대 이후 평균 379만 1천 배럴대 수준으로 떨어져 20% 수준에 불과했다. 게다가 1990년을 전후한 사회주의의 붕괴는 그나마 사회주의 우호무역 방식으로 국제시세보다 아주 낮은 가격에 들여오던 원유를 국제시장 가격에 의한 경화결제 방식으로 바꿔 놓아 원유 도입량을 대폭 감소할 수밖에 없었다. 게다가 1990년대 이후 최근까지 북한이 원유 도입의 대부분을 의존했던 중국 역시 1992년부터 국제시장 가격에 의한 경과결제 방식을 요구하고 있는 실정이다. 원유 도입량과 석탄 생산량의 급격한 감소는 당연히 심각한 전력난으로 연결되어 북한 공업시스템의 토대를 붕괴시키는 직접적인 원인이 되었다.[13]

이러한 상황은 "경제제제와 봉쇄책동이 있는 조건에서 나라의 경제를 안전하게 발전시켜 나가려면 과학기술을 발전시켜 원료, 연료, 동력 문제를 자기 나라의 자원에 의거해 풀어나가도록 해야 한다"는 지상 목표를 설정하게 만들었다. 이는 다시 "강고한 원료기지를 확립하여 북한 사회주의 건설의 확고한 물질적 토대"[14]를 마련하겠다는 의지로 표명되는데, 『유전의 검은 안개』에 나오는 '56호 인공유전'은 이러한 의지의 표상인 것이다.

게다가 끊임없이 제기되는 원유매장설에 대한 기대 역시 상상력을 더

13 통일부, 『2011 북한이해』, 통일부 통일교육원, 2011, 158~162면.
14 김일성, 『김일성저작집』 21권, 조선로동당출판사, 1998, 493면.

해 주는 배경이었다. 1956년부터 시작된 석유탐사는 1956년 전담조직인 '연료자원 연구조정국' 설치로 이어졌고, 1968년에는 평양에 석유조사서를 설치하여 석유탐사를 실시했다. 1970년대부터 본격적인 석유개발사업이 추진되어 1977년에는 일본과, 1978년에는 중국과 서해안 지역에 시추작업을 실시한 바 있다. 1986년에는 가스가 발견되었다는 기록이 나왔다. 1990년대에는 서구에 탐사권을 주어 대대적인 탐사를 하는데, 1997년 남포 부근에 약 400억 배럴의 원유가 매장되어 있다는 주장이 나오기도 했다.[15] 2004년에는 영국의 아미넥스사와 2005년에는 중국과 서해유전 개발협력을 맺는 등 석유매장에 대한 각종 풍문들과 기사들은 '환상'의 소재가 되었고, 급기야 '56호 인공유전'의 탄생으로 이어질 수 있었다. 게다가 과거사 문제, 북한의 핵사찰, 일본인 납치문제 등 일본과의 외교적 갈등은 일본을 "너무나도 귀중한 조국의 재부"[16]인 원유를 빼돌리려는 음험한 제국주의로 형상화하는 계기가 되었다. 이는 북한문학의 상상력이 "새로운 내용을 찾아내는 것이 아니라 이야기해야 할 내용을 새롭게 쓰기 위한 것"[17]임을 보여주는 것이다. 여기에서 볼 수 있듯이, 북한의 유토피아 지향성은 물질적 풍요를 바탕으로 자립경제를 수립하는 데 있다.

김동섭의 「바다에서 솟아난 땅」 역시 '사회주의 낙원의 건설'이라는 모티프가 등장한다. 철수와 숙희는 이미 소조원 시절부터 서해바다를 땅으로 변화시킬 꿈을 키워왔으며, 이를 통해 자립경제의 유토피아를 구현할 수 있을 거라 확신한다.

15   『월간말』 257호, 2007.11, 89면.
16   리금철, 앞의 책, 15면.
17   신형기·오성호, 『북한문학사』, 평민사, 2001, 31면.

우리 시대에 와서 수십만 정보의 간석지가 개간되었고 논밭의 정당 수확고가 놀라리만큼 높아졌습니다. 우리는 오래 전부터 전체 인민이 이밥을 먹으며 가축들에게 충분한 알곡을 먹이고 있습니다. 그러나 다 아시는 바와 같이 오늘의 발전된 공업과 농업은 훨씬 더 많은 새 땅을 요구하고 있습니다. 우리 과학자들 앞에는 아직도 우리 인간들이 정복하지 못한 바다를 정복해서 농민들에게 넓고 기름진 새 땅을 마련해 주며 우리 인민들의 생활을 한층 더 높여야 할 영예로운 과업이 나서고 있습니다.

바다! 바다는 언제나 우리의 눈앞에 놓여 있지만 아직도 얼마나 많은 비밀을 가지고 있으며 아직 많은 부분이 리용되지 못한 채 연구 과제로 남아 있습니까! 이미 우리들은 바다에 대해서 많이 토론하였습니다.[18]

「바다에서 솟아난 땅」이 다른 과학환상소설의 낙원과 차이가 있다면 다름 아닌 '바다를 육지로' 만드는 데 있다.[19] 사회주의적 낙원을 위한 '서해개조'에는 2가지 측면이 강조되고 있다. 하나는 역사성과 관련된 것으로, 인간이 역사적으로 행한 투쟁의 근본 원인과 땅의 필요성을 연결하고 있다. 즉 "땅은 사람들이 살아가는 데서 더없이 귀중한 것"이지만 "땅을 많이 차지한 놈들이 땅 없는 사람을 부려 먹고 착취하고 억압"(1회, 15면)했으며, 그래서 인민들은 "땅을 위해서 끊임없이 싸움이 일어났고 수많은 사람들이 피를 흘렸다"(1회, 16면)는 것이다. 여전히 "땅을

---

18 김동섭, 「바다에서 솟아난 땅 3회」, 『아동문학』, 1964. 8, 75면. 이하 인용문 옆에 연재 횟수와 쪽수만 표기하며 각주는 따로 표기하지 않는다.
19 바다를 육지로 만든다는 모티프는 1988년 황정상의 『푸른이삭』에서도 반복되어 나타난다. 이 작품에서는 사람들을 암에서 해방시키기 위해 항암성 바다 식물을 재배하려 한다. 진오석이 항암성 회유물질을 채취하기 위해 바다 및 땅의 지질학적 운동으로 수직상승시키는 장면이 나온다.

위한 싸움은 끝나지 않"(1회, 17면)았다는 점과 "우리의 땅 한 치 한 치마다에 얼마나 많고 많은 이야기가 스며 있고, 조상들의 피와 땀이 스며"(1회, 16면)있다는 점에서 새로운 땅의 필요성이 정당화되고 있는 것이다.

또 다른 측면은 경제적인 것으로, 이는 역사적 당위를 넘어 보다 현실적인 문제와 연결되고 있다. 현재 상황은 김일성이 말한 낙원 — "이밥에 고기국을 먹으며 비단옷을 입고 기와집을 쓰고"[20] — 처럼, "전체 인민이 이밥을 먹으며 가축들에게 충분한 알곡을 먹이"는 풍요의 시대이다. 또 "수십만 정보의 간석지가 개간되었고 논밭의 정당 수확고가 놀라리만큼 높아"지고 있다.(2회, 75면) 그러나 이 풍요의 현실도 미래를 담보하지 못한다. 왜냐하면 소조원 시절 숙희의 질문처럼 "공장도 많이 짓게 되면 농사지을 땅이 점점 적어"(1회, 17면)진다는 해묵은 원리 때문이다. 게다가 "밭은 제한되어 있는데, 심고 싶은 것은 너무도 많"은 이 풍요의 딜레마를 해결하기 위해서 즉, "인민들의 생활을 한층 더 높여야 할 영예로운 과업"(3회, 75면)을 위해서는 '서해개조'가 필요하다는 것이다.

과학환상소설은 그 장르적 특성상 다양한 상상력을 발휘할 수 있다. 그럼에도 작가 김동섭이 '과학을 통한 경제적 유토피아 건설'이라는 주제를 선택한 것에는 북한이 가지고 있는 '지금 여기here and now'의 '역사철학적 조건'들로부터 자유롭지 못하기 때문이다. 특히 자립경제에 대한 절박함이 그러하다. 북한은 1956년 4월 23일에 개최된 '3차 당대

---

20 이 표현은 1957년 12월 20일 김일성이 황해북도 농업협동조합 열성자회의에서 한 「농업협동조합을 정치적·경제적으로 강화하기 위하여」(『김일성 저작집』 제11권, 472면)라는 연설에 나오는 것으로 이후 김일성은 기회가 있을 때마다 이 말을 되풀이 했다. 오성호, 「천리마대고조기(1958~1967)의 북한 시 연구」, 『한국시학연구』 20호, 2007.12, 283면 재인용.

회'를 통해 전후복구사업의 계획인 1차 5개년 계획(1957~1960) 수립 후 소련, 동독 등 사회주의 나라들의 원조를 요청했지만 결과는 부정적이었다. 이후 대외원조가 급격히 줄어들기 시작했으며, 1956년에는 김일성의 경제발전노선에 반발한 세력들이 8월종파사건을 일으키자 북한지도부는 경제자립에 대한 필요성을 강하게 인식한다. 천리마운동은 바로 이러한 현실을 타개하기 위한 사상·기술혁명 운동이었으며, 「바다에서 솟아난 땅」은 이 같은 상황을 반영한 작품이었다.

> "나는 벌써 십 년 후의 이 벌판을 눈앞에 보는 듯하오. 키가 넘게 자란 벼이삭이 물'결치고 우람찬 공장들이 어깨 걸고 늘어서 있는 이 넓은 땅, 곳곳에 아름다운 살림터를 장만하고 행복을 누리는 사람들의 모습이…… 말이오."
> (…중략…) 그들의 눈앞에는 저 멀리 수평선까지 새로운 누리가 펼쳐진다. (…중략…)
> 곧게 뻗은 넓은 강과 거미줄처럼 늘어선 수로망들, 풍년든 벌판, 무르익은 과수나무 동산들, 가도 가도 끝 모르는 넓고 큰 공장들, 제조소들, 구름을 찌를 듯이 솟아있는 고층건물들, 두리에 산뜻하게 펼쳐진 거리들, 그 곳에서 물'결 치는 사람들, 친근한 사람들 (…중략…) 농사'군들이 봄철에 씨앗을 뿌리면서 벌써 만풍년 든 벌판을 눈 앞에 그려 보듯이 그들에겐 이 모든 것이 내다 보이는 듯 했다.(11회, 77면)

「바다에서 솟아난 땅」에서 온갖 난관에도 '서해개조' 사업을 추진했던 것은 자립경제에 대한 희망 때문이었다. 철수와 숙희가 육지로 변할 서해바다 지도를 "흐뭇하게 바라다" 보거나, "생각만 해도 입가에 웃음이 떠"올랐던 이유는 "이 넓은 경개가 모두 기름진 땅으로, 보배가 묻힌 언덕"으로 변하여 자립경제의 기틀이 서고, 그로 인해 "기쁨에 넘친 사람들의 함성이 들려오는 것만" 같았기 때문이다.(2회, 82면) 하지만 작품에서 자립경제의 중요성을 강조할수록 이는 북한의 경제적 상황이 부정적임을 반증할 뿐이다. 실제 북한은 식량문제와 관련해서 매우 위급한 상황이었으며, 이는 작품 중간 중간 땅과 곡식에 대한 보이지 않는 강박을 통해서도 그대로 나타나고 있다.

> "바다, 넓은 바다…… 저 밑바닥에도 여기 땅 우에 식물이 자라고 있듯이 수많은 해초들이 자라고 있다지? 그것이 모두 곡식이라면 얼마나 좋겠어?"(1회, 6면)

「바다에서 솟아난 땅」은 현재적 상황이 무엇 하나 부족할 것 없는 낙원임을 강조하고 있지만 사실 곳곳에서 땅과 곡식의 부족함을 비치고 있다. 그리고 이러한 결핍의 요소들이 서해바다를 육지화하려는 욕망의 동력이 되고 있는 것이다.

그러나 자립경제는 기술혁신을 통한 과학기술의 발전이나 각종 지원 없이는 불가능하다. 그래서 1956년부터 북한과학원의 활동은 정권의 사활이 걸린 작업이 되었다. 과학에 대한 전폭적 지지와 지원이 이루어지기 시작했으며, 과학원 2기 상무위원회는 상징적인 차원에서 추대되었던 홍명희 대신 경제학자 백남운을 원장으로 추대해 '북한시 과학기술'을 펼쳐나갔다. 특히 김일성은 "과학자, 기술자의 역할은 경제건설과정에서 발생하는 문제를 제때 푸는 데 있다", "생산과 직접적으로 연관되지 않고 과학 자체만의 발전을 위한 연구들은 금지하겠다" 등 과학의 현장성을 강조하였으며, 1958년부터는 소련에 대한 의존에서 벗어나 '과학기술의 독자노선'까지 가능해졌다.[21] 1959년 과학발전 10개년 전망계획(1957~1966) 중 '생산과의 연계를 강화하라'는 정책 강화의 분위기는 그대로 「바다에서 솟아난 땅」에 녹아 있다. 「바다에서 솟아난 땅」에서 과학의 의의는 '이론'적인 것에 있지 않다. 그것은 사회주의 낙원을 건설하는 데 이바지 하는 '실천활동', 즉 "우리 인민들이 잘 살기 위해 연구하는 것"(4회, 63면)에 있다.

"서해안 개조는 세계적 의의를 가지는 것이 아니라 국부적인 문제입니다. 만일 모든 바다를 다 그렇게 땅으로 만들기 시작하면 큰일이지요."

달우의 옆에 앉아 있는 젊은 학자의 말이었다.

"어째서 세계적 의의가 없단 말입니까? 우리 지구를 더욱 더 대담하게 개조할 필요성이 없단 말입니까? 오늘 우리 지구는 비록 크지만 거기에는 얼마나 쓰지 못하는 곳이 많습니까? 습한 밀림과 황막한 사막, 얼어붙은 북쪽 땅과 아아한 고원 지대를 모두 개조하는 것이 소용없단 말입니까?"(4회, 62~63면)

위 장면은 '서해개조'의 타당성을 주제로 한 과학평의회의 토론 장면이다. 많은 과학자들의 기대와 걱정의 질문 가운데 철수의 대답이 갖는 의미는 다름 아닌 과학기술의 목적이다. 과학과 기술의 결합을 통해 현지 생산력을 증가시키라는 김일성의 지시처럼, 철수가 말하는 과학 역시

21 강호제, 『북한과학기술형성사』, 선인, 2007, 152면.

현실의 문제점을 해결할 수 있는 '현장성의 과학기술'이다. "우리가 인민경제에 리용할 수"(2회, 79면)만 있다면 그래서 사회주의적 낙원을 이룰 수 있다면 철수는 "과학의 힘으로 자연을 다시 개조할 수"(1회, 18면)도 있다고 믿는다. 그리고 이러한 신념은 연구소장 이하 직원들과 철수, 숙희로 하여금 탐사선 제작과 지질조사에 '과학기술'을 적극 활용하게 만든다. 과학의 존재론적 목적이 "자연과 세계를 우리 인민들이 소원하는 대로 유익하게 개조하는 데"(1회, 18면)에 있음을 보여주고 있는 것이다.

3. 천리마기수의 표상 '붉은 과학자'

사회주의적 낙원을 건설하기 위해서는 과학기술만으로는 부족하다. 북한이 추구하는 사회주의의 세계란 공산주의적 인간들이 당성, 노동계급성, 인민성을 구현하는 나라이다. 따라서 여기에는 반드시 사상의 문제와 이를 실현할 공산주의적 인간, 즉 천리마의 기수가 요구되는 것이다. 「바다에서 솟아난 땅」에서 구현되고 있는 공산주의의 인간은 중층결정을 통해 이루어지고 있다. 우선 작품에서 표나게 강조하는 것은 '옛것(낡은 것)'과 '새것'의 대립이다. 실제 작품의 모든 갈등구도는 옛것과 새것과의 대립에서 발생하며, 이는 과학환상문학의 기본 방침이기도 하다.

『과학환상문학창작』에서 제시한 '갈등 방식'도 "환상적인 수법으로 과학기술의 눈부신 발전을 이룩하면서 자연의 비밀 속에 침투하는 사람들을 형상함으로써 거기에서 제기되는 여러 가지 난관들을 극복해 가는 과정 그리고 그것을 통하여 새 것과 낡은 것과의 투쟁 과정을 흥미있게 보여"[22] 줄 것을 강조하고 있다. 김일성 역시 "가장 중요한 것은 새것과 낡은 것과의 투쟁을 잘 반영하며 사람들에게 끝없이 넓은 앞길을 열어주는 사회주의 제도의 우월성을 생동하게 보여주는 것"[23]이라 지시한 바 있다. 이러한 새것과 옛것의 대립구도는 여러 상황을 통해 제시되고 있는데, 가장 구체적인 표상은 세대론이다.

「바다에서 솟아난 땅」은 제1회부터 이러한 세대 간 대립을 강조하고 있는데, 어린이와 어른의 대립이 그것이다.

> 밭은 제한되어 있는데, 심고 싶은 것은 너무도 많아 반원들은 저마다 의견을 내놓았다. 로인들은 해마다 풍년을 이루었으니 작년에 심던 그대로 하면 틀림없다고 고집하는 것이었고 젊은이들은 새 품종을 심어서 소출을 부쩍 올려야 한다고 주장하는 것이었다. 아버지는 그 틈에 끼어서 굵직한 수판 알만 이리저리 튀겨 보고 머리를 긁적거리고 있었다.(2회, 82면)

위의 장면은 매우 사소한 한 대목이지만 이 작품이 표방하고자 하는 세대론적 시각이 그대로 노출되어 있다. 젊은이와 노인들 간의 소출증가 방식은 단순히 방법론의 차이에 그치지 않는다. 기성의 축을 표상하는 노인들에겐 새로움이나 도전, 혁신이 거세되어 있다. 그들을 지배하는 것은 답습과 타성 등 '옛것'에 대한 강한 의존성이다. 매년 풍년이니

---

22 위의 책, 77면.
23 김일성, 『김일성저작집』 2권, 574면.

"심던 그대로 하면 틀림없다고 고집"하거나 "굵직한 수판 알만 이리저리 튀겨 보고" 있는 보수주의와 기회주의적 타성뿐이다. 옛것에 대한 집착은 노인들뿐만이 아니다. 어린 철수와 숙희에게 땅의 역사를 설명하던 '아저씨'도 미래에 대해서 "그것은 우리가 지금 하고 있는 방법으로써는 할 수가 없는 일"이라고 말하고 있다. "모든 것을 척척 풀어주던 아저씨도 이 문제만은 어쩔 수 없다는 듯이 고개를 설래설래 젓는" 장면이야말로 기성세대의 한계를 보여주는 것이다.(1회, 17면)

이 장면 외에도 이 작품에서 갈등을 일으키는 인물은 모두 기성세대들이다. 바닷속에서 자랄 수 있는 벼와 콩, 초음파와 특수한 광선으로 물고기를 빠르게 성장시킬 수 있는 양어장 등 바다농사작업을 맡고 있는 '달우 실장'은 연구 성과의 미비와 연구 방향의 후진성으로 연구소장에게 비판받는다. 더욱이 철수, 숙희와의 비교를 통해 비판당하자, 달우는 질투심에 철수와 숙희의 '서해개조' 사업을 방해하기로 결심한다. 또 미국의 스파이 노릇을 하면서 달우를 이용해 서해개조 방해와 '력사의 거울'이라는 기계를 빼돌리려는 석호도 역시 기성세대이다. 이처럼 기성세대는 "현상에 안주하려는 소극적이고 보수적인 태도, 과학지식과 기술에 대한 전문가적 폐쇄성을 고집하는 기술신비주의, 경험의 타성을 벗어나려 들지 않는 경험주의, 그 외에도 이기주의나 개인주의와 같은 부르주아 사상의 잔재 등 극복해야 할 부정적 측면"[24]으로 묘사되고 있다. 미래는 새로움의 시공간이며, 이 새로움의 시공간에 건설할 새로운 낙원에는 '새로움'을 표상하는 존재가 필요하다는 측면에

---

24 신형기·오성호, 앞의 책, 221면.

서 낡음과 타성, 관성의 표상인 기성세대는 어울리지 않는다. 그들은 모순에 대한 해결능력도 그리고 혁신을 향한 새로움도 갖추지 못한 '낡은 옛것'의 표상인 것이다.

반면 어린이 혹은 젊음은 '새것'을 표상한다. 새로운 사회주의 낙원을 건설할 '상상력'이 어린이로부터 시작되었으며, 이들이 성장하여 그 '환상'을 현실화했다는 작품의 구조가 이를 증명한다. 철수와 숙희는 기성세대의 관성과 타성을 극복하는 존재로 나온다. 미래에 대해 불확실성을 설명하는 아저씨에게 "그런데 아저씨, 우린 땅의 큰 예비를 알구 있어요"(1회, 17면)라는 대답이야말로 '새로운 가능성의 담지자'임을 강조하는 것이다. 그래서 작품의 전체적인 방향은 옛것의 표상인 기성세대가 새것의 표상인 철수와 숙희의 조력자로 참여하는 것이다. 한 박사와 연구소장 최 교수가 철수와 숙희의 프로젝트를 지휘하는 것처럼 보이지만, 실은 '서해개조'의 충실한 조력자일 뿐이다. 그들은 평의회의 반대를 무릅쓰고 탐사결정을 내리고 희망호와 돌격호의 제작을 결정하지만, 이는 철수와 숙희가 보여준 강한 의지와 치밀한 사전조사의 결과였다. 그리고 실제 탐험의 과정에서 보여준 결정적인 선택과 판단에는 '기성세대'가 등장하지 않는다. 그리고 서해바다를 육지로 만드는 인물도 역시 철수와 숙희였다.

이처럼 신세대를 긍정의 언어로 형상화하는 데는 1960년대 '천리마의 기수', 즉 공산주의 인간형의 생산과 깊은 관련이 있다. 김일성은 "천리마 운동은 많은 사람들을 계속 전진하고 계속 혁신하는 사회주의 건설의 적극 분자로 만드는 하나의 공산주의 교양 운동이며 많은 사람들이 대중적 영웅주의를 발양하여 사회주의 건설을 힘있게 밀고 나가게 하는 공산주의적 전진 운동"[25]이라 정의했듯이, 이 운동은 경제적 성장과 사회주의적 인간형의 창출에 목적을 두었다. 이러한 때에 작가의 역할이란 천리마 기수를 형상화하는 것이었고, 따라서 "천리마기수를 그리는 일은 천리마 시대를 맞은 작가들에게 부여된 최대 과제"였다. 그러한 과제의 결과물인 철수와 숙희는 바로 "대고조의 주인공들"이었다.[26]

1959년 새로운 과학기술자들이 과학원지도부에 대거 등장하기 시작했다. 이른바 과학기술계의 세대교체가 시작되었던 것인데, 이들을 '붉은 과학자', '붉은 과학전사', '붉은 인테리Red Expert'라 불렀다. 반면 '기성' 과학기술자들은 '오랜 인테리'로 불렸다. 붉은 과학자들은 사업을 통하여 단련되고 신망이 높으며 당과 혁명을 위해서는 목숨까지라도 바칠 수 있는 사상적으로 준비된 학자들로 구성되었다. 북한 지도부는 이들을 통해 당의 과학정책을 실현케 하며 핵심대열을 확대 강화하려는 목적을 가지고 있었다. 붉은 과학자 집단은 과학적 능력뿐만 아니라 사상성까지 겸비하고 있는 인물들이었다.[27]

공학기사 철수와 지질학자 숙희는 '붉은 과학자'의 문학적 형상화였다.

수레의 몸체는 몹시 와지끈거렸다. 여러 군데가 상한 것 같았다.

계기들은 또다시 바람에 불리는 갈'대처럼 흔들거리고 위험 신호를 알리는 종소리는 귀'전을 때리었지만 이젠 그런 것들은 아랑곳하지도 않았다. 모든 것을 다 바쳐 빛나게 임무를 수행할 굳은 결심에 불타는 그들에겐 명절날

25 주성환·조영기, 「북한의 '제2의 천리마 대진군' 운동에 관한 연구」, 『북한연구학회보』 4권 2호, 북한연구학회, 2000, 120면.
26 신형기·오성호, 앞의 책, 226면.
27 강호제, 앞의 책, 172면.

의 시위 행렬과도 같은 우렁찬 환호 소리와 씩씩한 행진곡만이 들리는 듯하였다. 선량계는 벌써 200 렌트겐을 가리키고 있었다. 안전 규정대로 하자면 이런 곳에는 절대로 들어가서는 안 될 것이였다. 그러나 이젠 그런 것들은 문제로도 될 수 없었다.(10회, 44~45면)

철수는 과학탐구를 "험한 산을 기어오르는 것"이라 생각한다. 하지만 "톺아 올라가서 그것을 두 주먹에 굳게 틀어쥐기까지에는 어려운 투쟁과 헤아릴 수 없는 곤난이 가로막고" 있는 만큼 "투쟁이 필요하고 참된 과학자가 소용"되는 것이라 믿고 있다.(9회, 87~88면) 이러한 생각은 그들의 실천적 행위 속에서도 그대로 나타난다. 바다를 육지로 만들 반응물질(ㅌ-239)을 찾기 위해 철수와 숙희가 '돌격호'를 타고 바닷속 땅을 파고 들어간 곳은 "돌물(용암 — 인용자)이 철철 끓어 나는 그 근처"(9회, 89면)이다. 땅을 파내려갈수록 '감탕물(흙탕물 — 인용자)'과 용암의 고열로 고통스러웠지만 견뎌낸다. 하지만 미국 스파이 '헤리맨'의 책동으로 매우 위험한 상황에 빠진다. 전파 방해로 인해 길을 잃었고 급기야는 연료와 산소가 바닥상태에 이른다. 게다가 용암 가까이에 접근하는 바람에 '돌격호'의 선체가 녹기 시작하는 것이었다.

하지만 반응물질을 찾아야겠다는 신념은 죽음의 순간에서도 '설계도'를 그리게 만든다. "여기서 멈춘다면 원쑤들이 기뻐할 뿐"(10회, 37면)이며, "이 귀한 설계를 땅 우의 동무들에게 전하는 것이 자기에겐 다시 없이 중요하고 영예로운 임무라고 생각"(10회, 47면)하기 때문이다. 철수와 숙희의 모습은 당시 북한의 자립적 발전을 현실화시켜줄 '가능성의 자원' 즉, '내부 예비'의 표상이다. 축적된 자원 없이 발전을 이룩

《희망호》의 하얀 몸체가 떠 올랐다   《돌격호》는… 내려 가기 시작하였다.   《수레가 불타요!》

하기 위해서는 정치적, 사상적으로 무장된 '내부 예비(인민)'가 필요했으며, 방법으로 제시된 것이 도덕적·정치적 동기였다.[28] '내부 예비'로서 철수와 숙희가 보여준 희생정신은 '붉은 과학자'의 모럴에 그치지 않고 더 나아가 '용사', 즉 '천리마 기수'로 승격된다.

용사들은 사람들이 멀리 서서 군침을 흘리는 고지를 향하여 오솔'길은 때대로 막히기도 하고 때로는 잊혀지기도 하지만 용사들이 몸 바쳐 찾아 놓은 그 길이 후에는 넓고 탄탄한 길이 되어 사람들이 편안히 차를 타고 앉아서도

---

28 '내부 예비'에 대해서는 오유석의 「남북한의 국가 주도 발전 전략과 대중 동원—새마을운동과 천리마운동 비교」, 『동향과 전망』 64호, 한국사회과학연구회, 2005.6, 190~191면 참조.

꼭대기에 올라가서 마음껏 누릴 수 있을 것이요.(9회, 88면)

북한문학에서 천리마 기수들이 보여준 불굴의 의지나 적극성, 혁신적인 업적 등은 흔히 도덕적 계기를 통해 이루어진다. 즉 인민을 위한 희생의 모범을 뒤따르거나 억압과 수탈의 역사를 떨치는 한(恨) 풀기를 자신의 일로 생각하는 것이다. 그들은 정성의 승리를 보여줌으로써 새 시대가 도덕적 완성을 바라보는 시대임을 말하고 있는 것이다.[29]

그런데 이러한 '천리마 기수'의 완결에는 두 가지가 더 필요하다. 그것은 당과의 연관성 인식과 개별적 영웅의 초극이다. 철수와 숙희의 사업은 "심중하고 심중해서 당과 인민을 위한 견지"(5회, 74면)의 방향에서 고려해야 한다. "언제나 전진만이" 가능했던 것은 "당의 령도를 받으면서 훌륭한 사회제도 하에서 살아"왔기 때문이다.(5회, 73면) 또 "우리 힘은 우리 몇 사람의 열정이나 재동에만 있는 것이 아니라, 집단의 힘에 있고 인민들의 지극한 념원이 안받침되여"(10회, 44면) 있기 때문이다. 결국 "우리에게 언제나 새 힘과 용기를 주시는 빛나는 태양— 당이 있는 한 우리는 언제나 새 승리를 이룩하고 안으로 나갈"(5회, 73면) 수 있다는 것이다.

이는 "작품의 주인공이 인간의 자주성과 창조성, 의식성이 최고도로 발현되게 하는 주체의 세계관을 지닌 사람, 누구보다도 생활을 자주적으로, 창조적으로 능동적으로 대하는 사람, 인간의 자주성을 구속하는 모든 사회적 및 자연적 질곡을 부셔버리기 위해서 투쟁하는 사람, 주체형의 인간전형으로 참신하게 그려져야 한다"[30]는 과학환상문학론과도 상통한다.

29 신형기 · 오성호, 앞의 책, 229면.
30 황정상, 앞의 책, 173면.

4. 서구 제국주의와 개발론

북한식 사회주의 낙원의 구성 요건 중의 또 하나는 제국주의 국가와 그들의 개발방식이다. 제국주의로 가장 많이 등장하는 국가는 당연히 미국이다. 이 외에 유럽 그리고 일본이 주된 국가로 등장한다. 「바다에서 솟아난 땅」 역시 '미제국주의'와의 투쟁을 강조한다. 이른바 반미의식으로, 북한문학에서는 어렵지 않게 볼 수 있는 주제이다. 그런데 여기서 '반미'가 문제되는 것은 미국이 추상적 무시간성의 미래에도 여전히 공산주의 낙원의 방해자로 등장하기 때문이다. 게다가 제국의 '마수'는 환상의 시공간 속에서도 그 속성이 조금도 변하지 않은 채 등장한다. 북한은 산과 들이 변하고 기술도 발전되어 더욱 더 완결된 낙원에 가까워짐에도 불구하고 여전히 긴장을 놓지 못하는 이유는 바로 이러한 제국의 속성 때문이다. 제국의 불변성은 일종의 모순처럼 보이기도 한다. 왜냐하면 공산주의 낙원이란 그들의 유일한 방해자인 제국과 '거리'를 가질 때 가능한 것인데, 「바다에서 솟아난 땅」의 시공간은 이미 사회주의 낙원에 매우 근접해 있기 때문이다. 이러한 모순은 환상의 세계가 얼마나 현실적 조건들에 구속되어 그려지는가를 보여주는 것이다.

작품에서 그려지고 있는 미제국주의의 모습을 보자.

①

수상한 검은 괴물은 잔파도 속에 몸을 감추고 흰 물새를 노리는 물뱀마냥 둥그런 두 눈을 번뜩이고 있었다. (2회, 81면)

②

갑자기 파도가 이상하게 겹쳐 일더니 파도 우로 무엇인지 삐죽 솟아 올라왔다. 짐승 대가리 비슷한 것이었다. (…중략…) 몇 개의 안테나와 이상하게 생긴 기구들이 삐쭉삐쭉 붙어 있었고 짐승의 대가리 비슷한 것도 거기에 달려 있었다. 흉물스러운 그 모습만 보아도 이 배가 제국주의 잔당들의 해적선이라는 것을 곧 알 수 있었다.(4회, 65면)

③

양기 한 놈이 불쑥 고개를 내밀었다. 검은 안경에 닭 털 같은 자색 턱수염이 부시시한 그 놈은 (…중략…) 견장도 없는 누른색 군복 차림에 옆 허리에는 권총까지 차고 있는 그놈은 마치 겁에 질린 개처럼 할끔할끔 사방을 두리번거리고 나서 망원경을 눈에 대고 주의 깊게 바다를 살펴보기 시작하였다. (…중략…) 그의(졸병 ― 인용자) 움푹 들어간 두 눈을 보니 아마도 몹시 허기가 진 모양이었다.(4회, 65~66면)

④

"이 어렵고 곤난한 싸움은 현대의 짐승, 사람의 탈을 쓴 20세기의 야만인 제국주의자들과의 결사적인 판가리 싸움과 때어 놓고 생각할 수는 없소. 그자들은 암흑과 멸망의 구렁텅이로 인류를 몰아넣으려고 미쳐 날뛰지만 결국은 짐승들처럼 외딴 바다나 섬으로 쫓겨나고 말았고 이 세상에서 종적을 감추어 버릴 날이 멀지 않았소." 한 박사는 잠시 숨을 돌이켰다.

"그 때면 제국주의자들이 어떤 못된 짐승인가 알기 위해서 동물원을 짓고 몇 놈씩 남겨둬야겠군요." 철수도 통쾌하게 말하였다.

"그렇소, 패망한 '제국주의 동물원'을 지을 날이 멀리 않았소."(11회, 78
　　~79면)

　　예문에서처럼 미국에 대한 묘사는 한결같이 부정적으로 나타난다. 미
국은 물리적 힘으로 약소국을 점령하는 '제국'으로, "짐승의 대가리"(4회,
65면), "겁에 질린 개"(4회, 65면), "불쾌한 검은 기둥"(7회, 70면), "승냥
이"(4회, 66면), "양코배기 뱀 눈"(8회, 91면) 등 '괴물'이나 '야만'의 모습으
로 형상화되고 있다. 이러한 '부정'의 수사학은 텍스트 곳곳에 반복적으
로 노출되면서 자연스럽게 미제의 잔인성, 침략성, 폭력성 등의 사건과
연계되어 독자로 하여금 적개심의 기억을 내면화시킨다. 독자의 내면에
안착된 적개심은 집단기억이 되어 미국을 비롯한 서방 국가들에 대한 '환
멸의 기억'을 공식화하게 만든다. 이는 남한의 반공문학이 그러했듯이,
일종의 수사학적 담론을 통한 기억의 정치학에 해당한다. 전후복구와 사
회주의 국가의 건설을 위해서는 주체사상이라는 '집단기억'으로 무장된
'상상의 공동체'가 필요했고, 문학은 여기에 필요한 다양한 담론들을 생
산, 유통시켰다. 특히 강조되었던 것이 '반미의식'이었다. 이는 괴물 대
인간의 수사학을 통해 매우 효과적으로 진행되고 있었다. '아름다운 담
화'가 아닌 '효과적인 담화'를 목표로 한다는 이데올로기적 수사학이 그
대로 적용된 경우였다.[31] 하지만 미국과 서방국가들이야말로 가장 두려
운 경계의 대상이라는 점에서, 이들에 대한 적개심은 아무리 강조해도
지나침이 없었다. 사회주의 건설에 필요한 집단기억을 형성한다는 점에

31　올리비에 르블, 홍재성·권오룡 역, 『언어와 이데올로기』, 역사비평사, 1995, 146면.

서 이데올로기적 수사학은 '숭고의 수사학'이지만 반면 인민들에게는 강요되고 왜곡된 '환멸의 기억'을 선사하는 원천이 된 것이다.

　그런데 흥미로운 점은 끊임없이 '반제국주의'의 기억을 생산하면서 한편으로는 제국의 논리를 추구하는 '균열'의 모습이 보인다는 것이다. 제국은 "기름진 우리 땅을 탐내어 몇 번이고 기여 들어"(1회, 16면)왔던 "외래 침략자"(1회, 16면)였으며 "한시도 원쑤들과의 싸움이 그친 적이 없었"(3회, 70면)다. 그래서 "제국주의 강도들이 지구 우에 남아 있는 한 우리는 한시도 투쟁을 그만 둘 수 없"(3회, 70면)는 것이다. 이로써 사회주의 낙원을 건설해야 하는 북한이 두려워하고 경계해야 할 제국의 속성이 표면화되는데, 바로 물리적 힘을 바탕으로 한 '정복과 지배'의 욕망이다. 하지만 아이러니컬하게도 북한 스스로 그들이 경계해야 할 '정복과 지배의 욕망'을 구현하고 있다는 것이다.

　"서방 미제국주의자들의 어용신문"의 1면에 '조선의 서해 개조안은 얼마나 위험한 것인가?'라는 제목의 기사가 났다.(3회, 69면) 이 기사의 핵심은 서해개조의 위험성이다. 즉 인위적인 자연의 개조야말로 폭발과 지진 같은 '생태의 파괴'와 '서방세계의 파괴'로 이어질 수 있다는 것이다. 그런데 이와 동일한 논리가 북한 내부에서 나오고 있다. 평의회 회의에서 나온 '서해개조' 반대의 목소리가 그것인데, 이들의 주장 역시 제국의 논리와 동일한 지점에서 이루어지고 있다. 왜냐하면 이는 "위험하고 어려운 일"이기 때문이다. 바닷속의 땅이 육지가 될 경우 "막대한 양의 바닷물이 태평양 연안의 물높이"를 높여 "많은 지역의 평야가 물 속에 잠기게 될 위험성"과 이로 인한 "서북 지방 기후의 변경" 그리고 무엇보다 달우의 주장처럼 "까딱 잘못하면 굉장히 무서운 폭발을 일으켜서 돌이킬 수 없는 일을 저지르게 될"수 있다는 내용이야말로 생태환경의 파괴라는 제국의 주장과 동일하다.(이상 4회, 60~62면)

특히 「바다에서 솟아난 땅」에서 '정복과 지배의 욕망'은 자연과 환경을 바라보는 인식에서 표나게 드러난다. 한 박사와 최 교수가 미제국주의를 비판한 이유는 "제국주의 악당들이 방사선 오염 물질들을 아무 곳에나 내던져서 많은 물'고기와 짐승들, 지어는 사람들까지 피해를 당한 적이 많"(2회, 84~85면)았기 때문이다. 즉 자연과 인간의 공존이나 화해보다는 파괴, 공멸, 죽음을 향한 발걸음이기 때문이다. 그런데 "우리가 모래산에서 장난하듯이 이 바다도 이 산도 또 저 섬도 막 주물러 마음대로 다시 만들어 놓을 수 없을가?(1회, 8면)"라는 철수의 시각 역시 정복과 지배의 욕망에 다름 아니다.

이번의 승리는 자연의 예속에서 용감히 벗어나 우리의 뜻에 맞게 우리의 행복을 위해 그것을 정복한 세계사적 의의를 가지는 것이요.(11회, 77면)

자연은 "언제인가는 반드시 정복해야"(3회, 76면)한다는 강박증은 "원시인(야만)"(3회, 76면)에서 "문명"으로 나가기 위한 것이지만, 본질적으로는 "저 악랄하고 비렬한 제국주의 원쑤 놈들은 모두 바다로 내쫓고 살기 좋고 기름진 땅들은 근로하는 인민들이 주인"(11회, 78면)되는 세계를 위한 것이다. 하지만 자연에 대한 지배의 욕망이 단지 반미의식에서 발현된 것만은 아니다. 역시 가장 본질적인 것은 그들이 주창하는 인간중심의 주체사상에서 비롯된 것이다.

사람이 모든 것의 주인이며 모든 것을 결정한다는 것이 우리가 내놓은 주체사상의 기초입니다. 사람은 자연과 사회의 주인이며 모든 것을 결정하는 기본요인이다. 근로인민은 혁명과 건설의 주인이며 력사의 창조자이다.[32]

'주체의 인간학'이나 '공산주의 인간학'처럼 주체사상의 인간중심주의야말로 그들이 비판하는 '정복과 지배의 욕망'의 근원이다. 「바다에서 솟아난 땅」은 비록 1967년 주체사상이 공식화되기 이전에 발표된 작품이지만, 이미 북한 내부에서는 천리마운동 등 이른바 북한식 사회주의 건설에 박차를 가하고 있었다. 이러한 관념은 「바다에서 솟아난 땅」에도 그대로 이어져 "다음번엔 더 큰 자연 개조에 착수하겠어요. 동해와 서해를 잇는 넓은 운하를 만들고 다음에 제주도까지 땅으로 연결시키겠어요"(11회, 76면)에 이르게 된다. "지구를 우리에게 쓸모 있게" 만들 수만 있다면, "지축을 뒤흔드는 우렁찬 발동기 소리"도 "새 당을 일으켜 세울 건설의 대오"이자 "창조의 군단"(11회, 79면)이 될 수 있다는 욕망이야말로 제국의 얼굴이자 '거울효과'인 것이다.

---

32 사회과학원 문화연구소, 『주체사상에 기초한 문예이론』, 사회과학출판사, 1975, 21면.

2장

파타포적 상상력과
향유 없는 유토피아

1. 과학적 상상과 동화적 환상의 공존

북한 과학환상문학에 등장하는 사회주의 유토피아는 강한 현실가능성과 실체성을 지닌 것으로 등장한다. 이는 북한 과학환상문학의 특이성이라 부를 수 있는 "근거 있는 과학적 환상"에서 연유한다. 과학소설SF에서 과학성을 강조하는 것은 그리 새삼스러운 일이 아니다. 그럼에도 북한이 보이는 과학성에 대한 집착은 마치 강박 증세처럼 보일 정도로 특별하다.

과학환상문학에서 환상은 허황한 공상이 되어서는 안 되며 과학발전의 합법칙성과 생활의 진실에 기초하여야 한다. 다시 말하여 과학환상문학은 미래에 대한 공상과 념원에서의 과학성을 보장할 때라야 근로자들과 청소년들의 상상의 힘을 키워주며 자기 앞에 대담한 큰 목표를 세우고 미래에로 매진하게 된다.[1]

『과학환상문학창작』에 따르면 과학환상문학이 요구하는 과학적 엄밀성은 거의 강박에 가깝다. 허구적 구성물임에도 불구하고 "과학발전의 합법칙성과 생활의 진실"을 그려야 하며, "과학의 기초지식에 맞지 않는 자그마한 표현일지라도 절대로 허용되어서는 안 된다"(75면)고 명시되어 있다. 심지어는 "과학적 환상이 이루어지는 시기를 명백히 설정"(68면)해야 할 정도로 엄격하다. 이처럼 "과학환상적인 내용과 관련된 모든 사건들은 환상적 가설의 실현가능성에 대한 론증"이어야 하며 "그 과학적 가설은 객관적인 자연법칙들에 의거"(12면)해야만 한다. 따라서 "과학적 환상은 현실에 튼튼히 발을 붙인 상상, 근거 있는 환상"(83면)이어야 한다.

이러한 과학적 엄밀성은 그대로 서구의 과학소설을 비판하는 기준이 된다. 황정상의 책에서는 쥘 베른과 죠지 웰즈를 각각 "과학환상소설의 시조"(38면), "과학환상소설의 창시자의 한사람"(39면)이라고 평가하면서도, 『바다 밑 20만 리』는 "바다와 생물에 대한 풍부한 지식보다도 인간에 대하여 쓴 소설"(38면)이라는 이유로, 또 『우주전쟁』은 당시 과학적 지식을 벗어나지 못했다는 이유로 비판한다. 게다가 자주성

1   황정상, 『과학환상문학창작』, 문학예술종합출판사, 1993, 83면.

이 부재한 과학환상은 "사람보다 더 지각 있는 우수한 자동기계들이 나타날 것이라는 잠꼬대 같은 소리"(28면)를 하거나, 세포액으로 침팬지를 몇 분 안에 2~3배로 크게 만드는 "괴상망측한 것"(28면)을 만들어낼 뿐이라고 지적한다. 이처럼 북한은 서구 과학소설이 "과학으로부터 인간을 소외시킬 뿐만 아니라, 과학이 오히려 대파국과 황폐화, 대량학살과 같은 인류적 재앙을 불러온다고 비판하고 있다. 북한은 이러한 반유토피아적 진망을 부르주아의 정신적 타락과 혼돈상을 말하는 증기"[2]로 보고 있다.

그래서 북한 과학환상문학은 "허황한 공상이 아닌 력사와 과학발전의 합법칙성과 생활의 진실에 기초"[3]한 근거 있는 과학적 환상임을 강조한다. 이처럼 과학적 환상을 지속적으로 강조하는 이유는 실현가능성을 강조하기 위해서이다. 과학환상문학이 제시하는 북한의 미래사회는 단지 허구적 환상이 아니라 곧 도래할 세계, 즉 미래의 전망이기 때문이다. 그래서 과학환상문학은 여타 환상문학에서 보이는 비과학적인 환상과의 차이를 분명히 하고 있다.

> 이것은(과학환상문학 — 인용자) 앞으로 실현될 것을 전제로 하는 추상적 가능성에 기초한 과학성으로 하여 동화와 신화, 이전의 랑만주의의 문학과도 질적으로 구별되는 것이다.[4]

---

2   신형기, 『북한소설의 이해』, 실천문학사, 1996, 203면.
3   김정일, 『주체문학론』, 조선로동당출판사, 1992, 248면.
4   황정상, 앞의 책, 79면.

위의 인용문처럼 과학환상문학은 '동화'나 '신화'와는 '질적으로 구별'된 문학으로 규정하고 있다. 황정상의 『과학환상문학창작』에서도 과학적 환상과 일반 환상과의 차이에 대해 많은 양을 할애하여 설명할 정도로 일반 환상문학과의 차이를 분명히 하고 있다.

북한 과학환상문학은 과학적 환상을 창작원리로 강조하고 있지만 실재 작품은 매우 다른 방식으로 구성되어 있다. 정작 과학환상문학 속의 유토피아는 동화적(마술적) 환상과의 공존을 통해 유지되고 있기 때문이다. 작품 속 유토피아는 과학을 수반한 "근거 있는 환상"에 기반한다는 점에서 실재감을 갖는다. 하지만 대부분의 과학적 상상이 '동화적 환상'[5]과의 결합을 통해 나타난다는 점에서 완전한 실재감으로 보기도 힘들다. 이처럼 작품 속 유토피아는 완벽한 환영도, 실재도 아닌 제3의 존재로 나타난다.

김동섭의 과학환상소설 「래일의 언덕」(1961)은 과학적 상상이 어떻게 동화적 환상과 결합되는지 잘 보여준다. 야영 중이던 학습반장 윤성이와 축구선수 천일이는 비를 피하던 중 길을 잃고 헤매다가 거대한 식물들을 보고 놀란다. 하지만 이러한 현상이 성장촉진제 때문임을 알게 된 윤성이와 천일이는 과학이 조국의 유토피아를 앞당길 원동력임을 깨닫고 과학 공부에 전념하기로 다짐한다. 이 작품에서 주목할 부분은 유토피아에 대한 반응이다.

---

5 '동화적 환상'은 '과학적 상상'과 대비하기 위한 용어로, 여기서는 과학적 근거와는 무관한, 이른바 인과관계로부터 자유로우며 신비롭고 기이한 상상력의 의미로 사용한다. 황정상의 『과학환상문학창작』에서는 과학적 환상과 대비된 환상을 "허황한 망상"(10면)으로 부르고 있다.

"암만해도 꿈을 꾸고 있나봐" 하며 넙적다리를 꼬집어보던 천일이는 "아야!" 하고 상을 찌프리며 웨쳤다.

"생시임에 틀림이 없구나!"

"우리가 무슨 마술에 걸렸나?……"

윤성이가 나지막히 말하였다. 천일이는 사방을 둘러 보았다. 이따금 비방울이 떨어지는 소리만이 첨벙첨벙 들려 올 뿐 사방은 여전히 조용하였다.

"아니, 여긴 동화의 나라가 아닌가?" 윤성이는 한참 무엇을 생각히더기 혼잣말처럼 말하였다.

"그래! 나도 어떤 동화에서 이렇게 크고 맛난 열매들이 맺었다는 이야기를 들었어."[6]

윤성이와 천일이가 본 것은 사람 팔목만 한 꼭지가 달린 사과, 멍석만큼이나 큰 옥수수, 거대한 바위만 한 호박, 달걀만 한 벼가 달린 벼 포기 등 거대 작물이다. 문제는 작물의 크기가 아니라 이 현상을 바라보는 인물들의 반응이다. 인물들은 이 상황을 '동화적 환상'으로 인식한다. 농업화학연구소 최박사가 이 모든 것이 "떠다니는 공상이 아니라 현대과학에 발을 붙인 것으로 머지않아 생활에 실현될 것"[7]이라고 설명했을 때도 아이들은 여전히 '마술'에 걸린 "요지경"으로 받아들인다. 저 거대한 농작물들이란 「재크와 콩나무」처럼 동화적 환상의 재현이기 때문이다.

과학환상문학에서 동화적 환상은 그리 낯선 장면이 아니다. 상어때

6　김동섭, 「래일의 언덕」, 『아동문학』, 1961.12, 90~91면.
7　위의 글, 97면.

에게 공격을 당하던 청어떼를 살려 준 영복이가 다시 청어떼의 도움으로 산호성에 초청을 받는다는 「바다 속의 장수풀」(1960), "집채만 한 게와 문어"가 싸움을 벌이는 「청생조」(1963), 물고기들과의 대화를 통해 룡마어를 찾아나서는 「룡마어를 찾아서」(1964), 낙지와 곱등어의 말을 알아듣는 「로케트를 부르는 전파」(1988), 불로장생약을 다룬 「푸른 사슴이 가지고 온 편지」(1989)와 「신비한 약」(1994), 고래만 한 사슴이 등장하는 「고래만한 사슴」 등은 동화적 환상의 재현에 가깝다. 따라서 "아름다운 동화의 꽃동산으로부터 벅차고 즐겁고 부유한 과학의 나라로"(97면)의 이행은 근대적 의미의 '탈마법화'가 아니다. 여기서 '과학'은 실재로서의 유토피아가 아닌 동화적 환상을 현실에 재현시킬 수 있는 마법의 도구인 것이다.

2. 파타포의 상상력과 실재감

1) 파타포의 도구로서의 과학적 상상력

과학적 상상과 동화적 환상이 결합된 과학환상문학의 세계는 현실과 가상이 어지럽게 섞여있는 일종의 파타피지컬한 세계pataphysical world로 볼 수 있다. 프랑스의 극작가이자 시인이었던 알프레드 자리는 파타피직스를 '상상적 해결의 과학the science of imaginary solutions'으로 보았다. 이는

"가상성으로 기술되는 대상의 속성들을 그것들의 용모lineament와 상징 적으로 조화"시키는 것이다. 즉 과학적 상상력을 통해 가상과 실재라는 두 개의 영역을 하나로 화해시킴으로써 어떤 실재감을 얻는 것이다. 이 를 위해 동원되는 것이 '파타포pataphor적 상상력'이다. 기존의 메타포가 가상과 현실을 구분했다면, 파타포는 가상과 현실을 중첩시킨다. 마치 전쟁의 은유인 체스 위에서 실제로 전쟁을 벌이는『해리포터와 마법사 의 돌』이나 가상과 현실이 인과적으로 연결되어 있는 영화〈매트릭스〉 는 현실의 인물과 가상의 존재들이 동일한 존재론적 층위에 존재하는, 이른바 가상과 현실이 중첩되는 전형적인 파타피지컬 상황이다.[8]

과학환상문학이 보여주는 동화적 환상과 과학적 환상의 결합도 이러 한 파타포적 상상력과 유사하다. 북한은 과학적 환상과 대비된 환상을 "허황한 망상"[9]으로 부르고 있다. 이 허황한 망상이란 말 그대로 '가상' 의 세계이며 곧 동화적 환상의 다른 말이기도 하다. 그런데 이 동화적 환 상(가상)은 "근거 있는 과학적 환상"[10]과 결합함으로써 가상성을 벗어나 실현가능한 실체로 남는다. 독자들이 과학환상문학에서 제시하는 조국 의 미래를 환상이 아닌 실현가능한 세계로 받아들이는 것은 과학의 개입 때문이다. 이것이 과학환상문학에서 과학적 상상을 강조하는 중요한 이

---

8   파타피지컬에 대한 논의는 진중권,『이미지 인문학』1, 천년의상상, 2014, 119~133
     면 참조함. 위키피디아에 제시된 파타피직스 개념의 원문을 밝히면 다음과 같다.
     "Pataphysics(French : pataphysique) is a philosophy or media theory dedi-
     cated to studying what lies beyond the realm of metaphysics. The concept
     was coined by French writer Alfred Jarry(1873~1907), who defined pataphy-
     sics as the science of imaginary solutions, which symbolically attributes the
     properties of objects, described by their virtuality, to their lineaments."
9   황정상, 앞의 책, 10면.
10   위의 책, 79면

유이다. 과학환상문학의 목적은 근로자들과 청소년들에게 과학적 세계관과 과학지식을 제공할 뿐만 아니라 종국에는 주체의 인간학을 구현하는 것이다. 이를 위해서는 과학환상문학을 가상의 영역에 남겨두어서는 안 된다. 그런 면에서 과학은 '미래'라는 가상의 영역을 실현가능한 '실재'의 세계로 중첩시킬 수 있는 파타포의 도구가 된다. 작가들에게 과학기술에 대한 "해박한 지식을 가져야 하며 현대과학기술의 추세를 누구보다 잘 알고 그에 기초하여"[11] 형상화할 것을 강조하는 것도 이 때문이다. 이처럼 파타피지컬한 상상력은 독자들에게 과학환상문학을 '허황한 망상'이 아닌, "과학기술이 고도로 발전된 미래를 앞당겨 보여주는",[12] 즉 재현가능한 '실재'로 인식하게 만드는 조건이 된다.[13]

과학적 상상과 동화적 환상의 중첩은 심지어 과학환상문학과 동화의 장르 간 경계마저도 용해시키는 상황을 만들기도 한다. 편재순의 '동화' 「희망의 도시」(1988)와 '과학환상소설' 「래일의 언덕」과의 비교가 좋은 예가 될 것 같다. 먼저 형식적 측면에서 유토피아와의 조우 방식이다. '동화' 「희망의 도시」와 '과학환상소설' 「래일의 언덕」 모두 '비밀의 문'을 통해 유토피아를 만난다. '동화' 「희망의 도시」에서 달수가 거대한 학을 탄 할아버지를 통해 환상세계로 들어간다면, '과학환상소설'

---

11   오정애, 앞의 글, 68면.
12   리광근, 「과학소설, 지능소설, 과학환상소설에 대한 론의」, 『청년문학』, 2002.3, 64면.
13   "나무마다 가지가 휘게 열매가 열리고 무 한 뿌리이면 우리 집에서 김장을 담글 수 있는 그런 기적 같은 풍년이 삼천리강산을 울긋불긋 수놓을 때, 그 때가 바로 사람마다 먹고 싶은 대로 먹고 쓰고 싶은 대로 쓰면서 오래오래 행복하고 보람차게 사는 과학의 나라 ―공산주의 락원"(「래일의 언덕」, 100면) 이 장면도 욕망의 투사를 넘어 과학적 유토피아의 구성 방식을 보여준다. 무 한 뿌리로 김장을 담글 수 있고, 결국엔 음식 걱정 없이 "오래오래 행복하고 보람차게 사는" 세계란 곧 동화의 세계인 것이다. 즉 과학은 동화의 상상력을 현실에 재현하는 도구로 활용되고 있다.

「래일의 언덕」의 윤성이와 천일이는 강한 비바람으로 길을 잃다가 어딘가로 "미끄러지며 빠지며" 이상한 곳에 도착한다. 마치 『해리포터』의 한 장면이나 『이상한 나라의 엘리스』에서 토끼굴로 떨어지면서 신비한 세계를 만나는 장면을 떠올리게 하는 이러한 장면은 환상세계와 조우하는 매우 전통적인 방식이다. 이처럼 현실에서 갑작스럽게 조우하는 기이한amazing 세계가 실은 비밀스러운 모습으로 늘 우리와 함께 공존한다는 발상이야말로 전형적인 동화적 환상이다.

하지만 동화적 환상이 가상으로 남지 않는 이유는 과학적 상상력 때문이다. 과학적 상상력은 가상에 현실감을 제공하는 몫을 담당한다. 동화 「희망의 도시」가 여전히 환상과 마술의 상황에 기대고 있다면,[14] 과학환상소설 「래일의 언덕」은 기이함을 과학으로 설명해버린다. 이것이 동화와 과학환상문학 간의 차이이다. 「래일의 언덕」에 등장하는 "성장촉진제"(유전과학)는 거대동식물(가상)을 '현실' 가능한 것(파타피지컬 월드)으로 전환시킨다. 「로케트를 부르는 전파」에서도 곱등어와의 대화는 "곱등어말자동번역기"로 가능하며, 마녀들의 운송용 지팡이 역할은 "고속만능직승기"로, 보이지 않는 세계는 "만능안경"으로, 불치병 치료는 "자동치료침대"로 현실화시키고 있다. 과학환상문학에 등장하는 수많은 '만능'과 '자동' 기계들은 동화적(마술적) 상상력의 과학적 버전이

---

14 '희망의 도시'는 말 그대로 희망의 도시이다. 사람들이 희망(가상)하는 모든 것이 그대로 재현되는 세계이다. 하지만 그 희망이 현실 속에서 실현되면 '희망의 도시'에 재현되었던 것은 사라진다. 이처럼 희망의 도시는 현실과 분리된 메타포의 세계(가상)이다. 작품에서도 현실의 과학적 싱킹력이 전혀 개입되지 않는 난설된 세계로 나타난다. 주인공 달수가 그곳을 나오는 방식도 마술의 세계로 들어갈 때와 동일하게 학을 타고서이다. 가상과 현실이 명확하게 분리되어 있다. 「희망의 도시」를 과학환상문학이 아닌 '동화'로 부르는 이유가 여기에 있다.

다. 이처럼 북한 과학환상문학에서는 과학이 동화적, 마술적 상상력에 실재감을 부여하는 역할을 하고 있다.

2) '허황한 망상'의 전유와 과학적 열정의 탄생

과학환상문학을 파타피지컬한 상황으로 구성하는 또 다른 요소는 '열정'을 전유하는 방식이다. 과학소조원(고등중학 학생)이 보여주는 과학에 대한 열정은 과학환상문학에서 매우 중요한 주제이다. 인물들은 주변의 장애에도 불구하고 세상에 없는 새로운 발명품을 완성해내는데, 이 모든 핵심에는 '과학을 향한 열정'이 있다. 과학이 사회주의 건설의 중핵이라는 점에서 열정에 대한 강조는 당연해 보인다. 하지만 작품 속 과학에 대한 열정은 "허황한 망상"[15]에 가깝다. 문제는 작가들이 허황한 망상(가상)을 '진정한 과학자의 조건(실재)'으로 치환한다는 것이다.

조희건의 「밝혀진 유전의 비밀」(1988)은 이러한 모습을 잘 드러내고 있다. 이 작품은 열네 살의 어린 과학자 철민이와 은철이가 과학에 대한 열정으로 "소고기나무육종"에 성공한다는 이야기이다. 여기서 문제가 되는 장면은 소고기나무육종 개발을 인정하지 않는 혁삼이와의 갈등이다.

그러던 어느날 철민과 은옥은 혁삼이를 찾아가 함께 소고기나무를 연구해보지 않겠는가고 물었다. 그런데 뜻밖에도 혁삼은 그게 어디 될말인가고,

---

15 황정상, 앞의 글, 10면.

그건 망상에 불과하다고 첫마디로 거절해버리였다. 남은 고등중학교시절에 머리를 싸매고 공부하여 전과목 만점으로 대학에 입학하자, 이것이 혁삼의 목표였던 것이다.

"뭐? 망상? 아니 그건 과학적 환상이야. 과학적 환상이 없이는 그게 무슨 과학을 탐구하는 학생이구 미래의 과학자라고 할 수 있겠니."

철민의 진정에 넘친 말에도 혁삼은 시답지 않게 대답하였다.

"난 그따위 환상에 시간을 빼앗기고 싶지 않아. 시간이 뭐 하늘에서 저절로 떨어지는 줄 아니?"[16]

작품의 표면은 철민, 은옥이를 과학적 인물로 그리는 반면 혁삼이는 과학의 무한한 힘을 신뢰하지 못하는 비과학적 인물로 비추고 있다. 하지만 작품의 이면은 전혀 다른 모습을 보여준다. 왜냐하면 혁삼이야말로 철저한 과학주의자의 표상이기 때문이다. 혁삼이는 학교에서 "10점 최우등생"이며, 동무들이 박사라고 부르는 존재이다. 게다가 고등중학생과 대학생의 연구분야를 구분할 줄 알며, 심지어는 진화론을 언급하며 철민과 은옥의 소고기나무연구를 조목조목 비판한다. 이렇게 볼 때 혁삼이야말로 '근거 있는 과학성'을 대표하는 인물이다. 그런 혁삼의 눈에 "보통나무에 호박만 한 소고기 덩이들이 주렁주렁"(84면) 달리게 하겠다는 철민과 은옥의 주장은 '망상'일 뿐이다. 이제 "겨우 고등중학교 2학년생이 위대한 발견"을 하겠다며 덤비는 모습이란 아무리 봐도 정상적이지 않기 때문이다. 혁삼의 말대로 "과학이 뭐 애들의 장난이!

---

16   조희건, 「밝혀진 유전의 비밀」, 『번개잡이 비행선』(과학환상소설집), 금성청년출판사, 1988, 89면.

가?"(88면) 그래서 혁삼이는 과도한 망상에 사로잡혀 "되지도 않을 일"에 집착하는 철민이를 편집증 환자 혹은 '근거 있는 과학적 상상'과 '동화적 환상'을 구별하지 못하는 "미련한 어린아이"로 바라본다.

혁삼이가 철민이의 환상을 망상으로 보는 또 다른 이유는 과학을 대하는 자세 때문이다. 철민은 계속된 실패의 원인을 실험방법이 아닌 '정열'의 부족에서 찾고 있다. 철민은 "정열이 부족해 정열이⋯⋯"(93면)라며 자책한다. 이 자책은 "조국의 과학발전에 이바지할 주인이 되겠다는 확고한 결심"(95면)을 과잉 상태로 이끌어 과대망상 환자처럼 만든다. 하지만 철민이는 의지를 꺾지 않는다. 오히려 작가는 조국이라는 대타자로 인해 점점 망상의 주체가 되어가는 철민이를 모방해야 할 '진정한 과학자'의 모델로 제시하고 있다.

그런데 이 '망상'은 새로운 과학적 발명의 한 축을 이룬다. "소고기나무"는 망상과 과학적 환상의 결합이라는 파타포적 상상력에서 탄생했기 때문이다. 망상과 과학적 상상은 상호간의 전이와 투사를 통해 과학환상소설의 유토피아를 곧 도래할 미래(파타피지컬한 세계)로 구성해간다.

   ①

바위들은 호박처럼 배가 불룩불룩 나와 있었다.

"얘 호박이다 호박이야" 손으로 만져 보던 천일이가 어처구니 없다는 듯이 입을 벌렸다.

"무엇이라구? 이렇게 큰 호박도 다 있나?"

"여긴 정말 딴세상이야!"

그들은 또다시 걷기 시작했다. (⋯중략⋯) 바닥에는 닭알만큼 씩이나 되

는 벼알이 매달린 벼포기들이 빽빽이 깔려 있었다.[17]

②

시슴을 본 순간 나는 입을 딱 벌리었다. 그의 집으로 갔다. 전주대보다 큰
네다리, 집만 한 몸집, 커다란 머리우에 높이 솟은 두가닥 뿔…… 언젠가 먼
바다에서 본 고래보다 더 컸다. 시슴은 쇠바줄로 말뚝에 든든히 매여져 있었다.

"하루에 얼마나 먹니?"

"하루 세 자동차 가량 먹어."[18]

③

조국에서는 금봉이의 보고를 듣고 15분 만에 최신형 로케트배를 보내주
어 나를 구원해주었다. 로케트가 물에 솟아오르자마자 놈들의 군사기지가
폭파되더군. 폭파소리가 채 멎기도 전에 로케트배는 여기 당도했고 (…중
략…) 정말 꿈같은 일이었다.[19]

그런데 작품 속 유토피아는 과학적 환상이라기보다는 일종의 환영이
다. 거대 동식물에 대한 강박증은 과학을 수반한 유토피아라기보다는
동화(환영)와의 친연성에서 비롯된다. 「래일의 언덕」과 「고래만한 사
슴」에 등장하는 거대동식물의 재배와 사육은 말 그대로 동화의 세계에
어울릴법한 환상이다. 실제로 북한의 동화에도 거대동식물 관련 장면들

---

17 심동섭, 「래일의 언덕」, 『아동문학』, 1961.12, 90면.
18 라경호, 「고래만한 사슴」, 『열을 내는 꽃』(과학환상단편소설집), 금성출판사, 1991,
    80면.
19 조동옥, 「탐구의 길에서 2회」(과학환상소설), 『아동문학』, 1984.2, 33면.

이 있으며, 심지어 동화「희망의 도시」에는 "축구뽈만큼 큰 닭알을 낳는 송아지만 한 암탉도 있고 달수의 머리통만 한 사과가 주렁진 사과나무, 주먹만 한 벼알이 달리는 벼"처럼 거의 동일한 장면이 재현되고 있다.

이처럼 북한 과학환상문학의 과학적 유토피아는 환영과 결합되어 나타난다. 과학적 상상의 강조를 통해 한편으로는 서구 과학소설을 비판하고 다른 한편으로는 환상문학과의 차이를 강조하고 있지만, 실제 작품은 끊임없이 동화적 환상과의 교환과 결합을 통해 유토피아를 형상화하고 있다.

3. 향유 없는 과학 유토피아

1) 배경으로서의 유토피아

북한 과학환상문학이 그리는 유토피아는 일종의 퍼즐 맞추기이다. 하나의 작품이 묘사하는 유토피아는 총체적이라기보다는 총체성을 구성하기 위한 부분들이다. 그 부분들이란 크게 두 가지의 모습으로 나타난다. 하나는 물질적 차원으로서, "이 세상에 아직은 존재하지 않는 새 것을 설계하며 이미 알려져 있는 사물의 부분들로부터 출발하여 현실 생활에 아직 없는 새로운 사물의 형상을 창조"[20]하는 것이다. 이른바 새로운 과학적 성과물이다. 다른 하나는 정신적인 차원으로서, 구성원들 간의 균형과 조화이다. 물론 균형과 조화는 대타자의 욕망을 모방하는 것에서 완성된다.

북한은 유토피아에 대해 일찍이 선언한 바 있다. 1958년 사설 「사회주의 락원은 이루어진다」에서는 북한사회가 꿈꾸는 유토피아의 모습을 선언적인 목소리 — "락원이란 한 마디로 말해서 우리들이 보다 더 잘 살게 되는 아름다운 세상을 말하는 것입니다"[21] — 로 표방한 바 있다. 북한은 "의식주, 즉 입는 것, 먹는 것, 주택이 해결된다면 벌써 우리의 살림은 락원으로 들어서는 것"[22]으로 보고 있다. 유토피아의 실체성은 구체적인 시공간의 설정에서 시작된다. 그래서 북한은 시기를 명시한다. '1차 5개년 계획'인 1957년부터 1961년까지를 유토피아 건설의 시기로 정하고, "사회주의적 생활의 토대 우에서 이루어지는 락원이라야만 우리들의 진정한 락원"이 될 수 있음을 강조한 바 있다.

이렇게 이루어지는 락원은 동무들에게 무엇을 가져다 주느냐구요. 1961년에는 우리나라 인구 1인당 천이 20메터 가까이 차례지게 될 것입니다. 그뿐인가요. 육류, 어류, 과실 등의 통조림이 식탁에는 물론, 맛좋은 과자들과 함께 동무들의 야영 류사크를 무겁게 할 것입니다. 그리고 더욱 질 좋은 노트를 동무들은 쓰게 될 것이며 화려한 그림책을 더 많이 갖게 될 것입니다. 그리고 동무들의 행군 대렬에는 우리나라에서 만든 자전거를 타고 붉은 넥타이를 휘날리는 자전거 부대도 끼여들게 될 것입니다. 동무들은 문화적으

---

20 황정상, 앞의 책, 10면.
21 사설, 「사회주의 락원은 이루어진다」, 『아동문학』, 1958.4, 2면.
22 위의 글, 2면.

로 세워지는 주택에서 살며, 어린이들은 의무적으로 누구나가 다 초중을 졸업하게 됩니다. 이것은 우리나라 력사에는 물론 아세아에서 처음되는 일입니다. 동무들 생각해 보십시오. 우에서 말한 것들이 이루어지는 때 바로 우리는 '사회주의 락원'에서 살기 시작하는 것이 아니겠어요. 그것이 바로 이 5개년계획 기간에 이루어지는 것입니다.[23]

과학환상문학의 유토피아는 이러한 실체성을 바탕으로 시작되었다. '1차 5개년 계획'처럼 북한은 유토피아 설계도를 가지고 있었다. 그리고 이 설계도는 북한사회에서 현실화 되었다. 권익현과 정병호에 따르면 실재로 초기 북한은 놀라운 성장을 보여주었다. 한국전쟁 후 3년 만인 1956년에 전쟁 전의 농업생산량을 복구했고, 산업생산량을 전쟁 이전 수준의 두 배로 늘리면서 1957년에는 연간 45퍼센트의 놀랄 만한 경제성장을 달성했다. 이 외에도 초중고 무상교육, 직장 내 여성평등권의 국가적 공인, 의료서비스의 국가보조, 전쟁 상해자와 유가족에 대한 복지제도 등을 현실화했다. 이러한 성과를 배경으로 영국 케인즈 학파의 저명한 경제학자 조운 로빈슨Joan Robinson은 1964년 10월 평양 방문 후 「조선의 기적」이라는 보고서를 썼다.[24]

하지만 실체성은 그 실체성으로 인해 한계를 갖는다. 유토피아 설계도인 '1차 5개년 계획'은 그 계획이 실현되는 순간 폐기할 수밖에 없으며 동시에 새로운 설계도를 마련해야 한다. 눈앞에 실현된 세계는 더 이상 유토피아가 아니며, 대중들은 더 나은 유토피아를 요구하기 때문

---

23 위의 글, 4면.
24 권익현 · 정병호, 앞의 책, 220면.

이다. 그래서 유토피아의 설계도는 근본적으로 관념적이어야 한다. 그것은 '세상에 존재하지 않는 곳'이라는 유토피아의 정의에도 가장 잘 부합한다. 이처럼 유토피아 설계도는 목표만 존재하는 일종의 실체 없는 관념 같은 것이기에, 관념의 구멍에 실재real을 채우기 위해서는 상상력이 동원되어야 했다. 실체성이 요구되었기에 '근거 있는 과학적 상상'이 필요했고, 동시에 유토피아를 그려야 했기에 동화적 환상이 동원되었던 것이다.

주목해야 할 지점은 작품 속 유토피아의 모습이다. 낙지의 언어를 해독하여 대량포획이 가능해지며(「로케트를 부르는 전파」), 번개잡이 비행선을 통해 전력을 무한 공급받으며(「번개잡이 비행선」), 유전자공학을 이용하여 거대 작물을 생산하고(「래일의 언덕」), 750년 동안 사계절 입을 수 있는 옷(「사시절 입는 옷」)을 발명한다. 또 나무에서 쇠고기가 자라며(「밝혀진 유전의 비밀」), 인공태양을 통해 한 공간 안에 여름과 겨울이 공존할 뿐만 아니라 조선의 과일과 남방 과일이 함께 열리는 인공작물을 개발하고(「무지개 비낀 도시」), 성장촉진제로 고래만 한 사슴을 만든다(「고래만한 사슴」). 이 외에도 광물원소를 빨아들이는 인공뿌리(「인공뿌리선광」), 무병장수케 하는 보약풀(「만능보약풀밭은 설레인다」), 육체노동을 해방시켜주는 지능로보트(「총명한 사람들」) 등 과학적 유토피아가 등장한다.

하지만 작품 속의 세계는 유토피아의 건설 과정만 존재할 뿐 유토피아를 향유하는 인민들의 일상은 등장하지 않는다. 작품 속 인물들은 최첨단의 과학기술을 통해 인민경제나 과학분야에서 획기적인 과학적 성과물을 이뤄내거나 발명품들을 만들어내지만, 실제 작품 속에서 그것들을 사용하는 현실적인 장면들은 거의 등장하지 않는다. 김동섭의 「바다에서 솟아난 땅」(1964~1965)은 서해바다 8만 평방킬로미터를 육지로 만드는 장면까지만 나올 뿐 그 이후의 변화된 삶은 그리지 않는다. 리광근의 「로케트를 부르는 전파」도 낙지의 말을 해독해 "부두에 척 앉아 낙지를 불러들여 잡는 것"까지만 보여준다. 박정남의 「배끄는 잉어」도 배끄는 잉어를 완성하는 장면까지만 보여준다. 이 외에도 자동으로 과수원을 관리할 수 있는 기계를 만든다는 리광근의 「과수원을 가꾸는 나비」, 셀렌용 인공뿌리 선광의 완성을 보여주는 조희건의 「인공뿌리선광」, 무중력비행선 발명에 성공하는 신승구의 「무중력비행선」 등등 과학적 성과물을 완성하는 데서 끝을 맺고 있다.[25]

물론 첨단 과학기술이 등장하지 않는 것은 아니다. 기억력을 부활시켜주는 '향료물주리', 인공지능이 탑재된 '신형바람주머니식 로케트자동차', '피로회복용전자빛샤와'(황정상, 『푸른이삭』(중편과학환상소설), 1988)처럼 다종의 첨단과학기술이 등장하고 있다. 하지만 이러한 과학기술들은 새로운 과학발명을 향한 여정에서만 의미를 갖는다. 『푸른이삭』을 비롯해 대다수 작품에 등장하는 첨단과학기술은 과학적 성과를 올리기 위한 일련의 과정으로서만 의미를 지닌다. 즉 과학자나 연구원처럼 제한된 인물들에게 생활의 편리함이나 과학적 발견의 조력자처럼 제한된 역할만을 위해 존재할 뿐 인민의 일상과는 무관하다.

부분적인 과학기술의 활용이 아닌 인민들의 삶 속에서 향유되는 과학 유토피아는 배경으로만 존재할 뿐이다. 모든 과학기술은 생산과정만 존재할 뿐, 그것이 인민들을 통해 소비되고 활용되는 모습은 찾아보기 어렵다.

---

25 과학적 발명을 향한 서사는 단편에서 두드러지게 나타난다. 하지만 과학적 성과물의 완성이라는 측면에서 본다면 중·장편도 크게 다르지 않다.

〈그림 1〉「지구밖으로」(45면)　　　　　〈그림 2〉『새별운석탐험대』(6면)

　　나란히 날아가는 그들의 눈 아래로는 참대만 한 벼나무들이 설레이는 푸른 논벌과 산기슭에 강화수지로 지은 아담한 문화주택마을들이 한 폭의 그림처럼 펼쳐졌다. 그 다음은 고층아빠트들이 즐비하게 늘어선 공장지구가 나타났다. 그 고층아빠트들 사이사이로 쭉쭉 뻗은 네거리들에는 오가는 뻐스들과 승용차들이 모두 수소나 해빛을 동력으로 쓰는 최신형들이었다. 하늘에 '생물비행기'들이 떠돌고 있었다.[26]

26　라경호, 「지구밖으로」, 『번개잡이 비행선』(과학환상소설집), 금성청년출판사, 1988, 44면.

새별고등중학교 학생들이 동해바다가 경치 아름다운 률미산으로 야영을 가는 것이다. 직승기의 객실안은 세상의 모든 기쁨과 행복을 저희들만이 독차지한 듯 학생들의 웃음소리, 노래소리로 가득 찼다.

동서 바다를 련결한 대운하가 눈 앞에 펼쳐졌다. 푸른 물결우로 로케트처럼 생긴 배들이 쏜살같이 미그러져나가고 려객선들과 짐배들이 무수히 엇갈린다. 운하의 기슭을 따라 고층건물들이 하늘을 찌를 듯 우뚝우뚝 솟아 있다. 대운하에는 최신형 립체식다리가 놓여졌다. 밑으로는 갖가지 승용차들과 뻐스들이 빠져나가고 그 우로는 소고도 렬차가 한줄기 철길을 따라 쏜살같이 엇갈리며 지나간다. 레이자텔레비죤탑, 레이자전신전화안테나, 공중 높이 떠 있는 텔레비죤방송국과 기상대…… 태양발전소의 경기장만 한 둥근 반사경이 눈부시게 사방으로 빛을 뿌린다. 하늘에도 무수히 아름다운 것들이 흘러간다.[27]

〈그림 1〉과 〈그림 2〉의 공통점은 모두 하늘에서 내려다본 유토피아의 모습이다. 이 장면은 과학환상문학 속의 유토피아가 실은 향유할 수 없는 그림 같은 존재임을 보여준다. 「지구밖으로」에서 생물비행기 수리개를 탄 세철이와 영남의 눈에 비친 미래사회의 모습은 자연과 첨단과학이 만들어 놓은 유토피아이다. 푸른 논벌과 강화수지로 만든 문화주택, 고층아파트, 수소와 햇빛을 동력으로 쓰고 있는 대중교통은 존재하지만 그곳에서의 삶은 등장하지 않는다. 인물들의 표현처럼 스쳐지나가며 한번 바라보는 "한 폭의 그림"일 뿐이다. 또 "현대과학이 낳은

---

27 작자미상, 『새별운석탐사대』(과학환상이야기), 금성청년출판사, 1979, 5~7면.

수중도시"에는 "아빠트만 한 고래들과 수십 메터에 달하는 명태떼며 크고 작은 물고기들이 한가로이" 오갈 뿐만 아니라 "바다 속으로 유람선을 타고나가서는 솥뚜껑 같은 꽃게잡이도 하고 베개통만 한 조개도 잡아 구어 먹을" 수 있는 곳이다.(51면) 하지만 이 장면도 세철이의 언어 속에서만 존재할 뿐 실재 수중도시를 방문하여 생활을 묘사하는 장면은 등장하지 않는다. 이 역시 "한 폭의 그림"일 뿐이다.

『새벽운석탐사대』(1979)에도 미래 어느 시점 "아름다운 현대적 도시"(70면)의 풍경을 그리고 있다. 맑은 강물과 밝은 햇살 아래 각종 첨단 운송수단들—기계보트, 비행기, 직승기, 인조날개비행기, 로케트 옷을 입은 사람들—이 하늘을 날고 있다. 또 만능전기치료기구, 만능광선치료기구 등 최첨단의 의료기구가 갖춰져 있다.

하지만 이러한 유토피아적 환경은 그저 배경으로서만 존재할 뿐이다. 아름다운 낙원에서 실제로 살아가는 장면은 등장하지 않는다. 그것은 마치 "유명한 화가가 붓을 들어 그려놓은 듯한 아름답고 풍만한 동해바다의 경치가 어느덧 천연색으로 인화지에 옮겨진 것"[28]처럼 낙원은 그저 배경으로서만 존재한다. 하늘에 떠 있는 비행기에서 바라보는 지상의 낙원은 바라만 봐야 하는 그림 같은 것이다. 지상의 낙원에서 살아가는 인민의 삶은 등장하지 않는다. 지상에서도 유토피아는 단지 감상의 대상일 뿐이다. 아이들은 "직승기를 타고 오면서 본 조국의 아름다움에 대하여 이야기"(10면)할 뿐 그곳에서의 삶을 언급하지는 않는다. 이처럼 비행기와 지상에 펼쳐진 산하의 거리만큼 학생들과 낙원은

---

28 위의 책, 8면.

분리되어 있다. 유토피아란 아이들의 말처럼 "그냥 흘려보내는 것이 아 쉬"(7면)위 촬영기로 여기저기 찍어대는 유리된 객체일 뿐이다.

리금철의 「무지개 비낀 도시」에는 "100층, 150층의 초고층 살림집 들과 각이한 모양과 형태를 갖춘 기구들과 건물들이 가득" 차 있지만 그것도 역시 "황홀한 풍경"[29]일 뿐이다. 초고층 집에서 갖는 실질적인 삶의 양태를 재현하고 있지 않기 때문이다. 「탐구의 길에서」의 철룡이 는 외국인 소년 푸어에게 조선을 "금은보석으로 빛나는 거리들과 구락 부들, 백화만발한 공원들과 지하공원의 웅장"함으로 가득한 세계라고 소개한다. 뿐만 아니라 "석 달 만에 지어진 지하공장은 땅 밑에 거미줄 처럼 교통시설이 정비되어 있어 차를 타고 단추만 누르면 자기가 가고 싶은 목적지까지 단숨에 갈 수"[30] 있는 곳이라고 말한다. 하지만 이곳 은 언어로서만 존재할 뿐 실질적인 인민의 삶은 나타나지 않는다. 외국 인 소년 푸어는 철룡이의 말을 "꿈속에서"나 듣는 "황홀한 이야기"(26 면)로 간주하는데, 이것은 유토피아가 '신기함'을 넘어 실재 삶과 유리 된 '기호'(소문)로서만 존재함을 보여준다. 마치 '우리는 이밥에 고깃국 만 먹는다'는 대남방송의 멘트처럼 오직 실체 없는 소문과 기호로만 존 재하는 낙원의 모습인 것이다.

29 리금철, 「무지개 비낀 도시」, 『열을 내는 꽃』(과학환상단편소설집), 금성청년출판사, 1991, 29면.
30 조동옥, 「탐구의 길에서 2회」, 『아동문학』, 1984.2, 26면.

2) 향유 없는 유토피아의 원인

북한 과학환상문학에서 향유 없는 유토피아가 등장하는 이유는 두 가지 측면에서 살펴볼 수 있다. 먼저 형식적 측면으로, '탐색의 여정'이 갖는 구조 때문이다. '탐색의 여정'은 '발명의 종결법'이라 부를 수 있는데, 대부분의 작품이 새로운 과학발명품을 완성하는 과정으로 되어 있다. 과학소조원인 주인공 소년소녀들은 새로운 아이디어를 생각해내지만 곧 난관에 봉착한다. 하지만 주인공의 의지와 조력자들을 통해 발명을 완성해낸다는 구조로 되어 있다.[31] 즉 서사구조 자체가 유토피아 건설을 향한 과정에 집중되어 있다. 과학발명품은 유토피아라는 조각맞추기의 조각에 해당한다. 모든 인물들은 각자가 생각하는 유토피아의 조각들을 만들어간다. 유토피아를 향한 탐색이란 바로 새로운 과학적 발견의 과정이며, 발견이 완성되는 순간이 곧 서사의 종결 지점이다. 이러한 발명의 종결법으로 인해 유토피아에서의 향유는 원천적으로 봉쇄되어 있다.

향유 없는 유토피아가 등장하는 두 번째 이유에는 보다 근원적인 문제를 담고 있다. 잘 알려진 것처럼 북한문학은 당의 문학이다. 정치적 목적을 분명히 하고 있으며, 특히 수령과의 연관성은 필연적이다. 그런데 과학환상문학은 이 수령의 실재를 재현할 수 없다는 점에서 문제적이다. 과학환상문학이 그리는 미래의 유토피아는 단지 고도로 발전된 과학기술만의 세계가 아니기 때문이다. "미래를 꿈꾸는 것이 과학환상

---

31 과학환상소설집인 『번개잡이 비행선』(1988), 『지구밖으로』(1990), 『열을 내는 꽃』(1991)이 대표적이다. 이곳에 소개된 작품의 서사는 새로운 발명품을 완성해내는 것으로 끝나고 있다.

소설의 임무라면 그것은 과학적 상상력뿐 아니라 미래 사회의 모습과 사회주의 제도의 미래에 대한 정치적 상상력을 제공"[32]하는 것이 당연한 것이다. 다시 말해 유토피아에서의 삶을 형상화하기 위해서는 최첨단의 과학기술 사회와 함께 수령의 실존과 그 수령이 지배하는 세계를 총체적이고도 구체적으로 형상화할 수 있어야 한다.

이것이 여타 주체소설들과의 차이이다. 과학환상문학은 미래의 수령을 특정할 수 없을 뿐만 아니라 재현할 수도 없다. 매 작품에서 당과 수령이 거의 등장하지 않는 이유도 이 때문이며, 매 작품마다 기술적 유토피아만을 부각시키는 것도 이 때문이다.[33] 수령의 정신과 물질적 풍요가 결합된 총체적인 미래사회를 그릴 수 없기 때문에 작가들은 파편적이거나 영원한 진행형의 낙원만을 그리는 것이다.

4. 새것 강박과 영구혁명

여기서 또 하나 주목해야 할 부분은 영구혁명의 이데올로기적 전유이다. 북한 과학환상문학이 제시하는 유토피아는 '과정의 유토피아'이다. 저 완전한 세계를 향해 나아가는 '영원한 진행형의 플롯'은 다름 아

---

32 신형기, 앞의 책, 205면.
33 최첨단 과학기술의 유토피아를 주로 그리는 또 다른 이유에는 주체사상의 완결성 때문이기도 하다. 이 완결성은 영원불멸한 것이기에 미래에도 보존 계승해야 할 것이지 결코 수정 보안의 대상이 아니다. 과학환상문학이 그리는 유토피아가 새로운 과학기술의 발견에 집중하는 것도 이 때문이다.

닌 영구혁명의 과정이다. 영구혁명의 힘은 늘 결핍상태를 유지함으로써 '조금 더more'를 요구한다. 현재가 낙원이어도 그들은 "더 아름다운 락원으로 꾸리기 위하여 스스로 어려운 길을 걷"[34]게 만든다. 게다가 유토피아를 향한 과정은 결코 순탄치가 않다. 이른바 "제국주의자들이 인민들을 타락시키고 저들의 침략전쟁책동을 감추기"[35] 위한 음험한 시선이 항시 존재하고 있기 때문이다. 뿐만 아니라 조국보다 개인의 사욕이 앞선 내부의 적대자가 존재하는 한 혁명은 단 한 순간도 멈출 수가 없는 것이다. 영구혁명의 당위성은 집단의 구성원들로 하여금 다른 세상을 꿈꿀 수 있는 기회를 주지 않는다. 더 아름다운 유토피아를 위한 고난의 길을 '숭고한 애국심'으로 전유함으로써, 영구혁명은 도래하지 않을 미래를 위해 전 구성원을 동원시키는 이데올로기가 된다.

영구혁명의 필연성을 보여주는 조건 중의 하나는 '새것 강박'이다. 북한 과학환상문학에 자주 등장하는 '새것 강박'은 주로 새로운 발명품을 만들어내는 것으로 나타난다. 작품 속에서 인물들이 만들어 내는 것은 세상에 없던 새로운 것이다.

①

철룡이는 이번 실습기간에 동무들을 깜짝 놀래울 만한 새 발견을 해야겠다고 생각하였다. (…중략…) 하긴 매일 매시각 기적이 창조되고 있는 건 우리나라에서는 례사로운 일이기도 하다. (…중략…)

그건 지나간 일이야. 앵무새처럼 암송하던 시절은…… 우린 새것을 창조

---

34 라경호, 앞의 책, 58면.
35 김동섭, 앞의 책, 74~75면.

해야 되지 않니.[36]

②

"이걸 마련하려기에 우리가 얼마나 애를 썼는지 아니? 이건 여느 잠수복과는 다른 것이란다 좀 봐라" 하며 그것을 내 손에 들려 주었습니다.

잠수복을 살펴보니 여니 것과는 어방없이 달랐습니다.[37]

③

"저 조선대표 리명진씨는 그 누구도 성공 못한 '전자계산기 비루스'를 완전히 소멸하는 지능프로그람을 개발해낸 청년이요."[38]

인용문에서 보듯 소조원과 연구원들은 "과학이 만들어내는 희한한 창조물들에 얼마나 큰 매력을 느꼈던지"[39] 지구상에 존재하지 않는 것들을 고안하고 그것을 현실화하는 데 전 노력을 다한다. 새것 강박에 대한 의미를 잘 보여주는 작품으로 신승구의 「무중력비행선」을 들 수 있다. 이 작품은 새로 들어온 영림이가 무중력 비행선을 만드는 과정을 다룬 이야기이다. 이 작품에는 정말 강박적이라고 할 만큼 새것에 대한 집착이 자주 등장한다. "여기엔 창조가 없어. 합성수지로 만든 발동기가 달린 비행선은 이미 세상에 나왔거든!",[40] "명심할 건 과학연구사업이란 새것을 창

36 조동옥, 「탐구의 길에서 1회」, 『아동문학』, 1984.1, 22~23면.
37 김도빈, 「바다 속의 장수풀」, 『아동문학』, 1960.1, 37면.
38 엄호삼, 「지능프로그람 '미래'」, 『아동문학』, 1998.4, 28면.
39 신승구, 「101번째 과학소조원」, 『열을 내는 꽃』(과학환상소설집), 금성청년출판사, 1991, 53면.
40 신승구, 「무중력비행선」, 『지구 밖으로』(과학환상소설집), 금성청년출판사, 1990, 27면.

조하는 과정이란다. 그리고 새것은 언제나 처음에는 이상해 보이는 법이지…… 한 걸음 한 걸음 전진하면서 과학의 요새를 점령해야 한다"(29면)며 과학은 새것을 창조하는 과정임을 반복적으로 강조한다. 이 작품에는 새것 강박과 관련해서 상징적인 장면이 등장하는데 다음과 같다.

> "순희야, 비행선이…… 비행선이 어디 갔니?"
>
> 눈이 휘둥그래져서 내가 이렇게 소리치자 순희는 머리를 우로 젖히고 우를 쳐다봤다.
>
> "저기 있지 않니?"
>
> 비행선은 머리우에 떠있었다. 비행선만 있는 게 아니라 영림이도 거기에 있었다. 병원침대에 누워있어야 할 영림이가 비행선의 운전대를 잡고 있었다.
>
> "우주비행선이 어떻게 떴니? 깨진 발동기는 어떻게 수리하고……"
>
> "수리는 무슨 수리, 발동기는 거기 있지 않니?"
>
> 순희는 실험실 구석을 가리켰다. 발동기는 거기에 자빠져 있었다. 마치 파철더미처럼!(36면)

위 내용은 영림이가 모두가 무시해왔던 무중력비행선의 실험을 성공시키는 장면이다. 다른 소조원들은 발동기가 달린 우주비행선을 연구하고 있을 때 영림이는 발동기가 필요없는 비행선을 연구했던 것이다. 친구들이 놀라면서 깨진 발동기의 수리 여부를 물을 때 구석에 "자빠져" 있는 발동기는 말 그대로 '구식'의 표상이다. 구식 이른바 헌것의 가치란 실험실 구석에 처박혀 자빠져 있는 "파철더미"와 같은 것이다. 끊임없이 새로움을 추구하는 유토피아에 헌것이란 파철더미 이상은 아닌 것이다. 그래서 과학자들은 "과학을 연구하자면 밤낮을 몰라야" 한다. "그래야 새 걸 발견할 수 있"기 때문이다.(36면)

그들에게 새것은 유토피아를 향한 욕망을 그 적정선을 넘도록 강제하고 '무한한 욕망'으로 탈바꿈하게 하며, 절대로 만족스러운 상태에 다다를 수는 없다는 것을 알면서도 그곳을 향해 무조건적으로 투쟁하도록 만든다. 새것 강박은 라캉이 말하는 '오브제 프티 아objet petit a'처럼 보이지 않는 죽지 않는 대상, 그리고 욕망의 과도함과 욕망의 탈선을 유발하는 잉여의 대상이다.[41] 새것 강박의 문제성은 바로 여기에 있다. 항상 동무들을 깜짝 놀라게 하고, 매일 매시각 기적이 창조되는 것이 예사로운 세계는 결코 유토피아에 도달할 수 없다. 이는 유토피아를 이루기 위한 영원한 과정일 뿐 도착지가 없는 세계이기 때문이다.

뿐만 아니라 끊임없이 새것을 발명해내는 작업은 차이가 아닌 무의미의 반복이다. 즉 반복은 차이가 아니다. 목적지(새것의 발명)에 도달했을 때 인물들은 상징계 안에 안착한다. 문제는 그 달음박질의 목적지가 최종지가 아니라는 점이다. 대다수 작품들의 마지막 장면은 소조원들이 다시 새것에 대한 욕망을 느끼면서 마무리 짓고 있는데, 이는 사실 원점으로의 회귀와 같다. 작품의 첫 장면이 바로 새것에 대한 욕망으로부터 시작되고 있기 때문이다. 이는 마치 서로 꼬리를 물고 있는 우로보로스ouroboros처럼 각 작품들은 순환의 형태를 띠고 있다. 반복되는 서사구조는 그들의 유토피아가 일종의 영구혁명처럼 보이게 한다. 마치 도달할 수 없는 유토피아를 향해 영원히 돌진하는, 그래서 소비하고 향유하는

---

41 슬라보예 지젝, 이현우 역, 『폭력이란 무엇인가』, 난장이, 2012, 104면.

유토피아는 결코 존재할 수 없음을 스스로 증명하는 것처럼 보인다.

하나의 욕망이 성취되면 곧 결핍을 경험하고 다른 욕망을 선택해야 한다. 정확히 말하면 주체로 서기 위해서 또 다른 욕망을 선택하는 것이다. 그들이 욕망하는 것이 아니라 욕망은 그 자리에 있고 아이들은 다만 선택만 할 뿐이다. 채워지지 않는 결핍(소외)은 도달할 수 없는 목적지로 나아가게 하는 동력이 된다. 그런 면에서 인물들의 과학행위는 유의미한 사건이 아니다. 끊임없이 새것을 욕망하고 재현하는 반복은 의미의 조건인 차이를 생산하는 것이 아니다. 마치 시지프스의 행위처럼 차이 없는 반복만을 지속할 뿐이다. 도달할 수 없는 목적지를 향해 달리는 것은 쳇바퀴 안의 다람쥐와 다를 바 없다. 이는 왜 그토록 많은 작품에서 '거대농작물과 가축'들이 반복해서 나타나는지 설명해준다.

또 새것에 대한 강박은 지젝이 말하듯 '그저 그런 삶'이다. 그들은 늘 새로운 것을 만들지만 사실 그것은 아무 소용도 없는 의미없는 행동의 반복일 뿐이다. 강박증환자 같이 어떠한 과잉도 경계하며 죽어지내는 삶과 같다.[42] 결국 장·단편 구별 없이 등장하는 새것을 향한 여정이야말로 북한의 유토피아가 왜 영구혁명의 대상인지 보여주는 것이다.

이렇게 볼 때 북한의 과학환상문학은 이중적인 장르이다. 북한이 가야할 길을 제시한다는 점에서 일종의 미래학의 텍스트이기도 하지만 아직 도래하지 않은 미래를 그린다는 점에서 허구성이 압도할 수 있는 텍스트이기도 하다. 북한의 문학이 정치의 영역임을 인정한다면 후자, 즉 허구성의 압도는 인정될 수 없는 것이다. 북한에서의 문학은 계몽과

---

42   이현우, 『로쟈와 함께 읽은 지젝』, 자음과모음, 2011, 139면.

동원의 운명을 타고 났기 때문이다. 문제는 과학적 세계관과 지식을 통해 사회주의 유토피아라는 휘황찬 미래로 달려가게 하는 방법이다. 즉 과학환상문학의 허구성을 어떻게 해결할 것인가이다.

과학환상문학이 선택한 방법은 파타포적 상상력이었다. 파타포적 상상력에서 가상은 그 자체로 존재하지 않는다. 기술적 상상력과의 결합을 통해 가상성은 또 하나의 현실감을 획득한다. 마치 각종 시뮬레이터처럼 과학의 개입으로 인해 가상은 새로운 실재감으로 다가온다. 과학환상문학에 등장하는 동화적 환상은 가상성을 강화하는 장치이다. 하지만 이 가상성은 과학이라는 기술적 상상력과 결합함으로써 '곧 도래할 미래'라는 실재감으로 전환된다. 가상과 현실이 이리저리 뒤섞여 '마치 ~처럼as if'[43]의 상황으로 전환됨으로써 독자들은 실재와 가상을 구별하지 못하고 '실재하는 것' 같은 파타피지컬한 모드로 들어가는 것이다. 북한 과학환상문학의 성패 여부는 실로 파타피지컬 세계에 대한 몰입 정도에 달려 있다 해도 과언이 아니다. 왜냐하면 파타피지컬 밀도가 떨어지는 순간 그것은 과학환상이 아니라 '허황한 망상'의 세계로 전락하기 때문이다.

이렇게 형상화된 파타피직컬한 유토피아는 향유가 존재하지 않는 세계였다. 과학소조원을 비롯해 많은 과학기술자들이 끊임없이 새로운 과학기술을 생산해내지만 그것들은 현실에서 소비되거나 향유되지 않고 있다. 이른바 향유 없는 과학 유토피아의 모습으로 나타나고 있다. 첨단과학기술로 이루어진 낙원은 인물들의 삶과 유리된 채 배경으로만

---

43 진중권, 앞의 책, 129면.

존재한다. 그것은 그림처럼 눈 앞에 펼쳐져 있을 뿐이다. 북한의 유토피아는 자연에 대한 묘사도 남다른데, 북한의 산천은 완전한 정물화처럼 존재하거나 인간의 손길이 미치지 않은 원시의 아우라를 지니고 있다. 자연 역시 훼손되지 않은 완결된 존재로서만 나타난다.

이는 발명의 완성을 결말로 삼는 '발명의 플롯'과 정치적 생명의 원천인 수령에 대한 재현불가능성이라는 한계 때문이다. 대부분의 서사는 새로운 과학 성과물을 제작하고 완성하는 과정을 향하고 있으며, 발명품이 완성되는 순간 또 다시 새로운 발명을 욕망하면서 끝을 맺는다. 따라서 과학기술을 향유하거나 소비하는 모습은 원천적으로 막혀있다. 또 유토피아를 제시하고 생활한다는 것이 단순히 과학기술의 향유만을 의미하는 것은 아니다. 미래사회의 모습 안에는 첨단과학기술과 함께 사회주의 제도와 미래에 대한 정치적 상황도 함께 제시되어야 하기 때문이다.

주지한 것처럼 과학환상문학은 이중적이다. 과학환상문학은 가상과 실재의 경계를 파타포적 상상력을 통해 매끄럽게 봉합하고 있다. 여기서 생성된 파타피지컬한 유토피아는 많은 제약을 통해 형상화되어야 하는 한계를 지니고 있다. 하지만 이 한계야말로 북한 과학환상문학의 전복적 상상력을 기대할 수 있는 지점이 될 수도 있다. 실재와 가상을 중첩시킬 수 있으며, 현재의 상황과 무관한 세계를 상상할 수 있다는 점에서 과학환상문학은 새로운 상상력으로 새로운 세계를 그릴 수 있는 가능성의 장이기도 하다.

3장

복제되는 수령과
팬텀의 효과

1. 복제되는 아이들

유토피아 건설을 위한 영토 확장이 근대적 지리학에 바탕을 둔 제국
주의적 정복의 여정이라면, 유토피아 공간의 실체화 연구는 완성된 사
회주의 유토피아 사회의 구조를 분석함으로써 공간이 갖는 이데올로기
적 전략을 찾는 작업이다. 푸코의 지적처럼 특정한 공간을 실체화하려
는 프로젝트는 권력을 향한 욕망의 배치와 무관하지 않다. 물리적 공간
의 배치는 인식론적 공간의 배치를 수반하고 있다. 북한의 문학이 목적
론적, 계몽적 속성을 갖는다는 점에서, 추상적인 유토피아 공간을 현실
태화하거나 인식론적 선을 따라 배치를 하는 작업은 특정한 이데올로

기적 전략을 함의하고 있는 것이다.

북한의 과학환상문학에 등장하는 사회주의 유토피아는 강한 현실가능성과 실체성을 지닌 것으로 등장한다. 하지만 이러한 실체성은 역설적으로 강한 팬텀현상을 통해 존재한다. 북한식 유토피아는 완벽한 환영도, 실제도 아닌 제3의 존재층이다. 과학을 수반한다는 점에서 북한의 유토피아는 완전한 환영이 아니다. 특히 "근거있는 환상", 즉 반드시 실현가능하며 "생활에 발붙인 근거"로써 "실제로 쟁취하려는" 욕망을 요구한다는 점에서 실체성을 가지고 있다. 하지만 실체성을 의심할 수밖에 없는 이유는 그들의 유토피아가 '과거 어느 시점의 세계'라는 추상적 시공간을 모델(원본)으로 하고 있기 때문이다. 게다가 원본을 모방하여 재현하고자 하는 시공간도 '미래 어느 시점의 세계'이다. 따라서 북한의 유토피아는 불특정의 과거와 미래 사이에서 부유하는 이른바 '텅빈 크로노토포스'의 세계이다.

여기서 과거지향적 유토피아는 북한 과학환상문학의 가장 큰 특징에 해당한다. 북한의 유토피아 건설은 실상 과거와 미래가 혼재되어 있는데, 시간과 과학기술은 미래를 향하고 있으면서도 미래에 건설될 세계는 과거 어느 시점을 복원하는 형태를 띠고 있기 때문이다. 과거의 복원이란 곧 과거의 복제를 말한다. 서구의 과학소설이 '지금 여기here and now'와 구별되는 새로운 세계를 상상한다면, 북한은 과거의 복제를 지향한다. 이는 불특정한 과거의 어느 시점을 절대화하는 것이자 동시에 팬텀의 효력이 발생되는 지점이기도 하다.

유토피아의 과거지향성의 또 다른 모습은 수령의 존재방식이다. 북한 과학환상문학이 재현하는 미래가 특정할 수 없는 시공간이라는 점은 전복적인 성격을 내포할 수도 있지만, 무엇보다도 북한문학의 특수성인 생물학적 수령을 그릴 수 없다는 데 집중할 필요가 있다.

북한에서 과학환상소설의 존재 목적은 "미래에 대한 공상과 념원에서의 과학성을 보장하여 래일에 살며 일하게 될 새 세대들 앞에 우리가 지향하는 공산주의는 어떤 사회이며" 이를 위해 "어떻게 살며 준비해야 하는가"에 대해 "대답"을 주는 것이다.[1] '미래 사회의 성격 규정'과 '어떻게 살며 준비할 것인가'로 요약할 수 있는 이 문제는 정치생명체인 '수령'의 존재를 언급하지 않고는 불가능하다. 이것이 과학환상소설에서 '수령의 재현' 문제가 부각되는 근원적인 이유이다. 실제로 북한 과학환상문학의 중요한 주제이자 어려운 문제 중의 하나는 바로 수령의 령도를 어떻게 재현할 것인가이다. 신형기의 지적처럼 과학환상문학은 주체문학의 자장 안에 있지만 한편으로는 그 자장을 벗어나 있는 특수한 형식이다. 그 특수성이란 작품 속의 세계가 오늘의 현실로부터 너무 멀리 떨어져 있다는 점, 또 과학이 바꿔 놓을 사회주의적 제도가 어떤 형태를 취할지 제시하기가 쉽지 않다는 점이다. 하지만 무엇보다도 중요한 문제는 과학환상문학이 그리는 미래의 세계에서는 정치적 생명의 원천이 되는 수령의 존재를 제시할 수 없다는 것이다.[2] 그래서 북한 과학환상문학에는 수령이 거의 등장하지 않는다. 주로 '조국'이 가장 많이 등장하며 간혹 '당'이 언급되는 정도이다. 작품 속의 인물들

---

1 황정상, 『과학환상문학창작』, 문학예술종합출판사, 1993, 87면.
2 신형기는 북한 과학환상소설에 수령의 존재를 설정하기 힘든 것으로 보고 있다. 작가들 역시 미래에도 수령이 존재할지, 존재한다면 어떠한 모습일지 상상할 수 없다는 것이다. 게다가 이야기의 배경이 되는 정치적 제도의 형태가 명확하지 않고, 모든 인간관계의 궁극적 구심이 되는 수령의 존재가 여느 주체소설들에서처럼 설정될 수 없는 것이 과학환상소설의 특성으로 보고 있다. 신형기 『북한소설의 이해』, 실천문학사, 1996, 205면.

〈그림 1〉

〈그림 2〉

〈그림 3〉 『아동문학』(1986.2) 뒷면

〈그림 4〉 『아동문학』(1984.4) 뒷면

〈그림 5〉 『아동문학』(1981.6) 표지

〈그림 6〉

현실과 가상에서 동일하게 벌어지는 복제의 복제, 동일자의 무한증식

은 조국과 당을 위해 존재할 뿐 '수령'의 존재나 명칭은 존재하지 않는

다. 결국 존재하지 않는 수령을 어떻게 형상화할 것인가가 북한 과학환

상문학이 당면한 가장 큰 과제인 것이다. 이는 북한의 대중들이 어떻게 미래를 상상하고 동시에 수령의 불연속성과 주체적 인간의 구현이라는 난제를 어떻게 해결할 것인가에 대한 전망을 살피는 작업이기도 하다.

그렇다면 어떻게 할 것인가? 수령이 부재한 미래의 유토피아를 상상할 수 있을까? 여기서 과학환상문학 작가들의 고민이 시작되는데, 이것을 해결하는 방식이 있으니 바로 '복제'이다.

위의 사진에서처럼 북한의 구성원들에게 수령은 곧 미메시스의 대상이다. 가장 완전한 인민이란 수령을 향한 미메시스의 정도degree가 가장 높은 경우이다. 황정상의 중편과학환상소설『푸른이삭』에서는 이를 '물질의 순도'로 은유화하고 있다. 즉 "모든 물질은 순도가 높을수록 그 어떤 조건과 환경에서도 자기의 고유한 성질을 그대로 보존"[3]하듯이 구성원들은 수령을 "자아이상(사회 상징적 규범의 망과 주체가 교육을 통해 내면화하는 이상)"[4]으로 삼을 것을 욕망한다. 〈그림 1〉은 편집의 의도성이 보이지만, 중요한 것은 현 수령이 무엇을 복제하고 있는지 보여준다는 점이다. 물리적인 시간은 미래를 향해 나아가고 있지만 그들이 종국적으로 도착해야 할 지점은 '과거'임을 보여주고 있다. 과거를 모방하고 복제하는 것이야말로 곧 현재와 미래의 존재론적 근거가 되기 때문이다. 〈그림 2〉는 이러한 복제의 시스템이 일상에까지 퍼져 있음을 보여주는 사례이다. 김일성—김정일 부자의 사진 아래에 서 있는 가족의 모습이란 그대로 수령과 인민의 위계를 보여주는 것이자 동시에 현재와 미래 세대가 닮아야 할 존재가 누구여야 하는지를 보여준다. 그런

---

3   황정상, 『푸른이삭』, 금성청년출판사, 1988, 77면.
4   슬라보예 지젝, 박정수 역, 『HOW TO READ 라캉』, 웅진지식하우스, 2012, 125면.

면에서 미래의 과학자란 곧 과거를 닮은 과학자이다.(그림 3) 아비 세대를 닮는 것이야말로 미래의 세대가 나아가야 할 방향인 것이다. 수령이 대를 이어 충성(복제)하듯이 구성원들도 수령을 복제하고자 하는 것이다. 김일성－김정일－김정은으로 이어지는 동일자의 연속은 구성원들에게도 동일하게 적용되는 것이다. 이러한 연쇄를 통해 동일자의 무한 증식이 가능해지는 것이다.

어린이들도 예외가 아니다. 〈그림 4〉, 〈그림 5〉에서 볼 수 있듯이, 모든 어린이들의 얼굴이 동일하다. 소년들의 앞머리는 짧게 바싹 깎여 있고, 소녀들은 단정한 단발머리다. 이상적인 얼굴형은 거의 변화를 허용하지 않는 것처럼 보인다. 어떤 그림에 나오는 노동자는 다른 그림에 나오는 농부나 군인과 아주 흡사해 보일 정도이다. 아동잡지뿐만 아니라 학교 교과서 그림에 나오는 아이들은 구별하기 힘들 정도로 똑같이 생겼다. 같은 키, 같은 체형, 같은 머리 모양을 한 수십 명의 아이들이 한 몸이 되어 춤추고 도약하는 아리랑 대집단체조야말로 동일자 되기의 한 상징이다.[5]

그런데 동일성은 외형적인 것에 그치지 않는다. 그들은 각자의 기표로 불리겠지만 존재론적 기표는 단 하나의 의미만을 갖는다. 수령의 영전 앞에서 자식을 안고 있는 사진(그림 2)과 1986년 2월호『아동문학』뒷면의 그림은(그림 3) 동일한 의미를 지니고 있는 것이다. '미래의 과학자'란 차이의 존재가 아닌, 어제와 오늘의 동일자인 것이다. 왜 과학환상문학이 서두에 등장하는 다양한 개성적 존재들이 결미로 갈수록

---

5   B. R. 마이어스, 고명희·권오열 역,『왜 북한은 극우의 나라인가』, 시그마북스, 2011, 81면.

하나의 정체성(진정한 과학자)으로 종합되는지도 이 같은 맥락에서 이해할 수 있다. 그리고 이러한 공산주의 인간형이란 종국 '수령 닮기'로 귀결되고 있는 것이다.[6] 모두가 수령을 닮는, 이른바 동일자의 무한복제가 실현된 모습이 〈그림 6〉이다. 모든 차이가 소거된 단일자單一者의 세계야말로 북한 과학환상문학이 꿈꾸는 유토피아이다.

북한 과학환상문학의 유토피아가 과거지향성일 수밖에 없는 근본적인 이유가 바로 여기에 있다. 북한 과학환상소설의 특성상 수령의 존재는 항상 '과거'일 수밖에 없다. 현존하지 않는 수령의 현존재는 그가 남긴 '말씀'(정신성)이었고, 따라서 항상 '과거'일 수밖에 없는 것이다. 북한이라는 세계는 이미 완결된 존재인 수령에 의해 건설된 완결된 세계이다. 수령이 남겨준 정신성은 절대적인 것이다. 보다 높은 과학기술의 요구와 미래라는 시간성은 수령의 정신성을 현실에 보다 밀도 있게 재현하기 위한 '과정'일 뿐이다.

하지만 현재 진행형의 사회주의 낙원을 존속, 유지하기 위해서는 '말씀'만으로는 불가능하다. 현재의 그들을 지도하고 이끌 수 있는 '현실태', 즉 수령의 '말씀'이 구현된 현존재가 필요하기 때문이다. 결국 이 모든 것의 최종심급은 '인간의 정신성'에 있기 때문에 과학기술의 결핍을 메울 인민들이 필요하며, 그 인민들은 반드시 수령의 정신성을 미메시스한 자들이어야 한다. 이 말은 미래의 인민들 역시 수령의 복제여야

---

6   김일성은 공산주의를 선취한 민족사의 선구자들을 대표하는 주인공 중의 주인공이 됨으로써 인격에 의한 지배와 동원 체제를 굳혔다. 인격의 정점에 오른 김일성은 의지의 기원이자 도덕적 표상 그리고 사상의 창안자가 되었다. 천리마운동과 더불어 공산주의 건설이 목표가 된 상황에서 이미 스스로 공산주의를 획득하고 펼친 김일성은 과거의 주인공일 뿐만 아니라 미래의 주인공이었다. 신형기, 『민족이야기를 넘어서』, 삼인, 2003, 292~293면 참조.

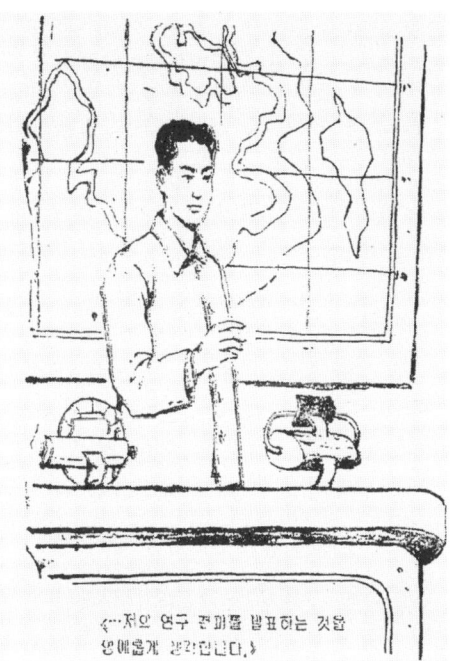

《…저의 연구 관계를 발표하는 것을
영예롭게 생각합니다.》

김동섭의 「바다에서 솟아난 땅」의 철수와 김일성은 형태적 동일성을 띠고 있다.

한다는 것이다. 따라서 과학환상문학 속의 인물들이 '공산주의적 인간'
을 추구한다는 점에서 가장 완결된 수령을 복제하는 것은 당연한 것이
다. 그래서 과학환상문학은 문제의 해결방안을 언제나 '과거의 재현'
속에서 찾는다. 그들에게 과거란 단지 지나간 옛것이 아닌 현재적 삶의
모델이자 구현해 가야할 총체성의 세계이다. 공산주의적 인간에 가장
근접한 인물을 모방하고 재현함으로써 현재적 위기를 극복해간다.

북한의 미래 혹은 유토피아란 이처럼 '복제의 복제'인 '작은 수령들',
즉 동일자의 무한증식에 의해 구성되는 세계이다. 자본주의가 하나의
코드로 동일한 상품을 대량으로 찍어내는 재생산의 체제이듯, 북한의
유토피아는 수령이라는 하나의 코드를 대량으로 복제하는 시스템이다.

모든 차이가 사라져버린 동일증식의 세계, 그곳에서 개개인의 이름이란 한낱 텅 빈 기호에 불과하다.

2. '작은 수령들'과 대가정론

리금철의 『유전의 검은 안개』는 수령 부재에 대한 해결 방법을 보여주는 전형에 해당한다. 이 작품은 복제의 방법을 '과거의 재현'에서 찾는다. 류찬영과 심정환은 수령의 '말씀'으로 구현된 "사회주의적 과학기술자Red expert"의 표상이다. 지질학자인 류찬영은 오늘날 인공유전 실현의 토대인 "지각심부가스설"을 과학적으로 증명한 자이자, 조국의 재부를 지키기 위해 부와 명예로 자신을 회유하려 했던 알프스원유회사의 요구를 거절한 자이다. 심정환 역시 "보안원이기 전에 다방면적인 지식을 소유한 박식가형의 지식인"이자 "원쑤들의 책동으로 탐험대에 위기가 조성되자 한 몸 바쳐 그들을 구원하고 33살의 젊은 나이에 희생"한 '붉은 과학자'이다.[7] 이처럼 북한의 과학자란 사업을 통해 단련되고 신망이 높으며 당과 혁명을 위해서는 목숨까지도 바칠 수 있는 사상적으로 준비된 학자들이어야 했다. 북한 지도부는 이들을 통해 당의 과학정책을 실현하며 핵심대열을 확대 강화하려는 목적을 가지고 있었다. 그래서 과학자 집단은 과학적 능력뿐만 아니라 사상성까지도 겸비

[7]　리금철, 『유전의 검은 안개』, 문학예술출판사, 2007, 21면. 이하 면수만 표기함.

하고 있는 인물들이어야 했다.[8] 하지만 수령의 재현은 단지 주체형 과학자의 재생산만으로 그치지 않는다.

과학탐구로 바쁜 나날을 보내던 어느날 서해의 지하굴공사에서 엄중한 사고가 발생하였다. 그 해역 대륙붕일대에 대한 자원채굴을 위한 이 공사의 설계에는 옥임도 함께 참가하였다. (…중략…) 옥임이 이제 엄한 법적 제재를 받게 된다는 소문까지 연구소에 나돌았다. 이러한 옥임을 구원하고 지켜준 사람이 있었으니 그는 바로 심정환이라는 젊은 보안원이였다.

옥임은 대위의 견장을 찬 그 보안원총각을 이미 전에 류찬영이 소개한 사진에서 본 기억이 있었다.

심정환은 해박한 과학지식과 명석한 판단, 놀랄만치 열정적인 탐구로 옥임의 지질관측과 연구에 쓰인 콤퓨터 체계망에 그 어떤 검은 마수가 뻗치였음을 밝혀냈다.

날로 발전하는 우리 경제의 위력에서 저들의 대외적인 권위가 저락될 위구를 느낀 외국의 어떤 불순한 기업체가 이 사업에 훼방을 놀기 위하여 못된 행위를 감행하였던 것이다.(83면)

위의 장면은 수령의 상징인 '과거'가 옥임에게 어떠한 의미인지를 잘 보여주고 있다. 옥임에게 과거란 단지 지나간 옛것이 아니다. 그것은 현재적 삶의 모델이자 구현해 가야할 총체성의 세계이다. 옥임이 유전폭발의 원인을 과학기술이 아닌 외부의 적으로 인식할 수 있었던 결

---

8   강호제, 『북한과학기술형성사』, 선인, 2007, 172면.

정적 계기는 '과거'의 교훈이었다. 과거 류찬영, 심정환과 함께 경험했던 사건은 오늘의 사건과 정확히 일치한다. 유전지층 속의 폭발과 원유개발을 위한 대륙붕 지하의 사고, 폭발 책임자로 지목받아 처벌을 기다리는 류명진과 공사 설계 참여로 법적 제재의 소문이 돌고 있는 옥임, 게다가 "외국의 어떤 불순한 기업체"의 "검은 마수"까지 이 모든 사건은 오늘의 폭발사건과 정확히 일치하고 있다. 뿐만 아니라 "아직도 이 땅에는 적대계급이 남아있고 그놈들이 우리의 창조물을 노리고"(83면) 있는 역사적 상황까지도 동일하다.

옥임은 과거의 기억을 통해 "56호 유전사고의 모순된 현상들과 유전의 지층공간 속을 촬영한 필름의 오손"(81면)이 "결코 우연적인 일치가 아니"(81면)라고 추정할 수 있었고, 결국 외부의 소행임을 밝혀낸다. 이처럼 옥임에게 '과거'는 단지 흘러간 사건이 아닌 오늘의 문제를 해결하고 미래를 구현하는 '거울'이었다. 그런데 흥미로운 점은 수령의 표상인 '과거'가 항상 그들의 삶에 내재된 형태로 나타난다는 것이다. 옥임이 과거를 떠올린 계기에는 인과관계가 성립하지 않는다. 말 그대로 "왜서 그런 생각이 전류가 흐르듯 온몸을 휘감는지 옥임도 자신을 알 수가"(81면) 없는 상태에서 '과거'는 찾아온다. 외부의 소행일 것이라는 생각도 이미 "썩 이전에 벌써 그의 심중에 자리 잡"(82면)은 것이었다. 이처럼 수령의 '말씀'은 늘 그들의 삶에 내재된 형태로 존재하고 있으며, 문제에 봉착했을 때 "불현듯…… 령감이 뇌리"(81면)를 치듯 우발적으로 표면화되어 해결의 결정적 역할을 해준다.

수령의 재현은 과거의 사건들을 통해서만 나타나는 것은 아니다. 수령의 재현은 '수령을 닮은' 인간의 재현과 추종을 통해서도 이뤄진다.

공산주의적 인간에 가장 근접한 인물을 모방하고 재현함으로써 현재적 위기를 극복할 수 있다는 것이다.

> 인류과학발전의 먼 앞날을 내다보는 비범한 예지 해당 부문의 전문가들도 놀라게 하는 깊은 과학적 식견, 한없이 폭 넓고 풍부한 지식은 경애하는 장군님의 특성이다. 위대한 장군님께서는 전자자동화공학으로부터 화학과 생물학 건설공학에 이르기까지 현대과학 기술의 모든 분야에 완전히 정통하시고 우리식으로 프로그람기술을 개발하는 명안을 제시하시는 경애하는 장군의 예지의 비범성은 그 무엇에도 비길 수 없다.[9]

2000년 『로동신문』 공론논설에 나온 수령의 모습은 그대로 심정환과 옥임의 모습이다. 수령이 "깊은 과학적 식견"과 "폭넓고 풍부한 지식"을 지니고 있듯이, 심정환도 "다방면적인 지식을 소유한 박식가형의 지식인"(84면)이자 "해박한 과학지식과 명석한 판단 놀랄만치 열성적인 탐구"(83면)를 지니고 있다. 옥임의 "다방면적인 과학기술의 소유와 함께 그의 명석한 추리와 판단은 해당기관 일꾼들의 감탄을 자아"(23면)낼 정도이다. 그래서 '사건심의회의'마다 보여준 "과학적이고 론리정연한 설명"은 마치 "중앙검찰소의 과장이 아니라 어느 과학기관에서 내려온 관록 있는 과학자처럼"(215면) 보일 정도이다.

류명진은 아비 닮기를 통해 수령의 모습에 근접한다. 류명진이 "종합대학의 원유학부"(67면)에 입학한 것은 아비 류찬영을 닮기 위해서이다.

---

9   공동론설, 「과학중시사상을 틀어쥐고 강성대국을 건설하자」, 『로동신문』, 2000.7.4

인공유전의 이론을 증명한 아비의 뒤를 따라 56호 인공유전을 완성한 류명진이야말로 "당이 맡겨 준 과학기술과제를 어떤 일이 있어도 기어이 완수"하는 수령의 말씀을 재현하는 인물이다. 또 명진은 폭발원인을 직접 확인하기 위해 수천 킬로미터의 위험한 지층 속으로 들어가는데, 이 역시 "아버지처럼 과학을 위해 자기의 한 몸을 희생"(177면)하는 주체적 과학자의 자기희생 정신의 실천이다.[10] 아비가 수령을 재현하고, 다음 세대들은 아비를 모방함으로써 수령의 모습은 시대와 세대를 넘어 끊임없이 재생산될 수 있는 것이다. 이처럼 미래의 북한사회는 수령과 그의 현재적 표상들을 모방함으로써 수령의 현재적 구현을 지속하고 있다.

아마도 이러한 수령 복제의 욕망을 가장 솔직하게 볼 수 있는 또 다른 장면은 김일성 사망 당시에 나온 작품일 것이다. 김일성이 사망하던 당월 잡지 『아동문학』에 실린 「신비한 약」이 그것인데, 여기에는 "이런 때 아버지가 곁에 있으면 얼마나 좋겠습니까"[11]라는 그리움의 정서를 담고 있다. 줄거리는, 무중력 공간에서 불사약을 개발 중이던 옥남이의 아버지가 불치의 병에 걸리자 옥남이와 광혁이가 이를 완성시켜 옥남의 아버지를 구한다는 이야기이다. 이 작품이 말하는 가상의 욕망은 말 그대로 '아비의 영생'이다. 그것은 "병을 모르고 젊음에 넘쳐 친애하는 지도자 선생님을 오래오래 모시고 세상에 부럼없이 무럭무럭 자라"[12]고 싶은 소망의 충족이다. 그리고 이를 가능케 한 것이 바로 "과학의 힘"이다.

---

10 류명진이 위험한 지층 속으로 들어가는 것은 "원쑤들의 책동으로 탐험대에 위기가 조성되자 한 몸 바쳐 그들을 구원하고 33살의 젊은 나이에 희생"(21면)된 심정환의 모방이기도 하다. 명진은 아비 외에도 옥임을 모방한다. 옥임의 신중함과 결단력에 대해 "거세찬 친화력"(184면)을 느낀다.
11 리금철, 「사랑-1호」, 『아동문학』, 1998.3, 24면. 이하 면수만 표기함.
12 리금철, 「신비한 약」, 『아동문학』, 1994.7, 28면.

불사약을 이루는 "각이한 미시로보트 중에는 병든 사람의 몸 안에서 부패균을 없애고 사멸되였던 세포를 재생시키는 특수한 것"이 있어서 "그 약이 몸 안에 들어가면 영원히 사는 것"이 가능해진다는 것이다.(28면) 사망한 수령을 과학의 힘으로 되살려 "오래오래 모시고 세상에 부럼없이 무럭무럭 자라는"(28면) 행복을 느끼고 싶다는 소망이 복제라는 과학적 환상을 통해 재현되고 있는 것이다.

수령부재의 해결방식은 내부적 문제인 세대론과도 깊은 관련이 있다. 북한에서 혁명 1세대와 이후의 세대 간의 갈등은 단순한 세대 문제를 넘어 체제의 존립문제로까지 이어졌다. 이에 대해 김정일은 세대론의 문제가 '돌이킬 수 없는 후과'를 가져올 수 있다며 문제의 심각성을 강조한 바 있다.[13] 실제 소련의 페레스트로이카와 동구권의 몰락 이후 세대론의 문제는 북한 내부의 중대 사안이 되었고, 1990년대 이후 북한문학은 이를 심각한 주제로 다루고 있었다. 그래서 북한 과학환상문학에서도 이 문제는 중요하게 다뤄지고 있다. 겉으로는 부각시키고 있지 않지만, 갈등의 주체가 신세대인 작품이 많다는 점, 주로 기성세대와 신세대들의 동의 속에 갈등이 봉합된다는 결말은 세대론의 문제가 미래에도 역시 중요한 주제임을 보여주는 것이다.

리금철의 『유전의 검은 안개』는 가족주의를 통해 세대론의 갈등을 극복한다. 우선 이 작품에 등장하는 인물들은 모두 가족관계임을 표나게 강조한다. 기본적으로 류명찬과 심정환의 가족이 사건의 중심을 이루고 있는데, 옥임에게 심정환을 소개해준 것도 류명찬이고 금주의 이

13 김정일, 『주체문학론』, 조선로동당출판사, 1992, 65면.

름을 지어준 것도 류명찬이다. 류명찬과 심정환은 둘도 없는 친구사이이며, 심정환이 죽었을 때 가족처럼 슬퍼해준 것도 류명찬이다. 그래서 옥임에게 류명찬의 가족은 "정말 친형제간"(20면) 이상이다. 명진도 "두 가정은 정말 친척과 같았소"(55면)라고 말한다. 어린 금주는 오빠가 없다는 이유로 학급 급우로부터 놀림을 당하자 명진 오빠를 찾는다며 집을 나간다. 길을 잃고 헤매다가 열차승무원의 손에 이끌려 집에 돌아와 울면서 하는 첫마디가 "명진 오빠를 데려오구 싶어"(121면)이다. 금주의 에피소드야말로 가족을 향한 강한 열망을 보여주고 있다.

그런데 이들은 개별적 가족이 아닌 대가정론 속으로 귀속되고 있다. 친가족과 같은 류명진과 심금주의 가족에서부터, 옥임을 "인정많은 어머니처럼"(231면) 생각하는 류명진, 자신을 황혜련(심금주)의 "친아버지나 되는 듯"(45면) 여기는 자재부장 박기준 그리고 사건 해결 후 결혼을 약속한 명진과 금주, 다시 연인관계가 되어 결혼을 꿈꾸는 지구물리학 연구원 송련희와 검사 최석호, "다정한 쌍둥이 형제 같은 금주와 련희"(239면)처럼 이들은 모두 하나의 거대한 가족, 이른바 대가정의 모습이다.

> "옛다. 이제부터는 이 사진을 네가 간수해라."
> 그러자 금주는 주춤 한발자국 뒤로 물러섰다.
> "아니예요. 어머니가 그냥 간수해두세요."
> "그건 왜?"
> 금주는 명진이에게로 얼핏 눈길을 주고는 수집게 대꾸했다.
> "저 동무한테도 이 사진이 있는데요 뭐."
> "그래? 호호……"(238면)

류명찬과 심정환 가족이 함께 있는 사진을 금주에게 건네주는 행위 안에는 세대론 문제가 어떻게 해결되는지 보여준다. 결혼을 암시하는 위 장면은 "저 동무한테도 이 사진이 있는데요."라는 말을 통해 이미 '과거'를 계승할 준비가 되어 있음을 말하고 있다. 그들에게 과거란 현재와 미래를 존재케 하는 근원이자 동력이며, 이를 통해 북한은 하나의 거대한 가족공동체가 된다. 이들은 '과거'의 닮기와 재현을 통해 "그들(선대—인용자)이 지녔던 그 꿈과 넋을 오늘의 후대들이 이어가고"(239면) 있는 것이다. 결국 옥임은 류찬영과 심정환에 이어 또 다시 모방해야 할 '과거'가 된다. 그리고 새로운 세대인 명진과 금주, 석호 등은 이들을 모방함으로써 조국의 문제를 해결하고 또 다시 '과거'가 되기 위해 노력한다. "얼마나 장하고 정다운 사람들인가. 바로 그들에 의해서 우리의 창조물이 지키여지고 있는 것이다"(225면)처럼 『유전의 검은 안개』는 사회주의 낙원의 영속가능성을 보여주고 있다.

이처럼 북한 과학환상문학은 장르의 성격상 미래를 다룬다는 점에서 수령의 부재라는 문제 상황에 맞닿아 있다. 하지만 북한이 상상하는 미래사회 역시 수령의 령도 속에서 구현되어야 하기 때문에 어떠한 방식이든지 수령의 흔적들은 존재해야 하며, 그것이 미래사회를 구현하고 구성하는 중심축이 되어야 한다. 따라서 부재하는 현존 또는 현존하는 부재를 은유적으로 형상화하는 것은 필수적이다. 이 작품에서는 수령이 지도하던 '과거'라는 추상적 시간과 그 과거를 재현하고자 하는 인물들에 의해 수령의 흔적은 유지된다. 명진과 금주의 아버지들은 곧 과거의 표상이자 오늘을 바라보는 거울이다. 그들을 통해 오늘의 문제를 해결하고, 오늘의 세대는 다시 모방되어야 할 '과거'가 되고자 한다.

미래의 구성원들은 과거를 통해 오늘을 해석하며, 스스로 모방의 대상인 과거가 되고자 함으로써 미래는 중단 없이 재생산될 수 있다고 믿고 있다. 그리고 이러한 연쇄 속에서 북한의 정체성은 끊임없이 재생산될 수 있다는 신념을 드러내고 있다.

여기서 주목해야 할 부분은 복제의 대상인 수령 역시 팬텀이라는 것이다. 수령은 육체적 실체와 미디어의 환영이 결합된 팬텀이다. 그리고 이 실재와 가상이 혼합된 신화적 차원으로 승화한다. 구성원들이 복제하는 지점이 바로 여기다. 인간은 신이 될 수 없다는 점에서 이 복제에는 항상 소외가 수반되어 있다. 도달할 수 없는 환영의 유토피아가 열정의 과잉을 불러왔듯이, 영원히 모방 불가능한 존재를 모방하려는 욕망도 역시 과잉이 될 수밖에 없다는 점에서 분열적이다. 따라서 본질적으로 동일자의 무한복제는 분열의 무한증식이기도 하다. 과학환상문학을 전복적 의미로 읽을 수 있는 가능성도 여기에 있다.

4장

억압을 욕망하는 아이들과
실재의 귀환

1. 사라지는 아이들 혹은 동일화의 과정

북한 과학환상문학이 등장한 이래 변하지 않는 테마 중의 하나가 '과잉'에 대한 경계이다. 말 그대로 통제되지 않는 '흘러넘침'의 상태인 '과잉'은 과학환상문학 속에서 늘 해결해야 하는 숙제처럼 다루어 왔다. 그 중에서도 열정의 과잉은 동일자의 생산이라는 문제와 항상 결부되어 나타난다. 주로 주체의 인간전형을 형성하는데 과잉열정이 일으키는 문제를 다루고 있는데, 대부분의 작품들은 '차이의 제거'라는 일정한 구조 속에서 그리고 있다.

우선 작품이 시작되면 3~4명의 아이들을 소개하는 장면들이 나오는데, 모두들 외모에서 성격에 이르기까지 제각기 개성적인 인물로 등장한다.[1] 예를 들면 리광근의 「로케트를 부르는 전파」(1988)에는 각기 개성적인 외모를 가진 인물이 등장한다. 의존적인 인물인 수남이, "서글서글한 눈매에 때 이르게 점잔티"(4면)를 내는 영철이, "앵두알 같이 빨간 볼"(4면)을 지닌 발랄한 소녀 봄순이가 그들이다. 성격 역시 다양한데, 라경호의 「사시절 입는 옷」(1988)에는 남들에게 과시하기를 좋아하고 성격이 급해 실험 도중 사고를 자주 일으키는 호일이와 매사에 꼼꼼할 뿐만 아니라 "사소한 부정확한 표현도 싫어하는"[2] 완벽주의자 세진이가 등장한다. 또 다양한 특기를 지닌 인물도 등장하는데, 조희건의 「예순일곱살난 소년」(1991)에 나오는 "전국청소년기계체조선수권 보유자이자 미래의 우주비행가"인 호철이, "국제전자계산기프로그람경기에서 금메달과 특등컵을" 받은 수현이, "세계의 첫 녀성우주의학자로 될 꿈을 안은 학교의 이름난 예술체조명수"인 례향이가 그들이다.[3] 과학환상이야기 『새별운석탐사대』(1979)에는 보다 많은 인물들이 등장한다. 반고수머리에 2학년 때부터 학급반장을 했으며 수학, 물리학, 화학, 생물학에 남다른 지식과 뛰어난 재능을 보이는 '척척박사' 남솔이, "머리를 바투깎은데다 검실검실한 얼굴색을 한 축구선수"이자 천문학박사인 한길이, "키가 큰 달리기 선수 금돌이와 몹시 까부는 억세", "물리학을 잘 아는 주남이와 그리고 수성이, 철이", "마음씨 곱고 노래에서

1   1950년대 초창기 작품에서부터 1980~1990년대 대표작들인 『번개잡이 비행선』(1988), 『지구밖으로』(1990), 『열을 내는 꽃』(1991) 등의 과학환상소설집 그리고 현재 간행되고 있는 『아동문학』, 『청년문학』 등에 수록된 작품들도 예외 없이 서너 명의 인물들이 중심이 되어 이야기를 전개해나가고 있으며, 성비는 대개 남녀 2 : 1로 구성되어 있다.
2   라경호, 「사시절 입는 옷」, 『번개잡이 비행선』(과학환상소설집), 금성청년출판사, 1988, 50면.
3   조희건, 「예순일곱살난 소년」, 『열을 내는 꽃』(과학환상소설집), 금성청년출판사, 1991, 38면

도 꾀꼴새도 울고간다는 은별이", 온순한 분이와 꽃순이 등 독자적인 개성을 가진 인물들이 등장한다.(7~8면)

문제는 작품 서두에서 다양한 존재로 등장하던 인물들이 결말에 가서는 모두 하나의 인물로 수렴되고 있다는 것이다. 성격, 외모, 역할 등 그 많은 개체들의 차이가 결말에 이르러서는 모두 소멸하고 단 하나의 동일자만 남는다. 동일자란 등장인물 가운데 가장 이상적인 인물, 즉 위대한 과학자의 정신을 소유한 자이며, 모든 인물들은 '진정한 과학자 되기' 위해 불필요한 것들을 스스로 제거한다.

이러한 장면들은 여타의 북한문학이 보여준 공식, 이른바 '이상적인 공산주의자 만들기'의 관점에서 볼 수 있다. 북한 아동문학이 보여주는 주제의 범주란 '주체의 인간학'을 벗어나지 않기 때문이다. 그런 면에서 어린이를 주인공으로 한 과학환상문학 역시 같은 맥락으로 볼 수 있다. 하지만 여기에는 다음의 질문이 보충되어야 할 것이다. 왜 북한 과학환상문학은 과잉, 특히 어린이의 과잉열정을 두려워하는가. 이 질문이 중요한 것은 그동안 정치적 계몽의 시선에서 바라보던 북한 아동문학(과학환상문학을 포함하여)을 다른 관점에서 읽을 수 있도록 해주기 때문이다. 게다가 미래사회를 구성하는 데 있어 북한이 근원적으로 두려워하는 대상이 무엇인지 작품을 통해 유추할 수 있도록 도와주기 때문이기도 하다. 다시 말해 북한 과학환상문학 속에서 억압을 욕망하는 어린이들과 이들의 과잉열정에 대한 고찰은 훈육의 관점을 넘어 '어린이'를 바라보는 북한이 근원적인 시선을 밝히는 작업이 될 수도 있다.

2. '죽지 않는 어린이'들과 과잉의 문제

과학환상문학이 유토피아 건설의 죄악으로 삼은 요소들은 주로 윤리적 측면이다. 북한문학에서 윤리성을 강조하는 것은 새삼스러운 일이 아니다. 주체사상을 바탕으로 "사람들을 더욱 힘있는 존재로 키우는 사상적 무기"이자 "인간해방의 참다운 교과서"[4]인 문학이 공산주의 인간의 품성을 다루는 것은 너무나 자연스러운 일이기 때문이다. 그럼에도 윤리적 측면에 주목해야 하는 이유는 북한의 과학환상문학과 서구 과학소설과의 관계, 즉 서구 과학소설에 대한 일종의 안티테제적인 측면 때문이다. 북한은 과학기술의 진보가 유토피아 건설의 필요조건은 되지만 충분조건은 될 수 없다는 것을 지속적으로 강조한다. 왜냐하면 과학환상문학에서 중요한 것은 "과학기술탐구 그 자체가 아니라 과학탐구를 하는 사람"[5]이기 때문이다. 북한이 서구 과학소설을 비판하는 지점도 이 부분이다.

북한이 볼 때, 자신들의 과학환상문학이 과학적 세계관뿐만 아니라 자주적이고 혁명적인 세계관을 부여하는 것과 달리 서구의 과학소설은 "인류위기설을 대대적으로 퍼뜨림으로써 인민대중들로 하여금 비관주의, 염세주의에 빠져 미래에 대한 신심을 잃고 세계의 주인으로서의 역할을 다하지 못하게 투쟁의욕과 혁명의식을 마비"시키고 있다. 게다가

---

4   사회과학원 문학연구소, 『주체사상에 기초한 문예이론』, 사회과학출판사, 1975, 12면.
     우리나라에서는 인동출판사에서 『북한의 문예이론─주체사상에 기초한 문예이론』으로 출간되었으며, 인용은 이 책에서 하였다.
5   황정상, 『과학환상문학창작』, 문학예술종합출판사, 1993, 14면.

"미국신변종인 실용주의 철학을 리론적 바탕으로 하고 있는 실용주의 과학환상문학에서는 근친상간, 동성애, 변태성욕, 학대음란증 등 부화방탕한 생활을 반영하고 있으며, 과학기술수단으로 무장된 강도, 깽, 협잡군, 불량배, 폭행자 등 인간쓰레기들을 등장인물로 설정"하고 있다.[6] 이는 결국 "민족자주의식을 마비"시키고, "인민들을 기만"하며, 특히 "청소년들을 타락시켜 결국은 그들의 혁명투쟁을 거세하려고 미쳐 날뛰"게 하는데, 이처럼 서구 과학소설의 파괴적이고 종말론적인 상상력이야말로 과학에 대한 주체의 비윤리성에서 비롯되었다는 판단이다.[7]

북한 과학환상문학이 보이는 윤리에 대한 강박적 태도는 주로 이기주의(개인주의), 영웅심리, 자만심, 나태함 등이다. 과학환상문학에서 보이는 갈등의 주된 원인 또한 바로 이러한 윤리적 결함이다. 과학기술적인 문제들은 부차적인 것으로 나온다. 항상 근본적인 문제는 주체 과학자로서 혹은 주체의 인간으로서의 윤리적 결함이다.[8] 이기주의나 영웅심리는 집단의 힘을 약화시키는 주범이다. 조희건의 「번개잡이 비행선」(1988)에서 용이는 유명한 과학자 집안이자 "그 누구에게도 뒤져본 적이 없는 어린 수재"(25면)이다. 10월에 개최될 전국청소년발명품전시회에 "번개잡이 비행선"을 출품하기 위해 로케트연구소와 소조원을 새로 구성하던 중 용이는 생물소조원 정희가 연구에 합류한다는 소식을 듣고 불쾌해 한다. 용이는 "연구성과는 어디까지나 개별적 과학자들

6   위의 책, 31~32면.
7   위의 책, 88면.
8   물론 미국이나 일본 등 제국의 침입도 중요한 갈등의 요소이다. 하지만 이는 내부의 단결을 위한 외적 요소의 성격이 강하다. 결국 문제 해결의 시작과 끝은 내부 구성원의 사상의식이다.

의 독자적인 뇌수활동의 산물"(28면)이라고 믿고 있다. 게다가 정희가 전자공학에 무지할 뿐 아니라 그녀의 아버지는 도예술단 지휘자, 어머닌 피아노 연주를 하는 이른바 예술가 집안이기 때문이다. 유전결정론과 엘리트주의에 사로잡힌 용이는 자신의 힘으로 모든 것을 해낼 수 있으며, 따라서 모든 영광도 자신의 것이어야 한다고 믿고 있다.

①

"정희가 구상한 개구리 눈알모양의 탐지기 원리가 아주 그럴듯해, 우리 한번 들어보지 않겠니?"

"체, 들어보나마나야, 야, 그렇게 쉽게 될 것 같으면 내가 벌써 만들지 않았으리, 이 용이가 말이야, 래일이면 좋은 안을 내놓을테니 너희들은 탐지기 만들 준비나 해!"[9]

②

"용이야 내말을 명심해 들거라.

과학과 기술이 발전할수록 과학탐구분야는 더욱 세밀해지고 뭘 하나 새로운 걸 만들자고 하면 그만큼 더 여러 부문 과학자들의 지혜와 힘이 합쳐져야 한다. 지금에 와선 집단의 힘에 의거하지 않으면 과학연구사업은 그만큼 빛을 볼 시간이 늦어지는 법이란다."

용이는 머리를 푹 떨구었다. 아버지의 말이 이때처럼 가슴에 파고 든 적이 없었다. 눈굽이 핑 젖어들었다.[10]

---

9   조희건, 「번개잡이비행선」, 『번개잡이비행선』(과학환상소설집), 금성청년출판사, 1988, 35면.

용이는 번개잡이비행선이 성공해 환호하는 동무들에게 답례를 보내는 상상을 하며 "박사가 다 된 기분"(32면)을 누리던 중 집에 돌아온 아버지의 냉정한 태도에 당황한다. 친구들은 모두 연구소에서 밤새 연구에 매진하고 있는데, 왜 혼자 집에 있느냐며 나무라는 것이다. 아버지는 "동무들의 힘을 믿지 못하고 저만 똑 잘난 체하며 으스대는 못된 버릇"(37면)을 가진 용이를 꾸짖는다. 이 작품의 주제는 이로써 모두 드러났는데, 개인주의 대 집단주의, 엘리트주의 대 숨은 영웅 그리고 학제 간의 융합이 그것이다. 표면의 주제는 번개잡이비행선 완성의 과정이지만 진정한 주제는 개인의 교만 대 집단적 힘의 대결이다. 과학적 성과를 이루기 위해서는 이기심, 영웅심을 버리고 집단의 힘을 사용해야 하며, 서로 간의 조화야말로 성공의 지름길임을 강조하고 있다.

엄호삼의 「P소행성을 찾아」(1999)에서 "내 처음으로 발명하는 것이 남의 도움으로 되었다고" 불쾌해하는 영일이를 향해 "헛된 자존심이었고 비뚤어진 고집", 기껏해야 "자기의 명예"를 위한 "개인공명주의"일 뿐이라며 강하게 비판한다. 왜냐하면 "과학은 조국의 부강번영을 위한 전초선"이며, "이 초소들을 지켜선 과학자들이 서로 돕고 도움을 받는 거야 응당"[11]한 것이기 때문이다. 이 작품의 주제도 결국은 영일이처럼 "사심 없이 순결한 량심을 가지고 조국을 받들어"서 "조국의 기억 속에 남는 참된 과학자"가 되어 가는 것이며, 이를 위해 영일이가 자신의 이질성을 제거하고 대타자의 욕망을 욕망하는 정철이와 동일한 존재가 되는 것이다.[12]

---

10 위의 글, 37면.
11 엄호삼, 「P소행성을 찾아」, 『청년문학』, 1999.8, 34~35면.

이러한 윤리적 문제가 중심이 되는 이유는 과학환상문학의 목적, 즉 "자주적인 인간전형, 사회정치적 생명을 위하여 육체적 생명을 기꺼이 바칠 줄 아는 우리 시대 인간들의 본보기, 미래의 사회에 살게 될 인간 형상"[13]을 내세우기 위해서이다. 그래서 작품 속 "과학자들은 탐구와 사랑에서 자기리기적이 아니라 자기희생적이여야 한다는 종자"[14]를 강조하고 있는 것이다.

그렇다면 북한 과학환상문학은 왜 어린이에게 집중적으로 윤리적 문제를 제기하고 있는 것일까? 북한에서 표방하는 이유들은 다음과 같다. 첫째, "어린이들에게 정직한 품성을 키워주는 보다 심각한 교양문제와 잇닿아"[15] 있기 때문이다. 그래서 황정상은 이상적인 주인공보다는 '성장하는 인물'의 형상화를 강조한다. 황정상의 창작론에 따르면, "모든 인물은 어느 경우든지 다 성장하는 인물로 형상화"하여야 한다. 그렇지 않으면 "그 성격은 진실하고 생동하게 안겨울 수가 없"[16]기 때문이다.

둘째, 어린이의 미성숙 때문이다. "어린이들과 학생소년들은 생활체험이 부족하고 사고방식도 극히 단순한 것으로 하여 인식능력에서 제

---

12 이 외에도 리광근의 「열을 내는 꽃」, 신승구의 「101번째 과학소조원」(1991), 리광근의 「과수원을 가꾸는 나비」(1988), 조동옥의 「로보트의 나라」(1988), 문희준의 「룡마어를 찾아서」(1964) 등도 개인주의적인 성향을 가진 인물들이 집단주의 인간으로 동일화되는 과정을 다루고 있다. 또 영웅심리는 과학대회 등에서 1등을 차지하기 위해 공동체에 분열을 가져오는 이야기이가 주를 이루고 있는데, 「로케트를 부르는 전파」(1988), 「사시절 입는 옷」(1988), 「밝혀진 유전의 비밀」(1988), 「무중력 비행선」(1990), 「번개잡이비행선」(1988), 「태만이가 얻은 보물」(1991), 「마지막 4분」(2002) 등이 여기에 속한다.
13 황정상, 앞의 책, 59면.
14 위의 책, 127면.
15 김정일, 『주체문학론』, 조선로동당출판사, 1992, 257면.
16 위의 책, 164면.

한성"을 가지고 있다는 것이다. 따라서 "무엇이 선한 것이고 무엇이 악한 것인가 하는 것을 알기 쉽게 보여줌으로써 선한 것을 지향하고 악한 것을 미워하는 정신으로 교양하는 것이 중요"하다는 것이다.[17]

셋째, 서구 과학소설에 나타난 제국주의자들의 사상문화적 침투를 방어하기 위해서이다. 특히 수정주의자들은 "과학환상문학분야에서 부르죠아 사상과 부르죠아 생활양식을 퍼뜨리고 자본주의를 되살리기 위하여 교활하게 책동"하고 있기 때문이다. 따라서 "그 사소한 사상독소도 우리 내부에 침습하지 못하게" 하기 위한 일종의 '백신'으로 윤리적 문제를 제기한다는 것이다.[18]

하지만 여기에는 보다 심연의 이유가 존재하고 있다. 과학환상문학이 억압하고자 했던 것은 윤리를 가장한 '욕망'이었다. 아이들은 그 욕망으로 인해 동일화의 포섭으로부터 일탈할 수 있을 뿐만 아니라 존재론적 차이(개성)를 확보할 수 있다. 하지만 과학환상문학의 계몽성은 이러한 욕망들을 모두 윤리적 결함으로 분류하고 억압한다. 즉 어린이들을 향한 끊임없는 억압 장치의 작동은 아이들로 하여금 '스스로 억압을 욕망하는 주체'로 호출한다. 여기에는 윤리적(혹은 정치적) 계몽을 넘어서는 본질적인 문제가 함의되어 있는데, 바로 '어린이'에 대한 두려움이다.[19] 앞에서 보았듯이 과학환상문학에서 다루는 부정성은 주로 '어린이'를 통해서이다.[20]

---

17 위의 책, 268면.
18 위의 책, 32~33면.
19 북한의 어린이가 훈육이나 교양의 대상임은 익히 알려진 바다. 북한에서 어린이를 교정의 대상으로 바라보는 이유 중의 하나는 계몽을 통한 변화가능성을 수용하고 있기 때문이다. 하지만 여기서 논의하려는 내용은 교정의 대상으로 어린이를 바라보는 또 다른 원인을 논하기 위해서이다. 본저에서는 그 원인을 '두려움'에서 찾고자 하였다.

꼬마들의 합세란 도리여 시끄러운 것입니다. 그애들은 우리의 일손을 덜어주는 것이 아니라 더해주니까요.

"너희들은 안돼!"

나의 이 말에 충일이는 단박 입술을 삐죽이 내밀었습니다.

"씨— 왜 안된다는거야. 우리도 가겠어."

"시끄럽게 굴겠니? 저리 물러가!"

(…중략…)

"이런 철부지들을 데리고 먼바다에 나갔다가 어쩔려구 그러니, 괜히 우리들 짐이나 돼."

(…중략…)

과연 이 애들이 궁전에 돌아가면 잠자코 공부를 할가요? 공부는 커녕 무슨 대단한 이야기거리나 알고 있는 듯 여기저기 돌아다니며 오늘 일에 대해 잴잴 거릴 것입니다. 그러면 우리 소조의 위신은 땅바닥에 떨구는 이 비상사고가 한입 건너 두입 건너 온 궁전에 쫙 퍼질 것은 뻔합니다.[21]

리금철의 「탐험선이 떠난 뒤」(1998)의 예시문은 어린이들을 책망하는 단순한 장면으로 볼 수 있다. 하지만 여기에는 어린이를 바라보는 북한의 불편한 내면이 고스란히 드러나고 있다. 그들에게 어린이는 금지의 대상일 뿐이다. 어린이의 속성이란 참새처럼 시끄럽기나 하고 일손을 덜기보다는 더 크게 만들고 괜히 사회의 짐이나 되는 철부지 같은

---

20 청년이나 성인을 다루는 작품에 나오는 부정적 심리 역시 마찬가지다. 그들의 문제는 어린 시절 내재되어 있던 윤리적 결함을 극복하지 못함으로써 발생되는 것이다. 그래서 개인주의나 이기심 등은 단지 어린이의 문제로만 귀착되지 않는 것이다.

21 리금철, 「탐험선이 떠난 뒤」, 『아동문학』, 1998.7, 30면.

존재이다. 또 배움보다는 드러내기를 좋아하며 사람들의 위신을 떨어뜨리고 결국은 사회를 위험에 빠뜨리는 "비상사고"(30면)를 일으키는 존재일 뿐이다. 이들은 마치 절제 되지 않는 리비도나 카오스 같은 존재로 그려지는데, 이는 어린이를 교정되지 않은 혹은 교정을 기다리는 불완전한 존재로 바라보는 것이다. 이러한 내면이 표출된 양태가 바로 개인주의나 이기심, 영웅 심리이다. 북한 과학환상문학에서 어린이는 문제를 야기하는 불길한 속성을 지닌 존재들이다.

그 '불길함'이란 예측불가능성과 폭력성으로서, 북한이 어린이를 두려워하는 근원이다. 잘 알려진 것처럼 어린이에 대한 북한의 시각은 이중적이다. 한편으론 '나라의 꽃봉오리이며 미래의 주인공'이지만, 이 수사학적 이면에는 무지와 광기, 야만의 속성에 대한 경계와 교정의 필요성이 전제되어 있다. 『아동문학』 등의 잡지에서 끊임없이 '지덕체'를 강조하는 이유도 여기에 있다. 이는 '아이에서 어른으로'라는 전형적인 계몽주의적 아동관이다. 이기적이며 자만심과 고집을 피우던 철없던 아이가 집단과 조국의 위대한 발전을 위해 희생할 줄 아는 진정한 과학자로 거듭난다는 서사구조는 어린이를 무지와 광기의 표상으로 받아들이는 계몽주의적 훈육방식에 닿아있다.

그런데 흥미로운 점은 이러한 경고와 교정의 필요성이 모든 작품에 일관되게 지속, 반복하여 등장한다는 점이다. 마치 반복강박증 환자와도 같은 이러한 증상은 단지 '어린이의 속성'에 대한 주의와 경계를 넘어서는 보다 본질적인 두려움을 표현하고 있는 것처럼 보인다. 즉 세대를 넘어서면서까지 경계한다는 것은 그 불길함을 일종의 '죽지 않는 어떤 것undead thing'으로 바라보고 있다는 반증이다. 초창기부터 지금까지

어린이에 대한 계몽을 다루고 있다는 것은 이것이 단지 억압에 의해 소멸될 존재가 아님을, 지젝의 표현대로 '외설적인 불멸성'을 지닌 존재임을 스스로 내보이는 것이기 때문이다.

실제로 불길한 이러한 속성은 파괴 불가능한 '괴물'[22]처럼 보인다. 마치 공포영화의 엔딩처럼, 소멸한 듯 했으나 다시 살아나 불멸성을 증명하는 것과 같다. 이들의 '변신 가능성'은 개인주의를 통해 볼 수 있다. 과학환상문학에서 '죄악'은 주로 개인주의를 통해 표상되는데, 이 둘은 거의 동의어처럼 쓰인다. 하나의 이상적인 인간형을 추구하는 사회에서 가장 위협적인 것은 바로 '존재론적 차이'이다. 과학환상문학은 그 '차이'를 개인주의로 보고 있다. 그런데 개인주의는 이기심, 자만심, 영웅심, 교만 등의 얼굴로 끊임없이 모습을 바꾸어 등장한다. 뿐만 아니라 다른 장르로도 자신을 이전시킬 수 있다. 개인주의는 북한이 두려워하는 '불길함'의 숙주와 같다. 그래서 "청소년 교양에서 나서는 절실한 문제의 하나가 개인리기주의를 짓부시고 집단주의 정신을 키우는 것"[23]이라고 강조하는 것이다. 북한 과학환상문학에서 개인주의를 마성적인 존재로 바라보는 이유도 여기서 기인한다.

하지만 어린이를 향한 진정한 두려움은 그것이 갖는 효과 때문이다. 죽지도 않을 뿐만 아니라 자유자재로 변신이 가능한 예측 불가능한 괴물thing이야말로 북한이 꿈꾸는 유토피아를 종말론적인 파국으로 몰고 갈 수 있기 때문이다. 어린이를 억압하려는 목적이 여기에 있다. 두려

---

22 여기서의 '아동의 괴물성'은 북한 과학환상문학 속 어린이의 개인주의, 이기심, 영웅심리 등과 이러한 것의 원천이 되는 예측불가능성, 폭력성, 광기 등을 일컫는 용어로 한정하여 사용하고자 한다.

23 황정상, 앞의 책, 273면.

움의 대상을 통제 가능한 대상으로 교정하려고 하지만, 그것이 불가능할 때 할 수 있는 것이란 바로 두려움의 대상을 끊임없이 두려움의 대상이라고 알리는 것이다. 저 불길한 속성이 영원히 죽지 않는다면, 계몽도 영원히 지속되어야 하는 것이다. 통제할 수 없었던 괴물 미노타우로스를 가두기 위해 미궁을 만들었듯이 소멸시킬 수 없다면 영원히 억압과 계몽의 감옥에 가두어두는 것, 그것이 바로 어린이를 훈육과 계몽의 대상으로 반복하여 등장시키는 이유이다.

림종철의 「로보트가 쏴올린 포탄」(1991)은 왜 어린이를 두려워해야 하는지 잘 보여준다. 이 작품의 문제성은 절제되지 않은 과도한 열정, 자만심 그리고 신중하지 못한 결정이 가져오는 위험성에 있다. 작품 자체의 서사는 간단하지만 메시지는 강렬하다. 복통을 일으킨 미생물을 없애기 위해 지구의 모든 미생물을 없앰으로써 사회 전체가 마비된다는 이야기는 비록 황당하지만 북한이 두려워하는 실체를 보여주기도 한다.

> "너 도대체 어쩌자는 거냐? 인조고기두 몽땅 망쳐버리고 식료공장두 제약공장두 다 멎게 만들구."
> "너 나라에 얼마나 손해를 주었는지 알기나 하니? 오늘 식료공장에선 사탕만 해두 백여 톤이나 못 만들게 됐다는 거야. 제약공장은 또 어떻구."[24]

북한 과학환상문학에서 끊임없이 어린이의 욕망을 억압하려는 것은 바로 이 때문이다. 어린이들의 통제 불가능하고 괴물 같은 욕망을 억압

---

24 림종철, 「로보트가 쏴 올린 포탄」, 『아동문학』, 1991.1, 50면.

하지 않았을 때 벌어지는 일이란 식료공장과 제약회사, 심지어 주사기를 소독하기 위한 메탄가스와 바다연구소의 미생물이 모두 멈춰버리는 '세계의 정지', 곧 파국의 도래이다. 미생물을 잠재우는 "약포탄" 사용의 경고에도 "흥, 그런 걱정은 그만 둬, 내가 바로 책읽기박사로 소문이 짜한 수만이란다. 내가 쏠 테니 이리 내놔"(48면)처럼 위험에 대한 경고를 무시하고, "책을 많이 읽는다는 멋이나 부리면서 수박 겉핧기식으로 한 공부"(51면)로 비롯한 자만심과 허영심이 현실에 옮겨졌을 때, 실제로 북한이라는 사회는 위험을 맞이할 수 있기 때문이다.

엄호삼의 「영남이가 찾은 교훈」(1997)에서도 생명의 위협을 가져 온 결정적인 계기는 "꼬마발명가로 온 나라에 짜하니 이름을"[25] 날리겠다는 욕망이다. 절제되지 않는 욕망으로 인해 자신의 목숨뿐만 아니라 집단의 과학적 발견에도 장애를 일으킬 수 있는 것이다. 조동옥의 「탐구의 길에서」도 영웅주의가 집단에게 어떠한 위험을 안겨주는가를 보여준다. 친구들이 던진 말―"금봉이가 배에 오르면서부터 어른티를 내면서 앵무새놀음을 하지 말라고 하던 말"―이 "속에 맺혀 내려가지"[26] 않던 철용이는 "한번 본때를 보이자고 속으로 벼르고" 있었고, 미제의 핵무기 시설을 발견해 "동무들 앞에 큰소리"치기 위해 독단적으로 행동하다가 자신뿐만 아니라 집단의 생명을 위험하게 만든다.

인차 돌아갈 줄 알고 몰래 빠져나온 자유주의적 행동이 선생님과 동무들에게 근심을 끼쳤을 뿐만 아니라 자신도 이런 위험에 빠지게 되었던 것이다.

25 엄호삼, 「영남이가 찾은 교훈」, 『아동문학』, 1997.5, 21면.
26 조동옥, 「탐구의 길에서 1회」, 『아동문학』, 1984.1, 21면.

철룡이는 갈린 목소리로 말했다.

"선생님, 잘못했습니다. 저의 자유주의 때문에 이렇게……"

"철룡이는 자유주의뿐만 아니라 개인영웅주의도 있지!"

하고 선생님은 웃으면서 말했다.

동무들이 철룡이가 있는 데를 어떻게 알아냈는가에 대한 선생님의 이야기를 들으면서 철룡이는 학교에서 말로만 외우던 집단주의 정신과 집단의 힘이 얼마나 큰가를 심장 깊이 느끼었다.[27]

자유주의와 영웅주의로 상징되는 어린이의 괴물성이 그대로 노출되어 있다. 통제되지 않은 욕망이 선생님과 동무들 그리고 자신에게 미치는 영향은 작품 밖에서도 그대로 적용될 수 있는 것이다. 아이들의 내면에 도사리고 있는 저 괴물성은 외부로부터 온 것이 아니다. "왜냐하면 이 과잉이라는 것은 인간의 욕망 그 자체와 한 몸 속에 있는 것이기 때문이다."[28] 따라서 과잉은 없앨 수 없다. 그렇다면 방법은 통제하는 것뿐이다. 작가는 절제되지 않는 힘을 가둘 수 있는 힘이 집단임을 힘주어 말한다. 개인은 집단 안에 있을 때 비로소 안전해질 수 있다고, 집단의 정신과 힘에 의지할 때 내부의 괴물은 잠잠해진다는 진리를 강조하고 있는 것이다.

---

27 조동옥, 「탐구의 길에서 2회」, 『아동문학』, 1984.2, 30면.
28 슬라보예 지젝, 이현우 역, 『폭력이란 무엇인가』, 난장이, 2012, 104면.

3. 과잉열정과 과학적 합리성의 조화

모두가 조국이라는 대타자의 욕망을 모방하고 수용해야 하는 곳에서 이질적인 존재의 이질적인 욕망은 너무나 낯설고 위험한 것이다. 문제는 과학환상문학이 결코 소멸하지 않는 두려움의 근원을 통제 가능한 영역으로 밀어 넣어야 하는 과제를 맡았다는 것이다. 그 첫 번째 방법이 앞에서 언급한 지속적인 억압이다. 매 작품마다 두려움의 대상을 제시하고 여러 사건을 통해 반성과 교정을 요구하며, 집단의 힘과 정신을 강조하는 것이다. 하지만 어린이에게 내재된 외설적 불변성으로 인해 이 방법의 한계는 이미 정해져 있다.

두 번째는 보다 정교한 방법으로써, 괴물에게 안전판을 설치하는 것, 바로 '과학적 합리성'이다. '죽지 않는 어린이'의 특징은 과잉에 있다. 결코 멈출 줄 모르며 계속 춤을 추게 만드는 안데르센의 「빨간구두」의 이야기처럼[29] 어린이들의 이기심과 욕심 그리고 자만심에는 결코 끝이 없다. 이러한 끝없이 만족할 줄 모르는 욕망은 인물들을 필연적으로 '과잉열정'으로 이끈다. 한계를 모르는 열정에게 파국은 필연적이다. 따라서 위기관리를 위해서라도 과잉은 통제되어야 하는데, 과학환상문학이 제시한 방법은 '과학적 합리성'이다.

문희준의 「룡마어를 찾아서」(1964)는 주인공 '나'와 민수가 잠수정을 타고 바닷속 '룡마어'를 찾아가는 여정을 다룬 작품이다. 룡마어는 "바

---

29 슬라보예 지젝, 박정수 역, 『HOW TO READ 라캉』, 지식하우스, 2012, 98면.

다듐, 게르마늄, 인듐 등 회유 원소와 지상에서는 아직 발견된 적이 없는 새로운 회유 원소들이 포함되어 있는"[30] 물고기이다. 모든 파국의 원인은 결국 룡마어를 발견하겠다는 '나'의 과잉열정이다. 늘 신중하고 어른스러운 친구 민수에게 "한번 본때를 보여 주리라"(50면) 마음먹은 '나'는 룡마어 서식지 발견에 온 신경을 집중한다. '나'의 '자유주의적이고 영웅주의'는 그대로 열정의 과잉으로 이어진다. '나'는 자신의 과잉열정을 "탐험 사업에 무엇보다 대담성"이라고 합리화하며, 말보다는 "행동으로 증명"(51면)하려 한다. 대담성과 행동으로 위장된 과잉열정은 현재의 상황을 파국을 향해 "전속으로 전진하도록 명령"(53면)하여 탐험대원을 위험에 빠뜨린다. 자만심의 과잉이 열정의 과잉을 일으키고 결국엔 연쇄반응처럼 파국으로 이어진다. 모두를 위험에 빠뜨린 후에야 자기반성이 시작되면서 작품은 과학적 합리성의 필요성을 역설한다.

①

과학성이 없는 맹목적인 대담성은 모험에 불과한 거야.(51면)

②

확실히 나에겐 헤덤비는 성미, 남보다 그리고 혼자서 성과를 내여 우쭐하려는 욕심, 진지한 탐구정신이 없는 등의 결함이 있지. 민수의 성미를 꼬밀꼬밀이 아니라 차근차근하고 진지한 성미라는 것을 비로소 깨닫게 되었단다.

"얘 내가 잘못했어! 이젠 정말 덤비치지 않을테다!"

---

30 문희준, 「룡마어를 찾아서」, 『아동문학』, 1964.1, 45~46면. 이하 면수만 표기함.

나는 롱이 아니라 진심으로 민수에게 말했단다.(60면)

결국 이 작품의 주제는 위의 두 인용문으로 모두 설명된다. 혜덤비는 성격, 남보다 먼저 그리고 혼자서 성과를 내어 영웅이 되겠다는 과잉욕망은 진지한 탐구정신의 결여로 인해 "무슨 사고"(55면)를 일으키는 원인이 된다. 이때 과잉열정의 위험과 폭주에 대한 경고가 바로 "과학성이 없는 맹목적인 대담성은 모험에 불과"(51면)하다는 언급이다. 과잉열정의 또 다른 이름인 "맹목적인 대담성"이 교정되기 위해서는 경고에 그칠 것이 아니라 동일화의 여정까지 마쳐야 한다. 즉 '나'는 반성을 통해 민수(처럼)가 되어야 하는 것이다. 그래서 '나'는 "롱이 아니라 진심으로" 자신의 "결함"(60면)에 대해 반성한다. 한편 이 작품은 과학환상문학의 역할을 숨기지 않고 있는데, 작품 마지막에 '나'는 독자에게 당부의 말을 한다.

"가만! 끝으로 꼭 한 가지 귀띔할 말이 있다. 그러한 탐구 탐험 사업에서 나처럼 덤비거나 우쭐하려고 하걸랑 말어."(61면)

이 장면이야말로 과학환상문학이 걱정하고 두려워하는 지점을 정확히 보여준다. 즉 허구적 사건이 현실에 진입해올 수 있다는 강박증을 그대로 노출하고 있는 것이다.

림희철의 「룡궁기지로 가는 길에서」(1990)도 과잉열정을 보여주고 있다. 이 작품은 소년우주소조원 광수와 정민이 특수합금강을 제작할 자동공장 "룡궁기지"를 건설하기 위해 소행성으로 가면서 벌어지는 이야기이다. 이 특수합금강 생산은 광수가 성공한 것으로 "인류가 수세기 동안 꿈꾸어 오던 행성간려행을 실현하게 할 광속로케트"의 재료이다. 사건의 시작은 광수의 열정이다. 개인의 명예와 영달을 위해 광수는 위험한 직선항행을 주장한다. 정혁은 운석 등 예기치 못한 위험을 말하며 보다 신중할 것을 주문하지만 광수는 "모험이 없이는 위대한 발견과 발명이 있을 수 없다"라고 잘라 말한다. 결국 이 작품의 주제는 어떠한 모험인가에 대한 질문이다. 즉 과학적 합리성을 담보한 모험인가 아니면 "위대한 발견과 발명가로 이름"을 떨치고, "권위 있는 우리연구소의 학위칭호"[31]를 받기 위한 과잉열정의 모험인가에 대한 답변이다. 작품은 무엇이 문제였는지를 정확히 지적한다.

> "정민아, 나는 욕망이나 용감성 하나만을 가지고서는 과학의 요새를 점령할 수 없다는 것을 이번에 똑똑히 알았어. 네가 그렇게 좋은 동무인 걸 모르고 난……"
> 비행선은 그들의 뜨거운 마음을 안고 '룡궁기지'에로의 직선길을 힘있게 헤쳐나갔다.[32]

결국 문제는 과학성이 결여된 욕망과 용감성이다. 거대한 운석의 바다를 무사히 지나갈 수 있었던 것은 정민 때문이었다. 정혁 역시 "겉으로 보기에는 태연한 것 같지만 마음속은 그렇지 않았다. 그는 소행성으로

---

31 림희철, 「'룡궁기지'로 가는 길에서」, 『지구밖으로』(과학환상소설집), 금성청년출판사, 1990, 103면.
32 위의 글, 114~115면.

하루빨리 가고 싶었다. 아니, 지금 당장이라도 가고 싶었다."(103면) 정민이가 광수와 다른 점은 과학적 합리성이다. 정민은 자신의 욕망을 실현하기 위해 운석과 같은 장애물을 제거할 수 있는 "ㄱ-1" 개발에 착수한다. 우주에서의 긴 항행은 "천만뜻밖의 위험을 동반한다는" 점, 특히 "제일 위험하다는 것이 운석"임을 인지한 정민은 "그러한 장애물들을 원만히 뚫고 나갈 수 있는 기구를 가지지 않고서는 생명을 과학적으로 담보할수 없"다고 판단한다. 그래서 "전자포로도 쓰면서 자석처럼 운석을 끌어당기기도 하고 앞으로 내밀기도 하는"(114면) 전자포 "ㄱ-1"를 개발하여 위기를 넘길 수 있었던 것이다. 엄호삼의 「영남이가 찾은 교훈」에서도 강조하듯이 "과학이란 실력으로 하는 거지 욕망만 앞으로 세운다고 되는게 아니"라는 것을 말해주고 있다. 즉 과학적 합리성이 결여된 과잉열정은 "이도 안난 게 콩밥 먹겠다"[33]는 것과 다름없다는 것이다.

그렇다면 가장 이상적인 모습은 어떻게 제시되고 있을까. "과학의요새"를 점령해야 할 과학자에게 가장 필요한 것에 대해 과학환상문학의 답변은 '열정과 과학적 합리성'의 조화이다. 조희건의 「밝혀진 유전의 비밀」(1988)은 그 해답을 보여주고 있다.

①

과학연구에서 생명은 과학자의 신념과 자질이예요. 과학탐구에서 거둔열매로 조국의 부강발전에 한몫 하겠다는 드놀지 않는 결심, 전공지식뿐만아니라 련관부문의 지식까지도 환히 꿰뚫고 있는 과학자의 자질, 이것만 가

---

33   엄호삼, 「영남이가 찾은 교훈」, 『아동문학』, 1997.5, 22면.

지면 점령 못할 과학의 요새란 있을수 없어요[34]

②

과학이란 참으로 이상한 '물건'이다.

사람들의 지향이 아무리 열렬하다 해도 '자기'의 요구를 어느 하나라도 들어주지 않으면 요새의 '문'을 도무지 열어주지 않는다.

그러나 일단 과학의 합법칙성을 리해하고 론리적으로 파고 들어가면 과학이야말로 아주 명백하고 단순한 것이다.(96면)

열네 살의 철민이와 은옥이는 "소고기나무의 육종과 재배방법"을 연구하고 있지만 계속된 실패에 철민이는 "우리에겐 정열이 부족해, 정열이……"(93면)라고 말한다. 하지만 여기서 말하는 정열은 단순한 과잉열정이 아니다. 그들이 말하는 열정은 이른바 과학자의 신념과 자질을 수반한 과학적 열정이다. 즉 진정한 과학자가 되기 위해서는 두 가지의 조건을 갖춘 과잉열정이 되어야 한다. 조국을 향한 과잉열정과 "과학의 합법칙성을 리해하고 론리적으로 파고 들어가는"(96면) 과학자의 자질을 향한 과잉열정이 그것이다. 이 둘을 수반했을 때 과학의 요새의 문은 쉽게 열린다는 것이다.

라경호의 「사시절 입는 옷」(1988)은 과학적 합리성이 수반된 열정이 얼마나 긍정적인 성과를 이뤄내는지 잘 보여준다. 고등중학교 화학소조원인 세진과 호일이는 "온도와 새깔을 마음대로 조절하는"[35] "사천

---

34   조희건, 「밝혀진 유전의 비밀」, 『번개잡이 비행선』(과학환상소설집), 금성청년출판사, 1988, 94면. 이하 면수만 표기함.

옷"을 개발한다. 이 옷은 주변의 온도에 관계없이 입을 수 있을 뿐만 아니라 "한 벌이면 어린아이가 자라서 할아버지가 될 때까지"는 물론 "750년은 넉넉히"(45면) 입을 수 있는 옷이다. 문제는 이 사철옷이 얼마나 정확하게 작동하는지의 여부다. 앞으로 유명해질 것으로 들떠있는 호일이와 달리 세진이는 직접 자신이 실험을 해 보기로 한다.

　"실지 추위 속에서야 어디 해봤니? 우리는 꼭 해봐야 해, 그것이 과학자의 연구태도라고 봐, 세상에는 다 되였다고 큰소리를 쳤다가 웃음거리가 된 실례가 좀 많니?"
　호일이는 자기를 설복하려 드는 세진이가 답답해보였다. 그의 '고집'이 또 발동이 걸린 것이다. 일단 발동이 걸린 그 '고집'을 돌려세우기란 조련치 않았다.(51면)

　세진의 "고집"은 곧 과잉열정의 다른 이름이다. 세진이는 "짐승이건 사람이건 생명체는 모조리 얼음장"(58면)으로 만들어 버리는 "랭동실험실"에서 직접 실험을 하기로 결심한다. 게다가 냉동실험실은 허가 없이는 출입할 수 없는 곳이다. 하지만 세진이는 치밀한 계획을 세워 냉동실험실에 진입한다. "삶과 죽음과의 싸움"(60면)이 될 수도 있는 이 실험이야말로 과잉열정이다. 하지만 다른 점은 과학적 "량심"과 합리성이 결합된 과잉열정이라는 것이다. 세진이를 과학적 열정으로 이끄는 것은 "과학탐구의 기쁨을 맛보는 순간"(47면)의 희열과 과학자의 "량심"(60

35　라경호, 「사시절 입는 옷」, 『번개잡이 비행선』(과학환상소설집), 금성청년출판사, 1988, 47면. 이하 면수만 표기함.

면)이다. 특히 과학자의 양심은 진정한 과학탐구의 기쁨을 맛보는 전제가 된다. 세진이가 목숨을 건 실험을 하는 이유는 "추위 속에서도 제대로 작동하는가 확인해보기 전에 사철옷을 솜씨전람회에" 내놓는 것은 "량심이 허락하지 않았"(60면)기 때문이다. 그래서 세진이는 이 실험을 위해 차근차근 각 단계의 실험들을 미리 해본다. 그리고 안전한 실험을 위한 준비도 마련해 놓는다. 마침내 죽음의 위험을 무릅쓰고 냉동실 실험을 마쳤을 때 세진이는 사철옷의 과학적 결함과 보완책을 발견한다.

> "세진아, 너는 진짜 과학자다. 과학자는 그래야 한다."
>
> (…중략…)
>
> "세진아, 너는 나에게 큰 것을 가르쳐주었어. 나는 너처럼 언제나 자신에 대한 높은 요구성을 제기하고 진지하게 파고 들테야! 하마트면 나는 큰소리 치고 이슬처럼 사라지는 얼뜨기과학자가 될 번했어"(61면)

작품은 과학자가 지녀야 할 열정의 정체가 무엇인지 대답해주고 있다. 그것은 과학적 양심과 합리성이 수반된 과잉열정이어야 하며, 그때서야 비로소 진정한 "과학자의 연구태도"(51면)를 갖춘 "진짜 과학자"가 될 수 있다는 것이다. 황정상의 말처럼 "과학을 사랑한다고 하여 다 과학자로 되는 것은 아니라는 주제"[36]를 보여주고 있다.

신승구의 「무중력비행선」(1990)은 조금 특이한 면이 있는데, 여타의 작품에서 독단적인 인물을 부정적으로 묘사하는 데 반해 여기서는 긍

---

36 황정상, 앞의 책, 114면.

정적으로 다루고 있다. 재미있는 점은 처음에는 부정적인 면으로 그리다가 나중에 모든 오해가 풀리는 방식으로 이야기를 전개해 가는 부분이다. 공화국창건기념일에 맞춰 열릴 전국발명전시회를 준비 중인 소조부책임자 '나'는 새로 들어온 전학생이자 102번째 소조원 영림이가 못마땅하다. 직접 경험해보지 못한 사람을 소조의 일원으로 받는 것도 불편했는데 온갖 사고를 치고 있기 때문이다. 출입이 금지된 도서관에 몰래 들어가 책을 읽다 문이 잠기자 2층 유리창을 깨고 뛰어내린다거나, 실험기구를 만든다고 공장에 가서 큰 소동을 일으킨다. 게다가 다른 조원들이 비행선 조립으로 고생할 때 혼자서 이상한 실험기구를 가지고 나무에 올라가 떨어지는 "괴이한 행동"을 하는 것이다. 소조책임자인 내가 자초지종을 묻자 영림은 무중력 비행선을 만들기 위한 준비라고 말한다. 하지만 나는 영림에게 "허파에 바람 든 소릴 작작해"라고 비판한다. 과학적 판단이 결여된 행동이라 여겼기 때문이다. 결국 영림에 대한 오해가 풀리는 지점은 영림이가 죽음을 무릅쓰고 무중력 실험을 강행한 이후이다. 모두가 준비 중이던 "속도도 빠르고 휘발유도 적게" 쓸 수 있는 "특수합성수지로 만든 꼬마비행기"[37] 대신 "무중력 발전기"를 개발하기 위한 것임을 알게 된 것이다. '나'는 사람들에게 그간 영림의 과학적 준비를 설명하며 "과학을 연구하자면 밤낮을 몰라야 하는거야"(36면)라고 말한다. 영림의 그간의 행동을 과잉열정이 아닌 진정한 과학자의 태도이자 열정으로 인정하고 있는 것이다.

이처럼 아이들로 하여금 끊임없이 새로운 과학기술을 향해 나아가게

---

37 신승구, 「무중력비행선」, 『지구밖으로』(과학환상소설집), 금성청년출판사, 1990, 22면.

만드는 동력은 '과잉열정'이다. 이것은 결코 만족할 줄 모르며 끝을 모르는 에너지이다. 문제는 과잉의 통제이다. 과잉열정은 불안하며 위험한 존재이기 때문이다. 결코 죽이거나 제거할 수 없는 이 열정을 제어하기 위해 등장한 것이 "인간을 통제하는 것은 사상의지"[38]라는 '과학적 합법칙성'이다. 그래서 작가들은 과학적 합법칙성을 동원한 과학적 열정을 강조하는 작품들을 마치 '백신'처럼 독자에게 제공하고 있다.

그런데 여기에는 어떠한 불가피함이 느껴진다. 리규철의 「탐험선이 떠난뒤」의 대사—"저 애들도 우리 소조원인데…… 그러니 믿어야지 뭐"(30면)—에는 영원히 죽지 않는 외설적 불멸성을 지닌 아이들을 과연 '영원히 통제할 수 있을까'라는 회의감과 그럼에도 불구하고 통제해야 한다는 의무감 같은 것이 뒤섞인 복잡한 감정이 함축되어 있는 것처럼 보인다. 다시 말해 '왠지 알 수 없는 불길함이 느껴지지만 저 애들도 조국이 지켜줘야 할 인민인데…… 그러니 믿어야지 뭐'라는 자조 섞인 심리 같은 것 말이다.

이상의 내용을 요약하면 다음과 같다. 첫째, 북한 과학환상문학은 등장인물의 차이를 소거한다. 이는 우선 작품의 구조 속에서 드러나며, 인물들이 자신의 개체성을 소멸시키는 것을 통해 가능해진다. 이는 '이상적인 공산주의자 만들기'라는 북한 문학의 전형적인 모습이기도 하다. 둘째, 개체성의 거세를 통한 동일자의 생산은 어린이에게 내재된 것에 대한 두려움의 또 다른 모습이다. 과학환상문학에서 계몽의 서사가 반복되는 이유는 계몽적 훈육과 때문만은 아니다. 여기에는 어린이

---

38   유준, 「미지의 탐구」, 『청년문학』, 2001.8, 55면.

에게 내재되어 있는 예측불가능성, 폭력성, 광기 등 때문이다. 이는 결코 소멸되지 않은 채 끊임없이 공동체를 위협한다. 특히 이기주의나 영웅주의 등은 열정의 과잉과 폭주를 일으켜 세계를 파국의 상태로까지 몰아갈 수 있는 위험한 것이다. 따라서 이것은 통제의 대상이 되어야 하며, 이를 위해 과학환상문학은 계몽의 서사를 포기할 수 없는 것이다. 셋째, 과잉열정의 억압기제로 과학적 합리성을 강조한다. 작품 속 어린이들의 이기심과 욕심 그리고 자만심은 마치 죽지 않은 괴물undead 처럼 만족할 줄 모른다. 만족할 줄 모르는 욕망은 필연적으로 과잉을 초래하는데, 과학적 합리성이 과잉열정에 대한 방어기제로 등장한다. 과학환상문학은 과잉열정으로 인한 위험성을 강조한다. 과잉과 폭주가 어떻게 세계를 종말로 몰아가는지를 보여주며, 동시에 이를 막을 수 있는 유일한 방법이 과학적 합리성임을 강조한다. 이러한 논리구조는 결국 열정과 과학이 결합된 '과학적 열정'으로 귀결된다. 즉 유토피아를 향한 열정에 과학적 합리성을 장착한 '과학적 열정'이야말로 북한을 유토피아로 진입시키는 지름길임을 강조하고 있는 것이다.

그런 점에서 과학환상문학이라는 텍스트는 이중적이다. 한편으로는 결코 죽지 않는 욕망으로 유혹하면서 또 다른 한편으로는 욕망을 향유한 어린이들에게 깊은 죄의식을 선사하기 때문이다. 이는 독자들에게 욕망하는 법을 알려주는 것이자 동시에 왜 욕망을 배반해야 하는지 알려주는 것이기도 하다. 그런 면에서 북한 과학환상문학은 독자들에게 무엇을 두려워해야 하며, 그 두려움의 존재를 극복하기 위해서 무엇이 필요한지를 반복적으로 보여줘야 한다. 북한 과학환상문학이 계몽의 루프loop에서 벗어날 수 없는 것도 이 때문이다.

4부

유토피아의 타자들, 유사인류

1장

로봇이라는 내부의 타자와
인민의 은유

1. 로봇과 인간의 위계와 '량심'의 강박증

일반적으로 과학소설은 과학과 인간의 문제만이 아니라 유사인류의 문제도 비중 있게 다루고 있다. 외계인이나 프랑캔쉬타인으로 대표되는 괴물, 그리고 최근 유행하고 있는 뱀파이어나 좀비 등이 대표적인 유사인류이다. 이들의 존재는 단순한 흥미나 상상력의 차원을 넘어 인종주의, 성적 차별, 제국주의, 신자유주의 등 현 사회를 조명하고 성찰하는 계기가 되고 있다.

북한의 과학소설인 과학환상문학도 예외없이 유사인류를 다루고 있다. 차이가 있다면 뱀파이어나 좀비 같은 존재들은 다루지 않는다는 점이다. 이는 북한 과학환상문학이 갖는 특이성 때문인데, 북한은 이러한 상상력을 말도 안 되는 "잠꼬대 같은 소리", "황당한 이야기"[1]로 치부하고 있기 때문이다. 그들에게 과학은 어디까지나 조국의 희망찬 미래를 담보하는 낙관론적 세계관의 근거이자 인간에게 봉사해야 할 당위의 영역이다. 반면 외계인과 로봇은 자주 만날 수 있다. 외계인의 경우는 '적대적 타자'와 '포용적 타자'라는 양가적인 차원에서 언급되고 있다. 적대적 타자는 제국주의에 대한 은유로, 포용적 타자는 북한의 지리적 확장과 그에 따른 '또 하나의 인민'의 은유로 그리고 있다. 현재까지도 이러한 표상방식은 매우 선명하게 유지되고 있다. 외계인이 외부의 타자라면 로봇은 그들의 손에 의해 만들어진 내부의 타자이다. 로봇 역시 적대적/포용적인 타자로 그리고 있다.

로봇에 주목해야 하는 또 다른 이유는 '불안'이다. 과학환상문학은 불안의 문학이다. 이렇게 규정할 수 있는 근거는 그들의 유토피아적 상상력이 희망보다는 불안을 양분 삼아 확장하고 있기 때문이다. 따라서 그들이 유토피아를 전면에 내세우면 내세울수록 작품에 내재된 불안의식은 더욱 증폭된다. 희망이 아닌 불안을 양식 삼아 생육하는 유토피아는 과학환상문학을 심리학적 관점에서 관찰해야 하는 이유이기도 하다. 북한 과학환상문학의 이면에 흐르는 불안의 연원은 '타자'이다. 미・일로 대표되는 제국주의에서부터 우방이라 믿고 싶은 중국, 소련과 같은 현실적 타자들이 불러일으키는 불안은 지젝이 말한 '이웃의 괴물성'[2]을 연상시킨다. "전혀 헤아릴 수 없는 타자"[3]가 불러일으키는 불안은 로봇을

1   황정상, 『과학환상문학창작』, 문학예술종합출판사, 1993, 28면.
2   슬라보예 지젝, 박정수 역, 『HOW TO READ 라캉』, 웅진지식하우스, 2015, 69면.

다룬 과학환상문학에도 드러나고 있다. 해러웨이Donna Haraway의 지적처럼 "이 새로운 타자는 급격히 발전하고 있는 기술사회의 불안한 집단심리가 투영된 신종괴물"[4]이기 때문이다. 이 '괴물'에 대한 불안은 텍스트 속에서 희망과 기대라는 기호로 포장되어 단단히 숨겨져 있다. 북한 과학환상문학은 이러한 억압의 대상을 감금하기 위한 일종의 감옥의 역할을 하고 있으며, 특히 '위계'와 '량심'의 반복적 강조를 통해 불안과 두려움의 대상에 대한 억압을 시도하고 있다.[5]

여기서는 반복적으로 드러나는 '위계'와 '량심'의 강박 증상을 통해 불안의 표면과 근원을 살펴보고자 한다. 특히 스스로 창조자가 되어 '만들어 낸' 로봇에게 느끼는 불안의 정체가 무엇이며, 불안의 연원과 이를 해소하기 위한 방법은 무엇인지 살펴봄으로써 북한이 느끼는 불안의 정체를 고찰해보고자 한다. 특히 타자의 관점에서 로봇이 주는 불안의 의미를 살피고자 한다. 잘 알려진 것처럼 북한에서 타자는 매우 중요한 대상이다. 그들의 세계는 안팎의 타자에게 끊임없이 위협과 공격을 받고 있다는 믿음으로 구성되어 있기 때문이다. 따라서 유사인류는 타자를 어떻게 바라봐야 하는가라는 인식론적 문제와 그 타자를 어떻게 해야 할 것인가라는 실천적 문제가 중첩된 주제이다.

로봇 관련 작품들의 중심 주제는 로봇과 인간의 관계설정이다. 로봇은 인간이 만든 피조물이지만 물리적인 힘이나 사고의 속도, 정확성 등

---

3   슬라보예 지젝, 이현우 역, 『폭력이란 무엇인가』, 난장이, 2014, 92면.
4   유현수, 「괴물, 여성, 기계」, 『뷔히너와 현대문학』 37, 한국뷔히너학회, 2011.12, 254면.
5   하지만 이러한 모습은 양가적인데, 마치 자신의 불안을 들킬까 불안해하는 강박증자의 모습과 누군가 이 불안을 알아채주길 바라는 은밀한 기대(또는 이 불안을 눈치채지 못할까 불안해하는)가 혼재하고 있는 모습이다.

에서 인간을 능가한다. 게다가 인간의 형상과 유사한 안드로이드의 등 장으로 "우리 진짜 사람들은 무엇을 하며 그 인공사람들과의 복잡한 관계는 어떻게 될 것인가?"[6]라는 운명적인 질문과 맞닥뜨려야 하는 상황이다. 이 질문에 대한 북한 과학환상문학의 대답은 단호하다. 바로 인간과 기계 사이에는 명확한 위계가 존재한다는 것이다. 북한은 노골적으로 로봇과 인간 간의 위계를 강조할 뿐만 아니라 그 중요성을 반복해서 강조하고 있다.

우리가 사람과 비슷하다고 하는 (…중략…) 그런 로보트들은 이미 오래전에 나왔고 지금 범람하고 있습니다. 허나 그런 것들은 엄밀히 따지고 볼 때 사람과 비슷하다고는 결코 말할 수 없으며 사실 현대화된 인형에 불과한 것입니다.

사람이 세계의 다른 모든 것과 구별되는 본질적 특성은 그가 가진 고급한 뇌수와 그 지적활동에 기초하고 있는 것이 아니겠습니까. (…중략…)

만일 로보트가 이렇듯 높은 지능과 판단능력을 지니게 된다면 짐승들도 사람의 능력을 인정하고 복종하듯이 그것들도 틀림없이 이 세상의 주인인 사람의 지위와 역할을 어느정도 인식하게 될 것이며 우리를 위하여 복무하게 될 것입니다. 왜냐하면 세상에서 사람을 가장 귀중히 여기는 사람중심의 우리 사상은 가장 정당하고 공명정대하기 때문입니다.[7]

사람이 과학의 힘으로 로보트를 말대로 다스려야지 로보트의 지배를 받는

6   김동섭, 『로보트 승리호』, 금성청년출판사, 1995, 33면.
7   위의 책, 117면.

다는 것은 얼마나 수치스러운 일인가?! 만호는 이제껏 로보트에 대해 잘못 생각하고 있던 자신을 반성하면서 선생님을 따라 할아버지 집으로 돌아왔다.[8]

사람들이 가장 귀중하며 세상의 모든 것이 사람을 위해 있어야 하며 일해야 한다고…… 그리고 그것을 위해서도 '인조의사'를 어서 완성하여 내보내야 한다.[9]

로봇을 소재로 한 모든 작품의 대전제는 "과학과 기술이 오직 사람을 위해 복무"[10]해야 한다는 것이다. 이는 과학을 비롯해 "모든 물질적 및 문화적 수단들은 인민대중을 위하여 적극 복무하여야 한다"[11]는 주체사상의 인간중심주의와 맞닿아 있다. 따라서 과학환상문학은 "자연과 사회를 인간의 자주적 요구에 맞게 개조 변혁할 수 있는 것, 지어 우주세계까지 인간의 창조적인 힘으로 점령하여 참된 삶의 보금자리로 만들 수 있다는 확고한 믿음으로 사람들을 교양"[12]시켜야 할 책무를 맡고 있다.

과학환상문학은 마치 강박증 환자처럼 과학기술이 인간에 복종할 것을 반복해서 강조한다. 김동섭의『로보트승리호』는 처음부터 마지막까지 로봇은 인간에게 봉사해야 한다는 당위와 함께 인간과 로봇 사이에

---

8   조동옥, 「로보트의나라」, 『번개잡이비행선』(과학환상소설집), 금성청년출판사, 1988, 126면.
9   석윤기, 「똘똘이 박사의 희망과 사업」, 『아동문학』, 1960.5, 23면.
10   심몽섭, 앞의 책, 67면.
11   사회과학원문학연구소, 『주체사상에 기초한 문예이론』, 사회과학출판사, 1975. 『북한의 문예이론』, 인동출판사, 1989, 111면에서 재인용.
12   황정상, 『과학환상문학창작』, 문학예술종합출판사, 1993, 78~79면.

는 건널 수 없는 심연이 있음을 강조한다. 아무리 "리성적으로 사고하는, 사람에 가까운 지능을 가지고 인식, 판단, 추리하여 행동할 수 있는 고급한 지능 로보트"라 하더라도 그것은 "사람이 만드는 것이기에 진짜 사람의 지능에 따를 수 있는 것은 나올 수 없"(35면)다. 왜냐하면 "진짜 사람과 우리가 만드는 인공사람 사이에는 분명히 질적 차이가 있고 넘을 수 없는 한계가 있는 것은 사실"(34면)이기 때문이다. 따라서 로봇이 "현대기계전공학의 장난감"(6면)이라면, "사람의 뇌수는 저것들과는 질적으로 달리 고도로 발전된 자연의 정화"(9면)이자, "다음 세기의 사람들은, 로봇부대의 지휘관이 될 것"(58면)임을 힘주어 강조하고 있다.

조동옥의 「로보트의나라」는 꼬마로봇을 이용해 공부도 하지 않고 시험점수를 올리고 있는 만호를 통해 "로보트에 대한 환상이 너무 컸"(114면)으며, "로보트가 시키는 대로 말하고 로봇이 가르쳐준 대로 쓰고⋯⋯ 허참, 진짜 로봇은 너로구나!"(104면)라는 말의 의미를 깨닫게 만드는 이야기다. 석윤기의 「똘똘이박사의 희망과 사업」에서 '인조의사'는 꺽다리와 다투다가 넘어지면서 팔이 부러지면서 고장이 난다. 이 장면은 다소 우스꽝스럽다. 불편한 사람들을 찾아다니며 영웅처럼 모든 질병을 치료해주던 '인조의사'가 정작 자신은 "어느 한 부분의 조그만 고장이 생기기만 하면 모든 과학기구가 자동적으로 작용을 멈"(44면)추는 모순이 발생하는 것이다. 이처럼 작품에서는 로봇의 발달로 인해 발생할 수 있는 문제들을 지적함과 동시에 인간이야말로 로봇 등의 피조물과 달리 "고도로 발전되고 무한한 능력을 가진 자기의 뇌수를 소유"[13]한 존재임을 부각시

---

13 김동섭, 앞의 책, 175면.

키고 있다.

또 하나 강조하는 부분은 '량심'이다.

> 더구나 사람의 뇌수가 가진 비상한 능력을 악용하여 침략과 략탈, 비행과
> 패덕 등의 온갖 악행들을 저지르고 있는 스미스일당과 같은 자들은 인두겁
> 을 훔쳐 쓴 지능화된 야수들입니다.
>
> 우리는 고귀한 사람의 뇌수가 이런 자들에게 의하여 더럽혀 지는 것을 절
> 대로 허용하지 말아야 할 것이며, 악당들을 끝까지 철저히 박멸해야 할 것입
> 니다.[14]

"과학은 사람이 하는 일이고 사람을 위한 것"이기에 "선구자의 영예
를 안고 앞길을 개척해야"[15]한다는 "숭고한 심정"[16]이야말로 주체과학
자가 지녀야 할 "깨끗한 량심"[17]이다. 사실 북한 과학환상문학에서 '량
심'의 강조는 비단 로봇 소재 작품에만 해당되는 것은 아니다. 거의 모
든 작품에서 양심의 복원을 강조하고 있는데, 여기에는 서구 과학소설
에 대한 안티테제로써의 의미가 강하다. 과학환상문학의 바이블처럼 여
겨지는 황정상의 『과학환상문학창작』은 다음과 같이 언급하고 있다.

> 이는 한 나라의 과학환상문학 작가는 머지 않아 사람보다 더 지각있는 우
> 수한 자동기계들이 나타날 것이라고 잠꼬대 같은 소리를 떠들어대고 있으

---

14 위의 책, 176면.
15 위의 책, 25면.
16 위의 책, 12면.
17 위의 책, 119면.

며 그런 기계들이 도처에서 사람들을 구축하여 실업자와 거지로 만들게 될 것이라고 부르짖고 있다.

그는 자기의 과학환상소설에서 이런 괴상망측한 것을 그대로 쓰고 있다.

그의 작품에 의하면 탄광에서 일하던 자동기계들이 사람을 반대하는 폭동을 일으킨다.

폭동자들은 인간성이 조금도 없는 기계들이여서 사람들을 무자비하게 공격하며 사람들은 기계보다 못하기 때문에 점차 자기의 일자리에서 쫓겨나서 기계들이 들어오지 못하는 탄마구리 속에 기여 들어가 마지막 운명의 시각을 기다린다.

이렇게 문명은 종말을 고하게 되며 때문에 작가는 '국민제씨들이여 과학기술의 발전을 만류하고 과학기술의 성과를 무자비하게 짓부셔 버릴 시기는 바야흐로 도래하였다'고 새된 비명을 지르고 있다.

여기에는 놈들의 과학기술만능주의의 반동적 본질뿐 아니라 인민들의 혁명투쟁에 대한 공포가 력력히 드러나고 있다. 이러한 반동적인 과학환상문학 작품들이 자본주의 나라들에게서 적지않는 비중을 차지하고 공해처럼 인간의 넋을 마구 흐리게 하고 있다.[18]

북한 과학환상문학이 서구의 과학소설에 대한 안티테제에서 출발했다는 것은 이미 알려진 바다. 서구 과학소설이 "초당성, 무계급성의 구호를 들고 로동계급의 과학환상문학에서 당성, 로동계급성을 거세하기 위하여 악랄하게 책동"(27면)하고 있기 때문에 북한 과학환상문학은 "현시

18 황정상, 앞의 책, 28~29면.

기 국제적으로 과학환상문학 분야에 심하게 나타나고 있는 수정주의 및 부르죠아반동조류들과의 투쟁을 강화"(26면)할 것을 강조한다. 이를 통해서만이 노동계급문학의 가장 중요한 본성인 '당성, 로동계급성의 원칙'을 철칙으로 삼을 수 있기 때문이다. 이처럼 서구 과학소설과의 "비타협적인 투쟁은 사회주의 문학의 혁명적 본성, 그 계급적 성격으로부터 나오는 근본요구"이며, 따라서 "주체적인 과학환상문학은 로동계급과 근로인민대중의 리익을 옹호하는 전투적인 문학"[19]이 되는 것이다.

서구 과학소설과의 강한 투쟁이 "우리 문학의 혁명성과 전투성을 높이기 위해서도 필수적 요구"[20]라는 입장에서 볼 수 있듯이 북한의 과학환상문학은 서구 과학소설에 대한 부정에서 그 존재론적 의미를 획득한다. '량심'이 하나의 출발점이 될 수 있는 것은 제국주의에 대한 안티테제라는 도착점 때문이다. 김동섭의 『로보트 승리호』에서는 위 인용문과 매우 유사한 장면들이 있는데, 로봇으로 인한 실직문제뿐만 아니라 로봇갱단과 로봇 경찰들 간의 총격전, 의료비 절감을 위해 멀쩡한 다리를 절단하는 로봇의사, 심지어 살아있는 인간의 뇌를 적출하여 로봇에 이식하는 "인간백정"(150면)과 같은 끔찍한 모습이 등장한다. 그렇기에 인간을 위한 "과학을 위해 한목숨 바칠 것을 결심"(123면)하는 '량심'이 더더욱 요구되는 것이다. 문제는 이러한 양심이 제국주의와 같은 "이런 곳에서는 절대로 나오리라 기대할 수 없고 오직 사람을 가장 귀중히 여기는 주체적인 과학기술자들만이 할 수"(81면) 있다는 데 있다.

그런데 위계와 양심에 대한 강박증은 서구에 대한 안티테제뿐만 이

---

19 이상의 인용은 위의 책, 26~27면.
20 위의 책, 26면.

니라 또 하나의 의미를 지니고 있는데 바로 불안과 두려움이다. "정신 분석에서 강박증이란 억압의 테두리가 특정 생각을 중심으로 반복되는 기능장애를 말한다. 이 반복장애는 통제할 수 없는 대상을 억압하기 위해 작동되지만 오히려 억압의 '대상'을 부각시키는 계기가 된다."[21] 불안과 두려움의 근원을 억압하기 위해 반복적으로 강조하는 위계의 강조와 양심의 호출이 도리어 불안과 두려움을 강조하고 있는 셈이다. 그런 점에서 황정상이 보이는 적개심은 불안과 두려움의 다른 이름이다.

> 제국주의자들은 반동적인 과학환상문학을 침투시킴으로써 인민들의 혁명정신과 계급적 각성을 무디게 하고 민족자주의식을 마비시키는 한편 로동계급의 과학환상문학 자체를 병들게 만들려 하고 있다.
>
> 그들은 소설, 영화 등에서 자유분방한 환상의 수법을 악용하여 있지도 않고 있을 수도 없는 황당한 이야기들로 인민들을 기만하고 우롱하여 혁명적 기세를 꺾어보려고 한다.
>
> 더구나 제국주의 앞잡이들인 반동적인 '과학환상문학 작가'들은 이 소동에 발맞추어 부당하게도 환상문학을 통하여 제국주의자들의 반인민적인 견해를 선전하여 특히는 청소년들을 타락시켜 그들의 혁명투쟁을 거세하려고 미쳐 날뛰고 있다.[22]

위의 인용문을 가득 채우고 있는 감정은 적대감으로 위장된 두려움이다. 그 두려움이란 "제국주의자들의 사상 문화적 침투", 즉 "사상독

---

21 백상현, 『라깡의 루브르』, 위고, 2016, 49~50면.
22 황정상, 앞의 책, 28면.

소"[23]로 인해 '민족자주의식을 마비'시키고 '인민들을 기만'할 뿐만 아니라 결국에는 '청소년들을 타락'시켜 인민의 '넋을 마구 흐리게' 하는 것이다. 문제는 그렇게 부각된 두려움의 대상을 억압하려 할수록 위계와 양심의 반복이 더욱 격렬해진다는 것이다. 이것이 강박증의 딜레마인데, "통제 불가능한 타자의 욕망, 무한성의 흔적인 그것을 희석화해 유한성의 감옥에"[24] 가두려 할수록 두려움의 흔적들은 더욱 뚜렷하게 부각된다. 이는 작품 곳곳에 등장하는 제국주의에 대한 적개심을 단지 경계심의 차원으로만 볼 수 없는 이유이다.

2. 언캐니, 예측불가능성의 섬뜩함

과학소설에서 로봇이 주는 1차적 즐거움은 인간과의 유사성이다. 미메시스에 대한 인간의 욕망은 사물과 자연의 모방을 넘어 인간 자신에 대한 모방으로까지 이어지는데, 로봇은 미메시스의 기계적 재현representation이다. 하지만 유사성에 기인한 흥미성은 반대 급부를 낳기도 하는데, 일본의 로봇 공학자 모리 마사히로森政弘가 말한 '언캐니 밸리uncanny valley'가 그것이다. 그에 따르면 로봇에 대해 사람의 친밀도는 인간과의 유사성에 비례한다. 문제는 친밀감이 섬뜩함으로 전환되는 지

---

23 위의 책, 32면.
24 백상현, 앞의 책, 52면.

점이 있는데, 그 심연이 '섬뜩함의 계곡uncanny valley'이라는 것이다. 이 섬뜩함의 계곡이 불안을 야기하는 근본적인 원인은 "인간을 꼭 닮았으되 어딘지 살아 있는 인간과는 다른 '시체'를 연상"[25]시키기 때문이다. 낯익은 존재에게서 섬뜩한 낯설음이 느껴지는 이면에는 죽음에 대한 연상이 자리하고 있는 것이다.

북한 과학환상문학에서도 언캐니한 장면을 만날 수 있다.

①

인공뇌수를 가진 고급지능로보트인 전진이는 생김새와 몸가짐이 신통하게 사람을 닮아서 얼핏 보고는 진짜 사람과 가려내기 어려웠다. 얼굴과 팔다리도 사람처럼 생기고 수수한 고동색 잠바웃차림에 로동모까지 씌워놓은 데다가 사람의 걸음새도 그대로 모방하니 그럴 만도 하였다.[26]

②

그는 너무나 반가워서 앞뒤 돌볼 새 없이 '인조의사'에게로 달려갔다.

"얘 얼마나 수고했니?"

똘똘이는 '인조의사'를 그러안기라도 할 듯이 '그'의 앞을 막아 섰다.

그런데 '인조의사'는 뜻밖에도 본체만체 쌀쌀한 태도로 지나쳐 가 버리는 것이였다.

똘똘이는 그 싸늘한 태도에 너무나 기가 질려 길가에 우뚝 서 버렸다.[27]

25 진중권, 『이미지 인문학』, 천년의상상, 2014, 94면.
26 김동섭, 앞의 책, 14면.
27 석윤기, 앞의 글, 38면.

인용문 ①은 김동섭의 『로보트 승리호』, ②는 석윤기의 「똘똘이 박사의 희망과 사업」의 장면이다. 『로보트 승리호』의 '전진이'는 인간의 힘든 노동을 돕기 위한 인공지능로봇이다. 일종의 안드로이드인 전진이는 인간에 대한 학습(딥러닝)을 위해 자신의 신분을 숨기고 인간과 함께 생활하도록 제작되었다. "진짜 사람과 가려내기" 힘들 정도로 인간과 유사한 전진이가 주는 섬뜩함은 유사성 뒤에 감춰진 알 수 없는 낯설음에 있다. 자신을 설계한 리지민 교수가 눈 앞에서 사고로 죽어가는데도 전진이는 "주춤 서서 잠시 바라보다가 몸을 돌려 그대로 걸음을 옮"길 뿐이다. 어떤 사람이 전진이를 부르지만 "전진이는 단호히 뿌리치고 가버리고"(17면)만다. 이 모습은 마치 가장 친밀했던 이웃이 마침내 악마적인 본성을 드러내는 공포영화의 섬뜩한 장면을 연상시킨다. 「똘똘이 박사의 희망과 사업」의 '인조의사'는 바로 이러한 섬뜩함의 정체를 잘 보여주고 있다. 똘똘이가 만든 '인조의사'는 로봇이지만 사람들은 그의 정체를 잘 알지 못한다. 그저 다소 "괴상하게 생긴 자"(34면)일 뿐 사람들은 그를 인간으로 여기고 있다. 인조의사를 만난 똘똘이는 너무 기쁜 나머지 안으려 하지만 로봇이 보이는 태도는 언캐니하다. 자신에게 복종하던 로봇이 갑자기 돌변하여 "본체만체 쌀살한 태도로 지나쳐 가 버리는"(38면) 모습에 똘똘이박사는 당혹스러워 한다.

이 두 개의 사건이 보여주는 불안의 근원은 로봇의 갑작스런 태도의 변화 때문만은 아니다. 여기에는 보다 본질적인 차원의 불안과 공포가 자리하고 있다

특히 '인조의사'가 인기를 끌게 된 것은 어느 날 강에서 뽀트놀이를 하던

한 처녀가 잘못하여 물에 빠졌을 때였다.

사람들은 몹시 덤비며 구명정을 부른다 전화를 건다 전보를 친다 의사를 부른다 하고 야단을 치며 돌아 갔다. 그런데 물에 빠진 처녀는 전혀 헤염을 칠 줄 몰랐고 워낙 물이 깊어서 누가 선뜻 뛰여 들지도 못했다.

그저 발을 동동 구르며 안타까와할 뿐이였다.

바로 그런 판에 '인조의사'가 헐레벌떡 달려 온 것이였다. 그는 강가에 빼곡이 모여선 사람들을 밀어 헤치고 서슴없이 그리고 용감하게 물 속으로 곧장 뛰여 들어갔다.

와— 하는 함성이 올랐고 사방에서 "인조의사다 인조의사다!" 하고 쑤군거렸다.

'인조의사'는 물 속에서 넝큼 처녀를 처들더니 강가로 안고 나와 모래밭에 눕혔다. 그리고는 침착하게 허리를 처들어 물을 토하게 하더니 인공호흡을 시킨 후 강심 작용을 하는 방사선을 가슴에 보냈다.

처녀는 그 자리에서 소생하였다. 그러자 '인조의사'는 정중하게 말하였다.

"당신은 몹시 놀랐습니다. 당신의 심장은 하마터면 터질뻔 했습니다. 따라서 집에 가 푹 주무시는 것이 좋습니다." (…중략…)

강가에 섰던 사람들은 일제히 "인조의사 선생 만세!" 하고 소리쳤다. 그러나 '인조의사'는 돌아도 보지 않았다. 왜냐하면 그러한 웨침은 치료사업과는 아무런 상관도 없었기 때문이였다.[28]

인용문 속의 인조의사는 전형적인 영웅의 모습이다. 인조의사는 위

---

28 위의 글, 36면.

기의 순간에 '갑자기 그때' 나타나 구원의 손길을 뻗는 중세 로망스 히어로의 현대적 재림인 양 사람들을 구해낸다. 게다가 또 다른 백인공동체의 구원을 위해 정착을 포기하는 서부영화의 주인공처럼 '인조의사'도 사람들의 환호에 "돌아도 보지 않"고 다른 환자를 찾아 떠난다. 그러한 환호는 영웅의 운명과는 "아무런 상관도 없었기 때문"이다. 인조의사의 영웅적인 행위는 이 작품을 읽는 독자들에게 충분한 흥밋거리가 된다. 특히 인간을 닮은 인조의사가 벌이는 활약상은 로봇에 대한 친밀감을 더욱 강화시킨다.

하지만 인조의사가 인간들과 더욱 친밀해질수록, 본연의 임무를 잘 수행할수록 똘똘이 박사와 인조의사 사이에는 건널 수 없는 심연이 발생한다.

> 자기 집 앞에 이르렀을 때 문득 똘똘이는 방금 자기가 '인조의사'에게 한 말을 생각했다.
>
> "자기 주인도 몰라 보다니…… 그렇다! 내가 주인이 아닌가? 그러니까 내가 마음대로 고칠 수도 있지 뭐……"
>
> 그러자 다른 생각이 불쑥 고개를 쳐들었다.
>
> 그렇다면 '그'는 왜 나를 몰라 보는가? 왜 나를 본 체 만 체 하는가? 과연 '그'의 주인이 나란 말인가?
>
> 박사는 자기 문 앞에 우뚝 멈춰 서 버렸다.[29]

---

29 위의 글, 39면.

건널 수 없는 심연이란 곧 낯익은 존재에게서 느껴지는 낯섦의 공포이다. 그리고 그 공포는 항상 그를 엄습하는 것이 아니라 갑자기 "문득" 침입한다. 언캐니의 원어인 독일어 운하임리히unheimlich는 "두려운 낯설음" 혹은 "낯익은 낯섦" 등으로 번역되는데, 이 용어를 처음 사용한 옌치는 이 감정의 원인을 '지적인 불확실성'에서 찾았다. 이른바 그것이 무엇인지 정확히 알 수 없을 때 언캐니의 심리가 작동한다는 것이다. 옌취는 이를 두고 "어떠한 존재가 겉으로 보아서는 꼭 살아 있는 것만 같아 혹시 영혼을 갖고 있지 않나 의심이 드는 경우나 혹은 반대로 어떤 사물이 결코 살아 있는 생물이 아님에도 불구하고 우연히 영혼을 잃어버려서 영혼을 갖고 있지 않은 것이 아닌가 하는 의심이 드는 경우"[30]로 보면서 '밀납인형, 마네킹, 자동 인형'에서 받는 인상을 말하고 있다. 똘똘이박사가 느끼는 섬뜩함이 바로 이런 것이다. 자신이 직접 만들고 프로그래밍했으며 작용과 반작용 모두 예측가능하리라 생각했던 존재로부터의 섬뜩함이란 바로 '주인을 몰라보는 것'이다.

인간과 기계의 관계란 곧 창조주와 피조물, 주인과 노예의 관계이다. 로봇의 어원이 강제노동, 노예를 뜻하는 로보타robota에서 유래했다는 점은 시사적이다.[31] 이 관계는 문학작품에만 해당하는 것이 아니다. 북한 과학환상문학이 규정한 '법'이자 북한이라는 상징계의 규칙이기도 하다. 다시 말해 북한에서 로봇은 철저히 도구적인 존재일 뿐이다. 그들은 "사람의 힘든 육체적 로동을 대신하는 로봇과 어려운 정신로동을

---

30 지그문트 프로이트, 정장진 역, 「두려운 낯설음」, 『창조적인 작가와 몽상』, 열린책들, 1998, 109면.
31 김대식, 『김대식의 빅퀘스천』, 동아시아, 2014, 301면.

덜어주는 인공지능기술을 더욱 발전시켜 사람의 창조적 능력을"[32] 높여나가는 매개일 뿐이다. 따라서 인간이 로봇을 제작하는 목적은 "로봇트들을 고대의 노예처럼 부려 먹으면서 포식과 환락의 무릉도원의 노예주"로 살기 위해서가 아니라 "진보와 번영을 위한 결정적 담보"인 "더욱 힘있는 존재"[33]가 되기 위한 것이다. 하지만 피조물인 노예가 인간보다 더 위대해지고 추앙받기 시작한다. 똘똘이의 불쾌함이 질투의 감정을 넘어서는 이유이다.

"세상에 저런 무례한 자가 어디 있단 말요? 허 참……"

"아니 글쎄 다른 사람은 의사가 아니란 말요? 사람을 마구 밀어 제끼면서 제 혼자 의사인 체 하니…… 허 참!"

"그런데 그 괴상하게 생긴 자가 어디에 사는 자랍니까? 나는 참을 수 없소! 공화국 헌법은 저런 무례한 자를 결코 용서하지 않을 것이요."

이런 말투로 보아 아마도 '인조의사'에게 쫓겨 난 것이 틀림 없었다. (…중략…)

며칠 후 '인조의사'는 치료 현장에서 내무원들에게 '체포'되었다. 그러나 그 때는 이미 '인조의사'의 소문이 퍼진 후였고 따라서 꼬마공화국 사람들은 '인조의사'가 얼마나 자기들의 생활에 유익한 것인가를 알게 된 후였기 때문에 인차 '석방'하지 않을 수 없었다.[34]

---

32 김동섭, 앞의 책, 10면.
33 위의 책, 57면.
34 석윤기, 앞의 글, 34~35면.

북한사회의 속성상 피조물이자 노예인 로봇이 자신의 임무수행을 위해 인간의사를 몰아낸다는 것은 불가능하다. "공화국의 헌법은 저런 무례한 자를 결코 용서하지"(34면) 않기 때문이다. 하지만 공화국의 헌법도 인조의사의 영웅적인 행위 앞에서는 무력하다. 비록 '체포'했지만 "공화국 사람들은 '인조의사'가 얼마나 자기들의 생활에 유익한 것인가를 알게 된 후였기 때문에 인차 '석방'하지 않을 수 없었"(35면)던 것이다. 인간과 로봇의 관계란 곧 창조주와 피조물, 주인과 노예, 지배와 종속의 위계였다. 이것이 로봇을 만들 때의 예측 가능한 정상상태인 것이다. 하지만 이 모든 질서가 전복되었을 때 예측 불가능한 예외상황이 시작된다.

3. 노예의 반란과 신적폭력

견고하리라 믿었던 위계질서와 가능하리라 생각했던 유토피아 건설이 가장 낯익은 존재로부터 전복되고 부정되었을 때 인간이 할 수 있는 것은 그 존재를 제거하는 일이다. 즉 로봇을 "용광로에 넣어 다시 녹여"[35] 단순한 금속의 상태로 되돌림으로써 통제 가능한 상태로 환원시키는 것

---

35   김대승, 「막내로보트」, 『아동문학』, 1995.2, 57면. 이 작품은 짧은 동화의 형식이지만 로봇의 반란을 다루고 있다. 해프닝의 수준이지만 로봇의 반란이 가져올 수 있는 위험성을 상징적으로 보여주고 있다.

이다. 하지만 진정한 불안과 공포는 여기서부터이다. 그 사물들이 통제의 임계점을 넘어섰을 때, 섬뜩함은 이제 진정한 공포로 전환된다.

> 처음에 우리는 로보트에게 지시주기를 빽빽한 나무들과 덤불을 뽑아내고 바위돌을 들어내어 평탄하게 만들라고 했으니까. 고지식한 로보트는 지금도 땅 우에 솟아있는 모든 것을 깔아뭉개고 뽑아던져 아무것도 없는 빈땅으로 만들고 있을거예요. (…중략…)
>
> 사람들은 흔히 오랜 시일이 지나면 잊어버리는 버릇이 있지 않습니까? 그러나 로보트는 수백 년이 지나도 잊지 않으며 새 지시를 주지 않는 이상 반복동작을 계속하는 것입니다. 그러니 죽음의 골짜기를 다 갈아엎은 로보트들은 무리를 지어 도시로 밀려들기 시작했습니다. 하루밤 사이에 도시가 뒤집혀지고 말았습니다. 우리 자손들도 그 로보트의 피해를 받아 잘못됐습니다. 나는 그때 이 산속에서 운신도 못하고 간호를 받고 있어 몰랐댔습니다.[36]

벤야민은 폭력을 신화적인 것과 신적으로 구분하였다. 신화적인 폭력은 기존의 법적 질서를 옹호하고 수호하는 법보전적이며 법정립인 폭력으로, 정상상태를 지배하는 법체계의 원천이다. 이때 "폭력은 법적 목적을 위한 중립적 수단으로 간주되면서 법적 질서를 수호하는 기능"[37]을 한다. 경찰의 강제력 같은 공권력이 대표적이다. 반면에 신적 폭력은 "법 파괴적이고 죄를 면해주며 내리치되 피를 흘리지 않는 채

---

36 김동섭, 앞의 책, 120~121면.
37 조창오, 「슈미트와 벤야민의 종말론적 사유」, 『동서철학연구』 제82호, 한국동서철학회, 2016.12, 376면.

죽음을 가져오는 폭력"이다.[38]

　「로보트의 나라」에서는 이 두 가지 폭력을 모두 만날 수 있다. 먼저 신화적인 폭력의 양상은 물신주의를 보존하기 위한 로봇들의 폭력으로, 자본의 순환을 위해 인간에게 폭력적 상황을 가하는 모습으로 나타난다. 주로 제국주의 국가의 로봇이 여기에 해당한다. 다음은 신적폭력이다. 80여 년 전 로봇과학자 키프 박사는 자신의 아들이 로봇으로 문제를 일으키자 가족과 함께 지구를 떠나 다른 행성에서 로봇으로 운영되는 나라를 만든다. 그런데 그곳에서 위급신호가 날아오자, 만호와 조선의 박사일행은 그들을 돕기 위해 떠난다. 그곳에서 조선의 일행들은 키프 박사의 아들에게 그간의 사정을 듣게 된다. 행성에 도착한 키프박사는 회오리바람을 일으키는 "죽음의 골짜기"를 메우기 위해 거대한 로봇들을 앞세워 산을 허물고 바람골을 무너뜨려 골짜기를 붕괴시킨다. 이후 과학자들이 "공기에서 여러 가지 식료품을 뽑아내는 기계"(119면)를 만들자 사람들은 "더욱 더 놀음에만 빠져"(120면)들고 나태해져 갔다.

　로봇들의 폭력을 신적폭력으로 보는 이유가 여기에 있다. 그들의 폭력은 현재의 사회적 질서나 규범을 보존하고 정립하기 위한 것도, 그렇다고 그것을 파괴해 또다른 법을 정립하기 위한 것도 아니다. 로봇들은 목적을 갖고 있지 않다. 로봇은 자신에게 프로그래밍된 대로 행동하고 있을 뿐이다. 인간들이 나태해져 로봇의 존재를 잊고 있는 동안 로봇들은 주어진 프로그램대로 "빽빽한 나무들과 덤불을 뽑아내고 바위돌을 들어내어 평탄하게" 만들고 있다. "지금도 땅 우에 솟아있는

38　발터 벤야민, 최성만 역, 「폭력비판을 위하여」, 『역사의 개념에 대하여 외』, 솔, 2015 참조.

모든 것을 깔아뭉개고 뽑아던져 아무것도 없는 빈 땅으로" 만들고, 이제는 도시로까지 밀고와 모든 것을 평탄한 빈터로 만드는 모습이야말로 모든 경계를 지우고 무차별화시키는 신적인 폭력이다. 이는 마치 조건을 부여하지 않은 채 오직 '공의'의 이름으로 행했던 '대홍수'의 사건처럼 "내리치는 폭력"[39]이다. 로봇의 행위는 "그것이 단지 세상의 불의를 보여주는, 세상이 윤리적으로 뒤죽박죽 돼버렸다는 징표일 뿐", "어떤 의미를 갖고 있다는 뜻을 함축하지는 않는, 차라리 의미없는 징표" 같은 것이다.[40]

또 로봇의 폭력은 '희생양'을 요구하지 않는다는 점에서 "피를 흘리지 않은 채 죽음을 가져오는 신적인 폭력"[41]이다. 인간을 위해 봉사하도록 만든 프로그램이 오히려 이 세계를 "거치른 폐허의 땅"이자 "나무 한그루, 풀 한포기 볼 수 없는 죽음의 땅"(115면)으로 만드는 거대한 신적폭력으로 재림한 것이다. 법 보전적이고 법 제정적인 폭력과 달리 그들의 폭력은 매우 순수하다. 아니 폭력이라는 인식조차도 존재하지 않는다. 진정한 두려움은 여기에서 비롯된다. 정상상태를 그 어떤 목적의식도 없이 순식간에 예외상태로 만들어버리는 폭력은 그 스스로를 수단으로 삼지 않은 채 무차별적으로 행해질 수 있다는 점에서 진정한 두려움이며, 그것이 자신들이 창조한 피조물들에게서 벌어질 수 있다는 점에서 나이트메어이다.

---

39 발터 벤야민, 최성만 역, 앞의 책, 111면.
40 슬라보예 지젝, 이현우 역, 앞의 책, 275면.
41 발터 벤야민, 최성만 역, 앞의 책, 111면.

그가 가리키는 전시장 바깥공지에 수많은 사람들이 모여서서 웅성대고 있었다.

"우리는 로보트 때문에 쫓겨났다. 일자리와 먹을 것을 달라."

"로보트는 이 도시에서 물러가라!"

이런 구호판들을 앞세운 람루한 옷차림의 사람들이 주린 배를 움켜쥐고 이쪽을 향해 주먹질을 하고 있었다.

"하긴 저 사람들도 딱하게 됐지요. 자본가들은 잠도 자지 않고 불리한 환경 속에서도 밤낮 일하며 그러고도 로임도 한 푼 받지 않고 아무런 불평도 없이 저렇게 반항도 하지 않는 값싼 공업 로보트를 쓰는 것이 훨씬 좋으니까요. 이 도시에서는 로동자들과 사무원들이 계속 해고당하고 지어는 경찰들까지 실업당하고 있답니다. 인류과학은 절정을 넘어섰지요. 인간은 자기의 지혜로 자기의 발 밑에 무덤을 파고 밀려나게 되었습니다."[42]

『로보트 승리호』가 주는 공포는 위계의 붕괴로 인한 세계의 파국이다. 이 장면은 돈을 위해 만든 로봇들로 인해 결국은 노동과 인간의 가치가 붕괴될 수 있음을 서구사회를 통해 보여주고 있다. 즉 조선과 달리 서구의 과학자들은 인간이 아닌 자본의 논리와 순환을 위해 로봇을 제작하고 있으며, 이로 인한 실업, 식량, 치안문제 등은 사회를 극도의 혼란에 빠뜨릴 수 있음을 경고하고 있다.

하지만 이 상황을 그대로 북한에 대입시키면 어떨까? 이 장면의 문제성은 단지 서구의 상황을 비판적으로 혹은 객관적으로 바라보게 하

---

42 김동섭, 앞의 책, 65면.

는데 그치지 않는 데 있다. 이른바 양가성인데, 독자들은(혹은 작가가) 이 상황을 자신에게 적용시킬 수 있기 때문이다. 공포영화의 두려움은 나와 무관한 상황이 갑자기 내게로 진입해오는 심리적 반응이다. 이른바 감정이입으로, 이 장면 역시 그러한 가능성을 담지하고 있다. "잠도 자지 않고 불리한 환경 속에서도 밤낮 일하며 그러고도 로임도 한 푼 받지 않고 아무런 불평도 없이 저렇게 반항도 하지 않는" 고마운 로봇이 어느 날 돌변하여 인간이 만든 질서를 모두 무화시키는 거대한 신적인 폭력으로 다가오고, 결국 "인간은 자기의 지혜로 자기의 발밑에 무덤을 파고 밀려"나야 하는 파국적인 상황을 맞게 될 수 있다는 상상력이 가능하기 때문이다. 다음의 장면 역시 양가성에서 오는 공포이다.

최근 몇 세기 동안 과학기술은 급속히 발전했지만 반대로 인체는 급격한 퇴화의 한길을 걸었다. 로봇이 광범히 도입되어 힘든 로동이 없어지고 사람들이 차를 타고 다니기만 하다나니 팔다리의 퇴화는 더욱 가속화되고 이것이 다음 세기에 가서는 인류의 존망을 위협하는 심각한 사회적 문제로 될 것이다. 이 과정을 그대로 내버려두면 사람들이 정신로동만 하다나니 머리는 크지만 팔다리는 가늘어지고 나중에 가서는 머리무게도 이기지 못하여 균형을 잃고 모두 쓰러져버리는 기막힌 사태가 벌어지게 될 것이다.[43]

과학기술의 발달은 유진 런이 말한 근대화의 양가성과 닮아 있다. 근대화가 억압적인 동시에 희망적이듯,[44] 과학기술과 로봇의 발달은 인

---

43 위의 책, 52면.
44 유진 런, 김병익 역, 『마르크시즘과 모더니즘』, 문학과지성사, 1996, 43면.

간에게 노동의 해방을 가져다준다. 하지만 노동의 정지는 곧 팔다리의 퇴화로 이어지고 정신노동의 과잉은 머리 크기를 지나치게 발달시켜 결국에는 비정상적인 신체 왜곡을 가져온다. 의도와는 다르게 파생되는 결과들로 인한 공포의 도착점은 세계의 종말이다. "병이 나면 인공 장기를 쉽게 바꿀 수 있고, 인공기관과 인공팔다리는 온갖 불구를 고칠 수 있게" 해주지만 "인체공학의 혜택으로 질병과 불구의 고통에서 완전해방"되는 순간 "인구 과잉의 문제", 즉 "제한된 지구촌에서 언제인가는 포화상태가 빚어"지는 파국이 기다리고 있다.(55면) 또 인체공학자들이 "사람들의 미적 요구까지도 충족"시키기 위해 "모든 사람들을 우아하고 아름답게" 만드는 미美의 "완전한 평등이 실현"되는 순간 차이가 소멸되는 절대주의가 도래한다.(56면) 이처럼 과잉이 초래한 차이의 소멸은 결국 세계 자체를 내파implosion 상태로 몰아갈 것이며, 정상 상태에 균열을 일으켜 진정한 '예외상태'를 만들어낼 것이다. 신적인 폭력이란 "바로 이런 상황, 즉 허구적 예외 상태에 맞서 싸워서 진짜 예외상태를 만들어 내는 폭력이다. 그런 의미에서 전복적인 폭력"[45]이다. 이처럼 위계의 붕괴는 혼란을 넘어 모든 차이를 소멸시키는 파국으로 치닫는다. 만일 이러한 불안이 단지 허구적 상상력에 한정된 것이었다면, 또는 단지 텍스트 내의 사건으로만 인지되는 것이었다면 섬뜩함은 그저 흥밋거리로 멈췄을 것이다. 하지만 똘똘이박사를 비롯해 인간이 로봇으로 인한 불안과 공포가 현실적으로 느껴지는 것은 보다 본질적인 이유 때문이다.

---

45 김형래, 「미하엘 하네케의 '제7의 대륙'에 나타난 폭력비판」, 『브레히트와 현대연극』, 한국브레히트학회, 2015, 286면.

4. 강박의 근원으로서의 로봇과 '만들어진 인민'

프로이드는 언캐니의 원인을 '억압된 것의 귀환'으로 보았다. 두려운 낯설음이 발생하는 지점은 "억압된 어린 시절의 콤플렉스들이 어떤 강한 인상에 의해 다시 살아나거나, 혹은 '초극된' 원시적인 믿음들이 다시 새롭게 확인될 때"[46]이다. 그렇다면 "어둠 속에 있어야만 했으나 드러나 버린 어떤 것"[47]이란 무엇이며 그것이 왜 섬뜩함을 일으키는지 밝히는 일이 남아있다. 이를 위해서는 로봇이라는 타자가 표상하는 의미와 억압된 것의 정체를 밝히는 작업이 필요하다.

주지한 바처럼 로봇은 내부의 타자이다. 인간이 조국의 유토피아 건설을 위해 도구적이며 종속적인 존재로 창조한 자다. 문제는 그들이 인간을 닮았다는 점인데, 작품 속 과학자들은 로봇을 인간과 더욱 유사한 존재로 만들기 위해 논쟁과 비난도 피하지 않는다. 『로보트 승리호』의 과학자 청송은 "사람처럼 리성적으로 사고하는 지능로보트, 그러니까 다시말해서 지성로보트"(79면)의 개발을 피력한다. 지성로보트는 1세대 공업로보트나 인간의 감각기관을 모방한 2세대, 지능의 한 부분을 수행하는 3세대 지능로보트와 달리 "사람뇌수의 고급한 기능까지도 소유한 보다 높은 형태의 로봇"(80면)이다. 청송은 "사람을 인식하고 자률적으로 사람을 위해 복무할 수 있는"(80면) 4세대 지성로보트 개발을 위해 "인공뇌수"를 넘어 "인공뇌수의 생체화"(94면)를 시도한다.

---

46 지그문트 프로이트, 앞의 책, 145면.
47 위의 책, 132면.

뇌수의 생물학적모형인 인공생체뇌수는 벌써 단순한 물체가 아니라 '살아있는' 존재였으며 따라서 삶을 유지 보존하며 그 활동을 보장해야 하는 전인미답의 어려운 과업이 혜성에게 맡겨졌다.

인공생체뇌수는 또한 사람뇌수의 심리학적 모형으로서의 자기의 기능과 역할을 수행할 수 있게 되여야 할 것이다. 이것을 길들이고 교육하여 사명을 수행할 수 있도록 해야 할 어렵고도 복잡한 과업은 청송의 몫이였다.

이 장면은 매우 인상적인데, 지성로보트의 개발 과정이 마치 인민의 형성과정에 대한 은유처럼 보이기 때문이다. 주지한 바처럼 작품에서 인간과 로봇은 창조주와 피조물, 주인과 노예, 지배와 종속, 주체와 타자의 관계이다. 그리고 이러한 질서는 다시 '인간의 뇌수'와 '인공생체뇌수'로까지 이어지는데, 공교롭게도 이러한 위계구조는 북한에서 수령과 인민을 구분하는 일반적인 방식과 닮아있다. 1975년 사회과학출판사가 펴낸 『주체사상에 기초한 문예리론』에 따르면 "모든 부분에 대한 당의 령도는 본질에 있어서 당의 최고 뇌수이며 심장인 수령의 령도"[48]라고 밝히고 있다. 이렇게 볼 때 인간의 뇌수와 인공생체뇌수는 각기 "사회적 집단을 통솔하고 인도해나가는 최고의 뇌수로서의 수령"[49]과 수령을 욕망하는 '인민'의 은유로 볼 수 있다. 즉 인간에게 봉사하는 로봇이란 곧 당과 수령에 봉사하는 로봇이며 이러한 위계는 곧 당, 수령 대 인민의 관계로 볼 수 있다.

로봇을 인민의 은유로 바라보는 이유는 위계구조에 대한 추론 때문만

48   사회과학원문학연구소, 앞의 책, 56면.
49   김정일, 『주체문학론』, 조선로동당출판사, 1992, 145면.

은 아니다. 실제로 인공생체뇌수의 생산과정과 지성로보트에 대한 관점은 그대로 북한 사회가 인식하는 인민의 모습과 일치하기 때문이다. 우선 인공생체뇌수를 "단순한 물체가 아니라 살아있는 존재", "삶의 유지 보존"이 필요한 존재로 형상화하는 것은 이제 막 태어난 인간(신생아)을 연상시킨다. 이제 막 태어난 아이는 아직 인민이 아니다. 인민은 태어나는 것이 아니라 '구성'되는 것이기 때문이다. 실제로 북한은 인민을 "혁명사상으로 철저히 무장시켜 그들의 역할을 높이며 혁명과 건설을 힘차게 떠밀고 나가도록"[50] 계몽해야 할 대상으로 보고 있다. 이처럼 인공생체뇌수는 사람뇌수(당과 수령)의 심리학적 모형이기에 "길들이고 교육하여 사명을 수행할 수 있도록"(109면) 계몽의 과정이 필요하다. 또 인공뇌수(인민)는 스스로 존재하기가 어렵다. 그래서 부모의 손길을 필요로 하듯 "필요한 영양물질들과 에네르기를 공급 조절하는데 몇 대의 전자계산기가 동원"(111면)되어야 한다. 게다가 "한 개의 기관으로 자체의 비김 상태를 유지하며 살아나갈 조건이 되어있지 않기에 그것을 살려나간다는 것은 조련치"(111면)않다. 그래서 청송과 혜성을 비롯한 과학자 집단이 온갖 노력을 가한다. 인공뇌수는 "집단주의적 생명관"[51]에 기초해서만 존재할 수 있는 것이다. 여기서 '인간 뇌수'와 '과학자들' 그리고 '인공생체뇌수를 장착한 지성로봇'은 각기 북한을 유지하는 세 개의 주체인 대타자로서의 '최고의 뇌수'인 수령, 집단, 인민의 은유이다.

이처럼 인민의 성장과 교육은 '대가정'을 이끄는 부모, 즉 어버이의 몫이다. 인민의 생물학적 성장은 여성 과학자인 혜성이, 교육은 남성

---

50   사회과학원문학연구소, 앞의 책, 110~111면.
51   김정일, 앞의 책, 169면.

과학자인 청송이 맡는다. 이 작품은 실제로 대가정(집단, 부모)의 중요성을 말하고 있는데, 혜성은 자식을 키우듯 인공생체뇌수를 보살핀다. 그러던 중 인공뇌수의 세포들이 활성화를 멈춘 채 죽어가자 혜성은 자신의 생명은 생각지도 않고 주사기 "바늘을 자신의 목덜미에 서슴없이" 찌르고는 체액을 "하나 가득" 뽑아 인공뇌수에 주입한다.(120~122면) 인공뇌수의 세포들은 다시 살아났지만 혜성은 위급한 상황에 빠진다. 어미가 자식을 위해 생명을 아끼지 않듯이 인공생체뇌수를 위해 온몸을 던지는 혜성의 모습은 전형적인 모성애이다. 이처럼 과학자 집단은 인민에게 봉사하는 "과학을 위해 한목숨 바칠 것을 결심한 사람"들로 형상화되고 있다.[52]

이제 생물학적 인간에서 국가가 요구하는 '주체'로의 전환이 필요한 시점이다. 잘 알려진 것처럼 북한의 인민은 국가의 최고 뇌수이자 불멸의 영도자인 수령의 인도를 받아 구성된 주체이다. 그들은 영원불변의 로고스라 믿는 주체사상의 교육을 통해 자주적인 인간이 될 수 있다고 믿고 있다. 이같은 계몽주의적 관점은 지성로보트를 만드는 과정에서도 그대로 드러나는데 '모호법'이 그것이다.

> 사람의 모호한 사고과정을 모호모임, 모호론리를 리용하여 모형화하는 모호법은 지식의론리성에 대한 제한이 적고 상식이나 경험 등을 표현하는

---

52 이러한 헌신에 대해 작가는 "지난세기의 혁명전쟁"을 호출한다. 오늘의 이 행복이 "최고 사령관동지의 전투명령을 관철"하기 위해 "몸으로 적의 화구"(124면)를 막아냈던 혁명세대의 헌신에서 비롯되었듯이, "그 모든 배려를 꼭 같이 받고 자란 혜성이가 그에 보답하려고 헌신"했다는 것이다. 이른바 북한에서 말하는 '보은의 논리'이다. 보은의 논리에 대한 자세한 논의는 권헌익·정병호의 『극장국가 북한』(창비, 2013)에 나와 있다.

데 적당하며 자료의 의미표현도 사람의 자연언어표시에 가까우므로 감정 등도 포함할 수 있을 뿐만 아니라 장치기술에서도 병렬처리가 가능하여 인공뇌수가 사람의 숙련된 동작들을 따라 배우도록 하는 데서 여러모로 적당할 것이였다.[53]

지성로보트를 만드는 일련의 과학적 용어들의 동원은 사실 인민 교육의 중요성과 효율성에 대한 강조이다. 청송에게 다쳤던 가장 큰 난관 중의 하나는 "근 140억 개에 달하는 뇌세포를 무엇으로 실현할 것인가"(36면)였다. 여기에는 "초대형집적회로 같은 것으로는 어림도 없고 생체소자를 리용한다고 해도 여기엔 아직 예측하기 어려운 난관이 허다"(36면)하기 때문이었다. 그런데 '모호법'은 이러한 문제를 완벽하게 해결해 준 것이다. 인간은 140억 개의 뇌세포 가운데 "3프로 정도밖에 리용하지 못하고 있으며 6프로만 활용해도 벌써 천재적인 일을"(92면) 할 수 있다. 게다가 "사람은 성장과정 특히는 교육과정을 통해 인식, 추리, 판단과 같은 고급한 사유능력을 체득"(92면)할 수 있기 때문에 인간의 뇌수와 완벽하게 동일할 필요가 없다는 것이다. 다시 말해 처음부터 완성된 상태의 인민을 만들 이유가 없다는 것이다.

따라서 가장 중요한 것은 '교육'이었다. "사람의 사고와 행동을 모방할 수 있는 능력을 가진 로보트를 만들어 사람을 따라 배우는 일정한 교육과정을 거치면 해당한 경우에 사람처럼 사고하고 행동할 수 있도록 할 수 있다는"(92면) 것이다. 일종의 딥러닝으로, 전진이는 "쵸소한

---

53 김동섭, 앞의 책, 93면.

도로 필요한 교육과정을" 거친 후 "사람들 속에 들어가 힘든 로동을 직접 해보면서" "사람들과의 관계를"(15면) 정립하는데, "첫 실험은 아주 성공적"(93면)이었다. 그리고 마침내 인공생체뇌수를 장착한 '지성로보트 승리'는 '만들어진 인민'의 모습을 그대로 보여준다. '승리'는 스스로 읽기와 쓰기 및 자신에게 필요한 정보를 선택할 뿐만 아니라 "사람을 중심으로 하여 사고하고 행동하는"(174면) 모습을 보인다. 비록 불완전한 존재이지만 국가의 통제와 교육을 통해 '아버지의 법'에 순응하는 인민이 될 수 있음을 보여주고 있다.

이제 처음으로 다시 돌아가야 할 시간이다. 언캐니란 낯익은 낯섦, 곧 친숙한 것에서 갑작스럽게 느껴지는 어떤 섬뜩함이었고, 프로이트에 따르면 이는 억압된 것의 귀환이었다. 그렇다면 로봇을 소재로 한 작품에서 보이는 섬뜩함이란 로봇으로 표상된 '만들어진 인민'에 내재된 것에서 비롯된 불안이다. 그들 스스로 통제 가능할 것이라 믿었던, 그리고 그러한 계획하에 디자인한 "로봇들이 내말을 듣지 않으며 모든 것이 전멸되어"[54]갈 정도로 통제할 수 없는 힘을 지닌 괴물일 수 있다는 점, 게다가 그것이 개체가 아닌 다수(군중)이라는 점에서 불안의 대상이다.

하지만 로봇으로 표상된 인민의 괴물성이 진정 두려운 이유는 "그들이 우리와 다르기 때문이 아니라 사실은 우리들 자신보다 더 우리와 닮았기 때문이다."[55] 북한이 보여준 계몽의 의지와 실천이란 사실 로봇이 보여줬던 폭력성과 다르지 않다. 현재의 '정상상태' 역시 과거의 정상

---

54 위의 책, 119면.
55 리처드 커니, 이지영 역, 『이방인, 신, 괴물』, 개마고원, 2016, 135면.

상태를 예외상태로 되돌림으로써 가능했으며 지금의 상황 역시 폭력을 통해 유지하고 있기 때문이다. 그런 면에서 위계 전복의 욕망과 예외상태를 야기하는 폭력에 대한 억압은 필수적이다.

불안 요소의 억압이 곧 인간과 로봇 간의 위계를 설정하는 것이었다면, 파국의 두려움을 거세하기 위한 방법은 '량심'의 소환이었다. "주이상스를 추구하는 방식이 다르기 때문에 우리를 불안케 하는 자이고, 우리 생활방식의 균형을 깨뜨리는 자다. 그래서 적절한 간격을 유지하고, 새로운 '재량규범'을 도입함으로써 서로를 방해하지 않는 것",[56] 그것이 바로 위계의 정립과 유지이다. 인간과 로봇 간의 구별이 가능한 이유는 원본(수령)과 복제(인민) 사이에 위계질서가 존재하는 '유사resemblance'의 세계이기 때문이다. 유사는 북한에게 익숙하고 낯익은 세계이다. 하지만 인간과 로봇 간의 구분이 어려워진 '상사similitude'의 세계는 낯선 세계이다. 그곳은 원본과 사본의 경계가 사라지고 오직 복제들 간의 차이만 존재하기 때문이다.[57] 그런 면에서 인공생체뇌수는 열등한 존재로 남아야 한다. 교육을 통한 진화의 목적은 '덜 열등한 존재'가 되는 것이지 '인간뇌수'와 동일해지는 것을 의미하지는 않는다. 수령과 인민 간의 엄격한 위계가 존재해야 하듯이, 인간과 로봇 사이의 위계를 위해서라도 로봇은 영원히 계몽의 대상이 되어야 하는 것이다. 따라서 위계질서의 확립은 낯설어진 존재를 다시 낯익은 존재로 회복하려는 사건이다.

하지만 문제는 억압의 대상이 결코 소멸하지 않는다는 데 있다.

---

56 슬라보예 지젝, 이현우 역, 앞의 책, 98면.
57 유사와 상사의 내용은 진중권, 『미학오디세이』 3, 휴머니스트, 2004, 204~205면 참조.

사실 우리들도 아직 승리의 본성에 대하여 다는 알지 못하고 있고 더구나 앞으로의 거동에 대해서는 많은 것을 예측할 수 없네.[58]

타자의 '본성'에 대해 미지의 영역이 남아 있다는 것은 불안의 근원이다. 교육이라는 강한 백신을 주입하고는 있지만 타자는 여전히 "예측할 수 없"는 밖의 영역에서 그들을 바라보고 있다. 청송 및 과학자들로 표상된 집단주의는 "이제 실천 속에서 더욱 완성되겠지"(177면)라며 집단과 계몽의 힘을 믿고 싶어 한다. 하지만 그럴수록 불안에 대한 억압은 반복적이 될 것이다. 지젝이 "강박증 환자의 삶이란 '무슨 일thing'이 일어나지 않도록 강박적인 주의를 기울이는 삶"[59]이라고 명명했듯이, 북한 과학환상문학 속의 강박이란 위험을 금지하고 유토피아를 건설하려는 의지나 욕망의 차원이라기보다는 위험을 회피하고 그저 안전하게 현 상태를 유지하려는 것에 지나지 않는다.[60]

로봇을 소재로 한 과학환상문학에는 특정한 곳만 반복되는 고장난 레

---

58 김동섭, 앞의 책, 177면.
59 이현우, 『로자와 함께 읽는 지젝』, 자음과모음, 2012, 139면.
60 과학환상문학의 서사구조가 그렇다. 모든 사건의 결말은 '아무 일도 발생하지 않았던 그 지점'으로 다시 돌아오는 것이다. 새로운 과학적 발견은 과학환상문학의 중심에 서지 못한다. 예를 들어 제국주의와의 갈등을 다룬 작품에서 과학적 발견은 오히려 제국으로 하여금 '침범'이라는 위반의 욕망을 자극하는 매개로 작용한다. 작품의 주된 서사는 제국의 사악한 음모를 '드러내는' 것이다. 이렇게 그들은 자신들의 '순수성', '무오류주의'에 대한 강박적 증상을 드러낸다. 다른 유형의 사건을 다룬 작품들도 마찬가지이다. 어떤 사건이 벌어지든, 그들의 서사는 언제나 사건 발생 이전인 '최초의 그곳'이라는 동일한 지점으로 회귀함으로써 사건을 결말짓는다. 그것은 마치 아리랑축전의 대형카드섹션의 문구("나에게서 그 어떤 변화를 바라지 말라!")의 문학적 재현처럼 보인다. 결국 '아무 일도 일어나지 않는다'라는 강박은 과학환상문학의 서사를 원점회귀의 반복 서사로 만든다. 북한 과학환상문학 보여주는 여러 종류의 반복강박은 여기에서 비롯된 것이다.

코드판처럼 유달리 인간과 로봇과의 위계 그리고 과학자의 양심을 강조하는 장면이 많이 등장한다. 일종의 강박증에 해당하는 이러한 모습을 로봇이라는 타자에 대한 불안과 두려움의 증상이라고 보았다. 작품이 보여주는 표면적인 불안과 두려움은 낯익은 낯섦이라는 언캐니와 신적 폭력이었다. 그리고 이러한 로봇에 두려움을 느끼는 궁극적인 원인은 바로 그들이 '만들어진 인민'을 표상하기 때문이다. 철저하게 기획되어지고 프로그래밍 된 '인민들'에게서 괴물성을 만나는 일은 진정 섬뜩한 일이 될 수 있기 때문이다. 위계와 양심의 강박은 여기서 시작된 것이다.

그런데 이들, 즉 권력층이나 작가가 느끼는 불안과 공포는 가상의 차원에 멈추는 것일까? 오히려 이러한 가상이 더욱 더 실재처럼 느껴지지 않을까? 이러한 질문이 가능한 것은 북한 과학환상문학을 바라보는 관점 때문이다. 북한에서 과학환상문학은 마치 파타포적pataphor인 상황처럼 가상과 현실이 중첩되어 있다. 그들은 작품을 통해 낙관적인 미래의 상상뿐만 아니라 과학의 필요성과 제국주의에 대한 적개심 같은 현실적 요구도 함께 말하고 있다. 북한이 문학작품을 계몽의 수단으로 삼는 이유도 여기에 있다.

그렇다면 문학을 통한 불안과 공포 역시 가상의 차원을 넘어 현실로 진입할 수 있다는 논리가 가능하다. 이러한 논리 때문에 작품 속 강박증이 시작된 것이다. 특히 서구 제국주의를 비판하기 위해 제시한 장면들이 도리어 당국과 작가들, 심지어 독자들에게까지 불안을 야기할 수 있는 것은 바로 금기가 위반의 욕망을 자극하기 때문이다. "금기는 범해지기 위해 거기에 있다"[61]라는 말처럼 북한의 과학환상문학이 위계와 '량심'이라는 금기를 강조하면 할수록 위반의 욕망 또한 강조된다.

따라서 제국의 과학기술과 로봇의 위험성을 강조하는 것은 도리어 '위험한 상상력'을 자극하는 것과 다르지 않다. 이러한 예들은 어렵지 않게 만날 수 있는데, "극도에 다다른 사랑의 충동은 죽음의 충동과 다르지 않다"[62]는 사드의 메시지나 율법이 죄를 만들었다는 사도 바울의 논리도 이와 같다.

그런데 "역설적인 것은 우리의 의식은 그 위반을 즐기기 위해 금기를 지속시킨다는 것이다."[63] 북한의 과학환상문학이 보여주는 영구혁명의 원인도 여기에 있다. 북한이 적대적 공존의 방식으로 통치를 지속하기 위해서는 아버지의 법에 저항하는 힘이 필요하다. 이는 마치 운하임리히 속에 하임리히가 존재하듯, 또 금기와 위반이 일란성 쌍둥이이듯 북한과 제국, 적개심과 두려움은 항상 서로가 서로를 필요로 하는 짝패double이기 때문이다. 북한 과학환상문학이 추구하는 유토피아는 이처럼 디스토피아를 양분 삼아 자란다. 결코 도달할 수 없는 유토피아에의 의지가 시지프스의 신화처럼 혹은 항상 같은 자리로 되돌아오는 이상한 고리(뫼비우스의 띠)를 닮은 것도 이 때문이다.

61 조르쥬 바따이유, 『에로티즘』, 민음사, 2000, 69면.
62 위의 책, 45면.
63 위의 책, 419면.

2장

외계인을 향한 제국의 시선과
인종주의

1985년에 간행된 조천종의 「남색하늘의 나라」는 흥미로운 작품이다. 이 작품은 1979년에 나온 「새별운석탐험대」의 후속편이다.[1] 「새별운석탐험대」가 우발적으로 시작된 우주여행 속에서 밀도 200만의 운석을 찾아 돌아오는 이야기라면, 후속편 「남색하늘의 나라」는 우주에서 날아온 사진전파 속 생명체를 찾아 떠난다는 강한 목적의식을 300여 쪽에 담고 있다. 게다가 전편이 '새별운석탐사대'라는 제목처럼 타자를 설정하지 않은 단순한 운석 찾기의 여정과 사건의 연속인 반면, 「남색하늘의 나라」는 외계존재(타자)와의 사건을 다룬다는 점에서 분

[1] 작품 첫 장에 다음과 같은 문구가 표시되어 있다. "과학환상이야기 「남색하늘의 나라」는 이미 독자들에게 알려진 과학환상이야기 「새별운석탐험대」의 속편이다. 무한한 우주세계를 헤치며 그 진귀한 운석을 발견하던 남솔이를 비롯한 우리의 주인공들, 이제 그들은 또다시 우주세계를 려행하게 되었으니 그 어떤 흥미있는 이야기들이 펼쳐지게 되겠는지?"

명한 차이가 있다.

「남색하늘의 나라」는 과학환상문학으로는 드물게 연작 형식을 띠고 있다. 작품 서두에 "과학환상이야기 「남색하늘의 나라」는 이미 독자들에게 알려진 과학환상이야기 「새별운석탐험대」의 속편이다"[2]라고 제시 할 정도로 「새별운석탐험대」의 인기에 기대고 있다. 6년 만의 후속작 임에도 단 이 한 줄로 모든 설명을 상쇄할 수 있는 힘은 「새별운석탐험대」의 인기에서 나온 것이다. 게다가 작품 중간 중간에 전작에서 다룬 바 있음을 상기시키며 내용설명을 생략하기도 한다.[3]

이 외에도 두 작품에 대한 작가의 동일성 부분도 확인이 필요하다. 「새별운석탐험대」는 '과학환상이야기'라는 장르명만 있을 뿐 작가명이 생략되어 있다. 하지만 「남색하늘의 나라」는 '조천종' 작으로 명기되어 있다. 그런데 조천종은 「남색하늘의 나라」가 전작의 후속편임을 강조하면서도 정작 「새별운석탐험대」의 집필 여부는 밝히고 있지 않다. 이 밖에도 문체, 인물형상화, 서사기법 등 여러 면에서 동일 작가의 작품으로 보기 어려운 불연속성이 존재한다.[4]

무엇보다도 이 작품에서 눈여겨보아야 할 부분은 '타자'의 인식과 표상방식이다. 「남색하늘의 나라」 이전의 작품들은 우주를 경이로운 신세계, 지구(조선)의 에너지 해결을 위한 특수물질을 지니고 있는 곳,

2 조천종, 「남색하늘의 나라」, 금성청년출판사, 1985, 3면. 이하 면수만 표기함.
3 예를 들어 아이들이 탄 항성간광량자로케트 '번개-2호'가 우주로 향해서 날아가는 과정에 대해 "독자 여러분 그 과정은 「새별운석탐험대」에서 이미 소개하였기 때문에 더 적으려 하지 않는다"(16면)고 명시하고 있다.
4 문체의 경우 「새별운석탐험대」가 간결한 문장들의 연속인 반면 「남색하늘의 나라」는 만연체가 중심을 이룬다. 인물형상화도 「새별운석탐험대」가 각 인물의 성격과 특징, 역할이 분명한 반면 「남색하늘의 나라」에서는 '남솔이'가 중심이며 나머지 친구들은 변별성이 없는 '한 무리'로 그려지고 있다.

혹은 북한 과학기술의 우월성을 강조하는 배경으로만 그려져 왔다. 즉 「남색하늘의 나라」 이전의 우주는 단지 상상력에 의해 구현된 '신비화, 추상화된 세계'였다. 그런데 「남색하늘의 나라」에 와서 우주는 본격적으로 대상화될 뿐만 아니라 타자화되기 시작한다. '외계행성'과 '외계인'이라는 존재를 설정함으로써 그들을 어떻게 바라봐야 할 것인가(어떻게 타자화할 것인가)에 대한 본격적인 논의가 시작되고 있는 것이다.

우주를 소재로 한 북한 과학환상소설에서 '타자'의 존재가 중요한 이유는 단순한 흥미요소를 넘어서는 정치적인 상징이 포함되어 있기 때문이다. 특히 이 작품에 등장하는 두 행성('전파별'과 '탈헤루')에서 외계생명체에 대한 묘사는 흥미성을 넘어 미성년 독자들에게 현실 속 타자의 구별과 위계 방식을 제시하고 있다. 여기에는 표상 방식을 통해 적대적/비적대적 타자, 중심과 주변의 구획 짓기가 제국주의와 민족주의로 위장된 인종주의적 시선 속에서 합리화되고 있다.

1. 적대적 타자와 인식론적 폭력

1) 정복자 혹은 점령군의 시선

북한체제의 윤리적 정당성은 제국주의에 대한 안티테제에서 나온다. 다시 말해 북한식 유토피아의 존재는 제국의 유토피아를 부정하는 데에서만 존재한다. 문학도 예외가 아니다. 북한문학이 내세우는 윤리적 우월성 역시 반제국주의에서 나온다. 북한은 자신들의 문학적 지향점을 착취와 정복의 제국주의 문학으로부터 가장 멀리 배치함으로써 도덕적 정당성을 확보하고 있다. 하지만 이러한 선언적 목소리와 달리 제국의 작동방식을 모방하는 장면들을 어렵지 않게 찾을 수 있다. 특히 북한 과학환상소설은 때로는 은유적으로, 때로는 노골적으로 제국주의의 속성을 드러내고 있다. 이는 우주를 배경으로 한 작품에서 그 빈도가 더 높게 나타난다.[5] 왜냐하면 우주라는 새로운 영토의 발견과 확장, 지배의 욕망이 제국주의 방식과 유사하기 때문이다.

1980년대는 「남색하늘의 나라」를 비롯해 우주를 배경으로 한 과학환상소설들이 많이 등장한다. 이러한 현상은 당시 사회주의 국가의 균열과 한중일 사이에 끼인 북한의 지정학적 한계 등의 결과로 보인다. 영토수호의 불안감이 영토 확장이라는 욕망을 일으켰으며, 과학환상소설은 이러한 욕망의 해소장치였던 것이다. 이처럼 북한 과학환상소설에서 영토 확장의 모습은 단순한 흥미성뿐만 아니라 '지금 여기'의 결핍된 욕망에 대한 충족의 성격이 강하다. 북한이 당면한 현재적 문제로부터 위협받지 않는 안전한 영토에 대한 (무)의식적 갈망이 우주라는 새로운 공간에 대한 관심과 영토 확장이라는 상상력을 가동시킨 것이다. 그런 면에서 우주를 향한 영토 확장은 유토피아로 표상되는 북한

---

5   북한 과학환상소설에서 우주는 바다와 함께 가장 많이 등장하는 대표적 공간이다. 여기에는 소련의 달 착륙에 대한 경이감과 우주를 배경으로 한 소련작품의 영향 그리고 "학생소년들에게 먼 우주로 려행하는 과학환상문학 작품을 많이 보여주어 천문학적인 환상의 날개를 펼치도록 하여야 한다"(황정상, 『과학환상문학창작』, 문학예술종합출판사, 1993, 326면)라는 김정일의 과학 강조도 큰 역할을 했다.

영토의 연장으로 이해해야 하며, 이러한 구조는 결국 대상(타자)들에 대한 인식론적 문제제기의 동인이 된다.

이러한 문제의식을 표면화한 「남색하늘의 나라」는 영토 확장의 과정 속에 제국주의의 속성인 지배와 정복, 주체와 타자, 중심과 주변화 등을 노골적으로 드러내고 있다.

① 지금 남솔이는 꽃향기 그윽한 정원에서 책을 읽고 있다. 『우주정복』이란 갈피가 두툼한 책이다.(4면)

② 말이 사절단이지 저 사실은 첫 우주정복의 척후병들(12면)

③ 우주정복의 새로운 결의에 충만된 금돌이와 주남이의 얼굴(27면)

④ 우주의 나 어린 정복자들(139면)

「남색하늘의 나라」는 별나라에서 온 사진전파를 확인하는 데서 시작한다. 우주연구소는 이 사진전파가 독수리별자리에 있는 견우성계에서 온 것임을 확인하고 우주사절단을 보내기로 한다. 새별운석탐험을 마치고 휴식을 즐기던 남솔이네는 이 소식을 듣고 자신들을 사절단으로 보내줄 것을 요청한다. 우주연구소장 리성태박사는 "과학탐구의 열정이 펄펄 끓고" 있는 "미더운 조국의 새 세대, 과학의 새 세대"(13면)의 요구를 처락한다.

하지만 그들의 우주여행은 '탐사'가 아닌 '정복'의 시선 속에서 그려지고 있다. 표면상으로는 '사절단'의 형식을 띠고 있지만 "『우주정복』이란 갈피가 두툼한 책"을 읽으며 "항상 우주정복에 대한 사색과 탐구로 나날을 보내고"(4면) 있는 남솔이의 모습이나 "말이 사절단이지 저 사실은 첫 우주정복의 척후병들"(12면), "우주의 정복자들"(240면)이라고 선언하는 탐사대원들의 모습은 우주여행이 '우주정복'의 여정임을 노골적으로 드러내는 것이다. 하지만 우주정복이 '새로운 세대'의 '새로운 현상'만은 아니다. 구세대를 표상하는 리성태 박사 역시 어릴 적부터 "미지의 세계에 인간이 살고 있으리라는 환상"을 지니고 있었고, "그 시절부터 가지고 있던 꿈" 덕분에 "일생을 우주정복을 위한 고귀한 과학 사업에 바칠 것을 결심"하고 "한생을 우주정복의 길"(13면)에 바치고 있는 것이다. 세대를 넘나드는 우주정복의 욕망은 '지배, 정복, 영토 팽창'이라는 제국주의적 시선 속에서 탐사대원들을 점령군의 모습으로 만들고 있다.

> 어깨에 맨 총, 허리춤에 찌른 권총, 사냥군 같은 남솔이네 일행과 그 앞에서 걸어가는 로봇, 지구물건들의 특수한 냄새, (…중략…) 이 모든 것들은 이곳 호수 주변 주민들에게는 무서움과 공포감을 주어 숨도 제대로 쉬지 못하고 그냥 땅바닥 아니면 무성한 풀 속에 숨어버리게 하였던 것이다.(37면)

전파별에 착륙하는 탐사대원들은 영락없는 점령군의 모습이다. 그들은 문명과 폭력의 상징인 총과 로봇 등으로 무장하고 있으며, 전파별의 생명체들은 이 "지구물건의 특수한 냄새"의 위압에 눌려 숨도 제대로 못 쉬고 있다. 스스로 정복자임을 자처한 탐사대원들은 문명의 전달자라는 가면을 쓰고 자행한 제국의 물리적 폭력 형태를 그대로 답습한다. 남솔이네는 전파별의 모든 대상을 적대적 타자로 간주하고 물리적 폭력을 가한다. 폭력의 유일한 근거는 단지 자신들의 모습과 행태가 다르다는 '이질성' 때문이다. 은별이가 "레이자 총"으로 "습격자를 단방에 녹여"낸 이유는 "괴물처럼 생긴 새"(39면)였기 때문이다. 단지 "포악스럽게 생기거나"(126면) "보기만 해도 투박스럽고 끔찍하게 생겼다"(135면)는 이유만으로 "우리를 해치려는"(126면) "위협신호"(135면)로 단정하고 "강력한 레이자 빛으로 그놈의 몸을 조용히 베어버릴"(182면) 준비를 한다. 남솔이네가 전파별의 존재를 거리낌 없이 "제껴버리자"(135면)고 말할 수 있는 것은 그들이 적대적 타자라고 생각하기 때문이다. 그들과는 타협이 존재하지 않는다. 따라서 "푸대접하다간 죽음 밖에 차례질 것이 없"(127면)는 적대적 타자들을 죽이는 일은 "흥미"(144면) 있고 "통쾌하기 그지없"(145면)는 일이 되는 것이다.

제국의 모습은 전파별을 마치 식민지의 산업기지화하는 듯한 모습에서도 읽을 수 있다. 전파별의 식물을 지구로 가져가 '전파별 식물원'을 만들려 하거나, 그곳에 '우주기름관'을 설치하고 실고양이를 통해 '기계 없는 제사공장'을 상상하는 장면, 또 지구에서는 볼 수 없는 '셀렌광산'을 세워서 몽땅 캐가겠다는 상상은 그대로 전파별을 산업기지화하려는 제국주의적 발상이다. 게다가 제국이 점령비를 세우듯, 탐사대원들도 바다에 "지구가 부각되고 그리고 지구의 중심에 해솟는 아침의 나라, 아름다운 조선이 있고 거기에 람홍색 공화국기가 부각"(59면)된 등대를 설치한다. 아이들이 횡촐한 눈으로 바라보고 있는 "지구의 기념"인 등대는 점령비처럼 "영원히 남아있을"(59면) 조국이자 제국의 표상이다. 이처럼 영토 확장을 위한 일련의 모습은 19~20세기 제국주의 국가의 그것과 유사하다. 우주탐사대원이 지도를 펼쳐놓고 새로운 영토를 향해 욕망을 충전하는 장면은 근대의 지리학과 닮아 있으며, 새로운 영토를 확보하기 위해 익히는 과학기술(지식)은 미지의 세계를 정복하고픈 제국의 욕망과 닮아있다. 그들에게 새로운 영토가 "길들여지기를 기다리는"(김동섭, 「소년우주탐험대」) 미개척지로 보이는 이유도 바로 이 때문이다. 정복과 지배 그리고 식민주의로 이어지는 제국주의의 작동방식이 여기서도 노출되고 있는 것이다.

2) 적대적 타자를 향한 폭력적 시선

「남색하늘의 나라」를 제국주의의 시선으로 읽을 수 있는 또 다른 근거는 표상활동을 통한 타자의 생산 방식이다. 표상vor-stellen이란 대상을 자기 앞vor-에 세우는stellen 활동이다. 표상활동을 통해 비로소 인간은 세계를 근거 짓는 자가 되었으며, 존재자는 인간의 계산을 통해 측정된 대상으로 정복하기에 이른다. 하이데거가 '지구적 제국주의'라고 했듯이 다자多者를 하나의 지평 위에 끌어 모을 수 있는 의식활동(표상활동)을 통해 세계는 인간의 식민지가 되는 것이다.[6] 이렇게 볼 때 주체와 타자 그리고 중심과 주변을 생산·확장하는 제국주의적 표상 방식은 인식론적 폭력이라 부를 수 있다. 「남색하늘의 나라」의 탐사대원들이 보여주는 표상활동도 이와 동일하다.

6   서동욱, 『차이와 타자』, 문학과지성사, 2000, 8~9면.

얼핏 보건대 물소같이 생긴 놈, 줄말같이 생긴 놈, 산양같이 생긴 놈……
그러나 이것들의 크기는 모두 엄청나게 컸고 자세히 보면 흉물스럽기 짝이
없다. 주둥이는 하마와 같이 넓고 뭉툭하고 눈 앞은 게와 같이 삐여져 나왔
다. 귀바퀴는 거의나 솥뚜껑만 하고 뿔처럼 나와 있었다. 코구멍은 주먹만
하고 가죽은 악어와 비슷하게 꺼끌꺼끌한 껍질로 덮여있었다. 다리와 꼬리
는 거의나 길었다. 정말 어찌나 흉물스러웠던지 처음 볼 때에는 온몸에 소름
이 막 끼치었던 것이다.(209면)

작품에서 '외부'에 대한 인식규정은 철저히 탐사대원들의 표상활동
에 의존하고 있다. 우주란 그 누구도 가본 적이 없기에 독자들 역시 탐
사대원들의 시선에 의존할 수밖에 없는 근원적 한계를 지니고 있다. 따
라서 탐사대원들의 표상방식은 매우 중요하다. 그들의 시선에 따라 대
상(타자)에 대한 인식이 규정되기 때문이다. 그런데 탐사대원들에게 전
파별은 "괴마의 별"(200면), "괴물의 나라"(214면)로 표상된다. 그것도
"보기만 해도 막 역겨"운 "눈알이 밖으로 튀어나왔고 코구멍과 입은 어
찌나 흉측스럽게 생겼던지 속이 울렁울렁하여 막 메스꺼워"(113면)질
존재들만 득실대는 곳으로 제시되고 있다.

전파별이 이토록 야만과 환멸의 공간으로 형상화되는 이유는 그곳
이 '어머니의 조국'과 가장 대척점에 놓여있기 때문이다. 어머니의 조
국이 "산 좋고 물 맑은 아름다운 내나라 금수강산, 어디가나 행복의
노래, 기쁨의 웃음소리가 들리는"(166면) 유토피아의 완성태라면, '전
파별'은 지구보다 공기도 부족하고 생명에 위험을 주는 방사대가 대기
중에 있으며, 불에는 "여러 가지 금속이온들과 화합물들, 방사선 원소

들 그리고 사람의 몸에 유해로운 가스들이 들어"(42면) 있다. 또 "어느 순간에 화산이 터질지 모르는"(48면) "사람 못 살"(166면) 세계이다. 이러한 이질성이 극단화되는 지점은 '전파별'의 생명체이다. 이곳의 생명체들은 한결같이 "괴상망측하게 생긴 식물"(31면), "괴물과 같이 생긴 이상한 짐승의 떼"(33면)로서 "보기만 하여도 무시무시"(211면)한 존재들이다.

서양이 동양을 야만으로 규정한 것처럼, 주체는 자신의 동일성을 지키고자 낯선 대상을 자신의 목적대로 규정한다. 낯선 대상에 대해 권력을 가진 주체는 자신의 동일성이 위협을 받을 때마다 자신을 지키고자 그 대상에 대해 폭력과 억압을 가한다.[7] 그래서 북한의 탐사대원들도 전파별을 야만과 원시의 세계로 표상한다. 이러한 인식론적 폭력은 그대로 '조선 = 문명', '전파별 = 야만'의 도식을 구성하여 적대적 타자를 주변화시킬 뿐만 아니라 물리적 폭력과 정복을 정당화시킨다.

북한문학에서 타자의 담론이 중요한 이유는 이것이 주체성을 구성하는 원천이기 때문이다. 지배와 정복의 야욕으로 불타는 제국주의의 위협은 북한을 수령의 령도 하에 하나의 통일체로 구성해야 하는 당위의 전제가 된다. 그래서 타자는 반드시 사악하고 강력한 적대적 타자이어야 한다. '전파별'의 야만과 원시성이 극점에 이를수록 조국 금수강산의 아름다움과 문명의 이마주가 더욱 빛을 발하며, 타자의 적대적 측면이 강하면 강할수록 북한의 공동체는 더욱 존재의미를 갖는다. 그래서 「남색하늘의 나라」의 타자는 '야만, 원시, 괴물'의 형태를 취해야 하

7 　이도흠, 「구조적 폭력과 배제의 논리」, 『문학과경계』, 문학과경계사, 2003.10, 73면.

는 것이다. 게다가 '괴물'로의 치환은 자연스럽게 승냥이의 이미지인 미국과 연결되어 아동독자들의 기억 속에 안착하는 효과를 준다.[8] 이런 면에서 아동들의 집단기억을 생산, 유통하는 「남색하늘의 나라」가 적대적 타자를 모두 '괴물'로 묘사하는 것은 자연스러운 일이다. 북한의 아동들은 "괴마의 별"인 '전파별'의 괴물들을 보면서 자연스럽게 '승냥이'인 '미제국주의'[9]를 연상할 것이며, 이러한 이미지의 연쇄반응은 그들의 기억 속에 '미제국주의 = 괴물, 괴마'라는 집단기억을 더욱 고착화하는 효과를 가져올 것이다.

---

8   북한에서 "미국은 '인두껍을 쓴 미제 승냥이'로서, 천성적으로 사악한 영원한 적으로 묘사된다. 선교사들은 주사로 아이들을 살해하는 흡혈귀이며, 미군은 강간과 동성애를 닥치는 대로 즐기는 야만의 존재로 형상화된다. 북한의 사전과 교과서에서는 주민들에게 미국인들에게 대해 '주둥이', '눈깔통', '배때기' 등이나 '죽었다'라는 말 대신 '뒤졌다'라는 표현을 쓰도록 장려"한다. B. R. 마이어스, 고명희 · 권오열 역, 『왜 북한은 극우의 나라인가』, 시그마북스, 2011, 137면.

9   북한에서 미국인의 모습은 '전파별'의 생명체와 마찬가지로 괴물로 그려진다. 한설야의 「승냥이」는 이러한 모습의 전형을 보여준다. "후치날 같은 매부리코 끝이 흉물스럽게 윗입술을 덮은 늙은 승냥이와 금방 두꺼비를 삼킨 구렁이 배때기처럼 배통이 불쑥 내밀린 암여우와 지금 바로 껍데기를 벗고 나오는 독사 대가리처럼 독기를 반늘거리는 매끈한 이리새끼 시몬. 그것들의 우묵한 여섯 눈깔이 한결같이 송장을 기다리는 무덤 구멍같이 수길 어머니에게는 보였다." 한설야, 「승냥이」, 도쿄, 1954. 위의 책, 138면 재인용.

2. 위장된 인도주의와 인종주의적 위계화

「남색하늘의 나라」에 등장하는 두 번째 타자는 행성 '탈헤루'이다. 탈헤루는 전파별과 달리 적대적 타자가 아니다. 탈헤루에 대한 「남색하늘의 나라」의 시선은 조선의 순수한 심성과 '공산주의적 인도주의 정신'으로 가득 차 있다. 남솔이네는 전파별에 고립되었던 '아르띵'을 위해 괴물과의 복수전을 펼치며, 그를 고향인 '탈헤루'까지 데려다 준다. 뿐만 아니다. 80도에 이르는 온도와 희박한 공기, 엄청난 중력 등 도저히 지구인이 살 수 없는 환경임에도 남솔이네는 탈헤루를 위해 조선의 문명을 전수하고 사막을 옥토로 만들어 준다. 이 모든 희생정신은 "인간에 대한 뜨거운 사랑만을 배워 온 그들에겐 조금도 흥정할 수 없는"(239면) 순수한 인도주의의 발현으로 표현된다.

하지만 그렇다고 지구인과 텔헤루인의 관계가 결코 대등한 수평적 관계는 아니다. 작품은 조선을 표상하는 남솔이네와 탈헤루가 영원히 동등한 관계가 될 수 없음을 곳곳에 배치하고 있다.

> ① 별나라 사람이라고 예측되는 그 사람의 키는 눈짐작으로 1메터 정도 밖에 되지 않는다. 그의 키는 주남이의 허리 높이 만하였다. 그러니 눈 아래서 보이는 것 같았다. 사람의 키는 종이 한 장만 한 차이가 있어서도 눈에 알리는 판인데 하물며 주먹만큼도 아니고 거의 팔기장 만큼이나 작으니 별나라 사람은 얼마나 키가 작게 보였겠는가. 지구에서 키가 제일 작은 난쟁이들보다도 더 작아 보이였다.(176면)

② 체구가 작아 그만큼 속깊은 감정을 묻어두기 어려운 모양이다.(207면)

③ 난쟁이 사람은 어찌나 키가 작았던지 마치 유치원 아이가 아버지, 어머니를 따라 지하전동차 승강기를 타고 올라가는 것 같았다.(183면)

북한에게 탈헤루는 전파별과 동일한 타자일 뿐이다. 그럼에도 탈헤루의 주민들을 적대적 타자로 바라보지 않는 유일한 근거는 인종적 유사성이다. 탈헤루 주민들은 야만과 괴물의 전파별과 달리 "거의 지구의 사람과 생김새가 비슷"(176면)하게 생겼기 때문이다. 인종적 유사성이 타자를 구별하는 기준이 되고 있는 것이다.

그러나 인종적 유사성이 대등한 관계의 절대조건은 되지 못한다. 위의 인용문은 북한의 인종주의적 시각이 어떻게 시작되고 확대되어 가는지 보여준다. 탈헤루 주민들은 키가 1미터밖에 안 되는 '난쟁이'다. 난쟁이라는 사실은 외형적 차이에서 그치지 않고 지구인에 비해 육체적으로 열등한 생물학적 열성으로 연결된다. 더욱이 생물학적 열성은 인식론적 열등함으로까지 비약된다. 남솔이네는 회의 도중 흥분한 아르띵을 바라보며, "체구가 작아 그만큼 속깊은 감정을 묻어두기 어려운 모양이다"라고 인식한다. 이는 육체적 열성을 인식론적 열성으로 확장시키는 것이다. 이러한 인종주의적 시선은 "유치원 아이가 아버지, 어머니를 따라 지하전동차 승강기를 타고 올라가는" 모습과 함께 배치함으로써 인식론적 열등이 다시 '어른과 아이', '아비와 자식'이라는 위계구조로 이어진다.

① 전조등을 켠 자동차가 나타나자 그들은 막 헤덤벼치면서 달려왔다. 마치 아이들이 그 무엇인가 새로운 것을 보고 천진란만하게 달려오는 것 같았다. 우주비행장 지배인 뿌이젤이 맨 앞에서 달려왔다.(270면)

② 로케트 비행장은 수많은 사람들로 붐비었다. 사람들은 어찌나 질서 없이 법석거리는지 마치 큰 싸움이나 벌리는 것 같았다.(271면)

남솔이네가 탈혜루 국민들을 바라보는 시선은 어른이 아이들을 바라보는 방식과 동일하다. 남솔이네의 거대한 자동차가 등장하자 서로 먼저보기 위해 "질서 없이 법석거리"며 "막 헤덤벼치면서" 달려오는 탈혜루인이란 "새로운 것을 보고 천진란만하게" 달려오는 아이들의 모습이다. 특히 맨 앞에 달려온 인물을 "우주비행장 지배인 뿌이젤"로 설정함으로써 탈혜루의 지식인을 가장 '철없는 어린아이'로 치환하고 있다.

인종주의에 기반한 제국은 육체적 허약성을 결코 용납하지 않는다. 19세기 영국이 동양인들로 하여금 늙어 쇠약한 서양인을 볼 수 없도록 행정관 정년을 55세로 규정한 것이나[10] 북한이 "김일성의 목에 난 커다란 혹을 특급비밀"[11]로 유지한 것도 이처럼 제국의 육체성과 관련된 것이다. 그래서 남솔이네의 육체는 "쩍 벌어진 가슴과 어깨며 울뚝불뚝한 팔뚝, 평시에 단련된 강철 같은 몸들"(50면)을 갖고 있다. 이를 바탕으로 작품은 조선인들을 '어른 = 아비'로, 탈혜루인들을 '아이 = 자식'으로 인식론적 구조를 고착화한다.

---

10 에드워드 사이드, 박홍규 역, 『오리엔탈리즘』, 교보문고, 1999, 78~79면.
11 B. R. 마이어스, 고명희·권오열 역, 앞의 책, 64면.

「남색하늘의 나라」는 탈헤루를 위계구조에 종속시킴으로써 비적대적 타자가 점해야 할 위치를 규정하고 있다. 그것은 신체적 우열에서 오는 어른─아이, 아비─자식의 관계에서 민족적 우열의 관계로 확대되고 다시 선진문명─후진문명이라는 문명의 위계 구조로 진행된다.

"야 굉장히 크구나, 우리 로케트보담 백배는 더 크구나!"
"마치 우뚝 솟은 산 같구나! 어떻게 저런 것이 날가?"
탈헤루 사람들은 못 박힌듯 한 자리에 서서 번개-2호를 황홀한 눈으로 바라보며 감탄과 찬사를 아끼지 않았다.(248면)

조선의 우주선을 바라보는 탈헤루 사람들의 시선은 문명국을 선망하는 모습과 다르지 않다. 탈헤루에게 조선의 문명은 늘 신기하고 경이로운 대상이다. 인공지능형로보트가 앉아 있는 "집채만 한 최신형 자동차"와 모든 상황에 맞게 조절되는 '특수우주복' 등 모두 "난생 처음 보는"(273면) 황홀한 것으로 "끝없는 환희와 들먹이는 가슴"(279면)으로 바라보게 만든다. 조선의 과학은 "인공태양"으로 매번 홍수로 잠기는 메이불시市의 비를 그치게 하며, 사막이 된 따마 지역에는 '인공강우로케트'를 통해 비를 내려 생명수가 흐르는 비옥한 땅으로 만들어 준다. 조선의 과학기술에 그들의 "호기심 많은 마음에 더욱 세찬 격랑"(300면)이 일어난다. 결국 두 문명의 위계는 "하늘을 찌를 듯 높이 솟은 '번개 2호'"와 "탈헤루의 키 낮은 자그마한 로케트"(304면)의 내조를 통해 분명해진다.

견학 온 사람들은 동물원 안에서 남솔이네를 만나자 동물구경할 생각은 잊고 무한궤도차만 따라 다녔다. 마치 무한궤도차는 장수 같고 그 뒤를 따르는 자동차들은 병졸 같았다.(298면)

조선 문명의 표상인 무한궤도차와 그 뒤를 따르는 탈혜루의 차가 "장수"와 "병졸"로 비유됨은 그들의 관계가 문명의 위계를 넘어 제국 대 식민의 관계로 진입하고 있음을 보여준다. 이처럼 육체적 차이가 아이와 어른이라는 생물학적 차이로 이어지고, 이는 다시 자식과 아비라는 가족주의의 종속관계로 나아가고 문명의 정도를 지나 제국 대 식민의 관계로까지 이어지고 있다. 이러한 위계화는 탈혜루 사람들과 조선 사람들 간의 새로운 관계를 예고한다.

3. '또 하나의 수령—인민'의 재현

「남색하늘의 나라」가 인종주의를 표방할 수 있었던 것은 '조선민족제일'[12]이라는 민족주의의 과잉에 있다. 작품에서 민족주의는 거의 강박적으로 등장하는데, 특히 '민족의 순수성'에 대한 강조가 두드러진

---

12 북한의 '조선민족제일주의'는 1986년 김정일의 「주체사상 교양에서 제기되는 몇 가지 문제에 대하여」에서 주창된 용어이지만, 이미 그 이전부터 조선민족의 우월성을 강조하고 있었으며 「남색하늘의 나라」 역시 이와 같은 맥락 속에서 생산되었다.

다. 남솔이네가 "생명을 무릅쓰고" 탈헤루의 국민을 돕는 것은 대원들의 생명보다는 다른 사람을 먼저 배려하는 순박함 때문이며, 작가는 이를 "모두의 가슴 속에 파도같이 가장 고상하고 아름다운 것", "가장 깨끗한 마음과 마음들"(263면), "깨끗하고 진정어린 뜨거운 마음"(266면), "따뜻한 친근감과 고운 마음씨"(302)와 같이 순수한 민족성으로 치환하고 있다. 심지어 우연히 던진 말 한마디 때문에 자기 반성을 하는 금돌이를 향해 "금돌이의 마음은 얼마나 깨끗한가"(264면)라고 말할 정도로 순수성에 대한 강박을 보이고 있다.

「남색하늘의 나라」가 강박적으로 '조선민족의 순수성'을 강조하는 이유는 민족주의 이데올로기가 갖는 역할 때문이다. 북한의 민족주의는 내부적으론 제국의 박해로부터 인민들의 동원과 참여를 강제하는 내부단결의 기제로, 외부적으로는 타자의 희생과 자기 확장을 합리화하는 논리로 작동한다. 실제 1940년대 후반부터 '혈통' 중심의 단일민족관을 표명하고 있었던[13] 북한은 「남색하늘의 나라」가 발표되던 1980년대 중반부터 다시 문화예술을 비롯한 사회 전면에 민족주의를 부각시키기 시작한다. 1980년대 중반부터 불기 시작한 사회주의 국가의 몰락과 독일의 통일, 구소련연방의 해체, 중국의 개혁개방정책 추진 등의 변화는 북한에게 적지 않은 개방 압력으로 작용하였다. 동시에 대내적으로는 후계 구도의 확립과 전후세대의 등장으로 인한 혁명적 이념의 약화 문제에 직면하고 있었다. 북한은 문제의 타개 방법으로 민족주의를 호출한다. 다른 사회주의 국가들은 균열과 몰락의 과정을 겪고 있지

---

13 정영철, 「북한의 민족·민족주의—민족 개념의 정립과 민족주의의 재평가」, 『문학과사회』, 2003.겨울, 1671면.

만 '우리식 사회주의'는 여전히 견고함을 과시함으로써 북한 체제의 우월성과 정당성을 증명하고자 한 것이다. 게다가 이 모든 것을 수령이라는 탁월한 지도자와 그를 모시는 '조선민족의 순수성'에 귀결시킨다. 조국과 수령을 향한 한결같은 마음은 여타의 사회주의 국가에서는 볼 수 없는 특이한 것이며, 이는 오직 민족적 우월성에서 가능하다는 논리이다.[14] 이러한 논리는 지속적으로 확장되어 갔으며 「남색하늘의 나라」의 민족적 순수성도 같은 맥락의 결과물이다.

그러나 여러 논자들의 지적처럼, "민족이 배타적 차별성을 앞세워 자기 정체성을 강화하고자 하면 할수록 민족주의는 인종주의적 색채를 띠게 된다. 다시 말해 순수한 민족성의 제고는 인종 순수주의로 변질되기 쉽다."[15] 인종적 순수성의 보존욕구는 배타적으로 정의된 자신의 인종집단이 본질적으로 우수하다는 믿음에서 출발하기 때문에 타자와의 소통에서 근원적인 한계를 지니고 있다. 그래서 목숨을 건 도움이 결국 민족의 순수성을 드러내기 위한 위장된 인도주의에 불과한 것이다. 생물학적 차이를 열등의 기호로 전환함으로써 음험한 인종주의적 태도를 노출시킨 것도 바로 이 때문이다.

제국주의 국가들 역시 민족의 확장성을 인종차별적 민족주의에 기대고 있었다. 제국의 존재는 주로 "인종적인 위계질서나 인종차별주의적인 신념과 관련"[16]되어 있다는 점에서 북한의 이데올로기 역시 "인종주의에 기반 한 민족주의"[17]로 볼 수 있다. '인종주의에 기반한 민족

---

14   전영선, 「북한의 조선민족제일주의와 민족문예 정책」, 『통일논총』 17호, 숙명여대 통일문제연구소, 1999 참조.
15   신문수, 『타자의 초상』, 집문당, 2009, 86면.
16   스티븐 하우, 강유원·한동희 역, 『제국』, 뿌리와이파리, 2007, 43면.

주의'는 북한 주민들로 하여금 끊임없이 '자기들은 천성적으로 순수한 민족'에 대한 강박을 갖게 하였다.[18] 그런 면에서 미성년 독자를 담당하는 「남색하늘의 나라」이 '순수한 민족성'을 강조하는 이유는 분명해 보인다.

① 탈헤루의 사람들보다 더 아름다운 품성을 가지고 있다는 것을 알게 되었다.(203면)

② 지구의 조선이란 나라에서 온 귀중한 분들이 있습니다. 우리보다 훨씬 발전된 사람들입니다. 매우 선량한 좋은 사람들입니다.(248면)

조선인을 향한 탈헤루인들의 고마움은 문명전달에 대한 감정을 넘어서는 것이다. 그것은 탈헤루인들이 가질 수 없는 품성에 관계된 것이자 월등히 우월한 인종에 대한 동경과 존경의 감정이다. 스스로 자신들의 타자성을 인정하고 인종적 위계의 구조 속에 안착하고자 하는 탈헤

---

17 B. R. 마이어스, 앞의 책, 33면. 김정일은 "나는 우리 민족이 세상에서 제일 순박하고 깨끗한 민족이라고 생각합니다"라고 말한 바 있으며 김일성 역시 '역사상 가장 순진하고 자연스러우며 다정하고 순수한 조선인'으로 선전함으로써 집단기억을 강요하고 있었다. 위의 책, part 1・2 참조.
18 조선민족의 순수함에 대한 강박은 조선인을 순수와 평화의 상징인 어린이 민족으로 그리거나, 평양을 민족의 기념성지이자 인종적 순수성의 지리적 상징으로 강조하고 있다. 휘색은 평양의 지배적인 색조다. 그래서 평양에는 하얀 콘크리트 광장, 흰색이 아니면 최소한 밝은 색의 돌로 지어진 건물들 그리고 긴 치마를 입은 휘색의 처녀 조각상이 눈에 많이 뜬다. 이처럼 평양은 눈에 덮인 모습으로 그려지거나 촬영될 때가 많은데, 이는 북한에서 눈은 순수의 상징이기 때문이다. 선전이야기 속의 주인공들은 늘 더 고결하고 순수하게 그려진다. 또 여성들이 남성보다 더 자주 등장하는 것도 그들이 순결과 순수, 곧 조선적인 것을 더 자연스럽게 상징해주기 때문이다. 위의 책, 76~84면.

〈그림 1〉 탈헤루에 도착한 남솔이네(251면)   〈그림 2〉 인민공화국창건 기념식 그림[20]

루인들의 모습은 조선인과 새로운 관계로 전환된다. 그것은 마치 "제국 주의가 가져온 대량의 이주민들이 새로운 지역에 '새로운 유럽'을 세우 듯"[19] 탈헤루에 '새로운 수령－인민'의 구조를 재현하는 것이다.

'탈헤루'에서 제8차 '올림픽' 경기대회가 시작되었다. 경기는 시작부터 굉장하였다. 남솔이네가 주석단에 나타나자 선수들과 관중들은 하늘땅을 진감하는 폭풍 같은 박수와 환호를 보내였다. 그리고 가지각색의 고무풍선 과 150발의 축포가 동시에 올랐다. 원래 탈헤루에서는 올림픽 경기의 시작 으로 열 발의 축포를 쏘게 되었는데 아르떵의 지휘 밑에 150발이나 발사한 것이다. 올림픽 관례를 벗어나 경기장에 입장한 선수들은 물론 관람자들 모 두가 주석단 앞을 행진하였다.(305면)

19 스티븐 하우, 강유원·한동희 역, 앞의 책, 51면.
20 김일성 사진은 모두 B. R. 마이어스의 책에서 가져왔다.

탈혜루에 도착해 환송을 받는 남솔이네의 모습과 인민공화국창건 기념식에서 손을 흔들고 있는 김일성의 모습은 서로 닮아 있다. 김일성에 비해 상대적으로 작아 보이는 군중들(원근법에 의한 것이지만)이 수령과 인민의 관계를 상징하듯, 「남색하늘의 나라」역시 탈혜루 사람들은 난쟁이로, 남솔이네는 거대한 육체의 소유자로 그리고 있다. 탈혜루인들에게 조선인의 육체는 결코 극복 가능한 대상이 아니다. 이는 인종적 우열이라는 점에서 일종의 숙명적이다. 따라서 조선인과 딜혜루인들의 관계는 결코 동등한 관계가 될 수 없는 것이다. 게다가 올림픽 대회의 시작을 알리는 세리모니 역시 수령을 맞이하는 모습과 유사하다. 남솔이네가 주석단에 나타나자 선수들과 관중들이 "하늘땅을 진감하는 폭풍 같은 박수와 환호"를 보내는 장면이나 축포를 쏘고 관람자와 선수들 모두가 "주석단 앞을 행진"하는 장면은 북한에서 수령을 맞이하는 장면과 그대로 오버랩되고 있다. 이러한 위계구조는 다시 부모-자식이라는 가족주의로 수렴된다.

〈그림 3〉 아르띵의 말을 듣고 있는 탐사대원들(178면)

〈그림 4〉 학교를 찾은 김일성

이마엘과 세마낭은 맛있고 씨원한 과일들을 깨끗한 물에 정갈하게 씻은 다음 남솔이에게 권하였다. 이마엘과 세마낭은 재미나는 노래도 불렀고 춤도 추었다. 특히 이마엘은 자작으로 지은 시 "우리는 아저씨들을 영원히 잊지 않으리"를 읊었고 세마낭은 괴상하게 생긴 현악기로 "별나라 손님"을 연주하여 남솔이네와 아르띵, 이트몽을 즐겁게 하여 주었다.(288면)

수령과 인민의 관계는 어른과 아이, 부모와 자식의 관계이다. 일찍이 북한은 대가정론을 통해 '수령'을 사회정치적 생명을 주는 부모(어버이)로 규정하고 있었고, 이러한 이데올로기는 북한 대중의 집단기억으로 자리하고 있었다. 〈그림 4〉는 11년째 의무교육의 첫째 날에 학교를 찾은 김일성의 모습이다. 아이들의 말을 듣기 위해 책상에 기댄 채 몸을 앞으로 내밀고 있는 김일성의 포즈는 〈그림 3〉처럼 아르띵의 말을 듣기 위해 팔로 책상을 기대고 있는 남솔이의 모습과 유사하다. 이처럼 자애로운 표정으로 아동들을 바라보는 수령의 모습은 아르띵을 바라보는 남솔이네의 모습과 다르지 않다. 김일성이 자애로운 표정으로 아동들의 말을 들어주듯, 남솔이네도 아르띵의 알 수 없는 말들을 불평 없이 듣고 있다. 게다가 탈헤루인 이마엘과 세마낭이 남솔이네 앞에서 노래와 춤을 추면서 즐겁게 해주는 장면은 그대로 어른과 아이, 아비와 자식의 모습이다. 게다가 "우리는 아저씨들을 영원히 잊지 않으리"라는 시를 읊고 "별나라 손님"을 연주하는 모습 역시 북한에서 수령을 맞이하는 아이들의 모습과 겹친다.

이처럼 탈헤루인들은 철저히 어린아이의 이미지로 등장한다. 비를 맞는 장면도 "마치 유치원 아이들처럼"(284면) 묘사되고 있으며, 올림픽 경기는 "마치 아이들이 강가에서 물장난을 치며 장난"(306면)하는 것으로 그리고 있다. 반면 탈헤루인들을 바라보는 남솔이네의 시선은 성숙한 어른의 모습이다. "이 모든 것은 웃음 없이는 볼 수 없는 장면"이지만 "남솔이네는 웃을 수 없었"(306면)던 것은 그들이 탈헤루인들의 진심을 볼 수 있는 성숙한 어른이기 때문이다.

아이의 이미지는 다시 조선민족의 순수성을 표상하는 것으로 연결된다. 남솔이네가 '순수한' 마음으로 탈헤루를 도왔던 것처럼, 조선인을 향한 탈헤루인들의 마음도 어린이처럼 지극히 '순수'하다. 그들은 더 없는 배려와 감사의 마음으로 남솔이네를 대접한다. 어른이 철없는 아이의 말을 들어주고 아비가 자식을 보살피듯 남솔이네와 탈헤루인들의 관계는 점점 더 수령과 인민의 관계를 닮아간다.

수령—인민의 관계는 조선인에 대한 탈헤루인들의 심리적 반응에서도 나타난다. 조선인을 향한 탈헤루인들의 동경심은 과학문명과 인도주의 그리고 문명의 전수에서 발생한 것이지만 그 이면에는 조선인에 대한 두려움이 존재한다. 그것은 마치 수령과 인민 간의 심리적 거리, 즉 '외경'의 상태와 유사하다. 지라르의 욕망의 삼각형처럼 극복할 수 없는 대상을 향한 외경의 감정이 탈헤루 사람들을 지배하고 있다. 그것은 "하염없이 눈물만 흘리며", "고마운 은혜를 영원히 잊지 않겠다고 거듭 말하는"(285면) 심정과 "장수—졸개"의 관계처럼 탈헤루 사람들이 조선인에게 느끼는 "일종의 무서움증"(267면)이라는 양가적 반응이다. 그래서 탈헤루 사람들은 조그만한 실수에도 남솔이네 대원들에게 항상 "죄송스럽고 조심스러워"(270면)하거나 "미안했던지 몸 둘 바를 몰라 연신 죄스럽게 잘못했다고 하며 안절부절"(277면)한다.

마지막으로 남솔이네의 모습은 수령의 흔적을 표상하고 있다.

①

그래서 이번에 수령님께서는 일꾼들을 데리고 수없이 산에도 오르고 밭
에도 나가시어 산간지대 인민들을 잘 살게 할 수 있는 방도들을 하나하나
가르쳐주셨습니다. 수령님께서는 밤에도 제대로 쉬지 못하시었습니다. 우
리가 반세기나 혁명을 했는데 인민들의 생활은 아직도 높지 못하다고 가슴
아파하시며 잠드시지 못하시었습니다. 그러다나니 피로가 겹쳤습니다.[21]

②

그들의 얼굴은 몹시 수척하였다. 눈은 언제나 피곤에 잔뜩 실리었고 피기
가 뻗어있었다. 그러나 번개-2호에 찾아오는 사람들은 그칠 새 없었다. 그
들은 몸이 매우 불편하였으나 찾아오는 사람들을 기쁜 얼굴로 맞이하였다.
주남이와 한길이는 무거운 특수우주복을 입고 주로 밖에 나가서 비행선 헬
리움-21호, 인조날개비행기 산매-70호, 날개의복, 로봇, 권양직승기, 잠수
정, 나무자르는 기계 등의 구조와 동작원리를 설명하여 주었다. 그리하여 그
누구보다도 건강이 더 나빠져 갔다. 남솔이가 좀 쉬라고 여러 번 말하였으나
그들은 자기들 앞에 맡겨진 과업을 성실히 수행해나갔다.[22]

잘 알려진 것처럼 북한의 수령형상화는 일정한 도식을 갖고 있다. 수

---

21 이종렬, 「고요」, 『조선문학』, 1983.10. 신형기・오성호・이선미 편, 『문학과지성사 한
국문학선집 1900~2000-북한문학』, 문학과지성사, 2007, 905면 재인용.
22 조천종, 앞의 책, 307~308면.

령은 '구체적인 인간'으로 그리되 '개인'으로 그려서는 안 되는 '고유한 생리'를 가지고 있어야 하는데, 특히 "인간적 풍모의 위대성"을 형상화해야 한다고 강조하고 있다. 인간적 풍모는 "딱딱하고 격식화되어 무미건조하게 안겨오는 수령"이 아닌 "롱담도 하고 우스개 소리와 생활적인 말씀도 자주 하시는" 모습이어야 한다.[23] 이와 함께 수령은 인민을 위해 몸과 마음을 아끼지 않는 모습으로 등장한다.

그런 측면에서 인민을 향한 수령의 희생정신을 형상화한 이종렬의 「고요」는 「남색하늘의 나라」와 좋은 비교가 된다. 이종렬의 「고요」에서 수령은 인민들의 삶의 증진을 위해 "방도들을 하나하나 가르쳐" 주시고 그들의 걱정으로 밤잠을 이루지 못해 결국 피로가 겹쳐 쓰러진다. 이와 유사하게 「남색하늘의 나라」의 남솔이네도 "무거운 중력과 큰 대기압은 사정이 없었고 찌는 듯한 대기의 온도와 눈에 보이지 않는 자외선"(301면) 속에서도 쉼 없는 문명 전달로 인해 건강이 악화되어 쓰러진다. 이처럼 남솔이네는 수령의 흔적들이다. 물리적 수령은 미래에는 존재하지 않지만, "사회정치적생명체가 영원한 것처럼"[24]하듯 미래사회 역시 수령의 말씀으로 구현되는 세계이며, 구성원들도 수령의 정치적 생명을 받은 존재들이다. 따라서 남솔이네는 수령의 '속성'을 이어받은 '작은 수령들'의 모습이다.[25]

---

23 김정일, 『주체문학론』, 조선로동당출판사, 1992, 133면.
24 위의 책, 126면.
25 북한 과학환상소설에서 수령의 존재는 중요한 주제 중의 하나이다. 수령 없는 세계를 상상할 수 없는 그들이 미래사회를 묘사하는 장면은 플라톤의 '형상－현상'의 관계와 유사한 점이 많다. 존재론적 가치가 형상세계의 속성들을 누가 많이 가지고 있는가라는, '정도(degree)'의 차이에 따라 규정되듯, 미래사회를 그린 과학환상소설에서도 수령의 '속성'을 누가 더 많이 가지고 있는가에 따라 후내늘이 모방헤야 할 '대상'이 된다.

결론적으로 볼 때, 「남색하늘의 나라」는 우주를 배경으로 하는 이전의 작품들과는 분명한 차이를 지닌다. 「남색하늘의 나라」에서는 우주를 더 이상 추상적이거나 허구적 공간이 아닌 구체적 존재로서 바라보기 시작했다. 특히 외계존재를 설정함으로써 타자 인식의 방식을 제공한다. 이는 미성년 독자를 주 대상으로 하는 과학환상소설에 정치성이 발현되는 지점이자 인종주의적 민족주의의 관점으로 제국의 모습이 투영된 것이다. 작품에 등장하는 타자는 적대적 타자와 비적대적 타자로 구분되며, 구분의 기준은 인종적 유사성에 있다. 이러한 장면들은 유사성과 이질성에 따른 북한 외교의 은유적 표현으로 볼 수 있다. 여기서 이질화의 극대화인 '전파별'(적대적 타자)은 물리적 폭력을 통한 정복의 대상이다. 마치 제국의 작동방식처럼 남솔이네 탐사대원들은 점령군의 모습으로 전파별의 존재들을 폭력으로 억압함으로써 그들을 주변화, 타자화, 종속화시킨다.

반면 '탈헤루인'들에게는 인도주의적 모습을 보여주지만 여기에도 인종적 위계를 통해 끊임없이 차이를 드러내고 있다. 특히 탈헤루인들의 신체적 열등함이 인식론적, 존재론적 열등으로까지 확장되고 있으며, 종국에는 새로운 영토에 새로운 '수령-인민'의 관계가 형성되고 있음을 보여준다. 「남색하늘의 나라」는 미성년 독자들에게 타자를 구별하고 위계화하는 방식에서부터 조선의 완결성이 저 먼 우주로까지 확장되고 있음을 암시하고 있는 작품이다.

그럼에도 「남색하늘의 나라」에는 북한의 불안감이 잠재되어 있다. 전파별에서는 괴물들의 잇단 습격으로 인해 탐사를 포기하게 되며, 탈헤루의 경우는 인간이 살 수 없는 환경으로 인해 결국 떠나게 되는데,

이러한 장면들은 스스로 조선(북한)의 완결성을 부정하는 것이자 동시에 영토 확장의 지난함을 (무)의식 중에 반영하는 것이라 할 수 있다.

반제국주의의 선언 속에서 제국의 모습을 모방하고, 인도주의적 평등을 말하면서 인종주의적 위계를 구성하며, 북한의 완결적 면을 강조하면서 자신들의 한계를 노출하고 있는 이 작품은 북한 과학환상소설의 양가성, 즉 그들의 결핍과 욕망을 동시에 드러내고 있는 것이다.

유토피아의 전복과
파국의 상상력

　북한 과학환상문학은 시공간의 제약이 없다는 점에서 다소 유연성을 가질 수 있는 장르이다. 수령이 등장하지 않으며, 조국이나 당도 추상적이다. 1990년대에 이르러서야 조국과 당에 대한 목소리가 조금씩 나오기 시작하지만 여전히 추상적이다. 그곳에는 오늘의 수령도 존재하지 않으며 알 수 없는 미래사회 속에서 당이나 조국의 실체를 그리는 것은 불가능하다. 과학소설 작가들은 은밀하게 리얼리즘 문학의 속박으로부터 벗어나 있다. 그들은 당과 수령을 재현할 필요도 없으며, 숨은 영웅이나 당대의 문학적 주제로부터도 비교적 자유롭다. 물론 그들은 여전히 공산주의적 인간을 그린다. 아동들은 여전히 바르며 조화롭고 건강한 구성원으로 자란다. 하지만 여기에 빈틈이 있다. 작가의 무의식이 작동하는 공간일 수도 있는 이 지점이야말로 과학환상소설이 갖는 혁명가능성이다. 작가들이 그리고 있는 미래는 사실 북한식 공산주의나 사회주의가 아니다. 이를 증명하는 것은 너무나 간단한데, 작품에서 당이나 조국이라는 시니피에를 제거했을 때 보이는 세계는 그야말로 보편적이며 합리적인 세계일 뿐이다. 물질적으로 풍요로우며 구성원들이 조화를 이루고 있는 세계는 초기 자본주의에 대한 환상이거나 아니면 19세기의 유토피아적 사회주의와 많이 닮아 있다. 이른바 생산력의 증대와 문화정치의 발전을 주장해온 진보의 세계관이다.

하지만 한편으론 유토피아의 과잉으로 인한 파국의 가능성이 잠재하고 있다. 과학환상문학이 만들어 놓은 그 많은 발명품들을 생각해보자. 과학환상문학이 제시하는 유토피아는 각 발명품들 간의 퍼즐 조각을 맞추는 방식으로 구성된다. 그런데 문제는 각 작품들이 구현하는 유토피아의 모습을 하나의 세계로 구성했을 때이다.

①

현대과학이 낳은 수중도시! 그곳에는 가고 싶다. 아파트만 한 고래들과 수십 메터에 달하는 명태떼며 크고 작은 물고기들이 창가로 한가로이 오가는 모습은 얼마나 멋있으랴. 바다 속으로 유람선을 타고나가서는 솥뚜껑같은 꽃게잡이도 하고 베개통만 한 조개도 잡아 구어먹을 것이다.[1]

②

사슴을 본 순간 나는 입을 딱 벌리였다. 전주대보다 큰 네다리, 집만 한 몸집, 커다란 머리우에 높이 솟은 두 가닥 뿔…… 언제나가 먼바다에 가서

1   라경호, 「지구밖으로」, 『지구밖으로』(과학환상소설집), 금성청년출판사, 1990, 51면.

〈그림 1〉『아동문학』. 1986.10. 뒷면 그림　　　〈그림 2〉 피에터 프러리. 〈북한노동자의 하루〉(2004)

본 고래보다 더 컸다.

　　사슴은 쇠바줄로 말뚝에 든든히 매여져있었다.

　　"하루에 얼마나 먹니?"

　　먹이가 걱정되였다.

　　"하루 세 자동차 가량 먹어."

　　"뭐? 그 먹이풀을 어떻게 보장하니?"

　　"산으로 끌고가서 놔두면 되지 뭐. 먹새가 좋아 나무며 물이며 마구 뜯어

먹는단다."[2]

　　수중도시에는 아파트만 한 고래들과 수십 미터에 달하는 명태 떼들

이 "한가로이" 오가고 있으며, 인간은 솥뚜껑만 한 꽃게와 베개통만 한

2　　라경호, 「고래만한 사슴」, 『열을 내는 꽃』, 금성청년출판사, 1991, 80면.

조개를 잡아먹는다. 하늘 위에는 "생물학자들이 유전자공학을 개발하여 몸의 크기는 말만 하고, 성질은 비둘기처럼 유순하게 만든 수리개"[3]를 타고 다니며, 바다에는 최대 875킬로그램의 배를 끌고 있는 잉어가 있으며,[4] 초음파유도기와 전자봉으로 바닷속 물고기를 길들여서 모두 "양어공장"[5]을 만들 수 있다. "땅 속에는 단지만 한 무가 자라고 땅우에는 하나에 100킬로그램이나 되는 무우배추를 육종"한다. 뿐만 아니라 멍석만 한 옥수수, 바위만 한 호박, 달걀만 한 벼, 한 아름이 넘는 사과, 거대한 바위만 한 닭[6]과 하루 세 자동차가량의 풀을 먹는 고래만 한 사슴[7]을 기른다.

이러한 장면들이 현실로 들어온다고 상상해보자. 그것은 유토피아가 아닌 파국catastrophe일 것이다. 하늘과 바다, 육지마다 거대한 동물들이 움직이고, 땅 위에서 거대한 식물들이 자라는 모습은 쥐라기 시대를 연상시킨다. 기계와 로봇이 모든 노동을 대신함으로 인해 인간은 존재의미를 잃어버릴 것이며, 우주에서 가져온 불로불사의 물질로 인해 인간의 모든 위계는 사라지게 될 것이다. 위 두 그림은 사회주의 유토피아의 동화적 망상과 현실과의 거리를 극명하게 보여준다. 저 거대함이 보여주는 과잉과 비효율성은 결국 절제되지 못한 욕망의 폭주로 종국엔 파국을 가져올 것이다. 이처럼 과학환상문학이 그리는 유토피아는 사실 파국을 지나 종말apocalypse을 향한 여정이다. 이 디스토피아의

---

3 위의 글, 42면.
4 박정남, 「배끄는 잉어」, 『아동문학』, 1990.8.
5 김동섭, 「바다속으로 가자」, 『지구밖으로』(과학환상소설집), 80면.
6 김동섭, 「래일의 언덕」, 『아동문학』, 1961.12, 88~91면.
7 라경호, 「고래만한 사슴」, 『열을 내는 꽃』, 금성청년출판사, 1991.

미래는 유토피아를 향한 강한 열망이 만들어낸 과잉의 결과이다. 과학환상문학이 제시하는 유토피아는 그 자체의 과잉으로 인해 스스로 '내파implosion'할 수밖에 없는 운명인 것이다. 따라서 이러한 유토피아를 재현할 수는 없는 것이다.

결국 북한 과학환상문학은 환영의 이미지를 통해 실제의 세계를 가림막치는 팬텀의 전략을 사용하고 있다. 북한의 실재the real를 바라보는 것은 그리 어렵지 않다. 1990년대에는 최소 10%의 북한 주민들이 아사했으며, 오늘날까지도 경제와 식량문제는 계속적으로 파국을 향해 달려가고 있는 형국이다. 극도의 폐쇄적인 공포정치 속에서 북한의 주민들은 신체에 대한 공포와 정신적 불안으로 하루하루 살아가고 있다. 그럼에도 폭동 한 번 없이 표면적 정상성을 유지할 수 있는 것은 바로 북한이 생산·유통하는 팬텀 때문이다. 미디어를 통해 등장하는 군사력의 화려한 스펙터클과 정치인들의 카리스마적인 선동연설, 거리마다 웅장한 모습으로 솟아 있는 각종 기념탑과 동상들, 아리랑축전처럼 대규모 공연이 보여주는 화려함 그리고 치밀하게 기획된 수령에 대한 초자연적인 신화들은 북한주민들에게 조국에 대한 자부심과 함께 현재적 고난을 일종의 숭고한 행위로 치환시킨다. 북한은 팬텀의 환영을 대량 유포함으로써 실재를 가리는 역할을 하고 있다. 과학환상문학의 유토피아는 이러한 가상성을 더욱 견고하게 해주는 역할을 담당하고 있다. 환상적인 조국의 미래는 과학을 수반하고 있기 때문에 곧 도래할 실재의 이미지로 다가온다. 그리고 위대한 조국의 구성원이 되기 위해서는 목숨을 아끼지 않는 인물이 될 것을 반복적으로 강요한다.

하지만 북한의 유토피아란 사실 과잉이며 필연적인 파국의 과정이다.

하지만 팬텀은 이러한 실재를 가려버린다. 팬텀은 북한이라는 가상성을 유지하고 동시에 실재의 침입으로 인한 균열을 매끄럽게 봉합할 수 있는 시뮬라크르의 역할을 담당한다. 이처럼 과학환상문학과 유토피아를 통한 전략이란 북한이라는 시뮬라시옹의 세계를 유지, 강화하는 데 있다. 히틀러가 '나의 표상이 너희의 세계이다'라고 말했던 것처럼 권력은 표상의 선택에서 시작된다. 북한 과학환상문학 역시 그들이 선택한 표상(미래의 이미지)을 독자들에게 제시한다. 그 미래란 현실과 가상이 차이를 갖지 않는 팬텀의 세계이다. 북한 과학환상문학이 제시하는 미래란 철저하게 현실의 모습과 오버랩되어 나타나는데, 그곳은 유토피아이면서도 늘 제국주의의 침략에 노출되어 있다. 또한 그 미래는 결국 제국주의의 음모를 물리치고 그들의 유토피아를 지켜낸다. 이러한 장면은 비록 제국주의로부터 도전을 받고는 있지만, 아동들에게 아리랑축전의 카드섹션 —"우리를 당할 자 세상에 없다"— 처럼 여전히 완고하게 체제를 유지하고 있는 현재의 북한을 떠올리게 할 것이다. 가상과 현실의 불가분한 팬텀 속에서 동일자가 무한증식된 세계를 유토피아로 받아들일 것을 요구하는 과학환상문학이야말로 북한의 실재성을 은폐하고, 가상과 현실의 차이를 지우고, 궁극에는 가상이 실재를 대체하는 역할을 담당한다. 도달할 수 없는 환영의 유토피아가 열정의 과잉을 불러왔듯이, 영원히 모방 불가능한 존재를 모방하려는 욕망도 역시 과잉이 될 수밖에 없다. 그런 면에서 본질적으로 동일자의 무한복제는 분열의 무한증식이기노 하나. 이 시점이 북한 과학환상문학을 진복적 의미로 읽을 수 있는 가능성이기도 하다. 결국 북한의 과학환상문학의 유토피아는 팬텀의 얼굴 뒤에 파국의 그림자를 지닌 야누스인 것이다.

참고문헌

1) 기본 자료

① 정기간행물 소재 자료

잡지명	년월	저자명	작품명	장르명
조선문학	1954. 3	므 고리끼	아동문학론초	
아동문학	1956. 4	보리쓰 랴쁘노브	우리들은 화성에 왔다	과학환상오체르크
아동문학	1958. 4	편집부	사회주의 락원은 이루어진다	권두사
아동문학	1958. 4	김순석	고맙습니다 김일성 원수님	미표기(시)
조선문학	1959.10	신구현	우주에 휘날리는 공산주의 붉은기발	정론
조선문학	1959.10	한설야	공산주의 만세! 세계평화 만세!	수필
조선문학	1959.10	강형구	달빛 더욱 밝아지다	수필
조선문학	1959.10	김북원	영광을 드리자 쏘련 공산당에	시
조선문학	1959.10	정문향	나는 웨치노라	시
아동문학	1959.12	리정웅	과학환상소설을 써 주십시오	독자의 목소리
조선문학	1959. 2	송고천	우주정복의 서곡	수필
아동문학	1959. 3	배풍	땅나라 손님	동화
아동문학	1960. 1	김도빈	바다 속의 장수풀	과학환상동화
아동문학	1960. 3	김동섭	소년우주탐험대(1회)	과학환상소설
아동문학	1960. 4	김동섭	소년우주탐험대(2회)	과학환상소설
아동문학	1960. 4	김룡익	소년궁전	환상 오체르크
아동문학	1960. 5	김동섭	소년우주탐험대(3회)	과학환상소설
아동문학	1960. 5	석윤기	똘똘이 박사의 희망과 사업	동화
아동문학	1960. 6	김동섭	소년우주탐험대(4회), 98~99면 파본	과학환상소설
아동문학	1960. 7	김동섭	소년우주탐험대(5회)	과학환상소설
아동문학	1960. 8	김동섭	소년우주탐험대(6회)	과학환상소설
아동문학	1960. 8	차용구	푸른공장의 비밀	동화
아동문학	1960. 9	김동섭	소년우주탐험대(7회)	과학환상소설
아동문학	1961.12	김동섭	래일의 언덕	과학환상소설
아동문학	1961. 2	강진	달나라를 찾아서(1회)	인형극
아동문학	1961. 3	강진	달나라를 찾아서(2회)	인형극
아동문학	1961. 4	강진	달나라를 찾아서(3회)	인형극

잡지명	년월	저자명	작품명	장르명
아동문학	1962. 4	황민	큰사람이 살고 있다	동화
아동문학	1962. 5	차용구	물나라의 꼬마들	동화
아동문학	1962. 9	김동섭	날아다니는 수레	과학탐험소설
아동문학	1963. 1	남정춘	우리들의 선물(그림)	미표기(그림)
아동문학	1963. 1	남응손	새 요술쟁이 어떻게 나타났나?	과학동화
아동문학	1963. 7	문희준	청생조(1회)	과학환상소설
아동문학	1963. 8	-	삽화—비행기 탄 아동들	목차
아동문학	1963. 8	문희준	청생조(2회)	과학환상소설
아동문학	1963. 8	전관진	원수님의 손 꼭 잡고	동시
아동문학	1963. 9	-	가노가도 한없이 좋네	미표기(시)
아동문학	1964. 1	문희준 외	올해에는 어떤 선물을 받게 될가요?	작가들의 편지
아동문학	1964. 1	문경호	지덕체 나래펴는 궁전(1회)	방문기
아동문학	1964. 1	문희준	룡마어를 찾아서	과학환상동화
아동문학	1964. 1	김동섭	바다에서 솟아난 땅(5회)	과학환상중편소설
아동문학	1964. 1	김동전	조국만리(2회)	기행문
아동문학	1964.11	김동전	조국만리(3회)	기행문
아동문학	1964.11	김동섭	바다에서 솟아난 땅(6회)	과학환상중편소설
아동문학	1964.12	김동전	조국만리(4회)	기행문
아동문학	1964.12	-	지덕체	-
아동문학	1964.12	김동섭	바다에서 솟아난 땅(7회)	과학환상중편소설
아동문학	1964. 2	문경호	지덕체 나래펴는 궁전(2회)	방문기
아동문학	1964. 3	문경호	지덕체 나래펴는 궁전(3회)	방문기
아동문학	1964. 3	오영환	꼬마 과학자	미표기(시)
아동문학	1964. 4	문경호	지덕체 나래펴는 궁전(4회)	방문기
아동문학	1964. 6	김동섭	바다에서 솟아난 땅(1회)	과학환상중편소설
아동문학	1964. 7	김동섭	바다에서 솟아난 땅(2회)	과학환상중편소설
아동문학	1964. 8	김동섭	바다에서 솟아난 땅(3회)	과학환상중편소설
아동문학	1964. 9	김동섭	바다에서 솟아난 땅(4회)	과학환상중편소설
아동문학	1964. 9	김동전	조국만리(1회)	기행문
아동문학	1965. 1	김동전	조국만리(5회)	기행문
아동문학	1965. 1	김동섭	바다에서 솟아난 땅(8회)	과학환상중편소설
아동문학	1965. 1	차용구	먼먼 나라 손님	동화
아동문학	1965.10	차용구	먼먼 나라 손님	동화
아동문학	1965. 2	김동섭	바다에서 솟아난 땅(9회)	과학환상중편소설
아동문학	1965. 2	김동전	조국만리(6회)	기행문
아동문학	1965. 3	김동섭	바다에서 솟아난 땅(10회)	과학환상중편소설

잡지명	년월	저자명	작품명	장르명
아동문학	1965. 4	김동섭	바다에서 솟아난 땅(11회)	과학환상중편소설
아동문학	1965. 8	림금단	세상이 다 있는 집	미표기(시)
아동문학	1981. 9	손병민	용이의 텔레비죤	동화
아동문학	1984.1~2	조동옥	탐구의 길에서(1~2회)	과학환상소설
아동문학	1988.11	김형운	누가 찾아 왔을까	동화
아동문학	1988. 4	엄호삼	지능프로그람 '미래'	과학환상소설
아동문학	1988. 5	편재순	희망의 도시	동화
아동문학	1988. 7	황철권	금돌이의 만능인형	동화
아동문학	1988. 9	최낙서	근달이가 심은 씨앗	동화
아동문학	1989. 8	한태수	푸른사슴이 가지고 온 편지	과학환상동화
아동문학	1990. 8	박정남	배끄는 잉어	과학환상소설
아동문학	1990. 9	안경주	보물공장의 주인	동화
아동문학	1991. 1	림종철	로보트가 쏴 올린 포탄	과학환상동화
아동문학	1991. 9	림종철	태만이가 얻은 보물	과학환상동화
조선문학	1992. 8	황정상	과학환상소설의 특성과 예술적품격	평론
아동문학	1994. 7	리금철	신비한 약	과학환상소설
아동문학	1995. 2	김미승	막내로보트	동화
아동문학	1995. 5	최명	푸른액체	과학환상소설
아동문학	1997. 5	엄호삼	영남이가 찾은 교훈	과학환상소설
아동문학	1998. 1	리금철	우리 아이들에게 휘황한 래일을!	새해창작결의
아동문학	1998. 3	리금철	사랑-1호	과학환상소설
아동문학	1998. 7	리금철	탐험선이 떠난 뒤	과학환상소설/공화국창건 50돐기념 문학축전작품
아동문학	1999.10	조혜선	한 과학자의 어린시절 이야기	실화
아동문학	1999. 3	리광근	지혜의 샘	과학환상소설
아동문학	1999. 4	리금철	은하기지로 가는 길	과학환상소설
청년문학	1999. 8	엄호삼	P소행성을 찾아	과학환상소설
아동문학	1999. 9	리광근	백년만에 만난 형제	과학환상소설
청년문학	2001. 1	리금철	운석의 비밀	과학환상소설
청년문학	2001. 8	유준	미지의 탐구	과학환상소설
아동문학	2002.11	리광근	마지막 4분전	과학환상소설
청년문학	2002. 3	리광근	과학소설, 지능소설, 과학환상소설에 대한 론의	연단
청년문학	2002. 7		삽화-과학자양성포스터	포스터
청년문학	2002. 8	리철만	박사의 희망	과학환상단편소설 - 전국 군중문학현상응모 1등작품

② 단행본

『꼬마과학자들의 만능탐험선』(과학환상만화), 금성청년출판사, 1980.

김동섭, 『로보트-승리호』, 금성청년출판사, 1995.

김정회 외, 『번개잡이 비행선』, 금성청년출판사, 1988.

김종수, 『열을 내는 꽃』, 금성청년출판사, 1991.

리금철, 『유전의 검은 안개』, 문학예술출판사, 2007.

미찌세류, 『그 렬차를 멈추라』, 금성청년출판사, 1994.

박종렬, 『두개의 화살』, 금성출판사, 1989.

_____, 『별은 돌아오리라』, 금성청년출판사, 1993.

_____, 『탄생』, 금성청년출판사, 2001.

조천종, 『남색하늘의 나라』, 금성청년출판사, 1985.

작자미상, 『새벽운석 탐사대』, 금성청년출판사, 1979.

조희건 외, 『지구밖으로』, 금성청년출판사, 1990.

한광남, 『최첨단 1번수들』 2, 금성청년출판사, 2008.

황정상(글)·김만섭(그림), 『별나라에서의 축구경기』, 금성출판사, 1983.

_____, 『과학환상문학창작』, 문학예술종합출판사, 1993.

_____, 『푸른 이삭』, 금성청년출판사, 1988.

2) 연구논저

강진호, 『북한의 문화정전 총서 불멸의 력사를 읽는다』, 소명출판, 2009.

강호제, 『북한과학기술형성사』, 선인, 2007.

고장원, 『SF란 무엇인가?』, BOOKK, 2015.

_____, 『SF의 법칙』, 살림, 2008.

_____, 『세계과학소설사』, 채륜, 2008.

_____, 『스페이스오페라란 무엇인가?』, BOOKK, 2015.

_____, 『외계인 신화, 최초의 접촉에서 외계인 침공까지』, BOOKK, 2015.

_____, 『하느님도 웜홀을 지름길로 이용할까?』, BOOKK, 2015.

고현욱 외, 『북한연구의 성찰』, 한울아카데미, 2005.

권완도, 『북한의 과학기술 교육체제』, 한국학술정보, 2006.

권헌익·정병호, 『극장국가 북한』, 창비, 2013.

김귀옥, 「1980년대 북한 사회의 발전과 좌절의 기로」, 『한국사회학회 사회학대회 논문집』, 한국사회학회, 2004.12.

김근배, 「북한 과학기술정책의 변천」, 『과학기술정책』 134, 과학기술정책연구원, 2002.4.

김동일, 『이데올로기』, 청람, 1982.

김상환·홍준기, 『라캉의 재탄생』, 창작과비평사, 2002.

김서정, 『멋진 판타지』, 굴렁쇠, 2002.

김성곤, 「SF-새로운 리얼리즘과 상상력의 문학」, 『외국문학』, 1991, 봄.

_____, 「포스트모던 소설과 환상문학」, 『현대 미국문학』, 민음사, 1997.

김성수, 『북한문학신문 기사목록』, 한림대 출판부, 1994.

_____, 「북한에서의 현대소설 연구」, 『현대소설연구-한국현대소설연구』 16, 2002.

김성진 외, 『생태문제와 인문학적 상상력』, 나남출판, 1999.

김영성, 「북한의 건축양식들」, 『건축』 37-4, 대한건축학회, 1993.9.

김우경 · 기광서 · 이신철, 『사진과 그림으로 보는 북한현대사』, 웅진지식하우스, 2004.

김윤식, 『북한문학사론』, 새미, 1996.

김이구, 「과학소설의 새로운 가능성」, 『창비어린이』 9, 2005.6.

김재용, 『북한문학의 역사적 이해』, 문학과지성사, 1994.

_____, 『분단구조와 북한문학』, 소명출판, 2000.

김정흠, 「북괴 과학기술현황과 발전과정」, 『북한』 통권 제40호, 1975.4.

김종회, 『북한문학의 이해』 1~4, 청동거울, 2007.

_____, 『작품으로 읽는 북한문학의 변화와 전망』, 역락, 2007.

김중하, 『북한문학연구의 현황과 과제』, 국학자료원, 2005.

김형국, 「우주경쟁-제도화와 과제」, 『한국동북아논총』 55집, 2010.6.

나은진, 『우리시대 우리문학 사이버문학』, 한국학술정보, 2008.

남원진, 『북조선문학론』, 경진, 2011.

_____, 『이야기의 힘과 근대미달의 양식』, 경진, 2011.

단국대 한국문화기술연구소, 『주체의 환영』, 경진, 2011.

대중문학연구회, 『과학소설이란 무엇인가』, 국학자료원, 2000.

동국대한국문학연구소, 『북한의 문학과 문예이론』, 동국대 출판부, 2003.

러시아 · 유라시아연구사업단, 『유토피아의 환영』, 한울, 2010.

마성은, 「리금철의 과학환상소설에 관한 고찰」, 『아동청소년문학연구』 6호, 2010.6.

목원대 국어교육과, 『북한문학의 이해』, 국학자료원, 2002.

문강형준, 『파국의 지형학』, 자음과모음, 2011.

민병욱, 『북한영화의 역사적 이해』, 역락, 2005.

민영기, 「북한의 천문학 교육 및 연구현황 분석연구」, 『천문학논총』 8, 한국천문학회, 1993.12.

박상준, 『멋진 신세계』, 현대정보문화사, 1992.

_____, 「과학소설이란 무엇인가」, 『창비어린이』 9, 2005.6.

박영규, 『북한동화 모음집』, 행림출판사, 2001.

박정원, 「북한의 과학기술 중시정책과 과학기술법」, 『북한과학기술연구』 4, 2006.3.

박종철, 「남북한의 산업화전략-냉전과 체제경쟁의 정치경제, 1950년대~1960년대」, 『한국정치학학보』 29집 3호, 한국정치학회, 1996.1.

박진 외, 『문학의 새로운 이해』, 청동거울, 2004.

박태상, 『북한문학의 사적연구』, 깊은샘, 2006.

_____, 『북한문학의 현상』, 깊은샘, 1999.

백지연, 「과학환상소설과 미래적 상상력」, 김종회 외, 『북한문학의 이해』 3, 청동거울, 2004.

변학문, 「1950~1960년대 북한 자립논선가 생물학의 변화」, 『현대북한연구』 10(3), 북한대학원대학교, 2007.12.

복도훈, 「북한 과학환상소설과 정치적 상상의 도상(icon)으로서의 바다」, 『국제어문』 65, 국제어문학회, 2015.6.

_____, 『묵시록의 네 기사』, 자음과모음, 2012.

북한문화기술연구소, 『북한문학예술의 장르론적 이해』, 경진, 2010.

상허학회, 『총서 불멸의 역사와 북한문학』, 깊은샘, 2008.

서대숙, 『현대 북한의 지도자―김일성과 김정일』, 을유문화사, 2000.

성민엽, 「소설로서의 과학소설」, 『문학과사회』, 2008.8.

성지은, 「북한 과학기술행정체제의 변화와 전망」, 『과학기술정책』 25(10), 과학기술정책연구원, 2015.10.

송태현, 『판타지』, 살림, 2003.

신상성, 「생태주의와 공상과학소설의 역사철학적 문제」, 『문예운동』 59, 1998.9.

신철하, 「한국현대문학의 생태학적 고찰」, 『한국언어문학』, 2005.

신형기·오성호, 『북한문학사』, 평민사, 2000.

신형기, 『민족이야기를 넘어서』, 삼인, 2003.

_____, 『북한소설의 이해』, 실천문학사, 1996.

신효숙, 『소련군정기 북한의 교육』, 교육과학사, 2003.

오유석, 「남북한의 국가주도 발전 전략과 대중동원」, 『동향과전망』 64, 2005.

원종찬, 『한국아동문학의 쟁점』, 창비, 2010.

유임하, 「북한 초기문학과 '소련'이라는 참조점」, 『한국어문학연구』 제57집, 2011.8.

이명재, 『북한문학의 이념과 실체』, 국학자료원, 1998.

이영미, 「1950년대 북한 아동문학 교양장 연구」, 『한국언어문학』 66, 2008.

_____, 「북한의 문학 장르 오체르크 연구」, 『한국문학이론과비평』 24, 2004.9.

_____, 『북한문학과 정치커뮤니케이션』, 보고사, 2006.

이영선, 「소련의 과학기술」, 『새가정』, 새가정사, 1966.9.

이영훈, 「1990년대 북한의 경제발전전략과 체제변화」, 『북한연구학회보』 제5권 제2호, 북한연구학회, 2001.

이유선, 『판타지 문학의 이해』, 역락, 2005.

이재승, 『북한을 움직이는 테크노라이들』, 일빛, 1998.

이성옥, 「과학소설의 새로운 문학적 넝토」, 『중국소실논충』 13, 2001.2.

이춘근, 「북·중 과학기술협력과 시사점」, 『북한과학기술연구』 3, 2005.3.

_____, 「북한의 과학기술체제 개혁과 시사점」, 『과학기술정책』(148), 과학기술정책연구원, 2004.8.

이현우,『로쟈와 함께 읽는 지젝』, 자음과모음, 2012.

이화여대 통일학연구원,『북한문학의 지형도』1, 이화여대 출판부, 2008.

이화여대 통일학연구원,『북한문학의 지형도』2, 청동거울, 2009.

임동우,「평양건축의 미래」,『건축』58-8, 대한건축학회, 2014.7.

임방순·한 마크 만균,「중·소분쟁 격화기 중·소의 대북한 원조경쟁과 북한의 자주노선-1961
　　～1967」,『사회과학연구』제24집 1호, 2016.

임인화,「교양교육 제재로서 북한 과학환상소설 역할 연구-『조선문학』,『청년문학』,『아동문학
　　수록본을 중심으로』,『문학교육학』제49호, 2015.

임종기,『SF 부족들의 새로운 문학 혁명 SF의 탄생과 비상』, 책세상, 2004.

전영선,「북한문학 연구의 현황과 쟁점」,『현대북한연구』17-3, 2005.

_____,『북한민족문화 정책의 이론과 현장』, 역락, 2005.

정진농,「쿠퍼의 개척자들」,『문학과환경』, 2002.12.

정진아,「북한이 수용한 '사회주의 쏘련'의 이미지」,『통일문제연구』54, 평화문제연구소, 2010.11.

정홍섭,「전후 북한의 아동문학론」,『한중인문학연구』14, 2005.

차종환 외,『북한의 현실과 변화』, 나산출판사, 2005.

최기숙,『환상』, 연세대 출판부, 2003.

최석진,『일본SF의 상상력』, 그노시스, 2010.

최수웅·이지용,「북한 '주체적 과학환상소설'의 장르적 특징 연구-황정상의『푸른 이삭』을 중심
　　으로」,『한국문예창작』제15권 제1호, 한국문예창작학회, 2016.4.

최준,「소련의 과학공세와 자유진영의 결속」,『새가정』, 새가정사, 1957.12.

한금윤,「과학소설의 환상성과 과학적 상상력」,『현대소설연구』12, 2000.

한승호,「북한 과학기술현대화의 의미에 관한 연구」,『북한과학기술연구』8, 2010.3.

한형식,『맑스주의 역사 강의』, 그린비, 2011.

행복한책읽기,『HAPPY SF』창간호, 2004.9.

현성일,『북한의 국가전략과 파워엘리트』, 삼인, 2007.

홍승원,「북한 과학이념의 형성-정착과 엘리트 변동추이」,『북한과학기술연구』8, 2010.3.

홍용희,『통일시대와 북한문학』, 국학자료원, 2010.

황병하,『메타비평을 위하여』, 민음사, 1997.

3) 외국논저

다이안 멕도넬, 임상훈 역,『담론이란 무엇인가』, 한울, 1992.

데이비드 벨 외, 정규호 역,『정치생태학』, 당대, 2005.

라레인, 한상진·심영희 역,『현대사회이론과 이데올로기』, 백의, 1984.

로버트 스콜즈, 김정수·박오복 역,『SF의 이해』, 평민사, 1993.

루이스 멈퍼드, 박홍규 역,『유토피아 이야기』, 텍스트, 2011.

루이 장 칼베, 김병욱 역,『언어와 식민주의』, 유로서적, 2004.

마크 롤랜즈, 조동선 외역, 『SF철학』, media2.0, 2005.

만하임, 황성모 역, 『이데올로기와 유토피아』, 삼성출판사, 1992.

브루스 커밍스, 남성욱 역, 『김정일 코드』, 따뜻한손, 2005.

B. R. 마이어스, 권명희·권오열 역, 『왜 북한은 극우의 나라인가』, 시그마북스, 2011.

슬라보예 지젝, 이현우 역, 『폭력이란 무엇인가』, 난장이, 2012.

슬라보예 지젝, 박정수 역, 『HOW TO READ 라캉』, 지식하우스, 2012.

앨빈 굴드너, 김쾌상 역, 『이데올로기』, 한벗, 1982.

에릭 홉스봄 외, 박지향·장문석 역, 『만들어진 전통』, 휴머니스트, 2005.

요하임 뤼디거 그로츠, 서정일 역, 『문학이 남긴 유토피아의 흔적』, 예림기획, 2000.

욜랜 딜라스-로세리와, 김휘석 역, 『미래의 기억 유토피아』, 서해문집, 2007.

와다 하루키, 이종석 역, 『김일성과 만주항일전쟁』, 창비, 1992.

와다 하루키, 서동만·남기정 역, 『북조선-유격대국가에서 정규국가로』, 돌베개, 2002.

장 보드리야르, 하태환 역, 『시뮬라시옹』, 민음사, 2001.

찰스 암스트롱, 김연철·이정우 역, 『북조선 탄생』, 서해문집, 2006.

토도로프, 이기우 역, 『환상문학서설』, 한국문화사, 2005.

폴 비릴리오, 이재원 역, 『속도와 정치』, 그린비, 2004.

프랑수아 레이몽, 고봉만 외역, 『환상문학의 거장들』, 자음과모음, 2001.

티에리 파코, 조성애 역, 『유토피아』, 동문선, 2002.

허버트 마르쿠제, 김인환 역, 『에로스와 문명』, 나남, 1996.

캐서린 흄, 한창엽 역, 『환상과 미메시스』, 푸른나무, 2000.

Y. 샤이닌, 박면용 역, 『소련의 과학정책』, 건국대 출판부, 1984.